Anja Ukpai

Meridian Princess

Die Macht der Zeit

Oetinger Taschenbuch

Bisher bei Oetinger Taschenbuch erschienen:

Meridian Princess – Die Clockmakers Academy (Bd. 1)
Meridian Princess – Die Zeiterben von London (Bd. 2)

Klimaneutral
Druckprodukt
ClimatePartner.com/53248-2011-1002

Dieses Buch wurde klimaneutral produziert. Dadurch fördern wir anerkannte Nachhaltigkeitsprojekte auf der ganzen Welt. Erfahre mehr über die Projekte, die wir unterstützen und begleite uns auf unserem Weg unter www.oetinger.de

FSC
www.fsc.org
MIX
Papier aus verantwortungsvollen Quellen
FSC® C014496

Originalausgabe
1. Auflage

Dieses Werk wurde vermittelt durch die Literarische Agentur Michael Gaeb
© Einbandgestaltung: Max Meinzold
Satz: Arnold & Domnick GbR, Leipzig
Druck und Bindung: GGP Media GmbH, Karl-Marx-Straße 24,
07381 Pößneck, Deutschland
Printed 2021
ISBN: 978-3-8415-0605-4

www.oetinger-taschenbuch.de

To you,

if you ever felt hopeless.
You fought through.
You defeated the demons of the Unworld.
That's what heroes are made of.

Time is yours.

ZUVOR
Doppeltes Spiel

Es ging auf Mitternacht zu. Das Licht der großen 24-Stunden-Uhr über dem Eingang des Clockmakers Market schimmerte auf den matt glänzenden Pflastersteinen. In den Häusern ringsum flackerte noch hier und da Licht, und aus dem Heulenden Hund, dem Pub neben dem Eingangstor, drang leises Stimmengemurmel nach draußen. Vor zwei Stunden erst hatte der Nachtwächter die Laternen angezündet. Die Nächte waren kurz im Juni.

Da öffnete sich mit einem Quietschen die Tür der Zeitsprungkabine neben Kingsley's Tickets & Maps. Eine streunende Katze, die auf dem glänzenden Nullmeridian gesessen und auf Beute gelauert hatte, sprang mit einem Fauchen davon. Der junge Mann, der aus der Zeitsprungkabine stieg, sah sich um und huschte dann lautlos in die kleine Gasse zwischen dem Witch Brew und der Dämonenschwerterschmiede Clarkes & Parker.

Es roch nach Aas und Kloake zwischen den baufälligen Häusern. Das tat es immer, wenn es auf die Sommersonnenwende zuging. Die Hexen von London hatten in diesen Nächten viel zu tun und kippten den abgekochten Sud ihrer Hexentränke oftmals einfach in die Gossen.

Vor der Hallentür der alten Werft blieb Evan stehen. Er sah sich um und lauschte, dann erst öffnete er die Tür einen Spalt und schlüpfte in die Werkstatt hinein. Er lief durch die Halle, in der einst kleine Schiffe und Galionsfiguren gebaut worden waren. Am Treppenabsatz blieb er stehen und hörte das leise Murmeln der Stimmen von unten. Sie warteten auf ihn.

Als er die Treppe in den Keller hinabstieg, klopfte sein Herz schneller. Es war gefährlich, was er hier tat. Sehr gefährlich. Wenn sie ihm auf die Schliche kamen, würden sie einen Schattenhund auf ihn hetzen oder ihn bei lebendigem Leib in der Themse versenken.

Die Treppenstufen knarrten.

»Er kommt«, sagte jemand.

Sie waren alle im Kellerkabuff versammelt, dem Aufenthaltsraum der ehemaligen Werftarbeiter, manche von ihnen saßen auf der Küchenzeile.

Es wurde totenstill, als Evan in der Tür erschien.

»Du hast dir Zeit gelassen«, zischte ein junger Mann, der auf dem Küchentisch saß. Eine einzelne Glühbirne, die nackt von der Decke hing, tauchte ihn in ein schummriges Licht, während die anderen im Schatten um den Tisch saßen. Der in der Mitte war ganz in Schwarz gekleidet, sein dunkles Haar war wie immer ordentlich frisiert, und sein Blick, der nun auf Evan ruhte, konnte einem das Blut in den Adern stocken lassen.

»Ich komme von Gridlock«, sagte Evan so gelassen wie möglich. Wenn er eines gelernt hatte in den vergangenen Wochen, dann das Lügen.

Einige fingen an zu raunen.

»Haltet doch den Mund«, zischte der junge Mann auf dem Tisch. »Durchsuch ihn, Dornfinger!«

Ein groß gewachsener Time Knight stand auf und trat vor Evan.

Evan stellte sich breitbeinig in den Türrahmen und legte die Hände an das gesplitterte Holz. Auch das ließ ihn inzwischen kalt. Sollten sie ihn doch absuchen. Er trug nichts bei sich außer seinem Dämonenschwert. Und das war längst mithilfe schwarzer Magie mit dem Schwert der Wölfe verbunden worden. Er war jetzt einer von ihnen. Für den Augenblick. Irgendwann, wenn es die Time Knights nicht mehr gab und der Schrecken ein Ende haben würde, würde auch sein Schwert von der schwarzen Magie wieder gereinigt werden.

Doch nicht jetzt.

»Welche Info hast du für uns?«, fragte Dornfinger, tastete ihn ab und nickte dem Mann auf dem Tisch kaum merklich zu.

»Gridlock bricht morgen zu einer mehrtägigen Reise auf. Er will nach York in die Mad Watchmakers Lane und William Darwy besuchen«, sagte Evan. So lange hatte er sich diese Lüge zurechtgelegt, dass er sie fast selbst glaubte.

»Sehr gut«, zischte eine Frauenstimme von hinten. Sie saß im Schatten, war nicht zu erkennen.

»Sag mir, warum wir dir das glauben sollen.« Der Mann auf dem Tisch sah ihn finster an.

»Ihr müsst es nicht glauben«, sagte Evan und lächelte. Das Lächeln hatte er sich angewöhnt, weil es gegen die Nervosität half. Und es war ein Zeichen von Sicherheit. Sie nahmen es ihm ab, er spürte es. »Schick morgen Abend jemanden zum Pier, und er wird dir bestätigen, dass Gridlock in den Timeless Sleeper gestiegen ist und Greenwich verlassen hat.« Es kam ihm federleicht von den Lippen, denn es war keine Lüge.

Der Mann unter der Glühbirne schwieg. Dann sprang er mit einem Satz vom Tisch und stellte sich vor ihn. »Was ich tun werde. Und gnade dir, wenn du mich belügst.«

»Ich lüge nicht«, sagte Evan fest und erwiderte den Blick in die dunklen Augen, die ihm so vertraut und fremd zugleich waren.

»Dann ist morgen Abend *der* Abend«, sagte Dornfinger. Er stützte sich auf die Tischplatte und sprach zu denen, die im Schatten saßen. »Ihr wisst Bescheid.«

Sie murmelten ihre Zustimmung.

»Was ist also der Plan?«, fragte Evan und tat so gelassen, wie es ihm nur möglich war.

»Morgen Abend werden die Time Knights die Uhrzeiger aus dem Time House stehlen«, sagte der vor ihm Stehende, der ihn voller Häme anstarrte.

Evan riss überrascht die Augen auf. Er hatte mit einem Überfall auf Gridlock gerechnet, vielleicht sogar mit einem weiteren Mord. Aber nicht mit dem Diebstahl der Uhrzeiger aus der Time-House-Uhr, dem Herzschlag der Zeit. »Und wohin damit?«

»Das lass meine Sorge sein«, sagte der Mann und taxierte ihn mit eisigem Blick.

»Aber wir werden alle sterben. Die Zeit wird für immer stehen bleiben«, sagte einer, der hinten auf der Spüle saß.

»Halt den Mund, du Schwachkopf«, zischte Dornfinger. »Wir werden nicht sterben, sondern Ewige sein. Wir werden die Zeit kontrollieren, es wird unsere Bestimmung sein, die Welt zu beherrschen. Allein an unserer Gunst wird es liegen, ob jemand lebt oder stirbt.« Er drehte sich herum und stellte sich neben den, der Evan nicht aus dem Blick gelassen hatte. »Und glücklicherweise sind wir uns einig darüber, wer überflüssig ist, nicht wahr, Evan?«

»Das Drecksvolk«, sagte Evan. Er hatte lange üben müssen, bis ihm das Wort über die Lippen kommen wollte.

»Hört, hört«, zischte der junge Mann vor ihm. »Und das aus seinem Mund.«

Evan schnaubte. »Ich habe nicht darum gebeten, als Mischling geboren zu werden. Aber ich bin berufen, diesem Elend ein Ende zu bereiten.« Er wusste, seine Worte waren zweideutig. Irgendetwas in ihm wollte die Wahrheit herausschreien. Und doch merkte es niemand. Er sah in die zynischen Gesichter. Wenn man sich im Hass festgebissen hatte, konnte man anscheinend nichts anderes mehr wahrnehmen. »Wann und wo?«

»Viertel vor zwölf per Zeitsprung ins Time House«, sagte Dornfinger. »Seid pünktlich.«

Evan nickte und drehte sich um. Er war schon auf der untersten Treppenstufe, als ihn jemand am Arm fasste. »Wo willst du hin?« Der Finstere sah ihn durchdringend an.

»Zu Charlotte«, sagte Evan und sah in die überraschten Gesichter. Es gehörte zu seinem Plan.

»Du Verräter!«, rief der von der Spüle und sprang ihm zornig entgegen. Er wollte Evan an die Gurgel, doch Dornfinger fing ihn ab. »Ich sag es euch. Er ist und bleibt ein dreckiger Verräter!«

»Charlotte Ryder ist eine Stundenerbin. Du aber bist es nicht«, zischte der, der ihn immer noch am Arm festhielt. »Hast du es immer noch nicht kapiert? Was willst du von ihr?«

»Ich will nichts mehr von ihr«, sagte Evan, und es war die schwerste Lüge des Abends. »Ich will das Kind. *Mein* Kind.«

»Das Kind ist ebenso wie du ein dreckiger Mischling«, sagte Dornfinger. Das Haar hing ihm wild in die Stirn, weil er den wütenden Time Knight noch immer bändigen musste.

»Nicht nur«, sagte Evan. »Bertha Kingsley hat vorhin eine Prophezeiung aus dem Kelch der Sieben Augen empfangen, die besagt, dass dieses Kind mächtiger sein wird als wir alle zusammen.« Er sah dem Finsteren in die Augen. »Sogar mächtiger als du. Es trägt offenbar eine Kraft in sich, die du nicht hast.«

»Unmöglich«, zischte er, ließ aber Evans Arm los.

»Wenn es aber wahr ist«, sagte die Frau im Dunkeln. »Sollte Evan die Wahrheit sagen, dann brauchen wir das Kind. Und zwar lebend. Ich hoffe, das ist euch klar.«

Evan nickte in die Runde und ging, ohne sich noch einmal umzublicken, die Stufen in die Werkstatt hinauf. Es war gut gelaufen. Besser, als er gedacht hatte.

Für den Moment sollten damit wenigstens Charlotte und das ungeborene Kind sicher sein.

Jetzt aber musste er zu Master Gridlock und ihn warnen.

Als die Hallentür oben in der Werkstatt zugeschoben wurde, zischte der Finstere zu Dornfinger: »Geh ihm nach.«

Dornfinger nickte und war schon auf der Treppe, als er noch einmal zurückkam. »Was, wenn er gelogen hat?«

»Dann wird er sterben. Er und Charlotte und jeder, der ihm geholfen hat. Nur das Kind, das will ich lebend.«

In der Mad Watchmakers Lane

An diesem vorletzten Abend im August entlud sich ein kräftiges Gewitter über York und tauchte den Himmel in ein violettschwarzes Licht. Der Wind rappelte an den Dachziegeln und trieb Blätter und kleine Äste vor sich her. Nur wenn ein Blitz aufzuckte, konnte man die Häuser rings um den kleinen Innenhof für einen Moment erkennen.

Jade lag mit aufgestützten Ellbogen auf ihrem Bett unter dem Dach des Witch Brew und sah den Regentropfen zu, wie sie hastig über die Fensterscheibe liefen. Neben ihr tropfte es vereinzelt in eine kleine Messingschale, die sie unter eine undichte Stelle im Dach geschoben hatte. Sie tastete nach der Streichholzschachtel, ließ eins der Hölzchen aufflammen und zündete die Kerzen vor ihrem Bett an. Dann zog sie zum bestimmt hundertsten Mal die alten Artikel aus dem *Daily Time Catcher*, einer Sonderausgabe der *London Times* für Zeiterben, unter ihrer Matratze hervor.

Im flackernden Kerzenschein wirkte das Zeitungsbild von Dornfinger nahezu lebendig. Und genauso lebhaft und unheimlich hatte sie ihn in Erinnerung: der spitz zulaufende Bart in dem vernarbten, ausgemergelten Gesicht. Unter dem Bild stand *Jade Ryder tötet Dornfinger*, und noch immer wurde sie beim Lesen dieser Schlagzeile wütend. Sie hatte Dornfinger nicht getötet.

Das hatte Master Gridlock mehr als einmal bekräftigt. Dornfinger war ein Totengänger gewesen, und Jade hatte verhindert, dass dieser Verbrecher jemals wieder Angst und Schrecken verbreiten konnte, indem sie ihn dorthin befördert hatte, wo er hergekommen war: in die Unwelt. Leider war er aber Henrys Vater gewesen, und das machte es noch immer so unerträglich für sie.

Draußen zuckte ein heller Blitz auf, und Jade spürte ein Frösteln über ihren Rücken streichen. Es war noch immer August, aber seit Tagen fror sie, als würde sie krank. Vielleicht lag das an der Sorge um Henry, von dem sie seit Monaten nichts gehört hatte.

Der Donner krachte laut und verhallte dann langsam in der Ferne. Sie schob den Artikel mit Dornfingers Foto hinter die anderen. Der zweite Zeitungsbericht zeigte das Schwert der Wölfe mit der Schlagzeile *Das Ende der Time Knights?*. Jade stieß ein gequältes Lachen aus. Als wenn sich diese finsteren Gestalten durch den Verlust ihres Anführers und dessen Schwert stoppen ließen. Vermutlich waren sie jetzt sogar noch entschlossener, Chronos, ihrem dunklen Herrn und Meister, zur absoluten Macht über die Zeit zu verhelfen. Und auch wenn das Schwert der Wölfe sie nun nicht mehr zusammenrufen konnte, war Jade sich absolut sicher, dass sie andere, noch viel grausamere Dinge als bisher zu tun bereit waren.

Eine Windböe rüttelte an den Dachziegeln über ihrem Bett und ließ die Kerzenflammen erzittern. Der dritte Artikel, den Jade seit Monaten mit sich herumtrug, lautete *Der Meridian Prince ist zurück im Time House,* und auf dem Zeitungsbild sah man Master Gridlock, den kleinwüchsigen Vorsitzenden der Zeiterbengesellschaft, neben dem mächtigen Minutenuhrzeiger der Time-House-Uhr. Er strahlte auf dem Bild. Und doch. Jade erkannte noch etwas anderes in seinem Blick: Sorge.

Auf der Holztreppe vor dem Dachzimmer polterten Schritte. Hastig legte Jade die Zeitungsausschnitte zurück unter die Matratze.

Jemand klopfte leise an die schmale Brettertür. »Jade, kann ich reinkommen?«, rief Mat.

»Klar!«, rief Jade Richtung Tür und setzte sich auf.

Mat öffnete die Tür und leuchtete mit einer Taschenlampe ins Dachzimmer. »Was tust du denn die ganze Zeit hier oben? So ganz allein und im Finstern?«, fragte er und leuchtete ihr dann ins Gesicht.

»Ey!«, rief Jade geblendet und verbarg ihr Gesicht in den Händen.

»Tut mir leid«, sagte Mat, schaltete die Taschenlampe aus und trat ein. Er deutete durchs Fenster nach draußen über die Dächer der alten Stadt, die anders als sonst heute in völliger Dunkelheit dalag. »Dad hat gehört, dass ganz York schon seit Stunden ohne Strom sein soll. Er vermutet, dass die vielen Zeitstillstände daran schuld sind.« Er setzte sich auf das zweite Bett, das auf der anderen Seite der Kammer unter der Dachschräge stand. Dort schlief Orla, ihre gemeinsame Freundin aus der Clockmakers Academy, wenn sie in York war. Doch Orla war nur zwei Wochen im Juli da gewesen, denn sie hatte einen Ferienjob in der Witch-Brew-Filiale im Clockmakers Market in Greenwich.

»Mum hat gerade per Zeitsprung unsere Tickets für den Timeless Sleeper aus Greenwich abgeholt. Hast du schon alles gepackt?«, fragte Mat und sah sich in dem schwach erleuchteten Zimmer um.

»Ja, ich bin fertig«, sagte Jade und deutete auf die beiden Taschen neben der Tür. Dann sah sie zum Fenster hinaus. Noch immer prasselte der Regen gegen die Scheibe, und man konnte nichts als schwarze Umrisse der Häuser draußen erkennen. Dort drüben, auf der anderen Seite des Hofes, lag Darwy's Magical Watches, und seit über zwei Monaten war sie jeden Tag dort gewesen. Sie hatte das ganze Haus abgesucht. Sogar unter den Bodendielen hatte sie nachgesehen und jedes einzelne Buch durchgeblättert. Doch sie hatte nichts gefunden. Und eigentlich wusste sie auch gar nicht, wonach sie suchte.

»Sei nicht so enttäuscht«, flüsterte Mat in ihre Gedanken hinein. Das Kerzenlicht ließ seine Züge noch erwachsener erscheinen. Jade war aufgefallen, dass er sich in den Ferien verändert hatte. Er war stiller geworden, nachdenklicher. Und sie wusste noch nicht, ob sie das mochte.

»Ich bin nicht enttäuscht«, sagte Jade und versuchte ein Lächeln. »Die Zeit hier bei deiner Familie war dafür viel zu schön. Sicher, ich hätte so gerne einen Hinweis auf den Sekundenuhrzeiger gefunden, aber das wäre wohl zu einfach gewesen. Es muss sich ein anderes Geheimnis um den letzten, noch fehlenden Uhrzeiger ranken, und ich werde es rauskriegen ...«

»Alles klar«, sagte Mat und grinste. »Ich bin dabei. Jedenfalls solange du nicht von mir verlangst, auf Graham Hall danach zu suchen. Dieser Lady Graham möchte ich nicht unbedingt begegnen.«

Jade lachte. Lady Graham hauste auf dem Anwesen, das einst ihrem Großvater Sir Arthur gehört hatte und auf dem sie die ersten sechs Jahre ihrer Kindheit verbracht hatte. Als Sir Arthur verstarb, schickte man Jade auf ein schottisches Internat, und die Ferien hatte sie immer bei der mürrischen Lady verbringen müssen. Damals hatte Jade keine Ahnung gehabt, dass nicht Lady Graham, sondern sie selbst die Erbin des Anwesens war und dass die Lady nur deshalb auf Graham Hall wohnen bleiben durfte, weil sie im Gegenzug neun Jahre lang für Jades Sicherheit gesorgt hatte; widerwillig und mit offenem Hass Jade gegenüber.

»Ich glaube nicht, dass meine Eltern noch einen Uhrzeiger dort versteckt haben. Du kannst also unbesorgt sein, was Lady Graham betrifft«, sagte Jade.

»Du gehst fest davon aus, dass deine Eltern den Stundenuhrzeiger dort in Sir Arthurs Grabkammer versteckt hatten?«, fragte Mat.

Jade nickte und stand auf. Sie stellte sich an das Fenster und blickte hinaus in die Dunkelheit. »Ich glaube ganz fest, dass meine Eltern den Uhrzeigern auf der Spur waren. Überleg doch mal, Mat! Zuerst finden wir den Stundenuhrzeiger in der Gruft auf Graham Hall und dann den entscheidenden Hinweis auf den Minutenuhrzeiger in dem Haus dort drüben, wo meine Eltern damals wohnten. Da ist es doch sehr wahrscheinlich ...« Jade stockte, denn draußen ertönte ein Knattern und wurde immer lauter.

»Was zum Teufel ...«, rief Mat und sprang auf, um neben Jade aus dem Fenster bis hinunter auf den Platz blicken zu können.

Das Dröhnen ließ die Fensterscheibe erzittern, und dann wurde der Snickelway, der lange, enge Durchgang, der die Mad Watchmakers Lane mit dem Straßennetz von York verband, von einem grellen Lichtschein erhellt. Augenblicke später kamen vier kreisrunde Scheinwerfer zum Vorschein. Ein Auto raste in den Innenhof, und erst als es gegen eine der Straßenlaternen krachte, kam es zum Stehen. Noch immer brummte der Motor, und die Scheinwerfer des Wagens erleuchteten den Innenhof.

»Was für ein Idiot!«, sagte Mat kopfschüttelnd und stürmte aus dem Zimmer.

Jade stand wie gelähmt am Fenster und sah zu dem Wagen hinunter, auf dessen Dach der Regen prasselte. Was machte dieses

Auto hier in der Mad Watchmakers Lane, die nur selten von anderen Personen als Zeiterben und den Magiern der Yorker Zauberergilden aufgesucht wurde? Und niemand von denen würde sich auch nur in die Nähe eines Autos wagen. Autofahren war ebenso wie das Zugfahren oder mit einem Flugzeug zu fliegen sehr verpönt, besonders unter Zeiterben. Und es war auch gar nicht ungefährlich. Nicht auszumalen, wenn mitten in der Fahrt die Zeit stehen blieb! Es gab Berichte von grässlichen Unfällen beim abrupten Stillstand des Fahrzeugs. Da war doch was faul.

Ein lauter Donner weckte Jade aus ihrer Starre. Sie nahm sich eine der Kerzen, blies die übrigen aus und eilte Mat hinterher. »Hörst du mich, Mat? Geh nicht raus!«, rief sie auf der Treppe, als sie die vielen schmalen Stufen bis in den Ladenraum hinabstürmte.

Doch es war schon zu spät. Die Eingangstür des Witch Brew stand weit offen. Mat und sein Vater waren offensichtlich schon rausgerannt. Ms Henders stand mit den beiden Zwillingen am Fenster. Jade blies ihre Kerze aus, denn überall auf den Tischen flackerten Kerzen und Laternen.

»Jade, komm schnell!«, rief Maeven. »Das musst du sehen!«

»Das *habe* ich gesehen«, sagte Jade und ging zur Eingangstür. Sie zog ihr Dämonenschwert aus der Gürtelschlaufe, bevor sie nach draußen trat.

Es regnete in Strömen, der Motor des alten Wagens lief noch immer, und einer der Scheinwerfer, der die gasbetriebene Straßenlaterne erwischt hatte, war aus der Fassung gefallen und hing heraus. In den umliegenden Häusern wurden Fenster geöffnet, ein älterer Mann kam mit einem Regenschirm und Taschenlampe neugierig näher.

Jade sah, dass Mr Henders sich zur Fahrertür hinabbeugte und rief: »Sind Sie verletzt?« Mat ruckte auf der anderen Seite an der Beifahrertür und taumelte rückwärts, als der Beifahrer die Tür anscheinend mühelos öffnete und ausstieg. Jade traute ihren Augen kaum, als der junge Mann sich streckte, neugierig umsah und dann zufrieden aufs Autodach klopfte. »Wir sind angekommen, Sir! Dank meines guten Orientierungssinns.«

»Peter?«, rief Jade verblüfft. »Peter Polkins?«

»Höchstpersönlich!«, rief Peter und eilte ums Auto herum auf das Witch Brew zu. Er blieb vor Jade stehen, sah sie grinsend an und drückte sie im nächsten Moment kurz an sich. »Gut, dich zu sehen.« Dann schob er sich an ihr vorbei ins Witch Brew.

»Was tust du hier?« Jade steckte ihren Schwertgriff wieder weg. Sie warf Mat einen fragenden Blick zu, der schulterzuckend hinter Peter ins Witch Brew trat und sich mit dem Ärmel über das nasse Gesicht wischte.

Verwundert sah Jade zu dem Auto hinaus. Da wurde die Fahrertür des Wagens geöffnet, und ein großer Mann mit altmodischer Lederhaube auf den langen Flatterhaaren stieg aus. »Da wären wir also!«, rief er, und an der Stimme erkannte Jade ihn. Es war Archer Switch, ihr Lehrer für Nautische Geräte.

»Nicht, dass wir Sie erwartet hätten, schon gar nicht in einem ... *Auto*! Aber schön, Sie zu sehen«, hörte Jade Mr Henders rufen. »Und kommen Sie doch bitte herein.« Er zeigte aufs Witch Brew und führte Mr Switch zum Haus. Die Fenster im Hof wurden wieder geschlossen, nur der Mann mit der Taschenlampe begutachtete noch neugierig den Wagen.

Jade folgte Peter Polkins ein paar Schritte ins Witch Brew hinein. Ms Henders schickte die Zwillinge nach oben, Handtücher für alle zu holen, und wandte sich dann Peter zu. »Wo kommt ihr denn so plötzlich her?«

Mat nickte. »Das würde mich auch brennend interessieren!«

»Wo sollen wir schon herkommen?«, rief Archer Switch von der Eingangstür und schüttelte den Regen von seiner Lederjacke. »Aus Greenwich natürlich.«

»Ach, das war eine grässliche Fahrt«, sagte Peter. Er lief zum Kamin, zog seine Jacke aus und hängte sie über eine Stuhllehne zum Trocknen. »Gewitter mit Starkregen und Sturm schon seit Cambridge. Und er ist ja auch nicht der geübteste Fahrer ...«, fügte er mit einem kurzen Kopfnicken in Archer Switchs Richtung hinzu.

»Das möchte ich überhört haben!«, rief Archer Switch und deutete auf Mat. »Sei so gut und mach den Wagen aus. Aber den Schlüssel mit reinbringen, hörst du?« Er grinste Mr Henders an, der tropfend auf der Türmatte stand. »Das vergesse ich immerzu.«

»Wird gemacht, Mr Switch«, sagte Mat strahlend und stürzte nach draußen.

»Ich will mit, Mattie!«, rief Mina, die mit einem Stapel Handtücher im Arm die letzten Treppenstufen herabsprang.

»Ich auch!« Maeven warf ihre Handtücher auf den Tisch und eilte hinter ihrer Schwester her.

»Hiergeblieben«, sagte Mr Henders grinsend und fing die Zwillinge in der Tür auf. »Ich fürchte nämlich, dass Mat nicht so genau weiß, was er da tut.«

Sie sahen ihn alle überrascht an, dann hörte Jade es auch schon im Hof krachen, und der Motor verstummte.

»Ich fürchte, nun ist Ihr Scheinwerfer ganz hin«, sagte Mr Henders schulterzuckend zu Archer Switch.

»Ja, ich fürchte auch«, sagte Mr Switch seufzend. »Und es ist wirklich nicht leicht, an Originalersatzteile zu kommen.«

Ms Henders ging an ihnen vorbei in die offene Küche hinter dem Ladenraum. »Ich koche Ihnen erst mal einen Tee!«, rief sie.

»Nehmen Sie sich Handtücher, und wenn Sie mögen, bringe ich Ihnen trockene Kleidung.« Sie nahm einen Kessel und ließ Wasser hineinlaufen.

»Das ist wirklich sehr reizend von Ihnen, Ms Henders«, sagte Archer Switch. Er ging hinüber zum Kamin und ließ sich in einem der alten Sessel nieder. »Aber ich fürchte, wir müssen schon bald wieder los.«

»Ja, unbedingt«, sagte Peter Polkins und sah mit nervösem Blick nach draußen, wo Mat den Motor noch einmal aufheulen ließ. »Vorausgesetzt, der Wagen ist dann noch verkehrstüchtig.« Er zog etwas unter seinem Pullover hervor und hielt es hoch in die Luft. »Ist es in Ordnung, wenn ich die Maus ein wenig laufen lasse?«

Mina und Maeven quietschten auf vor Entzücken.

»Wenn sie nicht unsere Buckelzirpen frisst!«, rief Ms Henders, die gerade Kekse auf einen Teller legte. Sie deutete mit der Gebäckzange auf die kleinen Insekten an der Wand, grillenartige Prognosetiere mit Zimbeln an einem übergroßen Geweih.

»Ich denke nicht«, sagte Peter nachdenklich. »Hab sie ja gerade erst gefüttert.«

»Gib sie mir!«, rief Maeven und wurde von Mina zur Seite geschubst. »Nein, gib sie mir!«

»Ist das etwa Gesine?«, sagte Jade und streckte ihre Hände nach der Prognosemaus aus.

»Ja, Master Gridlock hat sie mir anvertraut«, sagte Peter und setzte den kleinen Nager in Jades Hände. »Er meinte, wir brauchen auf unserer Mission ein höchst zuverlässiges Prognosetier. Ist ja bekanntlich nicht ungefährlich für Zeiterben, mit einem so ordinären Fahrzeug wie dem da draußen herumzufahren.«

»Also bitte, Peter«, sagte Archer Switch und lehnte sich lächelnd in seinem Sessel zurück. »Du magst vielleicht ein ausgezeichneter Zeiterbe sein, mit Oldtimern kennst du dich aber anscheinend nicht aus.«

Mr Henders, der seiner Frau half, Tassen und einen Plätzchenteller herüberzutragen, sah Archer Switch neugierig an. »Wie kommen Sie denn eigentlich an dieses Auto?«

»Ist ein Erbstück meiner Mutter. Sie war keine Zeiterbin, wissen Sie. Meine Gene stammen von der väterlichen Seite.« Archer Switch rieb seine viel zu groß wirkenden Hände aneinander. »Ich habe anscheinend Mutters Faible für alles Technische geerbt.«

Jade sah, wie Mr Henders und Peter Polkins schmunzelnd einen Blick tauschten.

Ms Henders reichte Archer Switch eine Tasse Tee. »Nun müssen Sie uns aber wirklich verraten, warum Sie so überraschend hier auftauchen.«

»Wir konnten uns leider nicht vorher ankündigen«, sagte Peter Polkins. »Ihr habt es ja sicher schon gehört.«

Jade setzte Gesine auf den Teppich vor dem Kamin, und sofort stürzten die Zwillinge sich auf die kleine Haselmaus. »Was haben wir gehört?«, fragte sie. Auch Mr und Ms Henders sahen Peter fragend an.

»Soll das heißen, niemand hat es euch erzählt?«, fragte Peter Polkins verblüfft und sah Archer Switch aus zusammengekniffenen Augen an, der daraufhin hektisch in seinen Taschen wühlte.

»Was denn, um Himmels willen?«, rief Ms Henders, die offensichtlich die Geduld verlor.

Archer Switch zog ein Sonderblatt des *Daily Time Catcher* aus der Innentasche seiner Jacke und reichte es Ms Henders. »Davon sprechen wir.«

Jade stürzte zu Ms Henders, die das zerknitterte Zeitungsblatt auf einem Tisch glatt strich. Dann beugten sie und Mr und

Ms Henders sich darüber und lasen die fett gedruckte Schlagzeile *Einbruch ins Time-Book-Archiv* unter dem Foto von Sophera Fogg, das sie in der Clockmakers-Bibliothek zeigte.

Ms Henders nahm das Zeitungsblatt hoch und las vor: »Sophera Fogg, Leiterin der Clockmakers-Bibliothek, berichtet von einem Einbruch ins Time-Book-Archiv, den Hochsicherheitstrakt hinter der Clockmakers Library, zu dem nur wenige Personen Zugang haben. Fraglich ist noch, wie die Einbrecher sich Zugang verschafften, wie sie an der Pythonos-Galeone vorbeikamen und was sie dort suchten –«

»Und Mr Darwy? Was ist mit ihm?«, fragte Jade erschrocken.

Archer Switch hob beschwichtigend die Hände. »Keine Sorge, der war zur fraglichen Zeit im Heulenden Hund auf eine Partie Galeonenbingo.«

Ms Henders nickte Jade erleichtert zu, dann las sie weiter: »Master Gridlock hat als Reaktion zwei weitere Galeonen vor dem Archiv postiert, aber was genau dort gelagert wird, wurde unserer Zeitung auch auf wiederholte Nachfrage nicht mitgeteilt.« Sie ließ die Zeitung sinken und sah Archer Switch fragend an. »Das ist ja furchtbar. Aber ich verstehe nicht, was das mit uns zu tun hat.«

Archer Switch nahm einen großen Schluck Tee, dann sah er Ms und Mr Henders düster an. »Master Gridlock ist sich sicher, dass das ein Zeichen dafür ist, dass die Time Knights nach dem dritten Uhrzeiger suchen. Er schickt uns, um Jade zu warnen, denn er hält es für möglich, dass ein Überfall auf sie geplant ist. Immerhin hat sie ja schon zwei der verschwundenen Uhrzeiger –«

»Und seit wann wissen Sie das?«, rief Mr Henders zornig. »Sie alle wussten doch, dass Jade hier bei uns ist. Warum haben Sie uns nicht gleich gewarnt?«

Ms Henders legte beruhigend eine Hand auf den Arm ihres

Mannes. »Es stimmt. Das war mehr als leichtsinnig. Wenige Stunden später und wir wären schon auf dem Timeless Sleeper auf dem Weg nach Greenwich. Bekanntlich beginnt ja am ersten September der Unterricht in der Clockmakers Academy.« Sie deutete auf die gepackten Taschen vor dem Verkaufstisch.

»Ich fürchte, daraus wird nichts«, sagte Archer Switch und nahm seine Lederhaube ab. Er schüttelte sein langes Haar, das in einem Kreis um seine blank polierte Glatze wuchs.

»Genau«, bestätigte Peter Polkins. »Deshalb sind wir hier. Wir müssen Ihnen allen mitteilen, dass Sie nicht mit dem Timeless Sleeper fahren können.«

»Wir fahren nicht zurück nach Greenwich?«, fragte Jade erschrocken. »Und was wird aus der Academy?«

»Wahnsinn, Mr Switch!«, rief Mat, der in dem Moment zurück ins Witch Brew kam. »Ein Bristol 410, Baujahr vermutlich um 1969.« Er schloss die Eingangstür hinter sich und kam strahlend näher.

»68«, murmelte Archer Switch gedankenverloren und nahm den Schlüssel entgegen.

»Ist was?«, fragte Mat irritiert. »Also, das mit dem Scheinwerfer …«

»Wir können nicht mit dem Timeless Sleeper zurück nach Greenwich fahren«, sagte Jade.

Mat riss überrascht die Augen auf. »Was? Wer sagt das?«

»Wir sagen das«, sagte Peter Polkins und sah sich suchend im Ladenraum um. »Wir sind ja hier unter uns?«

Mr Henders nickte. »Wir haben heute früher geschlossen, denn wir wollten ja nach Greenwich …«

»Planänderung«, sagte Archer Switch und beugte sich zu Jade vor. »Du fährst mit mir«, raunte er.

»Ich soll mit Ihnen in diesem Auto fahren?«, rief Jade erschrocken. »Aber warum? Weil die Time Knights mich angreifen wollen? Pah, das ist nichts Neues. Ich fürchte mich nicht, und außerdem bin ich ja nicht allein.«

»Nein, es ist schlimmer, Jade«, sagte Peter Polkins. »Es gibt Hinweise darauf, dass Chronos die Unwelt verlassen hat.«

»Verstehst du, Jade?« Archer Switch sah sie eindringlich an. »Nicht irgendein Time Knight ist dir auf den Fersen, sondern Chronos selbst. Er, der Herr der Unwelt.«

Jade schluckte. »Woher wollen Sie das wissen?«

Peter Polkins und Archer Switch sahen sich stumm an. Niemand sagte etwas. Viele Atemzüge lang hörte Jade nur das Knistern des Kaminfeuers.

»Also schön«, sagte Archer Switch und rieb sich über das Gesicht. »Gridlock wird mich vom Time Court ausschließen, wenn ihr mich verratet, also seid so gut und haltet dicht, ja?«

Sie nickten alle nur stumm. Jade traute sich nicht, Mat anzusehen, doch sie spürte, dass sein Blick auf ihr ruhte.

Archer Switch wartete, bis Mina und Maeven, die hinter Gesine hereilten, außer Hörweite waren. »Wir haben einen Spitzel in den Reihen der Time Knights. Er hat uns berichtet, dass Chronos selbst sich auf den Weg machen will, um den Sekundenuhrzeiger und das gesamte Time House unter seine Kontrolle zu kriegen.«

»Und das kann man glauben?«, fragte Ms Henders skeptisch.

»Ja, das muss man glauben«, sagte Peter Polkins bestimmt. »Der Spitzel hat uns durchaus Beweise für seine Behauptungen gebracht. Leider.«

»Wann?«, fragte Mat mit eisiger Stimme.

»Heute Morgen«, sagte Archer Switch. »Daher haben wir überlegt, wie wir Jade sicher nach Hause bekommen. Ein Zeitsprung wäre genauso gefährlich wie eine Fahrt mit dem Timeless Sleeper. Aber auch eine Zugfahrt wäre undenkbar. Man stelle sich nur vor, wie Jade bei einem Zeitstillstand durch einen abrupt stehen bleibenden Zug schießt. Und dann hatte Master Gridlock diesen Gedankenblitz mit meinem Wagen.« Archer Switch lehnte sich zurück und ließ seine Fingerknöchel knacken. »Und hier sind wir.«

Nachtfahrt

Eine halbe Stunde später war vom Gewitter nur noch ein fernes Wetterleuchten übrig geblieben. Sogar der Regen hatte sich abgeschwächt und war nicht mehr als ein milder Sprühregen.

Jade stand am Fenster des Dachzimmers und blickte hinunter auf den Wagen, mit dem sie nach Greenwich gebracht werden sollte. Mr Henders versuchte gerade, den beschädigten Scheinwerfer zu befestigen.

»Bist du fertig, Jade?«, fragte Ms Henders leise hinter ihr.

Jade nickte, sie hatte sie gar nicht kommen hören.

»Mat wird euch begleiten«, sagte Ms Henders und legte ihre Hand auf Jades Unterarm. Es war eine zarte Berührung, kaum spürbar und doch beschützend.

»Ich möchte nicht, dass Mat mitkommt«, flüsterte Jade; so leise sprach sie, dass sie nicht wusste, ob Ms Henders sie verstand. »Sie haben Mr Switch ja gehört: Es könnte ein Überfall auf mich geplant sein. Wenn mir etwas zustößt, dann ist das nicht so tragisch. Ich habe keine Eltern, keine Großeltern, einzig eine Tante, die auch vorher schon irgendwie ohne mich leben konnte. Aber wenn Mat etwas geschieht, dann werden Sie alle hier nie wieder froh. Ich jedenfalls würde es nicht. Daher will ich, dass er nicht mit uns kommt. Nicht auf dieser gefährlichen Fahrt und nachdem er so viel Unterricht in Dämonenabwehr versäumt hat. Es ist besser so.«

»Aber Jade!«, rief Ms Henders fassungslos und zog sie in ihre Arme. »Was redest du denn da?« Sie strich Jade sanft über die Locken.

Seit Mat angekündigt hatte, dass er sie begleiten würde, hatte Jade gegen die Tränen gekämpft. Doch jetzt konnte sie sie nicht mehr zurückhalten.

»Hör mal, Liebes«, sagte Ms Henders und schob Jade ein wenig von sich, um sie ansehen zu können. »Es gibt viele Menschen, für die du sehr wichtig bist. So wie für Sam und mich. Wir lieben dich wie unsere eigene Tochter. Wir haben Mat zu dir ins Internat geschickt, weil uns dein Schicksal damals fast das Herz gebrochen hat. Deine Mutter war meine beste Freundin, ich hätte alles für sie getan. So, wie du für Mat gekämpft hast. Aber das musst du umgekehrt auch Mat zugestehen.«

»Und wenn ihm etwas zustößt?«, fragte Jade leise.

»Das wird es nicht.«

»Aber was, wenn doch, Ms Henders?«

»Dann werde ich mich irgendwann mit dem Gedanken trösten, dass er das getan hat, wofür ich ihn am meisten liebe.«

Als ein Blitz aufzuckte, sah Jade, dass Ms Henders lächelte. Aber sie sah auch, dass ihre Augen feucht schimmerten.

»Kommst du, Jade?«, rief Mat von unten.

»Ja, sofort!«, rief Jade zurück.

»Also dann?«, sagte Ms Henders. Sie lief durchs Dachzimmer und schnappte sich eine von Jades Taschen. Ihre Taschenlampe leuchtete auf, und sie war schon durch die Tür gegangen, als sie sich noch einmal umdrehte. »Und nenn mich doch bitte Clara!«

Unten im Ladenraum waren Peter Polkins und die Zwillinge gerade dabei, Gesine einzufangen. Mat stand an der offenen Eingangstür und sah nach draußen. Als er Jade und seine Mutter kommen hörte, drehte er sich strahlend zu ihnen herum. »Wusstet ihr, dass der Bristol eine Seitenklappe neben dem Vorderrad hat? Eigentlich für ein Reserverad, aber Mr Switch meinte, er hat es vorher leer geräumt, falls wir viel Gepäck haben.«

»Dann hoffen wir mal, dass ihr unterwegs kein Reserverad benötigt«, sagte Ms Henders lachend.

»Nun komm schon, Gesine!« Peter Polkins kroch unter dem Verkaufstisch hervor und sah der kleinen Prognosemaus verzweifelt hinterher, die sich nun unter einem Verkaufsregal versteckte.

»Versucht es mal mit einer Erdnuss!« Jade zwinkerte den Zwillingen zu.

»Erdnüsse stehen hinten in der Küche«, sagte Ms Henders. »Dritter Schrank von links. Und, Mat, schließ die Tür, nicht dass Gesine noch abhaut.«

Als Mat die Tür zuschubsen wollte, kam Archer Switch mit einem kleinen Metallkäfig herein. »Hier, Peter!«, rief er und stellte den Käfig auf den Verkaufstisch. »Die Maus muss da wieder rein. Nicht dass mir der ganze Wagen abfackelt, wenn sie in Flammen aufgeht.«

»Wird erledigt«, sagte Peter und fischte mit dem Arm unter dem Regal nach Gesine. »Sobald ich das Biest eingefangen habe.«

»Komm, Jade«, sagte Archer Switch mit Blick auf ihre Taschen. »Verstauen wir dein Gepäck.«

Jade nahm ihre zweite Tasche von Ms Henders entgegen und trat hinter Archer Switch nach draußen auf den Hof. Mat schloss hastig die Tür hinter ihnen. Jade atmete tief ein. Die Luft war deutlich abgekühlt, und der feine Sprühregen legte sich wie ein hauchdünnes Spinnennetz auf ihr Gesicht.

Mr Henders nahm ihre Taschen entgegen und quetschte sie in den winzigen Kofferraum.

»Gut, dass es nicht mehr so stark regnet!«, rief Archer Switch, der vor dem Witch Brew stehen geblieben war und sich seine Lederhaube wieder aufsetzte. »Vielleicht schaffen wir dann ja die Rückfahrt in unter sechs Stunden.« Er zog eine Landkarte aus seiner Jackentasche hervor und ging wieder ins Haus.

»Sechs Stunden?«, fragte Mr Henders grinsend. »Wo will er langfahren? Über Schottland?«

Doch Jade war nicht zum Lachen zumute. »Glauben Sie, dass wir in diesem Auto und mit Mr Switch und Peter Polkins sicher sind?«

Mr Henders schlug die kleine Kofferraumklappe zu und sah Jade lächelnd an. »Mr Switch mag vielleicht nicht der geübteste Fahrer sein, aber er ist ein hochtalentierter Zeiterbe. Und von Peter Polkins hört man Ähnliches. Sei also unbesorgt.«

Mr Henders ging noch einmal ums Auto herum, stellte die Außenspiegel richtig ein, und dann gingen sie gemeinsam zurück ins Witch Brew, wo Peter Polkins gerade Gesine in den Käfig setzte. »Ha, Jade! Die Erdnuss war es!«, rief er, als er sie entdeckte.

»Ich will auch so eine Maus, Dad!«, rief Mina, und Maeven nickte heftig. »Ich auch. *Bitte!*«

Mr Henders lächelte seine Töchter an. »Ich fürchte, dass Gesine ein Unikat ist.«

»So eine Prognosemaus gibt es nur ein Mal auf der ganzen Welt?«, fragte Mina. Maeven seufzte enttäuscht, als Mr Henders nickte.

Archer Switch, der die Landkarte auf einem der Tische ausgebreitet hatte, sah auf und rief: »Sagen Sie, Henders, was glauben Sie? Ob die M1 über Nottingham eine gute Alternative wäre?«

»Ja, ich denke schon«, sagte Mr Henders, trat an den Tisch und zeigte auf die Karte. »Da müssen Sie nur später in London hier oder hier die Themse überqueren. Aber warum fahren Sie nicht so, wie Sie gekommen sind?«

Archer Switch beugte sich vor und raunte: »Ich fühlte mich auf dem ganzen Weg hierher irgendwie … nun ja … verfolgt.«

Jade und Mat tauschten einen alarmierten Blick.

»Das müssen Sie sich eingebildet haben, Mr Switch«, sagte Mr Henders lächelnd. »Ich kann mir nicht vorstellen, dass es viele Zeiterben gibt, die sich freiwillig in ein Auto setzen würden.«

»Stimmt«, sagte Peter Polkins und hob den Käfig mit Gesine hoch. »Von mir aus kann es jetzt losgehen.«

»Wir kommen nach, sobald es geht«, sagte Ms Henders und umarmte Mat und Jade. Dann sah sie fragend Archer Switch und Peter Polkins an. »Wie erfahren wir, dass Sie sicher in Greenwich angekommen sind?«

»Keine Nachrichten sind in diesem Fall gute Nachrichten«, sagte Archer Switch und faltete die Karte zusammen. »Nur wenn unterwegs etwas schiefgeht und wir nicht in Greenwich ankommen, werden Sie von Master Gridlock informiert.«

»Was soll schiefgehen?«, fragte Peter Polkins verständnislos und trug Gesine in ihrem Käfig nach draußen.

»Die Maus kommt nach hinten!«, rief Archer Switch und winkte mit dem Autoschlüssel in Mats Richtung. »Du und Jade, ihr habt genügend Zeit, sie zu beobachten. Und Peter nimmt die Karte. Es ist möglich, dass wir spontan die Route ändern müssen.«

Sie kamen alle mit nach draußen. Mr Henders legte seinen Arm um Ms Henders' Schultern. Die Zwillinge drückten ihre

Nasen an den Autoscheiben platt, als Mat und Jade nach hinten ins Auto kletterten.

Jade sank tief in den Rücksitz aus dunklem Leder. Mat neben ihr hatte Mühe, seine langen Beine unterzubringen. Peter Polkins reichte ihnen Gesines Käfig und klappte dann seinen Sitz vor Jade zurück.

Jetzt gibt es kein Zurück mehr, schoss es Jade durch den Kopf. Sie stellte Gesines Käfig auf die Mitte der Rücksitzbank und sah dann aus dem Wagenfenster. Lächelnd winkte sie Ms und Mr Henders zu, bevor ihr Blick auf Darwy's Magical Watches fiel. In diesem Moment wusste sie, dass die Antwort auf den letzten Uhrzeiger woanders lag. Irgendwo verborgen. Sie tastete nach ihrer Uhrenkette und zog die Taschenuhr unter ihrem Shirt hervor. Der kleine Totenkopfanhänger lag kühl in ihrer Hand. Sie ließ den Unterkiefer herabspringen und strich über das 24-Stunden-Ziffernblatt. Diese Memento-Mori-Taschenuhr war das einzige Erbstück, das sie von ihrer Mutter besaß. Und sie war sich inzwischen sicher, dass die Uhr mit dem Geheimnis um die verschollenen Uhrzeiger der Time-House-Uhr verbunden war. Sie ließ die Uhr wieder zuschnappen und hielt sie sich ans Ohr. Während sie dem Ticken lauschte, das laut Mr Linnaker dem eines menschlichen Herzschlags glich, begegnete ihr Mats Blick. Er lächelte sie wissend an, dann winkte er seinen Eltern zu und schnitt für seine Schwestern noch eine Grimasse.

»Okay«, sagte Archer Switch und stieg als Letzter ins Auto ein. Er startete den Motor und setzte mit einem Ruck zurück.

Jade krallte sich an ihrem Sitz fest, als Archer Switch auf den engen Durchgang zuschoss. Kurz davor bremste er scharf ab, sodass Gesines Käfig nach vorne schnellte und nur dank Mats langem Bein von einem Flug durch die Windschutzscheibe abgehalten wurde.

Archer Switch hielt den Wagen an, sprang hinaus und klappte die beiden Außenspiegel ein. Dann stieg er wieder ins Auto und sagte: »Irgendein Witzbold hat die wieder ausgeklappt. Tut mir leid, aber jetzt passen wir hindurch.«

Es passte wirklich so eben. Mehrmals knirschte es leise, und Jade schickte Stoßgebete zum Himmel, dass nicht ausgerechnet in diesem Augenblick ein Fußgänger in den Snickelway abbiegen wollte. Am Ende des Gangs bog Archer Switch in die Yorker Straße ein und hielt am Seitenrand, damit Peter Polkins die Außenspiegel wieder ausklappen konnte.

»So, jetzt kann es also losgehen«, sagte er, als er wieder einstieg. Er nahm die Karte auf den Schoß und dirigierte Mr Switch aus der Stadt Richtung Autobahn.

Ganz langsam beruhigte Jade sich und sah sogar für einen Moment neugierig aus dem Fenster. Aber mehr als alte, eng aneinander stehende Häuser konnte sie in der Dunkelheit nicht erkennen. Scheinbar war die Elektrizität in großen Teilen der Stadt ausgefallen, denn die Straßenbeleuchtung war aus. Nur das Licht der entgegenkommenden Autos durchbrach gelegentlich die Dunkelheit. Aber viele Fahrzeuge waren jetzt, um kurz nach elf, nicht mehr unterwegs.

»Dort drüben nach links«, sagte Peter Polkins und faltete die Karte zusammen. »Dann gleich wieder nach rechts und wir sind auf der Autobahn Richtung Leeds. Können Sie gar nicht verfehlen.« Er drehte sich nach hinten um und betrachtete Gesine, die noch immer an der Erdnuss knabberte, die sie von den Zwillingen bekommen hatte. »Es hat nicht zufällig jemand von euch an Proviant gedacht?«

Jade schüttelte mit dem Kopf.

»Ich«, sagte Mat. »Ist in meiner Tasche.«

»Au fein, was hast du denn so eingepackt? Autofahren macht mich immer so hungrig«, sagte Peter augenzwinkernd.

»Wie oft fährst du denn mit einem Auto?«, fragte Jade verwundert.

»Tut mir leid, Peter, die Tasche ist in der Seitenklappe neben dem Vorderrad«, sagte Mat schulterzuckend.

»Da kann man nichts machen«, sagte Peter enttäuscht. »Warten wir halt bis zum nächsten Zeitstillstand.« Er drehte sich wieder nach vorne und schaltete das Radio ein. Es knisterte und rauschte, als er nach einem Sender suchte.

Inzwischen fuhr Archer Switch auf die Autobahn auf. Nur wenige Autos waren hier unterwegs. Jade bemerkte, dass er seinen Griff ums Lenkrad lockerte und sich langsam zurück in seinen Sitz sinken ließ. Er war offensichtlich nervöser gewesen, als er zugegeben hatte. Schon wegen seines ständigen Blicks in den Rückspiegel hatte sie es geahnt.

Jade drehte sich um und sah aus dem kleinen Heckfenster. Hinter ihnen kamen Scheinwerfer näher und sausten Augenblicke später an ihnen vorbei. Archer Switch fuhr recht langsam, und das war ihr sehr recht. Sie traute sich ja so schon kaum, Gesine aus den Augen zu lassen.

Peter Polkins hatte endlich einen Radiosender gefunden. Es wurde ein Lied von den Beatles gespielt, dann sagte ein Radiosprecher: »Im Landkreis Yorkshire sind noch immer viele Ortschaften ohne Strom. Solltet ihr uns trotzdem hören können: Die Gewitterfront zieht weiter Richtung Nordsee. So weit die gute Nachricht. Doch leider ziehen von Nordwesten neue Unwetterfronten auf, die uns im Laufe der Nacht erreichen.«

»Es passt alles zusammen«, murmelte Peter und sah sorgenvoll aus dem Fenster.

»Als gerate die Welt aus den Fugen«, flüsterte Archer Switch.

»Soll das heißen, Sie glauben nicht, dass das nur einfache Sommergewitter sind?«, fragte Mat und beugte sich zu Archer Switch nach vorne, doch der schwieg.

In dem Moment spürte Jade, dass es neben ihr heiß wurde. Sie blickte auf den kleinen Metallkäfig und rief: »Sofort anhalten, Gesine brennt!«

»Verflucht!«, zischte Archer Switch und fuhr an den linken Fahrbahnrand. Er brachte den Wagen zum Stehen, ließ den Motor verstummen und umklammerte das Lenkrad, als erwarte er einen Aufprall.

Doch nichts dergleichen geschah. Und es war ja auch gerade gar kein anderer Wagen in ihrer Nähe.

Als Gesine ausgebrannt war und nichts weiter als ein Häufchen Asche von ihr auf dem Käfigboden übrig geblieben war, blieb die Zeit stehen. Die Autoscheiben beschlugen schlagartig von Frost.

»Sollte irgendjemand ans Auto herantreten, dann tut ihr so, als wärt ihr erstarrt«, wies Peter Polkins sie an. Sein Atem bildete eine weiße Wolke vor seinem Mund. »Gebt euch nicht als Zeiterben zu erkennen.«

Jades Herz klopfte bis zum Hals. Sie lauschte auf irgendein Geräusch, doch beim Zeitstillstand gab es keine Geräusche; nur die, die man selber machte. Die Fensterscheiben waren beschlagen vom Frost, und sie musste sich zusammenreißen, nicht einen kleinen Fleck freizukratzen. Sie saßen irgendwo am Rand einer Autobahn zwischen York und Leeds, und um sie herum stand die Welt still.

Jade tastete nach Mats Hand und erschrak, als sie seine kalte Haut berührte. Zum Glück fror Mat bei den Zeitstillständen nun nicht mehr ein. Mit der schleichenden Rückkehr seiner

Zeiterbenkräfte hatte er in den Ferien schon große Fortschritte gemacht, und sogar die anfänglichen Schwindelattacken hatten sich wieder gelegt.

Archer Switch und Peter Polkins saßen wachsam und wie eingefroren auf ihrem Sitz und lauschten in die Nacht. Sie hatten beide ihre Dämonenschwerter hervorgezogen. Jade fand, dass es eine gute Idee war, und zog ihren Schwertgriff aus ihrer Hosenschlaufe. So leise war es im Wagen, dass sie das Ticken ihrer Taschenuhr hören konnte.

»… und weiter in unserer Beatles-Nacht, spielen wir nun drei Hits am Stück …« Die Stimme des Radiosprechers ließ sie alle zusammenfahren. Jade blickte hinab auf Gesines Käfig, und tatsächlich formte sich der Staub wieder zu einer Maus zusammen. Sie steckten ihre Dämonenschwerter weg, und auch die Fensterscheiben waren schlagartig wieder frei. Auf der Fahrbahn schoss ein Wagen an ihnen vorbei. Jade sah seinen Rücklichtern nach.

»Das wäre also vorbei!« Archer Switch ließ den Motor wieder aufheulen. »Ich fürchte aber, dass das noch nicht alles war für diese Nacht. Behaltet unbedingt Gesine im Blick, manchmal kommen Zeitstillstände sehr schnell nacheinander.«

»Einen Moment noch«, sagte Peter Polkins und sprang aus dem Wagen. Er öffnete die Seitenklappe fürs Reserverad und holte Mats Tasche heraus. »Mat, ich darf doch, ja?«, rief er ins Auto, und als Mat grinsend nickte, stellte Peter die Tasche auf die Kühlerhaube, um den Proviant herauszusuchen.

»Ist es zu fassen?«, murmelte Archer Switch. Er beugte sich übers Lenkrad, um nach draußen sehen zu können, wo Peter eingepackte Sandwichs und Kekspackungen aus Mats Tasche zog. »Dieser junge Mann hat auf dem Hinweg ein Pfund Studentenfutter gegessen, das eigentlich für Gesine gedacht war.«

Jade sah Mat an und grinste. Gesine hatte schon wieder ihre übliche Gestalt angenommen. Jade blickte aus dem Heckfenster. Nur ein einzelner Scheinwerfer, wie von einem Motorrad, kam langsam näher.

»Oh, oh«, machte Archer Switch, als das neongelb leuchtende Motorrad langsam an ihnen vorbeirollte. Der Fahrer sah neugierig zu ihnen herüber. »Peter, komm zurück. Einen Plausch mit der Polizei brauchen wir heute Nacht echt nicht.«

Peter stopfte Mats Tasche in die Seitenklappe zurück, schnappte sich den Proviant und warf sich zurück auf seinen Sitz.

Doch es war schon zu spät. Der Polizist verlangsamte seine Fahrt und kam vor dem Bristol auf dem Seitenstreifen zum Stehen. Der Mann in neongelber Jacke stieg von seiner Maschine, nahm seinen weißen Helm ab und kam langsam auf sie zu. Er zog einen Notizblock aus seiner Jackentasche und notierte sich etwas, vermutlich das Kennzeichen. Dann kam er an Archer Switchs Seitenscheibe, die dieser gerade herunterkurbelte, und klopfte aufs Autodach. »Einen schönen Wagen haben Sie«, sagte der Polizist. »Gibt es Probleme damit?«

»Nein, es ist alles in Ordnung«, sagte Archer Switch und schüttelte so heftig mit dem Kopf, dass die beiden Bänder seiner Lederhaube hin und her flogen. Er ließ den Motor aufheulen. »Hören Sie? Schnurrt wie ein junges Kätzchen.«

Der Polizist lächelte, doch im nächsten Moment wurden seine Gesichtszüge ernst. »Warum stehen Sie dann hier herum? Sie wissen schon, dass das verboten ist?«

»Ach, die jungen Leute hier im Wagen waren nur plötzlich so hungrig geworden«, sagte Archer Switch und deutete auf Peter neben ihm, der den ganzen Proviant auf dem Schoß liegen hatte. »Nichts für ungut, Sir. Wir fahren jetzt weiter.«

Der Polizist nickte und streckte sich neben dem Wagen. Dann lief er langsam ums Auto herum. Als er wieder an der Seitenscheibe neben Archer Switch ankam, streckte er seine Hand durch das Fenster. »Die Fahrzeugpapiere und Ihren Führerschein, bitte.«

»Also, Peter, ich muss jetzt mal kurz ans Handschuhfach«, sagte Archer Switch mit einem besorgten Seitenblick auf Peter Polkins.

»Kein Problem!«, rief Peter und warf den ganzen Proviant nach hinten auf Mats Schoß. »Aber nicht alles alleine essen.« Dann öffnete er die Klappe vor seinen Knien und reichte Archer Switch die Ledermappe mit den Papieren.

»Hier ist mein Führerschein und hier die Fahrzeugpapiere«, sagte Archer Switch und reichte sie dem Polizisten.

Der Polizist beugte sich zum Fenster herab, nahm die Papiere entgegen und blätterte darin. »Ich gehe das schnell überprüfen und bin …«, sagte er und riss erschrocken seine Augen auf. »Feuer!«, rief er.

Jade wusste sofort, was er meinte. Sie fühlte die Hitze auch so, ohne auf Gesine blicken zu müssen. Die Maus stand in Flammen.

»Alle raus, sofort raus!«, rief der Polizist und riss die Fahrertür auf.

»Gemach, gemach«, sagte Archer Switch gedehnt und stieg wie in Zeitlupe aus dem Wagen aus. Auch Peter Polkins stieg langsam aus und klappte gerade seinen Sitz nach vorne, um Jade aussteigen zu lassen, als die Zeit stehen blieb. Die Autoscheiben beschlugen innerhalb weniger Minuten zum zweiten Mal, und auch Gesine war wieder zu Asche geworden. Archer Switch streckte sich genüsslich aus, und Peter ließ den Beifahrersitz wieder zurückfallen. Nur der Polizist stand neben dem Wagen und war erstarrt.

»Vielen Dank, die nehme ich dann mal zurück«, sagte Archer Switch zu dem reglosen Polizisten. Er nahm seine Papiere aus dessen Hand und riss das oberste Blatt aus dem Notizblock. »Aber was tun wir nur mit Ihnen?«

»Ich übernehme das, Sir«, hörte Jade Peter Polkins sagen. »Setzen Sie sich schon mal zurück in den Wagen, Mr Switch.«

Jade und Mat sahen sich alarmiert an. Was hatte Peter vor? Zu dumm, dass die Scheiben beschlagen waren.

Archer Switch sah zu ihnen in den Wagen hinein und warf einen kurzen Blick auf das Aschehäufchen in dem Käfig. »Hoffentlich weiß der Junge, was er tut«, murmelte er und setzte sich hinter das Steuer.

Sie lauschten in die Nacht, die so still war, dass man Peter reden hören konnte. Jade versuchte seine Worte zu verstehen. Er legte offenbar Flüche auf den Polizisten. Ihr Herz klopfte schneller. Verdammt, wenn sie doch was sehen könnte!

Plötzlich sprang Peter zurück in den Wagen und schlug die Beifahrertür zu. »Okay«, sagte er japsend. »Der war echt schwer. Brauchte drei Schwebeflüche, bis ich ihn wegschieben konnte.«

Da ging mit einem Ruck die Zeit weiter. Das Radio dudelte wieder, die Autoscheiben waren wie von Zauberhand wieder frei.

»Fahren Sie los, Mr Switch!«, rief Peter Polkins und kurbelte seine Fensterscheibe herab. »Und die anderen: Winken!«

Archer Switch sah ihn mit offenem Mund an. Dann nickte er, startete den Wagen und fuhr langsam an. Jade traute ihren Augen kaum, als sie an dem Polizisten vorbeifuhren und er ihnen freundlich nachwinkte.

»Was hast du mit dem gemacht?«, fragte Mat verblüfft und hob noch einmal die Hand zum Gruß.

»Ach«, sagte Peter nur. Als sie an dem Polizisten vorbeigefahren waren, kurbelte er seine Fensterscheibe wieder hoch. »Ein kleiner Vergessenszauber hier, ein geplatzter Reifen dort. Er denkt jetzt, dass wir angehalten haben, um ihm unsere Hilfe bei seiner Panne anzubieten. Er will die Kollegen anfunken, aber er wird uns auf ewig dankbar sein.«

»Peter, du bist brillant!«, rief Archer Switch und trat so heftig aufs Gaspedal, dass Jade in den Rücksitz gepresst wurde.

»Ja, das denke ich auch! Obwohl diese zeitgenlosen Menschen keine wirklich große Herausforderung sind.« Peter drehte sich zu Mat herum. »Jetzt brauche ich aber was zu essen. Flüche aussprechen macht total hungrig.«

Kurz vor Leeds wechselten sie auf die Autobahn Richtung London. Jade fütterte Gesine mit Rosinen und streichelte ihr durch die Gitterstäbe das Fell. Die Zeit blieb nicht mehr stehen, und sie kamen gut voran, auch wenn Archer Switch so langsam fuhr, dass sie sogar von Lastwagen überholt wurden.

Zweimal mussten sie in den folgenden Stunden noch anhalten. Kurz hinter Nottingham stoppte Archer Switch an einer Tankstelle, und viele Meilen später, sie waren schon kurz vor Northampton, blieb die Zeit wieder stehen. Doch niemand verfolgte sie oder versuchte sie zu überfallen.

Irgendwann kurz vor London musste Jade eingeschlafen sein, und sie wachte erst wieder auf, als Mat sie anschubste. »Sieh nur, wir fahren jetzt gleich über die Tower Bridge!«

Jade rieb sich die Augen. Sie sah erschrocken zu Gesine hinab, doch die lag schlafend in ihrem Käfig.

»Keine Sorge, ich habe aufgepasst«, sagte Mat lächelnd.

»Wusstet ihr, dass die beiden Fußgängerbrücken ganz hoch

oben zwischen den Türmen der Tower Bridge für über siebzig Jahre gesperrt waren, weil dort zu viele Taschendiebe und andere listige Gesellen ihr Unwesen trieben?«, fragte Peter Polkins.

»Irgendwie gruselig.« Jade sah auf die Straße vor ihnen, die weiter hinten auf die Brücke führte. Die Straße war links und rechts von blau-weißen Zäunen eingesäumt, auf denen in regelmäßigen Abständen nostalgische Laternen die Fahrbahn erhellten. Dahinter zog sich auf der rechten Seite eine alte Mauer entlang der Straße, links säumten Bürogebäude den Weg. Auch jetzt, mitten in der Nacht, war die Zufahrt zur Brücke stark befahren.

»Hoppla!«, rief Archer Switch erschrocken und musste scharf abbremsen, denn knapp vor ihnen schoss ein Taxi aus einer Haltebucht und fädelte sich in den Verkehr ein.

Jade zog ihre Taschenuhr hervor und ließ sie aufspringen. Es war kurz vor fünf. Archer Switch hatte mit seiner Einschätzung also richtiggelegen, denn sie hatten sechs Stunden bis nach London gebraucht. Als sie ihre Uhr wieder unter ihr Shirt fallen ließ, sah sie es: Gesine stand in hellen Flammen.

»Anhalten!«, stieß Jade hervor und sah auf. Sie hatten gerade den ersten der vier Torbögen der Tower Bridge durchfahren. Links neben ihr schimmerte das Flusswasser der Themse im Laternenlicht.

»Verdammt«, rief sie. »Gesine brennt!«

»Nein!«, sagte Archer Switch erschrocken. Er umklammerte so fest das Lenkrad, dass seine Knöchel weiß hervortraten. »Seit wann?«

»Das weiß ich nicht!«, flüsterte Jade. Ein Blick auf die brennende Gesine zeigte, dass sich schon ein Aschehaufen unter ihr gebildet hatte. »Anhalten.«

»Wie soll das gehen?«, rief Peter Polkins und zeigte auf die hellblau gestrichenen Gitter, die die Fahrspuren von den Fußwegen abtrennten und keinerlei Möglichkeit für einen kurzen Stopp boten. »Geben Sie lieber Gas!« Er beugte sich zu Archer Switch herüber und drückte auf die Hupe.

»Wieso fährt der denn jetzt so langsam?«, schimpfte Mat und blickte sich nervös um. »Vorhin konnte er doch nicht schnell genug wegkommen.«

»Was, wenn die Zeit stehen bleibt, wenn wir mitten auf der Brücke sind?«, fragte Jade und beugte sich vor. »Das ist doch viel zu gefährlich. Es ist doch auf der Brücke viel zu eng, um den zeitgenlosen Menschen auszuweichen, denn die bremsen ja nicht. Die bleiben mitten in der Fahrt stehen und schießen direkt nach dem Silentium weiter. Drehen Sie doch schnell um!«

»Wie denn?«, rief Archer Switch und sah hektisch in den Rückspiegel.

Jade drehte sich herum und sah aus dem Heckfenster. Auch hinter ihnen fuhr ein Londoner Taxi und hielt kaum Abstand zu ihnen.

»Der wird ja immer langsamer«, stöhnte Peter und drückte noch einmal auf die Hupe. »Nun fahr doch!«

Das Taxi vor ihnen verlangsamte seine Fahrt und blieb schließlich mitten auf der Brücke stehen. Archer Switch versuchte auszuscheren, doch ihm kamen zu viele Autos entgegen.

Jade, die mit Herzklopfen das Taxi hinter ihnen im Blick behalten hatte, atmete erleichtert auf. Die ganze Schlange hinter ihnen kam zum Stehen. Einige fingen an zu hupen.

Dann wurde es totenstill.

Die Scheiben des Bristol beschlugen, und Gesine war nur noch ein Haufen qualmender Asche.

»Puh«, machte Peter. »Ist ja eigentlich ganz gut gelaufen.«

»Gut gelaufen?«, fragte Mat entgeistert.

»Peter meint, es ist gut, dass wir vor dem Zeitstillstand schon standen, ansonsten würde uns gleich, wenn die Zeit weitergeht, jemand im Nacken sitzen«, sagte Archer Switch und öffnete die Wagentür. Er stieg aus und streckte sich. »Die Themse ist so herrlich bei Nacht!«, rief er und lehnte sich aufs Dach seines Wagens. »Besonders das Silentium macht sie so geheimnisvoll und … Scheiße!«

Jade hörte am Klang seiner Stimme, dass etwas nicht stimmte. Draußen wurden Autotüren geöffnet, und das versetzte sie alle in sofortige Alarmbereitschaft. Es konnten nur Zeiterben sein. Jade zog blitzschnell ihr Dämonenschwert hervor.

»Guten Morgen. Na? Auch mal kurz die Beine vertreten, während die Zeit stillsteht?«, setzte Archer Switch draußen zu Small Talk an. Doch schon im nächsten Augenblick stöhnte er auf.

Peter Polkins öffnete die Beifahrertür und sprang mit seinem heraufbeschworenen Dämonenschwert nach draußen. Jade hörte ihn rufen: »Was wollen Sie von uns?« Sie ruckelte an dem Sitz, um ihm und Archer Switch zu Hilfe kommen zu können. Auch Mat schaffte es offenbar nicht, den Sitz vor ihm zu bewegen. Da endlich fand sie den seitlichen Hebel, doch als sie den Sitz vorklappen wollte, sprang jemand darauf und schnappte nach ihr. Eine zweite schwarz maskierte Gestalt schmiss sich auf den anderen Vordersitz des Bristol. Die Gestalt vor ihr klemmte Jades linken Arm zwischen dem Vordersitz und seinem Körper ein und zog sie mit der anderen Hand an den Haaren näher.

Jade jaulte auf vor Schmerz, das Dämonenschwert rutschte ihr aus der Hand. »Loslassen!«

»Rühren Sie Jade nicht an!«, schrie Mat, und Jade sah im Augenwinkel sein Dämonenschwert aufblitzen. Im nächsten Moment stöhnte er auf.

»Was wollen Sie von mir?«, stieß Jade hervor, als der Mann ihren Kopf an den Haaren ruckartig nach hinten zog.

»Was wohl, Kleines?«, zischte er. Dann ließ er ihr Haar los und tastete an ihrem Hals.

Die Uhr!, fuhr es Jade durch den Kopf. Das war ein Überfall von Time Knights, und sie wollten ihre Uhr. Sie hörte Peter kämpfen und hatte immer noch Archer Switchs und Mats Stöhnen im Ohr. Blinde Wut bahnte sich ihren Weg durch ihren Körper. Dann schoss ihr Kopf vor, und sie biss dem Time Knight, so fest sie konnte, in den Arm.

»Aaah!« Der Mann schrie auf und zuckte zurück.

Jade nutzte die Gelegenheit, sich von ihm zu befreien, und rutschte, so weit sie konnte, von ihm weg. Der Mann sprang aus dem Wagen und hielt seinen Arm.

»Sag bye-bye zu deinem Freund«, zischte der zweite Time Knight, der sein Dämonenschwert langsam auf Mats Brust senkte und durch dessen Shirt bohrte. Jade tastete panisch nach ihrem Schwertgriff. Als sie das kühle Metall fühlte, beschwor sie eine hell leuchtende Klinge hervor, während sie es hochriss. Sie hieb damit dem Time Knight mit aller Kraft auf die Hand, sodass ihm sein Schwert aus der Hand rutschte, vor Mats Beinen in den Fußraum fiel und erlosch.

Mit beiden Händen umklammerte Jade ihr silbrig schimmerndes Schwert. Für einen kurzen Moment sah sie dem Time Knight in die dunkelbraunen Augen. Jades Atem ging stoßweise, sie rechnete mit dem nächsten Angriff.

Doch der blieb aus. Der maskierte Mann verließ beinahe

fluchtartig das Auto, vermutlich weil der Zeitstillstand zu Ende ging. Die Autoscheiben waren schlagartig wieder frei. Jade konnte wieder nach draußen sehen. Die beiden Time Knights, die sie im Wagen angegriffen hatten, rannten zu dem Taxi vor ihnen und sprangen dort hinein. Und auch die anderen beiden Time Knights, eine sehr große und eine etwas füllige maskierte Gestalt, zogen sich von Peter Polkins zurück und stiegen zurück in das Taxi hinter ihnen.

Peter Polkins ließ sein Dämonenschwert sinken, steckte es hastig weg und lehnte sich schnaufend ans Auto.

Mat klappte den Fahrersitz nach vorne und kletterte aus dem Bristol. Das Taxi vor ihnen fuhr mit quietschenden Reifen an und verschwand auf der Tower Bridge. Hinter ihnen ging das Hupkonzert weiter.

Jade versuchte, an Gesines Käfig vorbei nach draußen zu klettern, da richtete sich Archer Switch mit Mats Hilfe auf und streckte sich. Ein wenig Blut sickerte aus einer Wunde an seiner Schläfe. »Jade?«, rief er.

»Hier!«

»Geht es dir gut? Hast du alles, was dir gehört?«, fragte er und beugte sich ins Auto hinein, um sie ansehen zu können.

»Zweimal ja«, sagte Jade nickend. »Und wie geht es Ihnen?«

»Unkraut vergeht nicht!«, rief Archer Switch und rückte seine Lederhaube zurecht.

Das Hupen draußen wurde immer lauter, und jemand zog laut schimpfend haarscharf an ihnen vorbei. Es war der Taxifahrer, der die anderen beiden Time Knights chauffierte, die Archer Switch und Peter Polkins angegriffen hatten.

»Nichts wie ab nach Hause«, sagte Archer Switch und ließ Mat einsteigen, bevor er sich ächzend hinter das Lenkrad fallen ließ.

»Sie bluten, Sir«, sagte Jade und reichte ihm eine Serviette.

»Ja, ich denke, es ist an der Zeit für ein wenig Schlaf und einen gut vernähten Imphaarfaden von Dr. Smith«, sagte Archer Switch, der sich die Serviette an die blutende Stirn presste und den Motor aufheulen ließ.

Wiedersehen

Archer Switch ließ den Bristol durch das Tor unter der großen 24-Stunden-Uhr rollen, um in den Clockmakers Market einzubiegen. Er fuhr über das holprige Kopfsteinpflaster geradewegs auf den Black Swan zu. Es war noch dunkel draußen, und nirgends in den Häusern war ein Lichtschein zu sehen. Nur die alten Straßenlaternen tauchten den Marktplatz in ein blasses Licht.

Der Wagen kam genau vor dem Eingang der Zeiterbenpension zum Stehen. Archer Switch und Peter Polkins stiegen aus und sahen sich mit gezückten Dämonenschwertern aufmerksam um. Jade beobachtete, wie die beiden sich zunickten und ihre Schwerter sinken ließen. Dann erst klappten sie die Sitze vor, sodass Mat und Jade aussteigen konnten.

Jade kletterte aus dem Wagen und streckte sich. Sie atmete tief die kühle Nachtluft ein. Der Clockmakers Market roch ganz anders als die Mad Watchmakers Lane in York. Hier in Greenwich gab es viel mehr Läden. Sie zog noch einmal tief die Luft ein. Es war eine Mischung aus herben Heilkräutern, gebrannten Erdnüssen und salzigem Themsegeruch. Es roch nach Zuhause.

Silbrig schimmernde Schutzgeister lösten sich aus ihren Galeonen über den Eingangstüren der Läden und schwebten neugierig näher.

»Welch seltener Anblick im Clockmakers Market«, sagte die Grüne Hexe vom Witch Brew und sah interessiert in den Wagen hinein.

»Ich halte ja nicht viel von motorisierten Fahrzeugen, ob zu Wasser, Luft oder Land«, sagte die Galeone des Schwertermanns, der über der Dämonenschwerterschmiede von Clarkes & Parker wohnte.

»Da gebe ich Ihnen recht«, sagte die Galeonsdame mit dem Fernglas vor dem Auge, die über Kingsley's Tickets & Maps wachte. »Ich habe immer die Galeonen bedauert, die den Timeless Sleeper bewachen müssen.«

In dem Moment flog die Eingangstür des Black Swan auf, und Odette erschien auf dem Treppenabsatz. »Ihr seid da!«, rief sie und sprang die Treppenstufen hinab. Sie flog Jade förmlich entgegen und umarmte sie so fest, dass ihr fast die Luft wegblieb. »Ich hatte solche Angst! Die ganze Nacht habe ich gewartet. Du meine Güte, hatte ich Angst um dich. Um euch alle«, flüsterte sie.

Jade erwiderte Odettes Umarmung. Es roch im Clockmakers Market nicht nur nach Zuhause, in Odettes Armen fühlte es sich sogar so an.

»Und?« Odette ließ Jade los, um Mat zu begrüßen. Dann schüttelte sie die Hände von Archer Switch und Peter Polkins. Sie sah sie fragend an. »Ist alles glattgegangen? Keine Zwischenfälle? Archer, bluten Sie etwa?«

»Ach«, sagte Archer Switch gedehnt. »Es gab tatsächlich einen kleinen Zwischenfall. Aber machen Sie sich keine Sorgen, Odette. Das ist nichts, das Dr. Smith nicht wieder flicken könnte.« Er klopfte aufs Autodach. »Vergesst euer Gepäck nicht, und dann muss ich schleunigst den Wagen in die Garage stellen und mich bei Master Gridlock zurückmelden. Er muss so schnell wie möglich über die Ereignisse in Kenntnis gesetzt werden. Kommst du mit, Peter?«

»Selbstverständlich«, sagte Peter Polkins. »Ich beende meine Aufträge immer ordnungsgemäß.«

»Vielen Dank, Mr Switch«, sagte Jade und sah ihren Lehrer für Nautische Geräte lächelnd an. Seine Lederhaube war verrutscht, und eine Dreckspur zog sich über sein Gesicht.

»Nichts zu danken«, sagte er und klappte den Fahrersitz zurück. »Es ist mir immer eine große Ehre, der Zeiterbengesellschaft dienlich zu sein.«

»Das hätte ich auch nicht treffender formulieren können«, sagte Peter, holte Gesine von der Rücksitzbank und ließ sich dann mit ihr auf dem Beifahrersitz nieder.

Odette half Mat und Jade, das Gepäck aus dem Wagen zu tragen. Archer Switch stieg ein und ließ den Motor aufheulen, woraufhin die Schutzgeister auseinanderfuhren und eilig in ihre Galeonen zurückhuschten. Und dann sahen sie alle drei den Rücklichtern des Bristol hinterher, bis er am Ende des Clockmakers Market durch das Tor verschwunden war.

»Ihr seid also überfallen worden«, sagte Odette und sah Jade und Mat forschend an.

Jade nickte. »Auf der Tower Bridge. Es waren vier Time Knights, und ich glaube, sie wollten meine Uhr.«

Odette seufzte sorgenvoll. »Seid ihr verletzt?«

»Nicht die Spur«, sagte Mat und gähnte. »Nur todmüde.« Er zog einen Schlüsselbund aus seiner Rucksacktasche. »Gute Nacht. Oder guten Morgen. Oder was auch immer.« Dann ging er zum Witch Brew hinüber, wo er während der Schulzeit in der Wohnung seiner Eltern wohnte.

»Komm, Jade«, sagte Odette. Sie nahm Jades Gepäck und stieg

die Stufen zum Black Swan hinauf. »Du musst auch schrecklich müde sein. Geh erst mal schlafen, Mr Switch wird ja Master Gridlock von dem Zwischenfall unterrichten. Ich denke, dass ihr großes Glück gehabt habt.«

»Verdammt großes Glück«, sagte Jade leise und wartete, bis Mat im Witch Brew angekommen war und die Tür hinter sich geschlossen hatte. Dann erst ging sie in den Black Swan hinein.

Die Sonne schien hell in Jades Zimmer, als sie aus einem tiefen Schlaf erwachte und ins Licht blinzelte. Dann zuckte sie zusammen, denn jemand saß auf ihrer Bettkante und starrte sie an.

»Harper! Hast du mich erschreckt«, rief Jade und setzte sich auf. »Was ist los? Warum guckst du denn so ernst? Freust du dich denn gar nicht, mich zu sehen?«

»Jade ist zurück«, flüsterte Harper, das kleine Galeonsmädchen, das Jade immer ein bisschen an eine Elfe erinnerte. Eine silberne Träne kullerte über ihr durchscheinendes Gesicht. »Master Gridlock war gestern Abend hier. Also eigentlich bei Odette, um ihr etwas streng Geheimes zu erzählen.« Sie sah sich hastig in Jades Zimmer um, dass ihre Flatterhaare nur so flogen. »Aber ich habe gelauscht«, raunte sie und riss ihre Geisteraugen weit auf.

»Und?«, fragte Jade lächelnd und schwang die Beine aus dem Bett. Sie fühlte sich ausgeschlafen, und die Nachtfahrt von York nach London schien schon Tage her zu sein.

»Er sagte, dass Mr Switch und Peter Polkins mit einem Auto nach York gefahren sind, um dich abzuholen. Und er meinte, dass ein Anschlag auf dich geplant sei und dass man alles versuchen würde, um dich zu beschützen.« Das Geistermädchen schüttelte sich und schlang dabei ihre dünnen Arme um den Körper, als könnten Geister frieren.

»Ja, ich weiß«, sagte Jade und stand auf. Sie lief zum Fenster, um auf den Clockmakers Market hinabzublicken. Hinten an der Treppe, die wie ein historischer U-Bahn-Abgang aussah, stieg Mr Darwy gerade die Stufen zur Bibliothek hinab. Es musste mitten am Tag sein, denn sämtliche Ladentüren standen weit offen, und Novizen und Touristen schlenderten mit ihren Einkäufen über den Marktplatz. Und tatsächlich zeigte die große Uhr über dem Eingang zum Clockmakers Market halb eins an.

»Du weißt?«, rief Harper entrüstet und kam hinter Jade hergeschwebt. »Du kannst dir nicht vorstellen, welche Angst ich um dich hatte!«

Jade sah ihre Geisterfreundin betroffen an. »Das tut mir sehr leid, Harper. Aber es ist ja alles gut gegangen.« Am liebsten hätte sie das Geistermädchen in den Arm genommen. Aber das Geisterumarmen war genauso zwecklos wie der Versuch, den Nebel einzufangen. Jedenfalls meistens. Jade hatte gelernt, dass die Schutzgeister sich verdichten konnten und dass dieses schon allein dafür notwendig war, um nicht im Schlaf aus der Galeone zu fallen. Doch zum Verdichten brauchte ein Schutzgeist entweder eine starke Emotion, absolute Geborgenheit oder viel Konzentration. Dann konnte er sich auf eine Tischplatte setzen oder einen Gegenstand tragen. Da Harper aber oft unaufmerksam war, griff Jade ständig durch sie hindurch, und das war ein sehr unangenehmes, eisiges Gefühl. »Und wie geht es dir? Was hast du im Sommer so ohne mich gemacht?«

»Pah, Sommer. Diese vielen Gewitter machen mir immer so viel Aaaangst. Die kommen von den vielen Zeitstillständen, meint der Marschall«, sagte Harper. Dann legte sich ein seliges Strahlen auf ihr Gesicht. »Ich habe in den Ferien gearbeitet!«

»Wo denn?« Jade setzte sich auf die Fensterbank und sah Harper neugierig an.

»Zwei Wochen in der Bibliothek, zwei Wochen im Maritimen Museum, zwei Wochen im Time House und die letzten zwei Wochen im Heulenden Hund. Odette hat mich immer von einem Praktikum zum nächsten getragen. Ach, es war einfach himmlisch!« Harper lehnte sich verträumt an die Wand und wäre beinahe hindurchgefallen.

»Das ist ja aufregend!«, sagte Jade. »Du bist wirklich sehr mutig geworden.«

Harper flog einen ausgelassenen Salto durch Jades Zimmer und rief: »Morgen ist schon September, Jade! September. Und was bedeutet das?« Sie bremste ihren Flug ab und blieb haarscharf vor Jade in der Luft stehen. »Na?«

Jade spürte Harpers eisigen Luftzug. »Die Academy öffnet wieder?«

Harper schüttelte wie wild mit dem Kopf. »Natürlich tut sie das, aber was hat das mit mir zu tun?«

»Dann sag du es mir«, sagte Jade lächelnd.

Harper streckte beide Hände in die Luft und wackelte mit ihren langen Geisterfingern. »Es sind nur noch zehn Monate bis zu meiner Geisterprüfung. Wenn ich die bestehe, bin ich ein ausgelernter Vollgeist und darf auf dem Timeless Sleeper arbeiten.«

»Ach ja!«, rief Jade, und mit einem Mal wurde ihr ganz mulmig, denn das traf ja auch irgendwie auf sie selbst zu. Zehn Monate waren es nur noch, und dann würde sie an der Clockmakers Academy ihren Schulabschluss zur ausgebildeten Zeiterbin machen. Was sie danach machen wollte, wusste sie noch nicht. Henry, der in ihrem ersten Jahr an der Academy ihr Mentor gewesen war, hatte nach seiner Ausbildung eine Uhrmacherlehre bei Mr Linnaker begonnen. Und auch Orla wusste schon ganz genau, was sie werden wollte: Sie hatte sich um den einzigen Studienplatz in Zeiterbenheilkunde bei Dr. Smith beworben.

Jade lief zum großen Wandspiegel und zog an dem kleinen Griff, durch den man den Spiegel nach innen öffnen konnte. Dahinter lag ein schummriges, enges Treppenhaus, das zu einem kleinen Turmzimmer hinaufführte. Zugang zu dem Turmzimmer hatte man nur durch Jades Zimmer oder durch die versteckte Tür in Orlas Zimmer. Gerade als Jade durch die halbhohe Öffnung zu Orla hinübergehen wollte, rief Harper: »Da ist doch niemand!«

Jade drehte sich fragend zu Harper herum. »Wieso, wo ist Orla denn?«

»In ihrem neuen Zimmer«, sagte Harper und gähnte herzhaft. »Du kennst doch die Regeln: Die Novizen, die die Sommerfreien im Black Swan verbringen, ziehen einen Tag vor der Ankunft der Neunovizen in ihr neues Zimmer um. Du warst in den Ferien nicht hier, deshalb musst du heute erst das Zimmer räumen.«

»Wir müssen umziehen und dürfen nicht in diesen Zimmern bleiben?«, fragte Jade enttäuscht. Sie hatte dieses Zimmer mit dem geheimen Eingang zum Turmzimmer so geliebt. Wie oft hatte sie sich nachts mit Orla dort oben getroffen und den abenteuerlichen Liebesgeschichten von Lady Pommery, der Galeonsdame aus Orlas Zimmer, gelauscht.

Harper kroch in ihre Galeone und murmelte: »Also, wenn es nach Jenna gegangen wäre, dann hätte sie dich schon um sieben Uhr heute Morgen aus dem Bett geschmissen, damit du das Zimmer endlich räumst.«

Jade lief in das kleine Badezimmer. »Wo ist Orla jetzt eigentlich? Und weißt du, wo mein neues Zimmer sein wird?«, rief sie.

»Ich habe noch nicht nachgesehen«, sagte Harper und sah noch einmal aus der Galeone heraus. »Mir war schrecklich übel, seit ich gestern Abend erfahren habe, dass du in so großer Gefahr bist. Ich habe mich nicht vom Fenster fortbewegt und auf dich gewartet. Und heute hast du stundenlang geschlafen, und ich habe dich bewacht.« Sie gähnte noch einmal, schloss ihren Mund mit einem lauten Hickser und legte sich zum Schlafen in ihre Galeone.

Jade ging zu der Galionsfigur ihrer Geisterfreundin hinüber und klopfte sanft an das glatte Holz. »Danke, Harper!«

»Gern geschehen«, murmelte Harper verschlafen, ohne sich noch einmal zu zeigen.

Jade ging durchs Zimmer und öffnete die Tür, als ihr mehrere Koffer entgegenfielen. Jemand musste sie genau vor ihrer Zimmertür aufgebaut haben. »Was soll das denn?« Fluchend stieg Jade über das Gepäck, zog es aus dem Weg und schloss die Tür hinter sich. Dann ging sie durch den Flur und das Treppenhaus nach unten. Der Weg durch den Black Swan war von Galionsfiguren gesäumt, in denen die Schutzgeister der Pension wohnten. Zweimal musste sie den Kopf einziehen, weil der riesige Schwarm Teufelsnadeln sie sonst getroffen hätte. Und jeder wusste, dass diese schwarzen Libellen, die einen Zeitstillstand vorhersagen konnten, bei Berührung einen grässlichen Hautausschlag verursachten.

Als Jade auf dem letzten Treppenabsatz angekommen war, hämmerte jemand laut gegen die Eingangstür des Black Swan. Sie sah, wie Elliott Baker, der Empfangschef, zur Tür schlurfte und diese öffnete. »Herzlich willkommen im Black Swan, Londons einziger Pension mit Schutzgeist –«

»Ich muss mit Ihnen sprechen, hören Sie!«, unterbrach ihn ein älterer Mann, der sich an Elliott Baker vorbei in die Eingangshalle schob. Jade fiel auf, dass er beim Laufen sein rechtes Bein nachzog. Er ging zum Empfangstresen und wartete auf Elliott Baker, der sorgsam die Tür hinter ihm schloss. Elliott Baker ging zurück zum Empfang, steckte sich wie immer seinen Bleistiftstummel hinters Ohr und sah den Gast fragend an. »Womit kann ich Ihnen dienen?«

»Es geht um meine Enkelin Lucy, Lucy Ballantyne. Sie wohnt hier im Black Swan. Sie erzählte mir gerade, dass ihr neues Zimmer im Flur Zweieinhalb liegt und nicht in unmittelbarer Nähe zu dem Zimmer ihres Bruders. Ich bin hier, um das zu korrigieren. Sie werden Lucy umgehend ein anderes Zimmer zuteilen. Und zwar eines, das meinen Wünschen entspricht.«

Jade hatte aufgehorcht, als Lucys Name gefallen war. Der Mann dort unten war also Lucys und Henrys Großvater, bei dem die beiden aufgewachsen waren. Sie setzte sich auf eine Treppenstufe und beobachtete den Mann durchs Treppengeländer.

Elliott Baker sah ihn bedauernd an. »Es tut mir wirklich sehr leid, Mr Ballantyne. Aber hier im Black Swan gibt es eine Menge Regeln, und die stehen alle in diesem Buch hier.« Er griff unter den Tisch und knallte dann ein dickes, in dunkles Leder eingebundenes Buch auf den Tresen. »Eine dieser hier niedergeschriebenen Regeln besagt, dass die Novizen in festgelegter Ordnung für jedes Academyjahr ein neues Zimmer erhalten. Und ich fürchte, nichts und niemand wird an dieser Ordnung etwas ändern können.«

Mr Ballantyne beugte sich über den Empfangstisch und raunte etwas, das Jade nicht verstand. Doch an Elliott Bakers rot anlaufendem Gesicht war zu erkennen, dass er ihn nun verärgert hatte.

»... und deshalb will ich nun augenblicklich mit dem Leiter dieser Pension sprechen!«, sagte Mr Ballantyne laut und rückte seine Krawatte zurecht.

»Eine Leiterin, Sir«, stieß Elliott Baker hervor und drehte sich zu der Tür hinter dem Empfang herum, hinter der Odettes

Büro war. Er klopfte an, verschwand in dem Raum und schloss die Tür hinter sich.

Jade erhob sich von ihrem Platz auf der Treppe und ging nach unten in die Halle. Ihr Herz klopfte schnell, als sie an den Empfangstisch trat und sich räusperte. »Guten Tag, Sir. Ich habe gerade zufällig gehört, dass Sie der Großvater von Lucy und Henry sind …«

Der alte Ballantyne drehte sich zu Jade herum und musterte sie von Kopf bis Fuß. Er war recht groß, in einen dezent karierten Anzug gekleidet und mit harten Gesichtszügen unter dem weißen, schütteren Haar.

Jade wurde unter seinem strengen Blick ganz mulmig, und sie musste sich überwinden, weiterzusprechen. »Ich frage mich, wie es Henry geht.«

Mr Ballantyne presste seine Lippen zu einer dünnen Linie zusammen. »Und wer möchte das wissen?«, zischte er.

»Jade Ryder!«, rief da Jenna, das Hausmädchen, von der Treppe. »Bist du also endlich aufgewacht.«

Jade drehte sich zur Treppe herum. »Hallo, Jenna! Ja, tut mir leid, wir sind die ganze Nacht unterwegs gewesen.«

»Hab ich gehört!«, rief Jenna und deutete mit ihrem Staubwedel auf Jade. »Du hast noch bis drei Uhr, um dein Zimmer zu räumen.« Dann drehte sie sich auf dem Absatz um und verschwand nach oben.

»Du bist also Jade Ryder«, sagte Mr Ballantyne düster, als Jade sich ihm wieder zuwandte. »Und du hast die Frechheit, mich anzusprechen?«

»Sir, ich wollte nicht …«, begann Jade, und sie war sehr erleichtert, dass Odettes Bürotür geöffnet wurde und Elliott Baker und Odette an den Empfangstisch traten.

Odette sah mit hochgezogenen Augenbrauen zwischen Jade und Mr Ballantyne hin und her. Dann eilte sie um den Tresen herum, lächelte Mr Ballantyne an und sagte: »Wie schön, Sie einmal persönlich kennenzulernen, Mr Ballantyne! Kommen Sie, gehen wir in den Salon und unterhalten uns in Ruhe.«

»Hören Sie, Ms Ryder«, sagte Mr Ballantyne scharf. »Ich habe nicht viel Zeit.«

»Sicher, kommen Sie«, sagte Odette seelenruhig und führte Mr Ballantyne in den Salon. Als sie die Tür hinter sich geschlossen hatten, drehte Jade sich zu Elliott Baker herum. »Jetzt weiß ich immer noch nicht, wie es Henry geht.«

»Wieso fragst du ihn nicht selbst?« Elliott Baker sah augenzwinkernd an Jade vorbei. »Da kommt er.«

Jades Herz klopfte schneller, als sie sich langsam herumdrehte. Henry kam gerade aus dem Speisesaal, blieb in der Tür stehen und sah sie an.

»Henry«, flüsterte Jade. »Du bist zurück.« Sie eilte auf ihn zu und hätte ihn am liebsten umarmt. Doch stattdessen blieb sie kurz vor ihm stehen und sah ihn forschend an. Er sah krank aus. Die schweren Verletzungen beim Kampf gegen den Pförtner der Unwelt hatten Spuren hinterlassen. Sein Gesicht war blass, eine Narbe zog sich von seinem Hals bis zum Kragen seines Shirts hinab. Mehr noch als die körperlichen Spuren sah Jade aber die Veränderung in seinen Augen. Henry war ein anderer geworden, und vermutlich würde er das Erlebte nie vergessen können, besonders aber nicht den endgültigen Tod seines Vaters in der Schattenkluft. Das Ende eines Totengängers, das sie besiegelt hatte. Monatelang hatte Jade gegrübelt, ob Henry jemals wieder mit ihr sprechen würde, ob er sie auch nur ansehen konnte.

Der Blick, mit dem er Jade musterte, war schmerzlich und

ernst. Henry kam langsam auf sie zu und legte seinen Zeigefinger unter ihr Kinn. »Jade Ryder!«, flüsterte er. Dann beugte er sich vor und hauchte einen Kuss auf ihre Lippen. So zart war die Berührung, dass sie nicht mehr war als das Streifen eines Libellenflügels.

Jades Herz machte einen Satz. »Es tut mir alles so leid. Du kannst dir gar nicht vorstellen, wie ich in den letzten Monaten in Sorge um dich war.«

»Ich habe auch immerzu an dich gedacht«, sagte Henry leise.

»Er ist zurück!«, rief da eine Frauenstimme, und der Geist von Lady Sybille schälte sich aus ihrer Galeone. Sie schwebte auf Henry zu und jauchzte. »Und du wirkst so lebendig und kraftvoll!« Sie umflog Henry und legte dann ihre Geisterhand unter sein Kinn und seufzte. »Obwohl ich es vorgezogen hätte, dass du gestorben wärst und wir beide endlich im Reich der Geister vereint sein könnten.«

»Eines Tages, Lady Sybille«, sagte Henry, und Jade sah, dass sich der Hauch eines Schmunzelns über sein Gesicht zog.

»Wie können Sie so etwas sagen?« Jade sah Lady Sybille schockiert an. »Sind Sie nicht ein Schutzgeist, der das Leben bewacht?«

Da wurde die Salontür geöffnet, und Mr Ballantyne kam, von Odette gefolgt, in die Eingangshalle.

Lady Sybille warf Henry eine Kusshand zu und bedachte Jade mit einem bitterbösen Blick. Dann huschte sie flugs zurück in ihre Galeone.

»Ich hoffe, ich war deutlich genug, Ms Ryder«, sagte Mr Ballantyne gerade und drehte sich in Odettes Richtung.

»Machen Sie sich keine Sorgen, Mr Ballantyne«, sagte Odette. »Ich kann Ihre Bedenken gut verstehen und werde alles mit dem Hauspersonal besprechen und entsprechende Vorkehrungen treffen.«

Als Mr Ballantyne Henry und Jade entdeckte, kam er näher und sah Jade finster an. Dann drehte er sich um und lief zur Eingangstür. Ohne ein weiteres Wort verließ er den Black Swan.

»Jade Ryder!«, rief da Jenna vom Treppenabsatz. »Willst du jetzt mal endlich mit dem Umzug beginnen? Wie lange soll das ganze Gepäck eigentlich noch in Flur Zweieinhalb rumstehen?«

»Ich mache es jetzt sofort!«, rief Jade.

»Nein, Jenna, es gibt eine Planänderung. Komm doch mal bitte zu mir ins Büro«, sagte Odette und lächelte Henry und Jade kurz an, bevor sie durch die Eingangshalle zum Empfang lief.

»Ich hör heute immer nur Planänderung«, maulte Jenna beim Herabsteigen der Treppe und hätte um ein Haar den Schwarm Teufelsnadeln nicht rechtzeitig bemerkt, der haarscharf an ihrem Kopf vorbeirauschte.

Als alle fort waren, stand Jade noch immer wie angewurzelt vor der Tür des Speisesaals und sah Henry an. »Dein Großvater hasst mich«, flüsterte sie.

Henry nickte. »Stimmt. Aber Großvater hasst viele Menschen.« Er zuckte nur mit den Schultern, dann lief er zur Treppe und ging nach oben, ohne sich noch einmal umzudrehen.

Von Nebeldrachen

Im Speisesaal traf Jade nicht wie gehofft auf Orla oder auf Betsy, die Köchin des Black Swan. Barney, der Pianist, spielte mit verträumtem Blick eine romantische Melodie. Einige Pensionsgäste saßen an den runden Tischen, auf denen große, magische Sanduhren standen. Um Mitternacht drehten sich diese Stundengläser wie von Zauberhand um. An dem langen Novizentisch vor der Fensterreihe, aus der man den Clockmakers Market überblicken konnte, saßen zwei Mädchen, die Jade noch nie gesehen hatte. Sie waren also höchstwahrscheinlich Neunovizinnen.

Jade nahm sich vom Mittagessen nur einen Pfannkuchen und wickelte ihn in eine Serviette ein. Dann ging sie nach oben, um ihre Sachen zu packen. Ihre beiden Taschen vom Sommer in York hatte sie noch gar nicht ausgepackt, das machte es einfacher.

Sie hatte gerade ihren alten Koffer mit der kaputten Schnalle hinten aus dem Kleiderschrank gezogen, als jemand über den Flur gerannt kam. Kurz darauf stürmte Orla ins Zimmer. Sie trug noch ihre schwarze Witch-Brew-Schürze, und ihr Haar, das sie zu einem Knoten zusammengebunden hatte, hing ihr wirr ins Gesicht. »Jade, du bist endlich zurück!«, rief sie und stürzte auf sie zu.

»Orla!«, rief Jade und umarmte ihre Freundin. Dann fiel ihr das Wichtigste wieder ein. »Stell dir vor, ich habe Henry getroffen, und er hat mich geküsst. Also irgendwie.«

»Ist nicht wahr«, sagte Orla verblüfft, dann breitete sich ein Strahlen auf ihrem Gesicht aus. »Na endlich! Das wurde ja auch Zeit. Hach, wie romantisch. Aber wann ist der denn angekommen? Ich habe ihn noch nicht gesehen. Lucy auch nicht.«

»Stimmt, Lucy habe ich auch noch nicht gesehen. Aber Henry und seinen Großvater. Nun ja, auf den hätte ich verzichten können.« Jade sah auf ihre gepackten Sachen. »Wo ist eigentlich mein neues Zimmer? Weißt du das?«

Orla grinste. »Sag bloß, du weißt das Beste noch nicht.«

Jade horchte auf. »Das Beste?«

Orla schnappte sich zwei von Jades Taschen und sagte: »Komm, ich zeig es dir.«

»Und was wird aus mir?«, rief Harper und quetschte sich aus ihrer Galeone hervor.

»Na, ganz einfach«, sagte Jade, lief durchs Zimmer und nahm Harpers Galionsfigur von der Wand. »Ich nehme dich mit. Jetzt sofort. Ohne dich ziehe ich nämlich erst gar nicht um.«

Orla lachte, als Harper vor Freude jauchzte und zurück in ihre Galeone huschte. »Ich schätze auch, dass das in Ordnung ist. War ja letztes Jahr auch so.« Dann senkte sie die Stimme. »Und jetzt nichts wie weg, sonst kommt Lady Pommery noch auf die Idee, dass ich sie auch mitnehmen will.« Jade grinste. Eigentlich hatten sie und Orla Lady Pommery sehr gern, aber die Gute hatte sie doch wirklich oft um den Schlaf gebracht. Lady Pommery war eben eine schrille Galeonsdame von gewisser Berühmtheit, und sie konnte nächtelang von ihren Abenteuern und Liebschaften erzählen.

Orla ging mit Jades Gepäck voran zum Treppenhaus. Jade folgte ihr mit Harpers Galeone im Arm, und sie stiegen die Stufen hinab zu Stockwerk Eineinhalb. Jade sah sich neugierig um, als Orla eine samtbezogene Schwingtür aufschubste und sie in einen Flur eintraten, der mit dickem Teppich ausgelegt war. An den Wänden hingen überall silberne Kerzenleuchter und warfen ein flackerndes Licht an die dunkelgrünen Tapeten.

Orla blieb stehen, um auf Jade zu warten. »Hier im Flur Eineinhalb wohnen die Novizen des Abschlussjahrgangs. Es gibt ein extra Regelbuch für diesen Flur.«

Jade verdrehte die Augen. Als wäre die Hausordnung des Black Swan nicht auch so schon dick genug.

Orla lief immer weiter bis zum Ende des Flurs. Sie stellte Jades Taschen ab und zog einen Schlüssel hervor.

»Ist das dein Zimmer?«, fragte Jade.

»Warte es ab«, sagte Orla und lächelte geheimnisvoll. Dann schubste sie die Tür auf und ließ Jade an sich vorbei in den Raum eintreten.

Es war ein Kaminzimmer mit deckenhohen, vollgestopften Bücherregalen und vier Sesseln, die mitten im Raum um einen Sofatisch standen. Zwischen die Bücherregale waren Schreibpulte eingelassen. Im Kamin prasselte ein Feuer, obwohl es Ende August war. Über dem Kamin hing die Galeone einer zweiköpfigen Frau, die mit sich selbst zu tanzen schien. An beiden Seiten des Raumes führte eine schmale, verzierte Holztreppe vor den Bücherregalen entlang auf zwei kleine Balkone, von denen jeweils zwei Türen abgingen.

Orla schubste die Tür hinter sich mit dem Fuß zu.

»Ich wusste gar nicht, dass es so schöne Zimmer hier in den unteren Fluren des Black Swan gibt«, sagte Jade staunend.

»Das hier ist unser gemeinsames Wohnzimmer, wir leben nämlich im letzten Academyjahr mit mehreren Novizen in einer Art WG. Vermutlich, damit uns die Neunovizen nicht immer stören und wir uns in Ruhe auf die Prüfungen vorbereiten können«, sagte Orla strahlend und deutete hoch zu den Türen auf den schmalen Balkonen. »Dort oben geht es zu den Schlafräumen.« Sie stieg die linke Treppe hinauf und ging zu der ersten Zimmertür, an der *Jade Ryder* stand. »Hier ist dein Zimmer, das daneben ist meins.«

Jade folgte Orla und stellte Harpers Galeone neben ihre Zimmertür. Doch als sie in ihr neues Zimmer eintreten wollte, war es verschlossen.

»Den Schlüssel kriegst du von Jenna«, sagte Orla, stellte Jades Gepäck vor die Tür und stieg die Treppe wieder hinab. Sie ließ sich in einen der Sessel fallen. »Du musst übrigens immer daran denken, dass du die Tür unten zum Flur fest verschließt. Wir haben hier nämlich unser eigenes Prognosetier, das ganz scharf auf Insekten aller Art ist, also auch auf Teufelsnadeln.« Sie sah sich überall in dem Kaminzimmer um. »Wo ist er denn gerade?«

»Wen suchst du denn?«, fragte Jade.

»Das Prognosetier«, sagte Orla und sah unter dem Tisch nach.

Jade stieg die Treppe wieder hinab und ging an der anderen Seite auf den Balkon, um die Schilder an den beiden Zimmertüren zu lesen. *Emily Smith* und *Tracy Jones* stand an den Türen, und sie nickte zufrieden. Die beiden Novizen waren so wie sie ab morgen im letzten Ausbildungsjahr, und sie mochte beide, auch wenn sie noch nicht viel mit ihnen zu tun gehabt hatte.

Als sie die Treppe wieder hinabstieg, sah sie etwas aus einem Bücherregal kriechen. Es war ein blau schimmerndes, etwa handtellergroßes Tier, das wie ein kleiner Drache aussah. Es lief über eines der Schreibpulte und verschwand dahinter. »Was war das?«

»Sah es aus wie ein Drache?«, fragte Orla und nahm sich eine Handvoll Erdnüsse aus einer kleinen Schale vom Tisch.

Jade nickte und sah unter dem Schreibpult nach, ob sie das Tier finden konnte.

»Dann war es der Blaue Nebeldrache«, sagte Orla. »Er ist unser Prognosetier hier im Kaminzimmer. Aber keine Panik, der ist wirklich niedlich und harmlos zugleich. Er spuckt kurz vor dem Zeitstillstand Nebel, der sich blitzartig ausbreitet. Ein bisschen kalt und gruselig, aber extrem harmlos.« Orla kicherte. »Nebenan in der WG haben sie einen gehörnten Stinkmull.« Sie verzog das Gesicht. »Der sondert kurz vor dem Zeitstillstand den Geruch ab, den man am meisten hasst. Riecht dann für jeden unterschiedlich dort in dem Aufenthaltsraum.«

»Ich glaube, ich bin mit dem Blauen Nebeldrachen sehr zufrieden«, sagte Jade grinsend.

Da hörte Jade, wie von außen ein Schlüssel ins Schloss des Kaminzimmers gesteckt wurde, und sie und Orla sahen gespannt zur Tür. Doch es war nur Jenna, die mit einer Werkzeugkiste ins Zimmer kam.

Als ihr Blick auf Jade fiel, nickte sie. »Du hast also endlich angefangen«, sagte sie, dann zuckte sie mit den Schultern. »Nicht, dass es jetzt noch von großer Bedeutung wäre.«

»Wie bitte?«, fragte Jade verblüfft. »Ich ziehe nicht um?«

»Du schon«, sagte Jenna und nahm einen Schraubenzieher aus ihrer Werkzeugkiste. Dann ging sie die Treppe zu dem rechten Balkon hinauf und begann, das Namensschild an einer der Türen abzuschrauben. »Deine Nachfolgerin zieht nicht in dein altes Zimmer ein. Kannst dir also ausnahmsweise Zeit lassen mit dem Umzug, ich komme heute sowieso nicht mehr zur Generalreinigung.«

Sie steckte das Namensschild und die Schrauben in ihre Schürzentasche und ging dann zu der zweiten Tür, um auch das Namensschild von Emily Smith abzuschrauben.

»Was hat das zu bedeuten, Jenna?«, fragte Orla leicht besorgt. »Bekommen wir ein anderes Zimmer?«

»Ihr nicht«, sagte Jenna nuschelnd, denn sie hatte sich eine der kleinen Schrauben zwischen die Lippen geklemmt. Als auch das zweite Namensschild abgeschraubt war, stieg sie die Treppe wieder hinab, warf den Schraubenzieher und die Schilder in ihre Werkzeugkiste und klappte sie wieder zu. Dann kramte sie in ihrer Rocktasche und zog zwei Schlüssel hervor, die sie Jade reichte. »Hier, das ist dein Zimmerschlüssel und das der Generalschlüssel für diesen gemeinsamen Aufenthaltsraum. Bitte denk dran, dir von Elliott Baker eine Flurordnung zu besorgen.«

»Danke, Jenna!« Jade nahm die Schlüssel entgegen. »Aber wer zieht denn nun in diese beiden Zimmer hier ein?«

»Was weiß ich?«, sagte Jenna schulterzuckend. »Ich blicke nicht mehr durch.« Da entdeckte Jenna Harpers Galeone. »Ist das mit Odette abgesprochen? Von einem Galeonenumzug war gar keine Rede.«

Jade sah Jenna trotzig an. »Ich ziehe jedes Jahr mit Harper gemeinsam um.«

Jenna seufzte kurz auf. »Wundern täte es mich nicht. Planänderungen gehören dieses Jahr irgendwie dazu. Ich habe jedenfalls noch nie einen Zimmerwechsel erlebt, bevor die ersten Novizen mit Feuerflüchen aufeinander losgegangen sind.«

Jade und Orla warfen sich einen ungläubigen Blick zu.

Jenna nahm ihren Werkzeugkasten und ging zur Tür. »Putzen

müsst ihr hier alleine, und zwar auch den Kamin. Denkt immer an genügend Feuerholz, denn bekanntlich darf das Feuer nie ausgehen.« Sie war schon aus dem Zimmer getreten, als sie den Kopf noch einmal zur Tür hereinsteckte. »Der Blaue Nebeldrache muss immer mit reichlich Achat-Wasser versorgt werden.«

»Bring ich gleich mit, das verkaufen wir im Witch Brew«, sagte Orla.

»Genau«, sagte Jenna. »Wenn ihr mögt, könnt ihr ihm Eukalyptus oder Zitronenmelisse ins Wasser mischen, dann riecht der Nebel angenehmer. Und ansonsten frisst er gewöhnliche Insekten, bekommt ihr alles bei Austin's, gleich neben Kingsley's. Aber Mehlwürmer reichen völlig, hört ihr? Verwöhnt ihn nicht zu sehr, sonst hab ich in den Ferien immer das Gerenne am Hals. Das Geld bekommt ihr von Odette zurück, denkt also an die Quittungen.« Dann fiel die Tür hinter Jenna ins Schloss.

»Ich bin ja sehr gespannt, wer dort nun einziehen soll«, sagte Orla und sah zu den beiden namenlosen Türen.

»Vielleicht ja gar keiner«, überlegte Jade, stieg die Treppe hinauf und ging zu ihrer Zimmertür, um sie aufzuschließen.

»Das wäre ja dann noch himmlischer als unser geheimes Turmzimmer im letzten Schuljahr«, sagte Orla und zog ihre Witch-Brew-Schürze aus. »Das war mein letzter Dienst in den Ferien. Jetzt ist die schöne Zeit schon wieder vorbei. Was hältst du davon, wenn wir gleich in den Heulenden Hund gehen? Ich will nämlich alles aus York und von eurer Reise hierher hören. Mat hat da vorhin im Witch Brew so gruselige Andeutungen über einen Überfall gemacht.«

Jade drehte sich auf dem kleinen Balkon zu Orla herum und lehnte sich über das Geländer. »Wir sind tatsächlich überfallen worden. Von vier Time Knights, mitten auf der Tower Bridge.«

»Ist nicht wahr!«, rief Orla erschrocken.

»Doch, das erzähl ich dir aber gleich in Ruhe, okay?«, sagte Jade, hob Harpers Galeone auf und trat in ihr Zimmer.

Sofort fiel Jade auf, dass ihr Zimmer auch in diesem Jahr an der Vorderfront des Gebäudes lag und sie durch das hohe Sprossenfenster einen guten Überblick über den Clockmakers Market hatte. Darüber freute sie sich am meisten, auch wenn das Zimmer einfach beeindruckend war. Ein Himmelbett stand auf einem kleinen Podest, das man über eine runde Treppe erreichte, die genauso verziert war wie die beiden Treppen im Kaminzimmer. Unter dem Podest waren mehrere Schubladen eingelassen. An der anderen Seite der Wand hing die Galionsfigur eines alten Seemanns mit Pfeife, und daneben war die Klappe für die Rohrpost. Darunter war eine verzierte Holzschale angebracht, in die ankommende Rohrpostkugeln fallen konnten. Eine Kugel war schon da.

Jade stellte Harpers Galeone ab und nahm die kleine Metallkugel aus der Schale. Sie schraubte sie auf und zog einen Zettel heraus.

Hallo, Jade Ryder, du musst noch dringend deine Kopie der Hausordnung für Flur Eineinhalb abholen und den Empfang bestätigen. Elliott Baker

Jade steckte den Zettel in ihre Hosentasche und legte die Kugelhälften in die Halterung an der Wand. Sie schob die beiden Taschen, die Orla hergetragen hatte, in ihr neues Zimmer und schloss die Tür dann von außen ab. »Okay, Orla. Lass uns losgehen. Ich hole nur schnell meine Tasche aus dem alten Zimmer, und den Rest trage ich morgen herüber. Jenna hat ja gesagt, dass ich mich mit dem Umzug nicht beeilen muss.«

»Ah, ich habe schon auf dich gewartet, Jade Ryder!«, rief Elliott Baker, als Jade und Orla die Treppe herabkamen.

»Na, Mr Baker?«, sagte Jade und beugte sich über den Tresen. »Haben Sie sich nach Mr Ballantynes Auftritt schon beruhigt?«

Mr Baker zog ein Buch hervor und legte es auf den Empfangstisch. »Gelassenheit ist die wichtigste Eigenschaft eines Empfangschefs. Das hier ist die Hausordnung für Flur Eineinhalb.« Er drehte sich zu den Regalen hinter sich herum und suchte in den verschiedenen Fächern nach einem Formular. »Ah, hier ist es ja«, sagte er und wandte sich wieder Jade zu. »Wenn du dann bitte hier unterschreiben würdest.« Er deutete auf eine Linie unten auf dem Papier und schob Jade einen Kugelschreiber hin.

Jade warf einen skeptischen Blick auf das Regelbuch. »Das ist ein ganz schön dickes Buch für einen einzigen Hausflur.« Sie unterschrieb auf dem Formular.

»Es gibt in Flur Eineinhalb ja auch jede Menge Ausnahmen von den allgemeingültigen Regeln«, sagte Elliott Baker. Er beugte sich über den Empfangstisch. »Und die sind nicht immer nur zum Nachteil der Novizen. Das betrifft zum Beispiel die Ausgangssperre.« Dann richtete er sich wieder auf und rückte seine Fliege zurecht. »Jedenfalls solltet ihr euch so schnell wie möglich mit den neuen Regeln vertraut machen.«

»Aber klar, Sie kennen uns doch«, sagte Orla.

»Eben drum«, erwiderte Elliott Baker.

Da wurde die Tür von Odettes Büro geöffnet, und sie blickte neugierig in die Eingangshalle. »Hab ich eure Stimmen also richtig erkannt«, sagte sie und trat an den Empfangstisch. »Ihr geht aus?«, fragte sie mit Blick auf Jades Umhängetasche.

»Ja, wir wollen in den Heulenden Hund rüber«, sagte Jade und nahm das Buch vom Empfangstisch. »Komm doch mit!«

»Ja genau!«, rief Orla strahlend. »Sie auch, Mr Baker.«

Elliott Baker und Odette warfen sich einen schmunzelnden Blick zu.

»Geht nur, ihr habt sicher auch so genügend Gesprächsstoff«, sagte Odette. »Aber kommt nicht zu spät zurück, Betsy kocht nämlich schon seit sechs Uhr heute Morgen für das große Coming-Home-Essen heute Abend.«

Elliott Baker nickte. »Allein diese Berge an Yorkshire-Puddings!«

Odette sah sich in der Eingangshalle um. Dann sagte sie leise: »Das Problem ist, dass wir Betsy nicht klarmachen konnten, dass es viele Schüler in diesem Jahr nicht pünktlich nach Greenwich schaffen werden. Aufgrund der Gefahrenlage hat Master Gridlock die Reise per Timeless Sleeper und Zeitsprung untersagt. Und wie gefährlich und lang eine Auto- oder Zugreise sein kann, hast du ja letzte Nacht erlebt, Jade.«

»Aber einige sind ja schon da«, sagte Orla.

»Zum Glück!« Odette seufzte. »Aber was sind schon einige Novizen gegen hundertsechzig Yorkshire-Puddings? Lasst uns also bitte nicht hängen.«

»Wer hilft Betsy eigentlich in der Küche?«, fragte Jade, die sich an die Vorbereitungen im letzten Jahr noch gut erinnern konnte, denn da hatte sie Küchendienst gehabt und mit Betsy all die köstlichen Dinge fürs Fest gekocht.

»Lucy Ballantyne«, sagte Odette. »Ich war vorhin in der Küche, die beiden verstehen sich offenbar prima.«

»Bist du ganz sicher, dass es wirklich Lucy ist?«, fragte Orla überrascht.

»Ja, ganz sicher«, sagte Odette lächelnd.

Jade sah Odette verblüfft an. Lucy Ballantyne hatte in ihrem ersten Jahr an der Academy so gut wie kein Wort gesprochen.

Ständig war sie in Ohnmacht gefallen, und erst viele Monate später hatte Jade erfahren, dass sie unter dem Einfluss eines mächtigen Kontrollzaubers gestanden hatte. Sie war nun wirklich sehr gespannt darauf, Lucy wiederzusehen.

Jade ging zu ihrem Postfach und legte das Regelbuch hinein. Sie würde es später mit hinauf in ihr Zimmer nehmen.

»Also dann bis später zum Yorkshire-Pudding-Essen«, sagte sie grinsend, winkte Odette und Elliott Baker zum Abschied zu und folgte Orla zur Tür.

Als sie auf den Clockmakers Market hinaustraten, fiel es Jade direkt auf, dass noch längst nicht alle Zeiterbenfamilien und Novizen angereist waren. Sonst musste man sich am letzten Ferientag durch Horden von Zeiterben zu den Läden hindurchquetschen.

Die Tür vom Heulenden Hund stand offen. Schon draußen hörte man die lauten Stimmen, und es ging dort offenbar heute hoch her.

Jade und Orla betraten den Pub und schoben sich an den vielen Tischen vorbei zum Tresen. Die Gäste waren in laute, aufgeregte Gespräche vertieft, und niemand beachtete sie.

An einem der Tische saß Mr Darwy zusammen mit Mr Linnaker und Mr Parker. Seine rechte Hand lag wie immer auf dem Silberknauf seines Stockschirms.

»Bin ich froh, Sie gesund und munter wiederzusehen, Mr Darwy!«, sagte Jade und nickte lächelnd in die Runde. »Sie alle natürlich.«

Mr Darwys Gesicht hellte sich auf. »Du bist zurück!« Er sah sie forschend an. »Bist du fündig geworden?«

Jade schüttelte mit dem Kopf. »Nein, aber es waren trotzdem

die schönsten Ferien meines Lebens. York ist einfach so magisch schön.«

Mr Darwy sah Mr Linnaker und Mr Parker schmunzelnd an. »Hab ich es euch nicht gesagt? Sie kommt ganz nach ihrer Mutter.« Er hob sein Glas Snat, und die drei Männer stießen miteinander an.

»Ah, wie schön!«, rief Penny, als sie sie entdeckte. »Ihr seid zurück.«

»Wer ist zurück?«, fragte Mr Hook, der Schaffner des Timeless Sleepers, der auf einem Barhocker neben ihnen saß.

»Zwei Novizinnen sind zurück«, sagte Penny und deutete auf Orla und Jade.

Mr Hook lehnte sich auf seinem Barhocker nach hinten, schloss die Augen und riss sie dann weit auf, um Orla und Jade anzusehen.

Jade grinste. Mr Hook war offenbar recht betrunken.

»Ach, Mr Hook«, sagte Penny und nahm sein leeres Glas vom Tresen. »Ich denke, Sie sollten nun zurück zum Schiff gehen und sich ordentlich ausschlafen. Wer weiß, wann Sie wieder ablegen dürfen. Vielleicht ja schon morgen.«

»Schön, euch wiederzusehen. Und denkt nicht, dass ich beschwipst bin«, sagte Mr Hook, hielt sich mit einer Hand am Tisch fest und warf mit der anderen Hand ein paar Münzen auf den Tisch. »Es ist nur so: Ich werde an Land immer so seekrank, weil ich das Schaukeln so im Blut habe.« Er setzte seine Uniformmütze auf, tippte noch einmal zum Gruß dagegen und torkelte aus dem Heulenden Hund.

Penny zwinkerte ihnen kurz zu, dann beugte sie sich über den Tresen. »Ich meine es ernst: Gut, euch zu sehen. Es ist eine schlimme Zeit, und das Reisen wird immer gefährlicher. Kein

Wunder, dass immer mehr reiche Zeiterben ihr gesamtes Vermögen für einen Sprung in die Vergangenheit nutzen. Sehr teuer, aber man kriegt von all dem hier nichts mehr mit. Na ja, wenn man dabei in den Lauf der Zeit eingreifen und verhindern könnte, dass Chronos überhaupt geboren wird, dann würde ich mich vielleicht auch hinreißen lassen. Aber so? Ins Mittelalter flüchten und immer aufs Plumpsklo gehen? Nee!« Sie richtete sich auf und deutete auf den Stapel Zeitungen, der am Ende des Tresens lag. »Was darf ich euch geben? Ihr wisst ja, das erste Getränk des neuen Academyjahres geht aufs Haus.«

»Ich nehme ein Snat«, sagte Orla.

»Ja, ich auch.« Jade schob sich an ein paar Gästen vorbei und zog eine Ausgabe des *Daily Time Catcher* vom Stapel.

»Habt ihr gesehen?«, sagte Penny leise, als sie ihnen ihr Snat entgegenschob. »Henry und der alte Mr Ballantyne sind auch da.« Sie deutete mit dem Kopf in den Schankraum.

Jade sah über die Schulter nach hinten. Das Licht im Heulenden Hund war schummrig, und es dauerte einen Moment, bis sie die beiden entdeckt hatte. Sie saßen an einem kleinen Tisch ganz hinten an der Wand und stritten offenbar, denn Henry sah seinen Großvater zornig an. Der alte Mr Ballantyne stand so hastig auf, dass die beiden Gläser auf dem Tisch umkippten. Er schlug mit der Faust auf den Tisch und stürzte dann nach draußen.

»Oh weh«, sagte Penny seufzend. »Henry hat es wohl nicht leicht.« Sie nahm Tücher aus einem Schrank und ging durch die Menge zu dem Tisch, an dem Henry saß und seinem Großvater hinterhersah.

Jade wurde erst von einem lauten Heulen im Pub aus ihren Gedanken gerissen. Manche der Gäste sahen kurz auf, andere redeten unbeeindruckt weiter. Jade hörte, wie eine Frau hinter ihr rief: »Da ist es, das berühmte Heulen! Wie schön, dass ausgerechnet jetzt die Zeit stehen bleiben wird. Wo wir doch von so weit her angereist sind. Und dann auch noch, während wir im berühmtesten Pub von Greenwich ein original Snat trinken. Mehr Glück kann man einfach nicht haben, nicht wahr, Edward?«

Einen Augenblick später blieb die Zeit stehen. Silbern schimmernde Schutzgeister schlüpften aus ihren Galeonen und schwebten freundlich grüßend durch die Menge. Geisterratten huschten über die Tische und rannten über das Treppengeländer nach oben auf die fast leere Empore, wo es während des Schuljahres von Novizen nur so wimmelte, denn hier gab es die einzige Internetverbindung im gesamten Clockmakers Market.

»Kommst du, Jade?«, rief Orla, die mit den beiden Snat schon auf halber Treppe war. »Unser Lieblingsplatz ist frei.«

Jade nickte abwesend und sah Henry nach. Er lief durch den Schankraum zur Pubtür.

»Henry, warte mal!«, rief Jade und folgte ihm durch die Menge der Geister, die sich ausgelassen mit den Pubbesuchern unterhielten. Doch Henry wartete nicht. Er verließ den Pub und zog die Tür hinter sich zu.

Jade quetschte sich durch schunkelnde Geister, denn ein älterer Galeonsgeist mit Akkordeon stimmte gerade ein Seemannslied an. »As I walked by the dockside one evening so fair, to view the salt water and take the sea air, I heard an old fisherman singing a song, won't you take me away boys, my time is not long.«

Jade folgte Henry nach draußen und zog die Pubtür hinter sich zu. Die Geräusche von drinnen verhallten, und die Lautlosigkeit des Zeitstillstands umfing sie. Suchend sah sie sich auf dem Clockmakers Market um.

Es war eiskalt, sämtliche Fensterscheiben der Häuser ringsum waren blind vor Frost. Wie immer bei einem Zeitstillstand waren viele der Touristen, die hier in den Ferien unterwegs waren, inmitten ihrer Bewegung erstarrt. Wie lebensgroße Puppen standen sie reglos da. Vielleicht fiel es Jade gerade deshalb so auf. »Verdammt!«, stieß sie hervor. Es schien ihr, als würde sich dort drüben aus der weit aufklaffenden Schattenkluft etwas hervorschieben.

Jade sah sich suchend nach Henry um und zog ihr Dämonenschwert hervor. Hell blitzte ihre Klinge auf. Mit Grauen dachte sie an den Pförtner der Unwelt, das riesige Spinnentier mit Katzenkopf, das sie angegriffen hatte, weil es von Dornfingers Dämonenschwert, dem Schwert der Wölfe, gerufen worden war.

Doch dieses Wesen sah aus wie eine zweiköpfige Schlange. Immer höher stieg sie hinauf und sah sich langsam drehend im Clockmakers Market um. Plötzlich beugte sie sich weit über die Köpfe der erstarrten Touristen und wandte sich jemandem zu, der an der Hauswand neben der Tür von Kingsley's stand. *Henry!*

Der rechte Kopf der Schlange sah Henry an und kam ihm mit seinem weit aufgerissenen Schlund bedrohlich nahe.

»Henry, verdammt, zieh dein Schwert!«, schrie Jade und stürzte die Stufen des Heulenden Hundes herab.

Da wandte die Schlange ihren linken Kopf Jade zu und taxierte sie. Jade verharrte und starrte der Schlange in die finsteren, leeren Augenhöhlen. Die Schlange riss ihr Maul auf und spuckte einen Schwall schwarzen Rauch aus. Jade hielt die Luft an und wich mit ein paar hastigen Schritten zurück. Der Rauch stieg in die Luft empor, und die Schlange zog sich langsam wieder zurück, bis sie gänzlich in der Schattenkluft versunken war.

Erleichtert stieß Jade die angehaltene Luft aus und ließ ihr Dämonenschwert erlöschen. Sie sah, wie Henry sich in der kleinen Gasse neben Kingsley's in Sicherheit brachte. Jetzt nichts wie weg.

Gerade als sie sich umdrehte und die Stufen zum Heulenden Hund wieder hinaufsteigen wollte, hörte sie es: ein Rauschen wie von einem mächtigen Flügelschlagen.

Jade hielt sich an dem kleinen Geländer fest. Ihr Herz hämmerte schnell in ihrer Brust, als sie panisch aufsah. Der schwarze Rauch, den das Schlangenwesen ausgestoßen hatte, formte sich zu einem Vogelwesen mit riesigen Schwingen. Er kreiste über dem Clockmakers Market, seine mächtigen Flügel warfen einen dunklen Schatten. Der Vogel umkreiste das Dach des Black Swan, dann stieß er einen gellenden Schrei aus und stürzte quer über den Marktplatz auf sie zu.

Jade sprang mit einem Satz über das Geländer und kauerte sich unter die Treppenstufen. Im nächsten Moment stieß der Vogel neben ihr mit einem grauenhaften Zischen in die Erde. Der Boden erbebte, Steinbrocken schlugen vor ihrem Versteck in den Boden ein, und ein fauliger Geruch breitete sich aus.

Rauchvogel

Die Sekunden verstrichen, und alles blieb ruhig. Nur der Modergeruch hing noch in der Luft.

»Igitt, dahinten ist eine Stinkbombe hochgegangen!«, rief jemand auf dem Marktplatz.

Jade schob sich unter der halb zertrümmerten Treppe hervor, sah sich vorsichtig um und klopfte sich den Staub von der Kleidung. Die Touristen schlenderten längst weiter, die Schattenkluft hatte sich wieder verschlossen. »Es ist weg«, murmelte Jade ungläubig.

Da wurde die Pubtür aufgerissen, und Jade vernahm Pennys Stimme. »Was ist denn da draußen los? Das hört sich so an, als würde der ganze Clockmakers Market in Schutt und Asche gelegt.« Penny trat auf die Treppe hinaus und stutzte. »Oh nein, nicht der Clockmakers Market, nur meine Treppe«, stieß sie hervor und wackelte am schief hängenden Geländer. Dann erblickte sie Jade. »Himmel, was war hier los? Und warum siehst du so aus, als hättest du im Steinbruch gearbeitet?«

Jade stieg mit wackligen Beinen die kaputten Treppenstufen hinauf und griff nach Pennys hingehaltener Hand.

»Du siehst aus, als hättest du einen Schattenhund gesehen«, sagte Penny, als Jade sich zurück in den Heulenden Hund schleppte und auf den nächsten freien Stuhl fallen ließ.

»Kein Schattenhund«, flüsterte Jade. Sie zitterte, und ihr war von dem Gestank des Vogels speiübel.

»Was war denn da draußen eigentlich los?« Penny sah Jade prüfend an.

»Da war so ein riesiger Vogel aus Rauch. Er ist direkt auf mich zugeschossen.« Jade merkte, dass es sich unsinnig anhörte.

»Ein Rauchvogel?« Penny zog die Augenbrauen hoch. »Weißt du, was du da sagst, Mädchen? Ich meine, hey, ich war in der Academy keine Leuchte, aber dass Rauchvögel dem Schlund der Unwelt entspringen und der Tod selbst sind, das weiß wirklich jeder.«

Jade nickte und schlang sich die Arme um den Oberkörper. »Ich hab von ihnen gehört, aber ich hab sie mir nicht so unheimlich vorgestellt. Er hat mich verfehlt. Zum Glück.«

»Aber ein Rauchvogel hinterlässt einen tiefen Spalt im Boden, wenn er dort einschlägt. Wie ein Blitz etwa«, sagte Penny abwehrend. »Du musst dich täuschen. Sicher ist etwas viel Harmloseres der Grund für meine ramponierte Treppe. Manchmal fallen ein paar Dachziegel herab, wenn die Zeit ruckt.«

Jade sah sie nur stumm an.

Da drehte Penny sich auf dem Absatz um und ging zur Pubtür. Sie trat einen Schritt hinaus und sah sich auf dem zerstörten Treppenabsatz mit in den Hüften aufgestützten Händen im Clockmakers Market um. Als sie sich wieder umdrehte und zurück in den Pub gehen wollte, verharrte sie und starrte auf den Boden. Jade wusste, dass sie den Einschlagsort des Rauchvogels nun entdeckt hatte. Der blitzförmige Riss im Boden neben der Treppe war auch nicht zu übersehen.

Penny kam kreidebleich zu Jade zurück. »Wir müssen sofort Gridlock, äh, Master Gridlock informieren«, flüsterte sie und sah sich ängstlich um.

Da kam Orla die Treppe heruntergeeilt und baute sich vor ihnen auf. »Was ist eigentlich mit euch los? Ich warte und warte dort oben.«

»Erzähl ich dir gleich, Orla«, sagte Jade.

»Warum kommt es mir nur so vor, als hörte ich das heute schon zum zweiten Mal?« Orla sah kopfschüttelnd zwischen Jade und Penny hin und her.

»Es sieht so aus, als hätte es gar keiner mitgekriegt«, sagte Jade und sah sich im Pub um. Die Schutzgeister waren wieder zurück in ihre Galeonen gehuscht, und die Gäste schwatzten laut miteinander.

»Kunststück«, sagte Penny. »Hier herrschte Trubel, und die Scheiben waren ja zugefroren. Und ich hab auch noch gerufen: *Vorsicht beim Rausgehen, es fallen wieder Dachziegel herab!* Dass es ein Angriff eines Rauchvogels war, darauf wäre wohl niemand gekommen.« Bei den letzten Worten hatte Penny ihre Stimme gesenkt und sich weit zu Jade vorgebeugt.

»Dann gehe ich jetzt zum Black Swan und informiere von dort aus Master Gridlock«, sagte Jade, die sich langsam beruhigte. »Hier würde es viel zu viel Aufsehen erregen.«

Penny nickte. »Da hast du wohl recht. Behalten wir es für uns. Ich schiebe dann mal den Blumenkübel über den Riss im Boden und fege die Steinbrocken unter die Treppe.«

»Du sagst mir jetzt sofort, was passiert ist, Jade.« Orla schien richtig aufgebracht zu sein.

»Ich wurde gerade von einem Rauchvogel angegriffen«, flüsterte Jade daher, so leise sie konnte.

»Niemals«, sagte Orla kopfschüttelnd. »Rauchvögel sind –«

»Lass uns gehen, Orla. Jetzt!« Jade stand auf, nahm ihre Umhängetasche und schob sich durch die schwatzende Menge nach draußen. Penny bog gerade das Treppengeländer wieder zurück. Sie nickte ihnen kurz zu, als sie den Pub verließen.

Orla schüttelte noch immer den Kopf, als sie über den Marktplatz zum Black Swan hinüberliefen. »Rauchvögel sind der Tod selbst, und seit Chronos Herrscher über die Unwelt geworden ist, gehorchen sie nur noch ihm. Sie finden ihre Opfer nur durch seine Augen. Aber das hieße, dass er selbst im Clockmakers Market gewesen ist und dich angesehen haben muss, um den Vogel auf dich herabstürzen zu lassen.«

Jade blieb stehen und sah Orla an. »Aber da war niemand.«

»Dann war es auch kein Rauchvogel. Oder du hast Chronos nicht gesehen«, verbesserte Orla sie.

Jade überlegte. Da sie sich ziemlich sicher war, dass es ein Rauchvogel gewesen war, kam nur die zweite Möglichkeit infrage. Langsam gingen sie weiter.

»Willst du es Odette erzählen?«, fragte Orla.

»Nein«, sagte Jade heftiger, als sie beabsichtigt hatte. »Ich glaube, es ist besser, wenn ich zuerst mit Master Gridlock rede. Ich schicke ihm eine Nachricht, dass ich ihn dringend sprechen muss. Odette macht sich auch immer gleich solche Sorgen.«

»Ich werde also schweigen«, sagte Orla und stieg die Stufen zum Black Swan hinauf, um anzuklopfen.

»Danke, Orla«, sagte Jade und sah sich im Clockmakers Market um, während sie auf Elliott Baker warteten.

»Guten Tag und willkommen im Black Swan, Londons einziger Pension mit …« Elliott Baker stockte, als Jade und Orla in die Empfangshalle eintraten. »Nanu, ihr seid schon zurück? Habt ihr befürchtet, dass ich alle Yorkshire-Puddings alleine essen könnte?«

»So ähnlich, Mr Baker«, sagte Orla mit einem schiefen Grinsen.

»Der Pub ist voll«, sagte Jade und lief zur Treppe. »Obwohl ja noch längst nicht alle Familien und Novizen aus den Ferien zurück sind.«

Fünf Minuten später schickte Jade aus ihrem neuen Zimmer eine Rohrpostnachricht an Master Gridlock mit der Bitte um ein vertrauliches Gespräch. Als sie die Metallklappe an der Wand mit einem Klicken verschloss, kam Harper aus ihrer Galeone geschlüpft.

»Endlich bist du zurück«, sagte sie aufgeregt. »Hier sind tausend Dinge passiert, als du weg warst.«

»Tausend Dinge, Harper?«, sagte Jade lächelnd. Jetzt, wo Master Gridlock darüber informiert war, dass sie ihn dringend sprechen musste, war sie schon viel ruhiger.

»Dieser Geist hier ...« Harper schwebte zu der Galeone des alten Seemanns mit Pfeife und klopfte an seinen Bart. »Er fängt bei einem Zeitstillstand an, Seemannslieder zu singen. Ohne Pause und noch schiefer, als Jenna es je zustande bringen könnte.«

»So eine bodenlose Unverschämtheit!«, tönte es daraufhin im Chor. Die eine Stimme gehörte offenbar dem Galeonsgeist des Seemanns. Die andere Stimme gehörte Jenna, die in Jades offener Zimmertür stand.

»Ich möchte die Galeone des Seemanns abholen und soll dir ausrichten, dass Master Gridlock im Salon auf dich wartet«, sagte Jenna. Sie ging mit einem Schmollen an Harper vorbei, um die Galeone des singenden Seemanns von der Wand zu nehmen.

»Master Gridlock ist schon da?«, sagte Jade erstaunt.

»Wieso *schon*?«, fragte Jenna und rüttelte an der Galeone, die sich offenbar nicht vom Haken lösen wollte.

»Sachte, sachte«, beschwerte sich der Galeonsgeist.

Jade stürzte aus dem Zimmer und lief die Treppe ins Kaminzimmer hinab, wo Orla auf sie wartete.

»Master Gridlock ist da«, raunte sie ihr leise zu.

»Schon?«, fragte Orla erstaunt.

Oben auf dem kleinen Balkon schleppte Jenna gerade die Seemannsgaleone aus Jades Zimmer. »Seien Sie doch bitte vorsichtiger. Mir wird ja ganz schwindelig. Und wo bringen Sie mich denn überhaupt hin?«, rief der Geist.

»Keine Sorge«, sagte Jenna ächzend. »Sie wandern nur ein Zimmer weiter, Miss Orla hat nämlich noch keine Galeone in ihrem Schlafraum.«

»Oh nein«, stöhnte Orla, als sie das Kaminzimmer verließen. »Wieso ziehe ich eigentlich immer die schrillsten aller Galeonen an?«

Sie lachten auf dem Weg durch den Flur und eilten die Treppe hinab zum Salon.

An der Salontür kam ihnen Odette entgegen. »Ah, Jade. Ich wusste gar nicht, dass ihr schon aus dem Heulenden Hund zurück seid. Master Gridlock hat mir gerade die Novizenbriefe für die neuen Schüler gebracht, und er würde sich gerne kurz mit dir unterhalten.«

Jade trat in den Salon und nickte Master Gridlock zu, der in einem der Sessel saß. Sie hörte, wie Odette sich hinter ihr an Orla wandte. »Jenna hat gesagt, du kennst dich mit dem Achat-Wasser für den Blauen Nebeldrachen aus. Bitte geh doch kurz zum Witch Brew rüber und hole eine Flasche, ja? Wir haben keinen Tropfen mehr, und der Drache muss immer feucht gehalten werden.«

Hinter Jade wurde die Salontür leise geschlossen.

»Guten Tag, Jade«, sagte Master Gridlock und kam ihr entgegen.

Jade schüttelte seine Hand. Er kam ihr heute noch kleiner vor als sonst. »Hallo, Master Gridlock, ich war echt erstaunt, als Jenna sagte, dass Sie schon hier sind.«

»Dass ich schon hier bin, Jade?«, fragte Master Gridlock verwirrt.

»Ja, ich habe Ihnen doch vor ein paar Minuten eine Rohrpostnachricht gesendet«, sagte Jade und setzte sich auf das Sofa.

»Ich verstehe.« Master Gridlock setzte sich zurück in den Sessel und schüttelte den Kopf. »Ich war gerade gar nicht in meinem Büro, sondern am Empfang bei unserem Time-House-Sekretär. Mr Strout ist in heller Aufregung, weil es morgen zum ersten Mal seit dem Bestehen unserer Academy keine Schulversammlung geben wird.«

Jade sah Master Gridlock erstaunt an. »Nicht?«

»Nun?«, sagte Master Gridlock und legte andächtig seine kurzen Finger aneinander. »Ich habe gerade deine Tante darüber informiert, dass der Start des Unterrichts für die Neunovizen um zwei Tage verschoben wird und die Schüler per Brief über ihre Mentoren informiert werden.«

»Das ist aber traurig«, flüsterte Jade.

»Es gibt Traurigeres als eine ausgefallene Schulversammlung«, sagte Master Gridlock und zog einen Zettel aus seiner Anzugtasche. Er strich das Papier glatt und reichte es ihr.

Auf dem Blatt war ein Zeitungsartikel ausgedruckt, der die Fotos zweier Männer zeigte, daneben ein Londoner Taxi. Die Schlagzeile dazu lautete: *Rätselhafte Taxifahrermorde.*

»Kommen dir die beiden Männer irgendwie bekannt vor?«, fragte Master Gridlock leise.

Jade starrte auf die Fotos und überlegte. »In der vergangenen Nacht, als wir auf der Tower Bridge überfallen worden sind, da wurden wir kurz vorher von zwei Taxis eingekesselt, und einer der Fahrer sah diesem Mann hier sehr ähnlich.« Sie tippte auf das rechte Foto. »Ich kann es nicht genau sagen, denn er trug eine Mütze und es war noch dunkel, aber er könnte es gewesen sein.«

»Genau das Gleiche meinten Mr Switch und Peter Polkins auch«, sagte Master Gridlock und nahm das Papier wieder an sich. »Peter Polkins hat den Bericht im Internet gefunden, der Artikel wird morgen früh in der regulären *London Times* erscheinen. Die beiden Männer waren keine Zeiterben.«

»Diese Männer wurden beide ermordet?«, fragte Jade leise.

»Ja, beide.« Master Gridlock faltete das Papier zusammen und steckte es wieder in seine Jackentasche. »In dem Bericht dazu steht, dass sie beide tot in ihren Taxis am Themseufer gefunden wurden, aber keinerlei äußere Verletzungen aufweisen.«

»Glauben Sie, dass die Männer an Dämonenfraß gestorben sind?«, fragte Jade.

»Ja, es sieht so aus. Ich werde versuchen, Dr. Smith in die offiziellen kriminalistischen Untersuchungen einzuschleusen.« Master Gridlock seufzte. »Nach allem, was ich von eurem Überfall gehört habe, ist es ziemlich sicher, dass es sich bei den Tätern um Time Knights handelte. Vermutlich haben sie sich zwei Taxis für den Überfall gemietet. Und weil die beiden Fahrer am Ende wohl Zeugen des Angriffs wurden, mussten sie sterben.«

»Das ist so krank«, flüsterte Jade.

»Das ist es«, stimmte Master Gridlock ihr zu. »Und ich muss dich warnen, Jade. Sie werden es wieder versuchen, denn sie haben nicht bekommen, was sie wollten.« Er deutete auf Jades Uhrenkette.

Jade nahm den kleinen Totenkopfanhänger in die Hand und klappte ihn auf. Es war kurz vor zwei. Sie hielt sich das Uhrwerk ans Ohr, und wie jedes Mal, wenn sie dem Ticken lauschte, fand sie, dass der alte Uhrmacher Mr Linnaker recht hatte und dass das Ticken in der Uhr wie ein menschlicher Herzschlag klang. Sie ließ sie wieder zuklappen. »Sagen Sie, Master Gridlock, halten Sie es für möglich, dass Chronos hier ist?«

»Hier? Im Clockmakers Market?« Master Gridlock rieb sich das Kinn mit den rötlichen Bartstoppeln.

»Ich frage, weil ich vorhin von einem Rauchvogel angegriffen wurde«, flüsterte Jade.

Master Gridlock fuhr zusammen. »Wann? Wo?«

»Vor etwa zwanzig Minuten oder so. Es war bei dem letzten Zeitstillstand am Eingang vor dem Heulenden Hund«, sagte Jade.

Master Gridlock beugte sich vor. »Und hast du jemanden gesehen? Ich meine, irgendjemanden außer dem Rauchvogel und erstarrten Menschen auf dem Marktplatz?«

Jade überlegte. »Nein, da war sonst niemand. Ich habe jedenfalls niemanden gesehen.«

»Du musst dich erinnern, Jade, es ist lebenswichtig«, drängte Master Gridlock sie. »War da wirklich niemand? Und was war mit den Türen der Shops? Stand irgendeine vielleicht offen? Könnte dich jemand von irgendwo gesehen und den Vogel auf dich gelenkt haben?«

Jade sah den Master der Zeiterben langsam nickend an. »Ja, das könnte schon sein.«

Master Gridlock stand auf und stellte sich an den Kamin. Einen Moment lang lauschten sie beide nur dem Knistern des Feuers. »Ich muss dich warnen, Jade«, sagte er nach einer Weile. »Du bist in großer Gefahr. Und ich fürchte, sie werden erst aufhören, wenn eines von zwei möglichen Ereignissen eintritt.«

»Und welche beiden Dinge wären das?«, fragte Jade.

»Entweder sie schaffen es, an die Informationen zum letzten Uhrzeiger zu kommen, und sie reißen damit das Ruder herum. Oder du bist schneller und findest den letzten Uhrzeiger vor ihnen und bevor das Time House in ihre Hände gefallen ist.«

Jade sprang auf und sah Master Gridlock aufgebracht an. »Wollen Sie behaupten, das Schicksal der Zeiterbengesellschaft, ja, das der gesamten Zeit, liegt in meiner Hand?«

»Das klingt unglaublich, nicht wahr?«, sagte Master Gridlock und sah sie bedauernd an. »Und du musst mir glauben, dass ich nicht gewollt habe, dass es einmal so kommt.«

Jades Mund wurde trocken, ihre Stimme krächzte, als sie sagte: »Das hört sich so an, als hätten Sie die Uhrzeiger gestohlen.«

Master Gridlock lächelte. »Du bist deiner Mutter so ähnlich. Schade, dass sie dich jetzt nicht sehen kann, sie wäre unglaublich stolz auf ihr Mädchen.«

Jade starrte ins Feuer und versuchte, die aufsteigenden Tränen wegzublinzeln. Als die Salontür leise ins Schloss fiel, wusste sie, dass Master Gridlock gegangen war.

Wenige Minuten später kam Orla mit dem Achat-Wasser aus dem Witch Brew zurück, und sie gingen gemeinsam nach oben.

»Es war wirklich ein Rauchvogel?«, fragte Orla leise.

Jade hielt für Orla die Schwingtür zu Flur Eineinhalb auf. »Lass uns ins Kaminzimmer gehen, da sind wir ungestört, und ich erzähle dir alles.« Doch als sie die Tür zu ihrem Aufenthaltsraum öffnete, saß dort schon jemand.

»Lucy?«, rief Jade überrascht. »Was tust du denn hier?«

»Hey, ihr zwei«, sagte Lucy und lächelte sie zaghaft an. Sie saß im Schneidersitz in einem der Sessel und streichelte dem Blauen

Nebeldrachen, der auf ihrem Bein lag, über den Rücken. »Ich wohne ab jetzt hier.«

»Wie bitte?« Orla stellte die Flasche Achat-Wasser auf den Kaminsims und setzte sich Lucy gegenüber in einen der Sessel. »Was soll das heißen, du wohnst jetzt hier?«

Jades Herz klopfte schneller, und sie musste sich an einer Sessellehne festhalten. »Genau, das möchte ich jetzt aber auch wissen.«

»Das heißt, was es heißt«, sagte Lucy schulterzuckend. Sie sah ganz verändert aus. Ihr von langem, schwarzem Haar eingerahmtes Gesicht war rosig, und ihre Augen strahlten Ruhe aus. »Unser Großvater hat Stress gemacht, weil rund um mein neues Zimmer oben in Flur Zweieinhalb nur Erben der Stunde und Minute wohnen. Er wollte, dass ich nur von Ghosts umgeben bin.«

»Krass«, sagte Orla. »Voll der Rassist, was?«

Lucy seufzte leise. »So nennt man das wohl. Odette hatte dann die Idee mit diesem Zimmer. Sie meinte, Orla sei eine Ghost und Jade in diesem Schuljahr ja auch.« Sie blickte Jade scheu an. »Wenn auch nicht nur.«

»Stimmt«, sagte Jade, und Zorn stieg in ihr auf. »Ich bin eine Ghost. Aber ich bin eben auch eine Princess und ein Prince. Ein Mischblut eben. Das war es, worum Henry und dein Großvater im Heulenden Hund gestritten haben, stimmt's?«

Lucy sah sie traurig an und schwieg. Sie ließ den Nebeldrachen auf ihre Hand steigen und hob ihn vor ihr Gesicht. Ganz versunken streichelte sie ihn unter dem Kinn.

In Jades Kopf herrschte Chaos. Sie setzte sich in den Sessel und sah Lucy verzweifelt an. »Ich weiß nicht, was Odette sich dabei gedacht hat, aber ich werde sie bitten, mir ein anderes Zimmer zu geben.«

»Nein, echt nicht!«, rief Orla entrüstet. »Nur weil Lucys Opa das so will?«

Lucy sah Jade ernst an. »Odette hat unserem Großvater gesagt, dass sie mir ein anderes Zimmer zuteilt. Ich würde zukünftig von Ghosts umgeben sein. Aber sie hat ihm auch gesagt, dass sie sich nicht auf einen weiteren Zimmertausch einlässt und er uns, falls er noch einmal Beschwerde einlegt, aus der Pension nehmen muss.«

Jade schüttelte mit dem Kopf. »Ich meinte nicht nur das. Es geht ja auch um deinen Vater und darum, dass ich ihn …« Sie stockte und hatte plötzlich einen Kloß im Hals. Auch wenn Master Gridlock ihr versichert hatte, dass sie Dornfinger nicht getötet hatte, fühlte es sich doch immer noch so an.

Lucy sah dem Nebeldrachen melancholisch in die Augen, dann setzte sie ihn auf die Sessellehne. »Odette hat uns gefragt, ob es für uns in Ordnung ist, mit dir zusammenzuwohnen, wegen der Sache mit unserem Vater.« Das letzte Wort flüsterte sie ganz leise. »Ich hatte ihn bis zum letzten Herbst nie gesehen. Er war verurteilt und auf die Nessby gebracht worden, bevor ich geboren wurde. Für mich war er immer ein von Großvater verehrter Held, zu dem ich keine Verbindung hatte. Klar war ich traurig, als er starb, aber schlimmer war für uns der Tod unserer Mutter, die sich wegen der ganzen Sache vor vielen Jahren das Leben genommen hat. Mach dir also keine Sorgen, es geht uns gut dabei, hier mit dir zu wohnen.«

Jade horchte auf.

»Uns?«, fragte Orla.

Lucy nickte und zeigte hinter sich auf die beiden Zimmertüren, an denen inzwischen neue Namensschilder angebracht worden waren. »Dort neben mir wohnt Henry, aber er wird sowieso die meiste Zeit nicht hier sein. Großvater hat sich ein Appartement in der Scary Alley gemietet und wird vorerst hier in Greenwich bleiben. Er ist von dem Gedanken besessen, dass er uns beschützen muss.«

Jades Herz klopfte schneller. »Henry soll hier bei uns wohnen? Aber er ist doch gar kein Novize mehr.«

»Und warum wohnt ihr dann nicht bei eurem Großvater?«, fragte Orla und stand auf, um das Achat-Wasser zu holen. Sie stellte das Trinkgefäß für den Nebeldrachen auf den kleinen Tisch und zog den Korken aus der Flasche. Gluckernd lief das blaue Wasser in die Schale und war das einzige Geräusch in dem langen Schweigen.

Lucy setzte den Drachen auf den Tisch, der sofort gierig von dem frischen Wasser trank. »Großvater meinte, er wüsste noch nicht, wie lange er hierbleibt. Er ist ziemlich krank.«

Jade hatte einen Kloß im Hals, als sie Lucy ansah. Bislang hatte sie oft gedacht, dass sie die einzige Zeiterbin wäre, der Chronos alles gestohlen hatte.

Geistergeher

Als Jade um kurz nach sieben die Treppe heruntereilte, stand die Zeit gerade still. Der Libellenschwarm hing mitten in der Eingangshalle erstarrt in der Luft, und die Schutzgeister schwebten ausgelassen durchs Haus. Aus dem Speisesaal klang heitere Klaviermusik durchs Haus. Sie war spät dran.

»Das Homecoming-Fest ist einer der schönsten Abende im Jahr«, sagte der Marschall, der aus dem Speisesaal schwebte und ihr auf der Treppe entgegenkam. »Guten Abend, Miss Ryder. Und willkommen zu Ihrem letzten Jahr als Novizin.«

»Guten Abend, Marschall«, sagte Jade erfreut. »Geht es Ihnen gut?«

Der Marschall der Sieben Meere seufzte und rückte den Kragen seiner Uniform zurecht. »Ich würde lügen, wenn ich Ja sagte. Zwei meiner besten Leute musste ich abgeben, damit sie das Time-Book-Archiv in der Bibliothek bewachen. Die Zeit hat sich gewandelt.« Er fing an zu glucksen. »Ach, welch herrliches Wortspiel!« Dann schwebte er durch die Decke davon.

Jade trat in den Speisesaal, wo die Fenster vom Frost des Zeitstillstands zugefroren waren. Das Kaminfeuer und die Kerzen waren erloschen, nur die silbrig schimmernden Schutzgeister erhellten den Raum. Der Sand in den Stundengläsern ruhte.

Gerade als Jade durch den Saal zum Novizentisch lief, tauchte der riesige Drachenkopf im Kamin auf und spuckte einen Feuerschwall in den Raum. Einige Novizen schrien erschrocken auf.

»Ruhig bleiben!«, rief Odette, die mit einem Stapel Briefe in der Hand neben dem Tisch stand. »Der Kamindrache pustet alle Feuerstellen im Haus frei, damit keine Dämonen während des Silentiums eindringen können. Seht, das Feuer ist direkt verpufft und absolut ungefährlich für uns. Ihr werdet ihm regelmäßig begegnen, auch in euren Zimmern. Stellt also niemals etwas Brennbares direkt vor dem Kamin ab.«

Jade sah in die blassen Gesichter der Neunovizen und erinnerte sich noch gut daran, wie sie selbst vor zwei Jahren all das hier zum ersten Mal erlebt hatte. »Hallo«, sagte sie in die noch sehr kleine Runde. »Ich bin Jade.« Sie sah Lucy neben Richard Trembly sitzen, auch Orla und Mat entdeckte sie, sogar Peter Polkins war vorbeigekommen. Nur Henry war nicht da.

»Du bist Jade Ryder? Die Zeiterbin, die schon zwei Uhrzeiger ins Time House zurückgebracht hat und diesen Verbrecher Dornfinger erledigt hat?«, rief ein Junge mit dunklen Locken. »Ich hab's in der Zeitung gelesen.«

»Ja, die bin ich«, murmelte Jade und sah beklommen zu Lucy, doch die starrte zum Kamin, als erwartete sie einen weiteren Feuerschwall vom Kamindrachen.

»Hör zu, Kleiner«, sagte da jemand hinter Jade. Es klang wie Henry, und doch hörte es sich sonderbar an. Als wäre er kurz vor einer Ohnmacht. Alle starrten zur Tür.

Jade drehte sich langsam herum. Henry stand kreidebleich in der Tür zum Speisesaal. Mit einer Hand hielt er sich am Türrahmen fest. Als ein Schutzgeist an ihm vorbeiflog, sah Jade den Schweiß auf Henrys Stirn im Silberlicht glänzen. Sein Shirt war bis weit auf die Brust aufgeknöpft, und er fasste sich an den Hals, als hätte er Luftnot. Langsam kam er näher, schwankte. »Dornfinger war unser Vater, und niemand hat das Recht, schlecht über ihn zu sprechen.«

»Du hast vollkommen recht, Henry«, sagte Odette und eilte ihm entgegen. Auch Peter Polkins sprang auf. Er legte einen Arm um Henrys Schultern und sagte: »Nimm es ihm nicht übel, das konnte der Neunovize doch wirklich nicht wissen.«

»Eben!« Henry riss sich los und kam zum Novizentisch. Beinahe wäre er gestürzt. Er fing sich und stützte seine Hände auf den Tisch. »So spricht man also über unseren Vater.«

Jades Herz klopfte schneller. War Henry betrunken?

Da flammten die Kerzen auf dem Tisch wieder auf, und auch der Kamin fing wieder an zu prasseln.

»Henry, was ist mit dir?«, fragte Jade und legte ihre Hand auf seinen Arm.

Ein plötzlicher Knall ließ Jade zusammenzucken.

»Tut mir leid«, sagte Lucy, die ihren Stuhl wieder aufhob. Anscheinend war sie so hastig aufgestanden, dass er dabei umgefallen war. Sie lief um den Tisch und sah ihren Bruder besorgt an. »Komm, Henry. Ich bringe dich zu Großvater.«

Henry sah seine Schwester an, als würde er sie nicht erkennen. Durch die wieder klaren Fensterscheiben sah er hinaus auf den Clockmakers Market. Dann nickte er und ließ sich von Lucy wegführen.

Die Stille im Speisesaal war bedrückender als bei jedem Silentium, das Jade bisher erlebt hatte.

»Henry!«, rief da Lady Sybille in der Eingangshalle. »Was ist mit dir? Du siehst aus, als würdest du gleich das Reich der Toten betreten.«

Jade ging zum Fenster, wartete darauf, dass Henry und Lucy den Black Swan verließen, und sah ihnen nach, wie sie über den Clockmakers Market liefen und in der kleinen Alley zwischen Kingsley's und Austin's verschwanden. »Sie sind fort«, flüsterte sie und ging zurück an den Tisch.

Der Neunovize mit den dunklen Locken saß noch immer erschüttert auf seinem Platz.

»Das ist alles meine Schuld«, sagte Odette seufzend. Sie setzte sich auf einen freien Stuhl und legte die Briefe auf den Tisch. »Ich hätte euch Neunovizen vorwarnen müssen. Wie solltet ihr das denn wissen?«

Geschirrgeklapper ertönte und wurde immer lauter. Betsy, die einen Teewagen in den Speisesaal schob, blieb wie angewurzelt in der Tür stehen. »Ihr guckt, als wärt ihr bei einem Leichenschmaus. Was ist geschehen? Stimmt was nicht mit dem Essen?«

»Deine Speisen sind sicher so köstlich wie immer, Betsy«, sagte Jade und ging auf die Köchin des Black Swan zu, um sie zu begrüßen.

»Jade, mein Mädchen!«, rief Betsy überrascht und schloss sie fest in ihre wuchtigen Arme. Dann schob sie Jade ein wenig von sich. »Ich hörte, es gab einen Überfall auf dich!«

Jade versuchte ein beruhigendes Lächeln. Betsy hatte immer so große Angst um sie. Das hing wohl damit zusammen, dass Betsy in der Nacht, in der Jade geboren wurde, als Hebamme einspringen musste. »Halb so schlimm«, sagte sie daher.

Betsy guckte skeptisch. Dann flüsterte sie: »Und was ist hier geschehen? Gerade eben waren doch alle noch ganz ausgelassen.«

»Es gab einen kleinen Zwischenfall mit Henry«, raunte Jade. »Er hat mitbekommen, wie ein Neunovize ziemlich schlecht über seinen Vater gesprochen hat.«

»Ach, das tut mir leid für Henry«, sagte Betsy. Dann beugte sie sich zu Jade vor. »Aber Gutes gibt es über Dornfinger wahrhaftig nicht zu sagen.« Sie richtete ihr Spitzenhäubchen und nahm zwei Schüsseln vom Teewagen. »Doch lassen wir die Toten ruhen.«

»Okay, ihr Lieben«, sagte Odette am Novizentisch und stand auf. »Bevor ihr euch nun über das Büfett hermacht, verteile ich eure Novizenbriefe. Master Gridlock lässt ausrichten, dass euer Unterricht erst eine Woche später beginnt und ihr einen gesonderten Brief über die Mentorenzuteilung bekommt.«

Während Odette die Briefe verteilte, half Jade Betsy, die Schüsseln und Platten vom Teewagen aufs Büfett zu räumen. Sie grinste bei den freudigen Ausrufen der Novizen, die nun ihre Ahnengruppe und ihre magische Fähigkeit erfuhren.

Odette holte kurzerhand Elliott Baker, Jenna und Barney an die festliche Tafel, und dann wurde es doch noch »das kleinste, aber auch gemütlichste Homecoming-Fest« aller Zeiten, wie Peter Polkins es nannte.

Nach dem Essen führte er den Neunovizen mit Mat zusammen Feuerflüche vor, und Orla zeigte die Kunst des Geistergehens, indem sie sich bis zum Hals in einen geisterähnlichen Zustand versetzte. Richard Trembly, der begabteste Gestaltwandler unter den Stundenerben, verwandelte sich für die Neunovizen in eine Krähe.

Jade schmunzelte, als sie in die aufgeregten Gesichter der neuen Schüler sah, und sie war gespannt darauf, wie sich ihr Talent entwickeln würde.

»Welches Zeitgen trägst du in dir?«, fragte Mary Meyer-Baker sie, eine große Neunovizin mit langen blonden Locken.

»Alle drei«, sagte Jade und lachte, als das Mädchen erstaunt die Augen aufriss und »Cool!« sagte.

»Aber wie ist das möglich?«, fragte ein anderer Novize, George Thomson, wenn Jade sich richtig an seinen Namen erinnerte.

»Das weiß keiner so genau. Aber ich werde es noch herausfinden«, sagte Jade.

»In welches Tier kannst du dich denn verwandeln?«, fragte Mary.

»Leider in gar keins«, sagte Jade seufzend. Und weil die Neunovizen sie daraufhin enttäuscht ansahen, fügte sie hinzu: »Erwartet nicht, dass ihr alle mit demselben Talent ausgestattet seid. So, wie ihr alle ganz unterschiedlich ausseht, verfügt ihr auch über eure eigenen Begabungen. Und welche das sind, das werdet ihr an der Academy herausfinden.« Sie strahlte die neuen Novizen an. »Ich würde natürlich gerne als Eichhörnchen durch den Greenwich Park hüpfen können, so, wie meine Tante Odette das kann.«

George riss erstaunt die Augen auf. »Wahnsinn, das will ich auch lernen!«

Jade schüttelte den Kopf. »Das kann man nicht lernen. Also schon. Aber nur, wenn man auch die Begabung dafür in sich trägt. Ich selbst zum Beispiel beherrsche das Teleportieren meiner Sinne. Dabei bleibt mein Körper hier sitzen, und es sieht für euch so aus, als ob ich hier wäre, aber tatsächlich nehme ich alles gerade durch die Augen eines Tieres wahr.«

»Das ist so unglaublich spannend«, sagte Sophie Keller. »Und in den anderen Fächern? Du bist doch auch eine Minuten- und Sekundenerbin. Was beherrscht du da?«

Jade deutete auf Mat und Peter Polkins, die sich vor dem Kamin gerade mit Feuerbällen duellierten. »Du hast geübt, Mat. Alle Achtung!«, rief Peter Polkins gerade und wich geschickt einem Feuerball aus, der hinter ihm an die Wand klatschte und beinahe die Galeone von Lady Molly versengt hätte.

»Die Gaukelei ist einfacher«, sagte Jade. »Das Werfen von Feuerbällen und einfache Erstarrungsflüche gelingen wirklich fast jedem Minutenerben. Manche haben aber auch noch das Talent der Wahrsagerei, oder sie können Dinge nur mithilfe ihrer Gedanken schweben lassen. Andere sind wahnsinnig gute Hexensaftbrauer. Mats Familie zum Beispiel …« Sie deutete auf Mat, der eine dreifache Feuerballsalve von Peter abwehrte und in Funken zu Boden rieseln ließ. »Familie Henders gehört die Witch-Brew-Restaurantkette. Sie sind im Besitz der ältesten Hexentränkerezepte der Welt.«

»Aber in meinem Brief steht, dass ich eine Ghost, also Erbin der Stunde bin und das Talent der Geistergeherei habe«, sagte Sophie und winkte mit ihrem Brief in Jades Richtung. »Was bedeutet denn das?«

»Das kann ich euch erzählen«, sagte Orla, die sich gerade vom Büfett Nachschlag geholt hatte und sich zurück an den Novizentisch setzte. »Geistergeher können mit Geistern Verstorbener sprechen oder sich selbst in einen geisterähnlichen Zustand versetzen, so, wie ich es eben getan habe. Dabei ist die Verwandlung des Kopfes mein größtes Problem.« Orla seufzte und biss in einen Yorkshire-Pudding. »Wisst ihr was?«, sagte sie kauend. »Ich denke immer noch viel zu viel nach bei der Verwandlung. Ms Griggs, unsere Lehrerin in Geistergehen, sagt immer, dass die Gedanken fließen müssen.«

»Kannst du das auch?«, fragte Sophie und sah Jade neugierig an.

Jade schüttelte mit dem Kopf. »Nein, ich werde erst jetzt im dritten Jahr der Ausbildung in Geistergeherei unterrichtet. Aber ich schätze, so begabt wie Orla bin ich nicht.«

»Lasst euch nichts erzählen«, sagte Orla. »Jade kann ihren eigenen Schutzgeist heraufbeschwören. Und zwar ganz ohne Training.«

»Das ist ja seltsam. Ich habe in *Die dunklen Jahre* gelesen, dass nur Chronos so etwas konnte«, sagte George und sah Jade mit heruntergezogenen Augenbrauen an. »Bist du mit ihm verwandt?«

»Unsinn«, sagte Jade und legte ihr Besteck zur Seite. Der Appetit war ihr vergangen. Sie stand auf und zischte: »Chronos hat meine Eltern getötet. Und es ist pures Glück, dass ich selbst heute noch lebe. Denn am liebsten hätte er auch mich gehabt.«

»Wo gehst du hin, Jade?«, rief Orla.

»Ich verziehe mich«, sagte Jade und nickte den Neunovizen am Tisch kurz zu. Sie huschte aus dem Speisesaal und ging nach oben.

Die Flure waren wie ausgestorben, und die Galeonen flüsterten sich leise ihre Einschätzung über die Neunovizen zu. »Mary ist offenbar talentiert. Ich habe gesehen, wie sie spätabends mit ihren Rohrpostkugeln jongliert hat. Und zwar durch einen einfachen Schwebezauber.« – »George scheint mir ein bisschen vorlaut zu sein. Hoffentlich eckt er damit nicht noch öfter an.« – »Bei Sophie würde es mich nicht wundern, wenn sie mit sämtlichen Verstorbenen von Greenwich kommunizieren kann, so weggerückt, wie sie immer dreinschaut.«

Jade schubste die Schwingtür zu Flur Eineinhalb auf und hörte schon auf dem Gang jemanden hinter einer der vielen Zimmertüren reden. Je näher sie ihrem eigenen Zimmer kam, desto sicherer war sie, dass die Stimmen von dort kamen. Sie öffnete die Tür zum Kaminzimmer und verharrte. Lucy saß in einem der Sessel und sprach mit jemanden. Es war offenbar ein Geist, aber kein Schutzgeist aus dem Black Swan. Dieser Geist war blassgrau, seine Konturen waren verschwommen, und er war viel, viel blasser, als Harper es zum Beispiel war. Und der Geist antwortete Lucy auch nicht, jedenfalls konnte Jade nichts hören.

Und doch nickte Lucy jetzt und sagte: »Bis bald. Bis ganz, ganz bald.«

»Lucy, du bist schon zurück«, sagte Jade und trat in den Aufenthaltsraum. In dem Moment löste sich der Geist vollends auf.

Lucy schloss für einen Moment die Augen, dann sah sie Jade lächelnd an. »Ja, ich habe mich gleich verdrückt.«

»Kann ich verstehen«, sagte Jade und schloss die Tür hinter sich. »Es tut mir sehr leid, was vorhin unten im Speisesaal geschehen ist.«

Lucy lächelte sie an. Es war ein ruhiges, friedliches Lächeln. »Das ist doch nicht deine Schuld. Ich schätze, Henry muss lernen, damit zu leben und es nicht so an sich heranzulassen.«

Jade setzte sich Lucy gegenüber in einen Sessel. »Wie geht es ihm?« Sie sah auf zu seiner Zimmertür. »Ist er zurück?«

Lucy schüttelte mit dem Kopf. »Er bleibt heute Nacht bei unserem Großvater im Appartement. Großvaters Arzt und Heiler ist jetzt bei ihm. Er hat Henry schon die ganzen letzten Monate behandelt. Als ich gegangen bin, meinte er gerade, dass Henry noch nicht wieder der Alte ist und wir Geduld brauchen, bis er völlig wiederhergestellt ist.«

Jade lehnte sich erleichtert zurück. »Ich bin sehr froh, dass er in guten Händen ist.«

»Du magst ihn«, flüsterte Lucy und sah Jade prüfend an.

»Weißt du, dass du dich sehr verändert hast?«, wich Jade aus.

»Nein«, sagte Lucy. »Ich hab mich nicht verändert. Die dunkle Macht, die mich für Monate kontrolliert hat, ist fort. Was immer ich tat oder sagte, das war ich nicht selbst.«

Jade lächelte Lucy an. Sie war bereit, ihr das zu glauben.

Der erste September brachte die Nebel zurück nach London. Jade konnte am Morgen kaum aus ihrem Fenster sehen.

»Ich bin ja so gespannt, was dein Talent in der Geistergeherei ist«, sagte Harper und sah Jade zu, wie sie sich für den Unterricht vorbereitete. »Stell dir nur vor, du kannst dich in einen Geist verwandeln, und wir beide gehen zusammen auf eine Spuktour. Wäre das nicht himmlisch?«

»Ich gebe mein Bestes, Harper«, sagte Jade und winkte ihr zum Abschied kurz zu. Als sie aus ihrem Zimmer trat, schloss Orla gerade nebenan ihre Tür ab und gähnte. »Dreimal hat mich der singende Seemann aus dem Schlaf geträllert. Ich bin so müde, dass ich nicht mal meinen kleinen Finger verwandeln kann.«

Auf dem Weg nach unten begegneten ihnen ein paar verschlafen wirkende Novizen des zweiten und dritten Ausbildungsjahres. Es kam Jade sonderbar vor, dass das neue Schuljahr nicht mit einer Schulversammlung beginnen sollte.

Im Speisesaal lagen neben den Zeitungen die Stundenpläne für das zweite und dritte Jahr aus. Doch Jades Blick blieb an der *London Times* hängen, wo der Artikel, den Master Gridlock ihr gestern gezeigt hatte, auf dem Titelblatt stand. Und auch im *Daily Time Catcher* wurde über die rätselhaften Taxifahrermorde berichtet mit der Schlagzeile: *Das Werk von Time Knights?*.

»Ach, wie schön!«, rief Orla, die den Stundenplan für die Ghosts überflog. »Wir haben jetzt gleich direkt Geistergeherunterricht bei Ms Griggs.«

»Das ist wirklich die beste Nachricht heute Morgen«, sagte Jade, denn sie mochte Ms Griggs sehr. Viel größer als die Vorfreude auf das Geistergehen war aber die Erleichterung, dass sie nun nicht mehr an Selda Brice' Gauklerunterricht teilnehmen musste.

Jade las die Zeitungsartikel über die Morde an den beiden Taxifahrern am Frühstückstisch, was ihr den Appetit verschlug. Die

London Times ging von Raubmorden aus, der *Daily Time Catcher* hingegen war eindeutig der Meinung, dass die beiden Taxifahrer einem Dämonenfraß zum Opfer gefallen waren, der nur auf das Konto von Time Knights gehen konnte.

»Wo findet denn der Unterricht statt?«, fragte Jade, als sie sich auf den Weg zum Time House machten.

»Im Raum der Illusionen«, sagte Orla geheimnisvoll lächelnd und öffnete die Tür zum Tunneleingang.

Es gab für die Novizen, die im Clockmakers Market wohnten, einen unterirdischen Tunnel, dessen Eingang direkt neben dem Black Swan lag. Der Weg war mit Galeonen gesäumt und von Fackeln in regelmäßigen Abständen erhellt.

Die Galeonen grüßten sie freundlich, aber Jade hörte sie auch leise flüstern: »Wo bleiben denn nur die Neunovizen?«

Es war ein bedrückendes Gefühl, dass sie im Time House nicht wie sonst von der schnippischen Gerichtsdienerin Arana Moore empfangen und in die große Halle gebracht wurden. Stattdessen stand die sanft lächelnde Evelyn Griggs am Tor und reichte ihnen eine Fackel für den Weg durch das düstere, felsige Time House nach unten in den Übungsraum. »Wie tief müssen wir eigentlich noch hinab?«, fragte Jade.

»Die Geistergeherei wird am tiefsten Punkt des Time Houses unterrichtet«, sagte Orla, während sie die Treppenstufen hinabstiegen. »Dort hinten ist das Galeonenmausoleum und gegenüber ist der Übungsraum. Vorsicht!« Sie deutete auf die goldene Linie im Boden, die Jade beinahe übersehen hätte, weil sie sich überrascht umsah. Sie fragte sich, wie viele Geheimnisse das Time House noch bereithielt. Bislang war sie noch nicht oft zu diesem finsteren Flur vorgedrungen, und wenn, dann immer mit einem beklommenen Gefühl, denn dieser untere Flur hatte die Stimmung eines Friedhofs.

»Warum am tiefsten Punkt des Time Houses?«, fragte Jade. »Ich dachte immer, dass Geister die Natur benötigen, die Freiheit für den Geist. Hier unten fühle ich mich so eingeengt.«

»Das ist eine Sicherheitsmaßnahme. Man hat einfach Angst, dass wir uns verwandeln und dann nicht kontrollieren können«, sagte Orla schulterzuckend und öffnete die kleine Metalltür, auf der *Raum der Illusionen – Geistergeherei* stand.

»Du willst damit sagen, dass man als Geist einfach so davonschweben könnte?«, fragte Jade beklommen.

»Ungeübte vielleicht«, sagte Orla gedehnt und steckte die Fackel in die Halterung neben der Tür. Dann trat sie ein.

Jade wurde beim ersten Blick in den Raum bewusst, dass sie noch nicht viel über die Geistergeherei wusste. Eigentlich wusste sie gar nichts.

Wie konnte es sein, dass es in dem Raum so aussah wie im Schulgarten von St. Creakles? Sie trat ein paar Schritte in den Raum hinein, und mit einem Ruck fühlte Jade sich in ihre Kindheit versetzt. Sie war wieder sieben, und auf der großen Obstwiese hingen reife Pflaumen im Baum. Vor ihr rannte Mat, blieb stehen und nahm ihre Hand. Er lachte sie an, dann liefen sie Hand in Hand weiter durch das hohe Gras. Sie würden so viele Pflaumen pflücken, wie sie tragen konnten, und sich dann damit an den Bach setzen, um die Steine ins Wasser zu spucken. Sie würden sich mit vollen Bäuchen rücklings ins Gras fallen lassen und sich gegenseitig erzählen, welche Fantasiewesen sie in den vorbeiziehenden Wolken sahen.

»Der Raum sieht für uns alle verschieden aus«, sagte Orla da leise neben ihr.

Jade drehte sich verwirrt zu Orla herum. Sie kam ihr wie ein Eindringling in ihre Kindheit vor.

»Was meinst du damit?«, fragte Jade. Der Sommerwind wehte über das Gras und kitzelte sie an den nackten Beinen.

»Ich sehe mich gerade im Haus meiner Eltern. Es ist Weihnachten. Dad hat seine berühmten Bratäpfel mit Geheimfüllung gemacht. Es duftet durchs ganze Haus. Mum sitzt in ihrem Lieblingssessel und liest Jane Austen. Wie immer.« Sie sah Jade lächelnd an. »Das sehe ich oft, wenn ich hier unten in diesem Raum bin.«

Stimmen wurden hinter ihnen lauter, und Jade wurde nervös. »Orla, was muss ich tun? Ich will nicht, dass irgendjemand sieht, was ich hier sehe.«

Orla griff nach Jades Hand. »Sei unbesorgt. Das kann keiner sehen. Jeder hat hier seine ganz eigene Illusion.«

Emily, David und Sophie kamen in den Raum, und sie nahmen Orla und Jade anscheinend gar nicht wahr. Jade fiel auf, dass auch Schüler des zweiten Ausbildungsjahres eintraten. Offenbar hatten sie gemeinsamen Geistergeherunterricht. Mit dem ersten Fuß, den sie in den Raum setzten, veränderte sich ihr Gesichtsausdruck in blankes Staunen und Glück.

»Guten Morgen, liebe Geistergeher«, sagte da Ms Griggs und erschien im Raum der Illusionen. Sie schloss die Tür hinter sich, und Jade hörte, wie sie jeden einzeln begrüßte und ein paar Worte mit jedem Novizen sprach. Zuletzt lächelte sie Jade an. »Ab heute nimmt nun auch Jade Ryder an unserem Unterricht teil, und ich begrüße auch dich ganz herzlich.«

»Ms Griggs«, sagte Jade verwirrt. »Ich verstehe nicht, was diese Illusion mit dem Geistergehen zu tun haben soll. Was?«

»Setzt euch, meine Lieben.« Evelyn Griggs ließ sich auf den Boden nieder.

Für Jade sah es aus, als säße Ms Griggs nun mitten auf der Obstwiese an einen Baumstamm gelehnt. Der Wind fuhr durch ihr langes, silbergraues Haar. »Die Illusionen sind wichtig, um uns völlig losgelöst dem Übersinnlichen stellen zu können. Hier in diesem Raum seht ihr das, was nur ihr sehen könnt. Es ist ein tiefer Blick in eure Seele, ihr Spiegel sozusagen.«

»Aber ich dachte, wir werden Geister heraufbeschwören, mit ihnen sprechen, uns selbst in solche verwandeln«, sagte Jade. »Brauchen wir da nicht eher einen Friedhof oder zumindest ein spukiges Haus?«

Einige der Mitschüler lachten.

Doch Evelyn Griggs machte nur »Scht« und legte einen Finger an die Lippen. Sofort war es wieder so still im Raum, dass Jade das Rauschen des Bachs hören konnte.

»Wir haben ja auch noch nicht begonnen«, sagte Evelyn Griggs sanft. »Es ist unser Ritual, dass wir uns zu Beginn der Stunde für ein paar Minuten einfach dem Glücksgefühl hingeben. Es dient uns zur Entspannung.«

Da wurde die Tür geöffnet, und Lucy trat ein. Ein zufriedenes Lächeln legte sich auf ihr Gesicht, das einen Moment zuvor noch besorgt und ernst ausgesehen hatte. »Verzeihen Sie, Ms Griggs«, flüsterte sie.

»Willkommen, Lucy«, sagte Evelyn Griggs und machte ein einladendes Handzeichen in ihre Richtung. »Setz dich doch und lass zunächst alles abfallen.«

Jade lehnte sich zurück und folgte mit ihren Augen der schreienden Möwe, die über sie hinwegzog. Die Sonne wärmte ihr Gesicht. Die Seeluft, die von der schottischen Küste herüberwehte, schmeckte salzig auf den Lippen.

Da erklang Ms Griggs' Stimme wieder. »Kommunizieren

kann man mit Schutzgeistern, die aus dem reinen Äther geboren werden und nie menschlich waren, und mit den Geistern Verstorbener. Hier unterscheiden wir zwischen Grauen Geistern und Grauen Dämonen. Graue Geister sind unsere geliebten Verstorbenen, mit denen wir im Reinen sind. Graue Dämonen hingegen sind Verstorbene, die etwas hier auf Erden umtreibt und sie rastlos macht. Vielleicht wurden sie ermordet, und sie suchen noch immer ihren Mörder. Man nennt sie auch oft nur Dämonen.«

»Aoooouhhh«, machte jemand, und einige lachten.

»Pssst«, machte Ms Griggs. »Ich werde nun beginnen, eure Illusionen zu manipulieren. Bitte seid gewiss, dass euch nichts geschehen kann. Nicht hier unten. Wenn ihr euch zu sehr bedroht fühlt, dann ist die Tür euer Ausgang aus der Gefahr.«

Jade folgte Ms Griggs' Blick. Tatsächlich, dort drüben, in der hohen Hecke, die St. Creakles umgab, war eine kleine Metalltür.

»Die Tür wird immer da sein«, sagte Ms Griggs leise. »Egal wohin eure Illusion euch trägt.«

Ms Griggs stand auf und stellte sich mitten auf die Obstwiese. Sie breitete ihre Arme aus, und die Ärmel ihres weiten Kleides sahen aus wie Flügel. »Wir sind jetzt gleich auf der Beerdigung. Du weißt, welche ich meine.«

Jade nickte. Dann sah sie, dass auch die anderen nickten.

»Woher wisst ihr, auf welcher Beerdigung wir sind?«, fragte Jade leise.

»Jeder ist auf einer anderen«, raunte Orla. Ein Schatten hatte sich auf ihr Gesicht gelegt.

Jade sah Lucy an, die neben Evelyn Griggs stand und aufschluchzte.

»Du stehst vor dem Sarg«, sagte Ms Griggs.

Mit einem Schlag saß Jade nicht länger auf der Obstwiese im Schulgarten von St. Creakles, sondern in der Kapelle von Graham Hall. Die Kühle der grauen Mauern erwischte sie eiskalt. Sie saß auf einer der harten Holzbänke, ihre Beine waren zu kurz, um den Boden zu berühren. Neben ihr saß Mr Darwy und klammerte sich an seinen Stockschirm mit dem silbern verzierten Griff. Auf der anderen Seite saß Mat, der ihre kalte Hand festhielt, und daneben die Schulleiterin in einem dunklen Kostüm und mit Schleier vor dem Gesicht.

»Sieh hin!«, rief Ms Griggs eindringlich.

Jades Herz klopfte bis zum Hals, als sie ihren Kopf hob und auf den Sarg blickte. Dort lag er, grau und kalt. Ihr geliebter Großvater Sir Arthur. Es schien, als schliefe er. Sechs Männer traten an den Sarg heran, hoben ihn hoch und trugen ihn langsam zu einer kleinen Tür, die offen stand.

»Was möchtest du noch sagen?«

Jades Mund war trocken, als sie ihn zum Sprechen öffnete. Gerade wurde Sir Arthur vor ihr hergetragen. »Großvater«, flüsterte sie und stand auf. Sie folgte dem Sarg zu der kleinen Tür in der Gruft. Die Männer mussten sich tief herabducken, um den Sarg hindurchzutragen. In der Gruft stand ein offener Steinsarg, und dort hinein versenkten sie nun langsam den toten Sir Arthur.

»Großvater!«, rief Jade verzweifelt, als er aus ihrem Blick verschwand.

Da erhob sich etwas kaum Sichtbares aus dem steinernen Sarg. Es war verschwommen, ohne jegliche Form, und doch wusste sie, dass es sein Geist war. »Ja, der bin ich.« Es klang eher wie das Rauschen eines Luftzugs, als dass es wie seine Stimme klang. Dennoch war Jade sich sicher, dass er es gesagt hatte.

Plötzlich sah sie ihn nicht mehr. »Großvater, bist du noch da? Bleib doch!«

Da legte sich ein Arm um Jades Schultern. Ms Griggs nickte ihr zu und führte sie zu der kleinen Tür an der hinteren Wand der Kapelle. Als sie die Tür durchschritten hatten, standen sie in dem finsteren Time-House-Flur. Nur die Fackeln in den Halterungen warfen flackerndes Licht an die Wand.

»Setz dich, Jade«, sagte Ms Griggs und deutete auf eine lange Holzbank neben der Tür.

»Was war das?«, flüsterte Jade.

»Du hast zum ersten Mal mit einem Geist kommuniziert.« Ms Griggs lächelte sie an. »Ich ahnte, dass du es kannst.«

Jade sah Ms Griggs aufgewühlt an. »Aber ich spreche doch andauernd mit Geistern. Harper kann ich ganz deutlich sehen. Immer. Dieser Geist war so anders.«

»Oh«, sagte Ms Griggs, »das kann man nicht vergleichen. Schutzgeister bestehen ja aus reinstem Äther, wie übrigens auch die Klingen unserer Dämonenschwerter. Deine Harper hat nie als Mensch gelebt. Sie wurde als Schutzgeist geboren. Und nur ein Angriff aus der Unwelt könnte sie töten. Der Geist, den du gerade gesehen hast, war ein Totengeist.«

»Kann ich mit jedem Totengeist sprechen?«, fragte Jade.

»Nein«, sagte Ms Griggs. »Nur mit solchen, denen du nahe warst, oder mit den Geistern derjenigen, die du als Tote gesehen hast. Und es gelingt auch nicht jedes Mal, einen solchen Geist wahrzunehmen. Das Kommunizieren mit Geistern können nur sehr wenige von uns. Manche im Kurs haben schon zwei Jahre lang geübt und noch nie einen Totengeist wahrgenommen.«

Da flog die kleine Tür auf, und Lucy kam aus dem Raum der Illusionen. Sie lehnte sich schwer atmend an die kühle Wand.

»Ich muss zurück und nachsehen, ob noch jemand hinausbegleitet werden muss«, sagte Ms Griggs und stand auf. »Geht es dir wieder gut, Jade? Und Lucy, dir auch?«

»Ja, alles wieder gut«, sagte Jade.

Lucy nickte nur.

Als Ms Griggs im Raum der Illusionen verschwunden war, sah Jade Lucy fragend an. »Hast du auch einen Totengeist gesehen?«

Lucy setzte sich neben Jade auf die Bank. »Ja, meine Mutter. Ich sehe immer meine Mutter. Inzwischen kann ich ihren Geist nicht nur hier unten, sondern fast überall heraufbeschwören. Aber wenn ich sie dann frage, was damals wirklich geschehen ist, löst sich ihr Geist wieder auf.«

Jade horchte auf. »Dann hast du gestern Abend im Kaminzimmer mit deiner Mutter gesprochen?«

Lucy lächelte. »Ja, das mache ich oft. Sie teilt meine Sorge um Henry.«

Im Raum der Illusionen rief Ms Griggs: »So, ihr Lieben! Verabschiedet euch von eurem Geist, wenn ihr denn einen seht. Morgen Nachmittag werden wir uns wieder dem Geistergehen widmen. Und übermorgen, wenn dann hoffentlich alle Novizen in der Academy angekommen sind, muss ich dringend die Schutzgeisttestung vornehmen.«

»Schutzgeisttestung?«, fragte Jade verwirrt. »Was soll das denn sein?«

Lucy schüttelte sich. »Davor graut es mir jedes Jahr. Ms Griggs jagt dir dabei das gruseligste Wesen auf den Hals, das du dir nur vorstellen kannst, und falls du die Gabe besitzt, würdest du dann zu deiner Verteidigung einen Schutzgeist heraufbeschwören. Letztes Jahr hat es keiner geschafft.«

Jade wusste, dass es in diesem Jahr anders sein würde, denn sie hatte schon mehrfach unbewusst einen Schutzgeist hervorgerufen.

Da wurde die Tür des Geistergeherraums geöffnet, und die Novizen strömten heraus.

»Wieder nichts«, sagte Orla und setzte sich neben Jade und Lucy. »Ich frage mich echt, was ich falsch mache.«

»Gar nichts, Orla«, sagte Ms Griggs, die gerade den Raum abschloss. »Du bist eine der begabtesten Geistergeherinnen, die ich kenne. Man muss nicht alles beherrschen, um gut zu sein. Manchmal ist es besser, wenn man seine Grenzen akzeptiert und seine Energien auf das bündelt, was man am besten kann.« Sie nickte ihnen freundlich zu und ging davon.

Sie blickten alle drei Ms Griggs nach.

»Apropos«, sagte Orla und zog den Stundenplan aus ihrer Hosentasche. »Was haben wir jetzt eigentlich als Nächstes?« Sie faltete den Plan auseinander und stöhnte auf. »Projektgruppe *Der Zeitstillstand im Alltag* bei Archer Switch und dann *Zeitsprünge* bei Ms Brice. Nachmittags ist noch *Orientierung* bei Bertha Kingsley.«

»Was soll das denn sein?«, fragte Jade.

»Das hat bestimmt was mit Kartografie zu tun«, vermutete Orla und steckte den Stundenplan wieder weg.

Das Tarot der Clockmakers

Lucy musste laut ihrem Stundenplan für das zweite Academyjahr nun zu Master Gridlocks Unterricht in *Historie der Zeiterbengesellschaft*. So verabschiedeten sich Jade und Orla von ihr, als sie an Master Gridlocks Büro vorbeikamen und Lucy dort hineinhuschte. Dann liefen sie weiter zum Raum für *Nautische Geräte*. Archer Switch war heute nicht alleine. Inmitten von historischen Zeitmessern, Chronometern und riesigen Astrolabien stand Peter Polkins und sah ungeduldig auf seine Armbanduhr.

»Ah, Jade und Orla sind nun auch da, dann sind wir ja vollzählig!«, rief Archer Switch, als er sie an der Tür entdeckte.

Jade winkte Mat zu, der in den ersten Stunden Gauklerunterricht bei Selda Brice gehabt hatte und am anderen Ende des Raums neben Michael Willowby saß.

Peter Polkins wartete, bis Jade und Orla sich hingesetzt hatten. »Hallo, Orla!«, sagte er und lächelte sie an, als wäre nur sie anwesend. Dann räusperte er sich und sah in die Runde. »Mr Switch und ich begrüßen euch zurück an der Academy und zu unserem gemeinsamen Kurs: *Der Zeitstillstand im Alltag*.« Er nickte Archer Switch zu.

Mr Switch, der einen Kopf größer war als Peter Polkins, trat vor.

Orla gähnte und flüsterte Jade zu: »Weck mich, wenn es vorbei ist.«

»Hallo und willkommen zurück an der Academy, liebe Novizen«, sagte Archer Switch. »In den vergangenen zwei Jahren haben meine Kollegen und ich euch schon vieles beigebracht, was ihr für euer zukünftiges Leben als Zeiterbin oder Zeiterbe wissen müsst. Jetzt aber kommt sozusagen der Schritt zurück in die Normalität. Nicht wahr, Peter?« Er strich sich eine lange Haarsträhne aus dem Gesicht und deutete dann auf einen Tisch an der hinteren Wand. Dort lagen unterschiedlichste technische Geräte. Jade erkannte darunter einen Laptop und ein Smartphone.

Peter Polkins ging durch die Sitzreihen nach hinten und stellte sich vor große gläserne Schalen, die auf einer langen Tischreihe an der hinteren Wand standen. »In diesem letzten Jahr der Ausbildung legen wir ganz bewusst das Augenmerk auf das tägliche Leben mit der besonderen Gabe der Zeiterbigkeit, denn wenn ihr im kommenden Sommer eure Ausbildung abgeschlossen habt, werdet ihr vielleicht nicht in London bleiben wollen. Vielleicht möchtet ihr ein ganz normales Leben irgendwo führen, ein Studium oder eine Lehre beginnen. Vielleicht verliebt ihr euch und wollt irgendwann eine Familie gründen, fernab der Zeiterbengesellschaft.« Sein Blick ruhte auf Orla. »Orla Dorchester, schläfst du etwa? Hast du gehört, was ich gerade gesagt habe?«

Orla fuhr hoch und riss ihre Augen weit auf. »Selbstverständlich, Peter!«

Jade grinste.

»Fein«, sagte Peter und zeigte auf die elektrischen Geräte hinter sich. »Zum normalen Leben gehören diese Dinge dazu wie unser tägliches Zähneputzen. Es ist aber nicht ungefährlich, ein Smartphone zu benutzen, wenn man ein Zeiterbe ist.«

»Das sagt Elliott Baker auch immer«, sagte Michael. »Ich kapiere es aber nicht. Was soll denn an einem Smartphone so gefährlich sein?«

Peter Polkins schüttelte den Kopf. »Es ist nicht das Smartphone, das gefährlich ist, sondern du, Michael.«

Archer Switch, der durch die Reihen nach hinten gegangen war, tippte so vorsichtig auf das Smartphone, als handele es sich dabei um eine giftige Schlange. »Diese Geräte hier werden durch Elektrizität betrieben. Wer von euch in einem Zeiterbenhaushalt aufgewachsen ist, hat vermutlich noch nicht viel mit elektrischen Geräten zu tun gehabt. Das Problem mit der Elektrizität ist, dass sie kurz vor einem Zeitstillstand schwankt und dann, sobald die Zeit weitergeht, mit voller Wucht ins Gerät zurückkehrt. Das ist übrigens der einzige Grund, warum Glühbirnen durchknallen. Solltet ihr jemals hören, dass jemand schimpft, sein Handyakku wäre urplötzlich leer, dann wisst ihr das nun besser einzuordnen. Auch Autobatterien entladen sich bei einem Zeitstillstand häufiger mal, daher ist es ratsam, den Motor schon vor einem Zeitstillstand auszuschalten.«

Peter Polkins nahm das Smartphone in die Hand und wurde von Archer Switch dabei aufmerksam beäugt. »Stellt euch nun also vor, euer Prognosetier kündigt an, dass die Zeit in einer Minute stehen bleibt. Was würdet ihr tun?«, fragte Peter.

»Es ausschalten?«, vermutete Mat.

»Nicht schlecht überlegt«, sagte Peter und nickte anerkennend. »Aber das Ausschalten führt zu nichts. Wie gesagt, *ihr* seid die Gefahr, nicht das Smartphone an sich. Das Einzige, was einen Kurzschluss und damit ein mögliches Feuer verhindern kann, ist es, wenn ihr das Handy augenblicklich loslasst. Denn ihr seid diejenigen, die bei körperlichem Kontakt mit einem elektrischen

Gerät für die spontane Entladung des Akkus sorgen. Es gibt Berichte von regelrechten Akku-Explosionen.«

»Ich glaube, dann möchte ich kein Smartphone besitzen«, sagte Jade zu Orla.

»Aber warum denn so ängstlich, Jade?«, fragte Archer Switch, der hinter ihr stand. »Das Benutzen von ordinären Haushaltsgegenständen kann doch auch ganz abenteuerlich und amüsant sein. Man denke nur daran, was man verpassen würde, verzichtete man auf alles. Besonders aufs Autofahren.«

»Aber im Heulenden Hund darf man doch am Laptop arbeiten, und niemand scheint dort besonders nervös deswegen zu sein«, sagte Orla.

»Richtig!«, rief Archer Switch. »Du gibst uns das Stichwort für unseren heutigen Unterricht. Peter Polkins und ich, wir haben eine bahnbrechende Erfindung gemacht, mit der jeder Zeiterbe zukünftig in der Lage sein wird, elektrische Geräte wie zum Beispiel so ein Smartphone gefahrlos zu benutzen. Und im Heulenden Hund läuft seit mehreren Jahren unsere Testphase. Sehr, sehr erfolgreich übrigens.«

Aufgeregtes Gemurmel schwoll an.

Archer Switch sagte zu Peter Polkins: »Bitte, Peter, leg doch endlich das Ding wieder zurück, das macht mich ja doch wohl nervös.«

Jade und Orla grinsten sich an.

»Und was für eine Mega-Erfindung haben Sie nun gemacht?«, fragte David Pilgrim.

Peter Polkins legte das Smartphone zurück in die Glasschale auf den Tisch.

»Wir haben eine App entwickelt«, sagte Archer Switch und lief durch die Reihen wieder nach vorne. »Wenn diese App auf dem Gerät installiert ist, kann man es ganz unbesorgt benutzen.«

»Wie das?«, rief Orla.

»Das Programm ist sozusagen ein virtuelles Prognosetier«, erklärte Archer Switch und stützte sich aufs Pult. »Wenn die App einen Zeitstillstand wittert – im Heulenden Hund wird sie zum Beispiel durch das Heulen aktiviert –, dann unterbricht sie die Stromversorgung und speichert den aktuellen Gerätestand. Im Heulenden Hund läuft die App seit Jahren zentral über einen Computer, der die Stromversorgung und den Router kontrolliert.«

»Das ist ja genial«, sagte Mat begeistert. »Das müssen Sie zum Patent anmelden.«

Peter Polkins schnaubte. »Das haben wir tatsächlich versucht, aber im Patentamt hat man uns für Geisteskranke gehalten, als wir sagten, wir hätten eine App entwickelt, die im Falle eines möglichen Zeitstillstands die Stromversorgung unterbricht und die Daten sichert.«

»Und weiter ausführen konnten wir die Problematik ja nicht«, fügte Archer Switch hinzu. »Wie ihr wisst, unterliegt unsere Zeiterbengesellschaft strenger Geheimhaltung.«

Eine halbe Stunde später verließen sie den Raum für *Nautische Geräte* und liefen zum Übungsraum für Zeitsprünge.

»Peter ist so genial«, sagte Orla strahlend.

Jade sah Mat schmunzelnd an und zog dann eine Tüte Studentenfutter aus ihrer Tasche.

»Was man von Selda Brice übrigens nicht behaupten kann«, flüsterte Jade, fischte ein paar Erdnüsse aus der Tüte und reichte sie dann weiter an Orla.

»Wieso findet ihr Unterricht in Zeitsprünge überhaupt statt?«, fragte Mat. »Zeitsprünge sind doch für alle Novizen zurzeit verboten.«

»Es würde mich überhaupt nicht wundern, wenn Ms Brice ihre Unterrichtszeit nutzen will, um uns ein paar Dämonen auf den Hals zu hetzen«, sagte Jade und blickte Orla und Mat finster an.

»Dann wäre es wohl besser, wenn wir schwänzen«, meinte Orla.

Jade schnaubte verächtlich. »Das käme ihr doch gerade recht. Wenn wir schwänzen, lässt sie uns dreimal so lange nachsitzen. Und was sie dann mit uns macht, will ich mir gar nicht ausmalen.«

»Also das Wichtigste bei Ms Brice ist ja sowieso, keine Angst zu zeigen. Das ärgert sie am meisten«, sagte Orla. »Möchtest du auch ein paar Nüsse, Mat? Nanu, wo ist er denn?«

Jade blieb stehen und sah sich im Time-House-Flur um. Mat war wie vom Erdboden verschluckt. »Seltsam«, murmelte Jade. »Er war doch gerade noch bei uns.«

»Vielleicht hat er was vergessen«, meinte Orla schulterzuckend und lief weiter. Sie warteten neben dem Zeitsprüngeübungsraum auf ihn, doch Mat kam nicht. Als alle anderen schon in den Raum eingetreten waren, gingen sie hinein.

»Sieh an«, zischte Selda Brice, als sie Jade und Orla erblickte. Sie stand mit verschränkten Armen am Ende der langen Bankreihe. Nun kam sie langsam näher. »Unser Star ist zurück im Haus.«

Einige Novizen fingen an zu tuscheln.

Jade setzte sich auf die Bank und sah Selda Brice stumm an. Ihr verhärmtes Gesicht wirkte noch länger und eingefallener als sonst, dafür war ihr gelocktes Silberhaar etwas kürzer geschnitten.

»Du musst dich elendig fühlen«, sagte Ms Brice und kam immer näher. »Immerhin bist du ja der Grund, warum die Novizen in diesem Sommer nicht mit dem Timeless Sleeper oder per Zeitsprung anreisen dürfen. Ihr könnt euch alle bei Jade Ryder bedanken.«

»Das stimmt doch gar nicht«, sagte Jade wütend. »Der Grund ist einzig und allein Master Gridlocks Anordnung, weil Time Knights mich überfallen wollten.«

»Wollten?«, schnaubte Orla. »Sie haben es schon zweimal versucht. Und ich wette, sie warten nur auf die nächste Gelegenheit.«

Das Tuscheln schwoll an, und Jade schnappte Satzfetzen ihrer Mitschüler auf wie »Wusstest du das?«, »Sagte sie Überfälle?« und »Die traut sich was!«.

»Und wer soll euch diese Märchen glauben?«, rief Selda Brice höhnisch und blickte zur Tür. »Wo bleibt denn eigentlich Mat?«

»Der war unpässlich«, sagte Orla.

»So?« Selda Brice zog eine Augenbraue hoch und sah Orla und Jade scharf an. »Dann schließt gefälligst die Tür, wenn ihr als Letzte hereinkommt.«

Orla stand auf und lief zur Tür, um sie zuzuziehen.

Ms Brice nickte Jade kaum merklich zu. »Beginnen wir also mit dem Unterricht. Jade wird euch allen nun beweisen, dass sie Unsinn geredet hat und niemand hinter ihr her ist. Komm her und stell dich vor die Zeitsprungkabine.«

»Nein«, sagte Jade kopfschüttelnd. »Das werde ich nicht.«

»Unterrichtsverweigerung, Jade Ryder?«, rief Selda Brice erstaunt. »Das gibt eine Abmahnung und beim nächsten Mal den Verweis von der Academy.«

Orla zog die Tür mit einem lauten Knall zu. »Sie wissen doch genau, dass Novizen im Moment gar nicht in der Zeit springen dürfen. Das haben Sie doch gerade selbst gesagt.«

Jade verschränkte die Arme vor der Brust. »Master Gridlock hat allen Novizen verboten, Zeitsprünge zu machen.«

Selda Brice warf den Kopf in den Nacken und lachte laut und schrill auf. »Und ihr glaubt ernsthaft, dass ich auch nur einen Penny auf Gridlocks Erlasse gebe? Ich bestehe auf meinen Unterricht.« Im nächsten Moment blickte sie Jade kühl an und zischte: »Und nun geh zur Kabine Nummer sechs. Oder muss ich einen Schwebefluch anwenden und dich dorthin schieben?«

Jade sah Orla besorgt an, doch es blieb ihr nichts anderes übrig. Sie formte lautlos »Black Swan« mit den Lippen, dann stand sie auf und trat vor Kabine sechs. Die Zeitsprungkabinen im Übungsraum sahen aus wie viele aneinandergereihte Telefonzellen. Sie wurden nicht nur für die Novizenausbildung genutzt, sondern dienten den Zeiterben auch als Transportmittel ins Time House.

Jade blickte auf die Leuchtanzeige oben in Kabine sechs. Wenn jemand im Zeitstrom hierher unterwegs wäre, dann würde es dort angezeigt. Doch dieses und auch alle anderen Schilder waren aus.

Selda Brice stellte sich neben Jade und ließ sie nicht aus den Augen. »Die schwierigsten aller Zeitsprünge sind die unkontrollierten. Sie sind aber auch äußerst nützlich, denn sie bringen uns wohin? Jade Ryder?«

Jade schloss für einen Moment ihre Augen und atmete tief durch. »Zum Ort unserer größten Sehnsucht«, flüsterte sie dann.

»Exakt«, raunte Selda Brice. »Du kennst dich mit dieser Art Zeitsprung schon aus, nicht wahr?«

»Was haben Sie vor?«, fragte Jade, und ihr Mund wurde vor Nervosität trocken.

»Kannst du dir das nicht denken?«, raunte sie. »Wenn ihr euch also gleich vor eine Zeitkabine stellt, werdet ihr an nichts denken.

An absolut gar nichts. Und um euch auf die Sprünge zu helfen, werde ich vor eurem Eintritt in die Zeitkabine eure Gedanken vernebeln.«

Jade fuhr erschrocken zu Orla herum, die ebenso erschüttert war. Mist, verdammter Mist. Sie saß in der Falle.

Selda Brice lachte kühl. »Denkt daran, dass ihr innerhalb einer Stunde zurückkehren müsst. Haltet eure Time Maps bereit, die werdet ihr auf der anderen Seite benötigen, um ein geeignetes Zeitfenster für den Sprung zurück zu finden. Und dann denkt auch unbedingt daran, mir einen Beweis mitzubringen. Jeder von euch muss einen Gegenstand aus dem Raum seiner Sehnsucht mitbringen.«

Jade trat zurück. »Ich weigere mich.«

Da funkelte in Selda Brice' Augen blinde Wut auf. Sie hob ihre linke Hand und warf einen Fluch auf Jades Beine.

Jade spürte einen eiskalten Hauch, dann konnte sie ihre Beine nicht mehr bewegen. Es war, als wären ihre Füße an den Knöcheln zusammengebunden. Sie schwankte, konnte sich kaum auf den Beinen halten.

»Jade!«, rief Orla.

»Bleib, wo du bist!«, schrie Selda Brice und schob Jade zurück vor die Zeitsprungkabine sechs. »In meinem Unterricht drückt sich niemand. Noch nicht einmal die berühmte Jade Ryder.« Sie öffnete die Tür zur Zeitsprungkabine und schob Jade vor den Eingang.

Jade spürte schon den eisigen Luftzug des Zeitstroms, da flog mit einem Knall hinter ihnen die Tür auf und jemand rief: »Was geht hier vor sich?«

Jade zitterte, sie krallte sich an den Rahmen der Zeitsprungkabine. War das Master Gridlocks Stimme? Hatte sie sich auch bestimmt nicht verhört?

»Ich erwarte eine Erklärung, Ms Brice!«, rief Master Gridlock, und jetzt war sie sicher, dass er es war.

Ein Gefühl der Sicherheit durchströmte sie. In dem Moment spürte Jade, wie sie links und rechts gepackt wurde und von dem Zeitfenster weggezerrt wurde. Orla und Mat zogen sie bis nach hinten zur Holzbank.

Jade sah Mat verwundert an. »Wo warst du?«

»Mein Bauchgefühl sagte mir, es wäre besser, Master Gridlock zum Unterricht dazuzuholen. Keine Sekunde zu früh, was?«, sagte er mit einem kurzen Blick auf Selda Brice.

»Ich muss Sie dringend bitten, meinen Unterricht nicht zu stören«, sagte Selda Brice gerade spitz und ging drohend auf den Master der Zeiterbengesellschaft zu. Jade spürte, dass sich die eisigen Fußfesseln um ihre Knöchel lösten, als Selda Brice sich dem Master zuwandte.

»Unterricht, Ms Brice?«, sagte Master Gridlock spöttisch und blickte besorgt auf Jade.

Noch immer klopfte Jade das Herz bis zum Hals. Sie sah nervös zu Master Gridlock und Selda Brice, die einen stummen Kampf ausfochten. Dann machte Selda Brice »Pah!« und rauschte an Master Gridlock vorbei aus dem Übungsraum.

Einige Novizen fingen an zu tuscheln; da trat Master Gridlock näher und hob beschwichtigend seine Hände. »Ab sofort findet hier kein Unterricht mehr statt. Zeitsprünge sind verboten, und dieser Raum wird vorerst verriegelt. Es tut mir leid, dass es da anscheinend widersprüchliche Vorstellungen gegeben hat. Ich gehe davon aus, dass Ms Brice niemandem ernstlich schaden wollte.«

»Natürlich wollte sie das!«, rief Orla erzürnt.

Master Gridlock sah sie ernst an, dann verließ er ohne ein weiteres Wort den Übungsraum.

Beim Mittagessen brachte Jade keinen Bissen hinunter. Die Sache mit Selda Brice machte ihr zu schaffen, und es gelang ihr einfach nicht, sie aus dem Kopf zu vertreiben. Ms Brice hatte sie schon oft angegangen, aber einen solchen Hass wie heute hatte sie noch nie in ihren Augen gesehen.

Als sie sich um halb zwei zusammen mit Mat und Orla auf den Weg zurück zum Time House machte, fühlte sie zum ersten Mal Angst. Angst, dass sie aus der ganzen Sache nicht lebend herauskommen würde.

»Was glaubt ihr, wohin sie Jade schicken wollte?«, fragte Orla, die sich offenbar auch noch immer mit Selda Brice beschäftigte.

»In die Schattenkluft wohl kaum«, sagte Mat. »Angenommen, ihr habt recht und sie ist tatsächlich eine Time Knight, eine Verbündete Chronos'. Gerade dann bräuchte sie Jade ja lebend. Ich vermute etwas ganz anderes. Mir kam es so vor, als wollte sie dich zum Sekundenuhrzeiger schicken. Vielleicht hat sie geglaubt, dass es so einfach ist.«

»Hm, das könnte natürlich sein«, sagte Orla. Sie öffnete die Tür zum Tunnel. »Aber findet ihr es nicht auch einfach gruselig, dass sie unsere Gedanken manipulieren kann?«

»Absolut gruselig«, flüsterte da eine leise Stimme aus der Galeone neben ihnen.

Sie schwiegen auf dem Weg durch den Tunnel.

»Na, na, wer lässt denn da schon am ersten Schultag den Kopf hängen?«, rief ihnen ein Galeonsgeist hinterher.

»Aber ehrlich!«, rief die Geisterstimme einer üppigen Galeone. »Ihr zieht Gesichter, als wärt ihr auf einem Trauerzug.«

Am unterirdischen Tunneleingang nahmen sie sich eine Fackel und liefen die vielen Stufen hinauf zum Raum für die Time-Maps-Kartografie. Als sie an der Tür zum Übungsraum für Zeitsprünge vorbeikamen, blieben sie stehen und leuchteten auf das Schild, das dort angebracht war: *Außer Betrieb.*

»Na also«, sagte Orla zufrieden.

Doch Jade konnte das nicht beruhigen. Die Anspannung kribbelte ihr auf der Haut. Das gruselige Gefühl, dass sich in den felsigen Schluchten des Time Houses die Dämonen der Unwelt schon nach ihr ausstreckten, begleitete sie bis zum Kartografie-Raum hinauf.

Sie traten leise ein in den kreisrunden Klassenraum, der Jade immer eher wie das Zelt einer Jahrmarktwahrsagerin vorkam, als dass er wie ein Raum für den Unterricht in den speziellen Landkarten für Zeiterben wirkte.

Bertha Kingsley saß wie immer vor ihrem Unterricht mit geschlossenen Augen auf einem großen Bodenkissen.

Ihre Schritte wurden von dem weichen lilafarbenen Teppich erstickt. An den Wänden waren purpurfarbene Seidenbahnen drapiert, die bis auf den Boden herabfielen und das Licht dämpften. Im ganzen Saal verteilt lagen große Meditationskissen, und fast alle waren schon von Novizen des dritten Ausbildungsjahres besetzt.

Als alle saßen und es ganz still geworden war, öffnete Bertha Kingsley die Augen und lächelte sie freundlich an. »Herzlich willkommen zu unserer ersten Stunde in Orientierung.«

»Ist die Orientierung ein Teil der Time-Maps-Kartografie, Ms Kingsley?«, fragte Orla.

Bertha Kingsley sah auf, und ihr Blick blieb an Jade hängen. Ihr Gesichtsausdruck verdüsterte sich. »Nein, nein«, sagte sie abwesend.

Jade wurde nervös, denn Ms Kingsley starrte sie an, als hätte sie eine Erscheinung.

»Nicht? Aber was ist es denn dann?«, hakte Orla nach.

Da erwachte Bertha Kingsley aus ihrer Versunkenheit. »Die Orientierung meint in diesem Fall euch und keine Landkarten.« Sie lächelte verschmitzt. »Ihr seid in eurem letzten Jahr an der Academy. Und da soll die Orientierung euch behilflich sein, euren beruflichen Weg zu finden – ob in der Zeiterbengesellschaft oder irgendwo anders. Ich zeige euch mithilfe der unterschiedlichsten Methoden Möglichkeiten auf, die euren Neigungen und eurer Bestimmung entsprechen. Entscheidungen fällen kann aber natürlich keiner für euch.«

Aufgeregtes Raunen ertönte.

Bertha Kingsley stand auf und ging zu einem hohen Wandschrank. Sie zog einen Schlüsselbund aus ihrer Hosentasche hervor und schloss damit nacheinander die drei Schlösser an dem Schrank auf. Jade wusste, dass sie darin ihr Gauklermaterial aufbewahrte. So etwa ihr Zukunftsfenster, durch das sie jährlich in der Silvesternacht für jeden, der sich traute, einen Blick in die Zukunft warf. Jade erinnerte sich wieder daran, wie sie mit Bertha Kingsley vor ziemlich genau einem Jahr nach ihrem Verhör im Gerichtssaal durchs Time House gegangen und hier in diesem Raum gelandet war. Damals hatte Ms Kingsley festgestellt, dass ihr berühmter Kelch der Sieben Augen verschwunden war; der Kelch, aus dem sie ihre Prophezeiungen empfing. Soweit Jade wusste, hatte sie den Kelch noch nicht wiedergefunden.

Es klickte in den Schrankschlössern, und die schweren Holztüren sprangen quietschend auf. Bertha Kingsley öffnete die oberste Schublade und nahm eine dunkelgrüne, samtene Kiste heraus.

»Heute gebe ich euch ein wichtiges Werkzeug an die Hand«, sagte sie. Langsam ging sie durch den Saal und gab jedem Novizen ein kleines Päckchen. »Das hier sind die Karten der großen

Arkana der von mir entwickelten Meridian Prophecy. Und bevor ihr euch nun fragt, warum ich euch Tarotkarten gebe, wo ihr doch gar nicht alle Gaukler seid: Es spielt keine Rolle. Jeder kann diese Karten lesen lernen.«

»Ist das nicht ein bisschen abgehoben?«, fragte Tracy Jones. »Wir sollen ernsthaft mit Tarotkarten unseren zukünftigen Beruf orakeln?«

Bertha Kingsley schmunzelte, dann fror ihr Lachen ein und sie drehte sich zu Tracy herum. »Nach zwei Jahren an unserer Academy müsste dir eigentlich klar sein, dass es dir hier so einfach nicht gemacht wird. In meinem Unterricht jedenfalls nicht.« Sie ging nach vorne und setzte sich zurück auf ihr Bodenkissen. »Nur zu, packt eure Karten aus.«

Jade öffnete die kleine Pappschachtel und zog den Stapel Tarotkarten heraus. Auf der Rückseite waren Uhrzeiger, Totenkopf und Kompass abgebildet. Dazwischen stand der Schriftzug *Meridian Prophecy*. Aber als sie die Karten herumdrehte, stutzte sie. »Verzeihung, Ms Kingsley, aber meine Karten sind leer.«

»Meine auch«, sagte Orla erstaunt.

Die anderen nickten.

Bertha Kingsley öffnete ein Päckchen der Tarotkarten und hielt sie hoch. Auch auf ihren Karten stand nur ein einziges Wort. »Diese Karten sind nicht leer, sie sind verzaubert. Ich habe sie so angelegt. Sie sind in der Lage, eure Seelen und eure Bestimmung zu lesen. Nehmt sie häufig in die Hand, das hilft ihnen, sich darzustellen.«

»Sie meinen, dass sich auf jedem unserer Decks andere Bilder abzeichnen werden?«, fragte Jade erstaunt.

»So ist es«, sagte Bertha Kingsley stolz. »Dabei steht nur die Position der jeweiligen Karte in der großen Arkana fest, also im großen Geheimnis. Was sich dort abzeichnen wird, ist auch für mich im Verborgenen, und es kann sich auch immer wieder ändern. Wie ich schon sagte: Die Karten sind ein Spiegel eurer Seele, und ihr werdet sie deuten müssen. Man ist ja immer geneigt, den vorgefertigten Karten eine Wunschbedeutung zu geben. Hier, bei meiner Prophecy, steht ihr eurem eigenen Schicksal gegenüber.«

»Ich glaube, ich will gar nicht wissen, was sich da abzeichnet«, murmelte Orla. »Stell dir vor, hier auf dieser Todeskarte zum Beispiel erscheint jemand, den ich total mag.«

»Orla Dorchester!«, rief Ms Kingsley streng. »Meine Prophezeiungskarten sind ja keine Glaskugeln aus einer schmuddeligen Jahrmarktbude. Diese Karten zu deuten, erfordert einiges an Kombinationsgabe und Wissen. Nachzulesen sind meine Anleitungen in den Büchern zur Deutung der Prophezeiung, die ihr auf der Bücherliste für das dritte Ausbildungsjahr findet.«

»Ich verstehe aber immer noch nicht, wie uns diese Tarotkarten beraten sollen!«, rief Tracy.

»Oh«, machte Bertha Kingsley überrascht. »Wie solltest du auch? Es ist bei diesen Prophezeiungskarten wohl so wie mit allem im Leben. Den wahren Wert erkennt man erst viel später.« Sie schloss die Augen und lächelte entrückt. »Wundert euch übrigens nicht, wenn ihr nun plötzlich Stimmen hört. Die Karten können durchaus mit euch kommunizieren. Aber keine Sorge, das hört außer euch niemand.«

Peter Polkins

Bis zum Wochenende waren alle Novizen vollzählig angereist, und Scharen von Schülern belagerten an diesem ersten Samstag im September die Shops im Clockmakers Market.

Orla hatte ab fünf Uhr Dienst im Witch Brew, der sich während der Schulzeit auf ein paar Stunden am Wochenende beschränkte. Jade und Mat saßen an einem der hinteren Tische und lasen in Bertha Kingsleys *Die Karten der Weisheit*. Immer wieder betrachtete Jade ihre Tarotkarten in der Hoffnung, dass sich dort etwas abzeichnen oder eine Stimme erklingen würde. Und weil immer wieder Novizen ins Witch Brew kamen, die Kräuter, Hexenbretter oder Runensteine kaufen wollten, sprangen auch Jade und Mat mit ein und halfen Ms Mallows und Orla beim Verkauf.

Gegen sieben ebbte der Ansturm ab, und Peter Polkins kam vorbei.

»Hallo, alle zusammen!«, rief er und setzte sich an den Verkaufstisch.

Ms Mallows beugte sich zu Jade herüber. »Der ist aber oft hier in letzter Zeit. Ob er vom Time Court geschickt wurde, weil man mich unter Beobachtung gestellt hat?«

Jade lachte und flüsterte: »Machen Sie sich keine Sorgen, Ms Mallows. Das hängt wohl eher mit Orla zusammen.«

Ms Mallows riss ihre Augen auf und sah ungläubig zu Peter. »Nein, also so was. Dass ich darauf nicht selbst gekommen bin!«

Die letzten Gäste verließen das Witch Brew, und Orla zog glücklich lächelnd ihre Schürze aus. »Ich liebe diese ersten Tage eines neuen Schuljahrs, wenn es überall nur so summt und brummt vor lauter Aufregung.«

»Und ich liebe die Tage danach, wenn sich alle wieder beruhigen«, sagte Ms Mallows und drehte das Schild in der Tür auf *Geschlossen* herum.

Orla, Jade und Peter Polkins blieben den ganzen Abend im Witch Brew. Sie saßen zusammen an ihrem Lieblingstisch und aßen die erste Kürbispastete des Herbstes.

»Was treibt dich her, Peter?«, fragte Ms Mallows und zwinkerte Jade dabei zu.

Jade beugte sich tief hinab über ihren Teller und schmunzelte.

Peter Polkins legte sein Besteck neben den Teller. »Oh, es gibt interessante Neuigkeiten, aber ich musste damit warten, bis die Gäste fort sind.«

Sie horchten alle auf. Jade und Ms Mallows tauschten einen überraschten Blick.

»Neuigkeiten, Peter?«, fragte Ms Mallows.

Peter stand auf und lief durchs Witch Brew. Er sah in jede der Nischen und sogar in die Küche und die Toilette. Als er zurück an den Tisch kam, nickte er. »Okay, es ist hochgeheim. Niemand soll es eigentlich wissen. Aber wir sind ja unter uns, und ich finde, dass es Sie ganz besonders betrifft, Ms Mallows.«

»Du machst es aber spannend, Peter«, sagte Orla.

»Es geht um das Dämonenschwert, das einer der Time Knights bei dem Überfall auf euch in Mr Switchs Wagen verloren hat«, sagte Peter und sah Jade und Mat an.

»Was ist damit?«, fragte Mat.

»Wir wissen jetzt, wem es gehört«, raunte Peter.

»Wem denn?«, riefen Jade, Orla und Ms Mallows im Chor.

»Dr. Smith hat Tests gemacht, und vorhin hat sie Master Gridlock Bericht erstattet. Das Dämonenschwert gehörte dem …«, Peter stockte und sah sich angespannt um. Dann raunte er: »Dem Schamanen.«

»Dem Schamanen?«, rief Ms Mallows erschrocken und ließ ihre Gabel fallen. »Aber das ist doch ganz und gar unmöglich. Das muss ein Irrtum sein. Dr. Smith muss da etwas verwechselt haben.«

Jade sah Ms Mallows mitleidig an. »Es tut mir leid. Wir haben Ihnen absichtlich nichts von Mr Mabou erzählt.« Jade beugte sich vor und flüsterte: »Er ist ein Time Knight.«

Peter Polkins nickte bestätigend mit dem Kopf. »Irrtum ausgeschlossen, Ms Mallows. Es kommt sogar noch schlimmer.«

Ms Mallows war blass geworden. »Noch schlimmer? Mr Mabou ging seit Jahren hier ein und aus. Wir haben uns gelegentlich unterhalten. Ich hab mich schon gewundert, warum er nicht mehr herkommt. Er wurde von meinen Stammkunden als Wahrsager und Zukunftsdeuter hoch geschätzt. Was könnte noch schlimmer sein?«

Peter stand auf und trat an das große Schaufenster, von dem aus man den ganzen Clockmakers Market überblicken konnte. »Das Schwert von Mr Mabou war schon an mehreren Übergriffen beteiligt, und es wurde auch bei dem Kampf auf dem Timeless Sleeper eingesetzt. Es ist das Schwert, durch das Ms Wellington ums Leben kam. Mr Mabou ist ein Mörder. Er wird vor das Zeitgericht gestellt und vermutlich nie wieder die Nessby verlassen.«

Sie sahen sich alle betroffen an, als Peter zurück an den Tisch kam. »Das Problem ist nur, dass er untergetaucht ist.«

»Hier war er auch schon länger nicht mehr«, sagte Ms Mallows nachdenklich. »Wenn ich es mir richtig überlege, war er seit der Rettung des Minutenuhrzeigers nicht mehr da.«

»Das passt leider zu unseren Informationen«, sagte Peter und zog sich die Schüssel mit der Kürbispastete näher heran. »Oh Mann, jetzt hab ich aber Hunger. Es lag mir richtig im Magen, dass ich Ihnen das sagen musste.«

»Es ist gut, dass ich das weiß«, sagte Ms Mallows und sah Orla nervös an. »Aber was tun wir, falls er doch wieder hier auftaucht?«

»Eben darum war ich ja in einem solchen Gewissenskonflikt«, sagte Peter und deutete mit dem Servierlöffel auf Ms Mallows, Mat und dann auf Orla. »Master Gridlock hat mich zu absoluter Geheimhaltung verdonnert. Aber gleichzeitig war ich in Sorge, weil Sie, Mat und besonders ja auch Orla in Gefahr sein könnten, falls Mr Mabou hier auftaucht.« Sein zaudernder Blick ruhte auf Orla. »Wir wussten zwar, dass Mr Mabou ein Anhänger der Time Knights ist, aber das ist ja erst mal kein Verbrechen. Nun aber wissen wir, dass er ein Mörder ist. Und das ändert alles.«

»Vor allem, weil er nicht weiß, dass wir es wissen«, ergänzte Mat mit unheilvollem Blick.

»Wir schließen ab sofort diesen Laden.« Ms Mallows stand auf und holte eine Flasche vom Verkaufstisch. »Braucht noch jemand etwas Baldrian-Hopfen-Bräu?«

Sie schüttelten alle den Kopf und sahen zu, wie Ms Mallows zwei Gläser voll herunterstürzte.

»Natürlich müssen Sie den Laden nicht schließen, Ms Mallows«, sagte Peter Polkins. »Ich rate Ihnen aber, einen Plan zu haben, falls Mr Mabou tatsächlich noch einmal hier im Clockmakers Market auftauchen sollte. Er weiß ja nicht, dass Sie über ihn Bescheid wissen. Und wir haben dann sogar die Gelegenheit, ihn festzunehmen.«

»Was wäre das denn für ein Plan?«, frage Mat und rieb sich grübelnd über das Gesicht.

»Könnte Orla nicht zum Beispiel in dem Fall sofort das Witch Brew verlassen und im Black Swan eine Rohrpostnachricht an Master Gridlock senden?«, schlug Jade vor.

»Und lässt mich so lange mit einem Mörder alleine? Nein, auf gar keinen Fall!« Ms Mallows goss sich noch ein Glas von dem Baldrian-Hopfen-Bräu ein.

»Ich bin ja auch noch da«, sagte Mat beruhigend.

Peter Polkins zog ein Päckchen aus seiner Hosentasche. »Ich habe da an etwas ganz anderes, sagen wir mal etwas Fortschrittlicheres gedacht.«

»Und was soll das sein?«, fragte Orla und sah neugierig auf das Päckchen.

Peter nahm den Deckel von der kleinen Schachtel.

»Ein Smartphone!«, rief Jade. »Natürlich. Das ist die Lösung.«

Ms Mallows hätte sich beinahe an ihrem Baldrian-Hopfen-Bräu verschluckt. »Ein Telefon?«, schrie sie hysterisch. »Seid ihr denn jetzt von allen guten Geistern verlassen?«

»Aber nein, Ms Mallows«, sagte Orla strahlend. »Peter hat eine geniale Erfindung gemacht, die sicherstellt, dass diese elektrischen Geräte nicht explodieren können. Vertrauen Sie ihm!«

Peter lächelte Orla begeistert an. »Es stimmt. Zusammen mit Mr Switch habe ich ein Programm entwickelt, das dieses Gerät kurz vor einem Zeitstillstand absichert. Das war in meinem ersten Jahr an der Academy. Ich dachte damals, dass ein bisschen Fortschritt der Zeiterbengesellschaft ganz guttun würde. Und Mr Switch war sofort Feuer und Flamme. Seit fast fünf Jahren läuft schon die umfangreiche Testphase im Heulenden Hund, und ich …« Er stockte und sah prüfend in die Runde. »Ich kann mich auf euer Schweigen verlassen, nicht wahr?«

Alle nickten und sahen ihn gespannt an, als er sein Shirt hochhob. Links an seinem Hosenbund funkelte sein Dämonenschwertgriff, rechts ein Handy. »Ich bin nie ohne mein Smartphone. Seit einigen Jahren schon. Auch wenn ich hier bei Ihnen im Witch Brew bin, Ms Mallows. Das mache ich natürlich in enger Absprache mit Master Gridlock. Wenn Sie einen Beweis dafür brauchen, dass dieses Gerät hier sicher ist, dann bin ich das. Oder bin ich hier bei Ihnen schon einmal in Flammen aufgegangen?«

Es brauchte noch einige Gläser Baldrian-Hopfen-Bräu, bis Ms Mallows sich beruhigt hatte und sich traute, das Handy in die Hand zu nehmen. Peter speicherte seine Nummer ein und demonstrierte Ms Mallows, wie sie ihn anrufen konnte. Gerade als sie seine Nummer anwählte, erschien auf dem Display das Bild einer brennenden Feuerschrecke. Ms Mallows warf es erschrocken auf die Tischplatte. Sekunden später hatte sich das Telefon selbsttätig ausgeschaltet, und ab dem Moment benötigte Ms Mallows kein Baldrian-Hopfen-Bräu mehr.

Um kurz nach zehn verließen Jade, Orla und Peter das Witch Brew. Es war eine kühle Nacht. Das Licht der Straßenlaternen ließ ihre Gesichter blass aussehen. Aus dem Heulenden Hund tönte Stimmengemurmel nach draußen.

»Deine Erfindung ist wirklich das Genialste, das ich je gehört habe«, sagte Orla zu Peter und strahlte ihn an.

»Das ist so lieb, dass du das sagst, Orla.« Peter blieb vor ihr stehen und lächelte Orla glücklich an.

Jade grinste und ging ein paar Schritte vor, um die beiden alleine zu lassen. Es merkte ja jeder, dass sie ineinander verliebt waren.

Sie schlang die Arme um ihren Oberkörper und sah zum Black Swan hinauf. Hinter vielen Fensterscheiben flackerte Licht. Und auch in den anderen Häusern ringsherum waren die oberen Stockwerke über den Shops erleuchtet. Jade sah zu dem Eingang der kleinen Gasse, in der Lucy vor ein paar Tagen mit Henry verschwunden war. Seitdem hatte sie Henry nicht wiedergesehen.

Plötzlich ertönte ein leises Klingeln am anderen Ende des Clockmakers Market. Das war nichts Ungewöhnliches, es sagte an, dass ein Zeiterbe in einem der Zeitsprungfenster ankommen würde. Es klingelte noch einmal und dann, kurz darauf, ein drittes Mal. Die maskierten Gestalten, die den Zeitfenstern entstiegen, jagten Jade eine Gänsehaut über den Rücken.

»Peter, Orla«, raunte sie und drehte sich zu den beiden herum. Peter strich Orla gerade eine Haarsträhne aus dem Gesicht.

»Peter, verdammt«, sagte Jade leise. Sie lief zu den beiden und stupste sie an. »Da sind gerade drei Time Knights angekommen.«

»Was?«, fragte Orla erschrocken.

»Schnell, versteckt euch«, sagte Peter und zog Jade und Orla zurück in den Schatten der Häuserwand des Witch Brew.

Jade verfolgte mit ihren Augen die Gestalten in der Dunkelheit. Die drei huschten immer weiter im Clockmakers Market bis zu Kingsley's Tickets & Maps. Vor der Ladentür blieben sie stehen.

»Was wollen die denn da?«, murmelte Peter.

Jade hatte erwartet, dass die Time Knights vielleicht hergekommen waren, um in dem Laden etwas zu stehlen. Doch auf einmal klang ihr lautes Klopfen über den Pflasterplatz.

Oben in Bertha Kingsleys Wohnung flackerte Licht; sie war also zu Hause. Einen kurzen Moment später flammte auch im Ladenraum Licht auf.

Die drei Time Knights zogen sich ein wenig von der Tür zurück, und Jade ahnte Schreckliches. »Peter, die wollen Ms Kingsley überfallen«, raunte sie.

»Ich fürchte auch«, sagte Peter. Jade sah im blassen Lichtschein, dass ihm Schweißperlen auf die Stirn traten.

»Nichts wie hin«, sagte Orla und zog ihren Schwertgriff hervor.

»Langsam, Orla. Was, wenn sie genau darauf spekulieren und das eine Falle ist?« Peter hielt sie am Arm zurück. Mit der anderen Hand zeigte er zum Black Swan. »Wir schleichen uns langsam im Schatten heran.«

»Peter hat recht.« Jade tastete nach ihrem Schwertgriff und lief mit Peter und Orla im Schutz der Hauswände zum Black Swan hinüber.

Sie waren schon am Black Swan vorbeigelaufen und auf Höhe des Tunneleingangs, als bei Kingsley's die Ladentür geöffnet wurde.

»Hallo?«, hörte Jade Ms Kingsley über den Platz rufen. »Ist da jemand? Nun zeigt euch schon, solche Streiche finde ich überhaupt nicht lustig.«

Da schoben sich die drei Time Knights aus dem Schatten und traten vor sie. Im nächsten Moment wurde Bertha Kingsley von zwei der Maskierten gepackt und auf den Pflasterplatz hinausgezogen.

»Hey, was wollen Sie denn von mir?«, rief Bertha Kingsley erschrocken. Da wurde ihr vom dritten Time Knight eine Tasche über den Kopf gezogen.

»Verdammt«, zischte Peter. »Bleibt hier, ich gehe näher heran.«

Jades Herz hämmerte, als sie sah, wie die Time Knights die zappelnde Ms Kingsley zu einer Zeitsprungkabine neben ihrem Laden schleppten.

»Die wollen Ms Kingsley entführen«, flüsterte Orla mit erstickter Stimme.

Jade versuchte, Peter in der Dunkelheit zu finden. Er war schon auf Höhe von Kingsley's. »Mach schon, Peter.«

Da ließ Peter sein Dämonenschwert aufblitzen und sprang auf die Time Knights zu.

Vor der Zeitsprungkabine wurde etwas gerufen, das Jade nicht verstand.

»Nein!«, hörte Jade Bertha Kingsley schreien, dann wurde sie von den Time Knights ins Zeitfenster geschubst und war verschwunden.

»Ms Kingsley!«, schrie Jade, zog ihr Dämonenschwert und stürmte los.

Peter schoss auf die Maskierten zu, doch bevor er sie angreifen konnte, sprangen sie hinter Bertha Kingsley her in die Zeitsprungkabine.

»Scheiße!«, schrie Orla hinter ihnen.

Vor der Zeitsprungkabine ließ Peter Polkins sein Dämonenschwert sinken, das langsam erlosch.

Jade stürmte auf Peter zu. »Hast du was verstanden? Wo sind sie hingesprungen? Lass uns ihnen folgen.«

»Niemals!«, rief Peter und stellte sich mit ausgebreiteten Armen vor das Zeitfenster, als müsse er sie daran hindern, in die Zeitsprungkabine zu steigen. »Ich informiere jetzt Master Gridlock, und ihr bringt euch in Sicherheit. Wer weiß, ob das schon alles war.«

»Du meinst, sie kommen zurück?«, fragte Orla und sah sich um.

Peter nickte und schob sie Richtung Black Swan.

»Sag mir, ob du gehört hast, wohin sie Ms Kingsley gebracht haben«, sagte Jade.

Peter nickte. »Das habe ich. Sie riefen *The Lorn House*.«

»Das habe ich noch nie gehört«, sagte Orla.

Jade nickte. »Ich auch nicht. Wo soll das sein?«

»Keine Ahnung«, sagte Peter und steckte sein Dämonenschwert weg. »Aber wenn es einer wissen kann, dann Master Gridlock. Ich nehme den Weg durch den Tunnel, und ihr geht bitte in euer Zimmer und wartet auf meine Rohrpost.«

»Danke, Peter«, sagte Orla, und dann umarmte sie ihn. »Pass auf dich auf.«

Als sie den Black Swan betraten, war es kurz vor halb elf und Elliott Baker kam ihnen mit seinem schweren Schlüsselbund entgegen. »Ah, sieh an. Gerade wollte ich abschließen.«

»Ja, bitte, tun Sie das«, sagte Orla.

»Gute Nacht, Mr Baker!«, rief Jade, und dann huschten sie die Treppen hinauf in ihr Zimmer. Schon auf dem Flur hörten sie Lucy mit jemandem reden.

»Sie spricht mit dem Geist ihrer Mutter«, flüsterte Jade Orla zu, bevor sie in das Kaminzimmer eintraten.

Doch es war kein Geist.

In einem der Sessel saß Henry und unterhielt sich mit seiner Schwester, die oben auf der Treppe stand und nun in ihrem Zimmer verschwand.

»Henry, du bist zurück!«, rief Jade glücklich.

»Schön, dich zu sehen«, sagte Orla und setzte sich in einen der Sessel.

»Das Gleiche könnte ich auch sagen«, sagte Henry lächelnd

und blickte auf seine Armbanduhr. »Ich dachte schon, ihr kommt nicht mehr. Elliott Baker schließt doch immer pünktlich auf die Sekunde den Black Swan ab, und außer in diesem Flur dürfen wir uns ja nicht länger frei bewegen …«

»Es hat einen Überfall auf Bertha Kingsley gegeben«, sagte Orla leise.

»Wie bitte?«, fragte Henry. »Ist sie …?«

»Entführt«, sagte Jade und ließ sich in den Sessel neben Orla sinken. »Wir haben gesehen, wie mehrere Time Knights sie in eine Zeitsprungkabine geschubst haben.«

»Dann wird es schwer, sie zu finden«, sagte Henry.

»Nein, wohl nicht.« Orla stand auf und hob den Blauen Nebeldrachen vom Kaminsims. Mit dem Prognosetier in der offenen Hand setzte sie sich wieder. »Wir wissen, wohin sie geschickt wurde.«

»Ihr wisst …?«

»Einer der Time Knights hat *Lorn House* gerufen«, sagte Jade leise, denn Lucys Zimmertür wurde wieder geöffnet und sie trat hinaus auf den kleinen Balkon.

»Sagt euch das was?«, fragte Henry mit gesenkter Stimme.

Orla schüttelte mit dem Kopf und lehnte sich weit vor. »Nicht die Spur, aber Peter Polkins ist schon auf dem Weg zu Master Gridlock, um ihn zu informieren.«

»Gut!« Henry lehnte sich zurück in seinem Sessel.

Jade sah ihn besorgt an. Er war blass und wirkte erschöpft. »Geht es dir wieder gut?«

»Das frage ich mich auch«, sagte Lucy. Sie kam die Treppenstufen herab und beugte sich von hinten über die Lehne des Sessels, in dem Henry saß, und drückte ihm einen Kuss auf die Wange. »Jade hat recht, du bist blass und ganz kühl«, sagte sie besorgt und legte ihre Arme um ihn. »Es ist gleich Zeit für deine Medikamente.«

Henry rollte mit den Augen. »Es geht mir gut, Lucy.« Dennoch lehnte er sich an sie.

Jades Herz klopfte schneller, als sie sich vorstellte, sie könnte für einen Moment an Lucys Stelle sein. Als Henry aufstand und sie lächelnd ansah, fühlte sie sich in ihrem Gedanken ertappt. Ihr Gesicht brannte vor Hitze, und noch nie zuvor war sie so dankbar für einen Zeitstillstand gewesen wie in diesem Augenblick.

Der Blaue Nebeldrache spuckte kleine, ringförmige Nebelwolken aus, die sich blitzartig im ganzen Kaminzimmer verteilten und sie in einen dichten, weißen Nebel einhüllten.

»Was ist jetzt los?«, rief Henry erschrocken.

»Keine Panik, das ist der Nebel unseres Prognosetiers«, sagte Orla. »Das bedeutet nur, dass die Zeit gleich stehen bleibt. Bleib einfach ganz still sitzen, ist in ein paar Minuten vorbei.«

Es wurde kalt im Kaminzimmer. Das Feuer musste schon erloschen sein, vermutlich stand die Zeit schon still. Der singende Seemann kam trällernd herabgeschwebt, die zweiköpfige, tanzende Galeone jauchzte auf, und dann waren die Geister nicht mehr zu hören.

Jade hob ihre Hand, um etwas zu erkennen, doch außer weißem Nebel sah sie nichts. Dafür spürte sie etwas. Jemand griff nach ihrer Hand und zog sie auf die Beine. Dann legten sich Arme um sie, und ein Kribbeln zog durch ihren Körper. Sie wollte Henry wegschieben und gleichzeitig an sich ziehen. Er war nah, viel zu nah. Sie fühlte, wie er sich zu ihr herabsenkte, und erschrak doch, als seine kühlen Lippen ihre trafen.

Jade wollte ihre Arme um ihn schlingen, da schob er sie von sich weg. Seine Finger fuhren zärtlich über ihre Wange, dann spürte sie ihn nicht mehr. Sie streckte ihre Hand nach ihm aus, doch er war fort.

Als der Nebel sich wie von Zauberhand lichtete, war Henry nicht mehr da. Jade sah sich suchend nach ihm um. Ihr Herz klopfte wie verrückt. Sie sehnte sich nach seiner Umarmung. Aber da war auch eine leise Stimme in ihr, die wütend fragte, warum er sie so behandelte und herumschubste.

»Ich schätze, es ging ihm doch nicht so gut«, sagte Lucy und lief die Stufen hinauf zu ihren Zimmern. Sie klopfte an Henrys Zimmertür und trat leise ein. Bevor sie die Tür hinter sich schloss, nickte sie Jade und Orla kurz zu.

Die beiden tanzenden Geistermädchen kehrten kichernd in ihre Galeone zurück und warfen dem singenden Seemann eine Kusshand hinterher.

»Ruby lips above the water, blowing bubbles soft and fine. But at last, I was no swimmer, so I lost my Clementine. Oh my darling, oh my darling, oh my …«, trällerte der Seemann, während er durch den Raum nach oben in seine Galeone in Orlas Zimmer schwebte.

»Lass uns auch nach oben gehen, vielleicht haben wir ja schon eine Rohrpost von Peter«, sagte Orla. Sie stand auf und setzte den Nebeldrachen zurück auf den Kaminsims.

Jade nickte und bewegte sich wie im Rausch zur Treppe.

»Ist was mit dir?«, fragte Orla besorgt.

»Nein, was soll sein?«, fragte Jade zurück.

Zwei Stunden warteten sie auf Nachrichten von Peter. Sie saßen auf Jades Bett, behielten den Clockmakers Market im Blick, und Harper kroch regelmäßig aus ihrer Galeone hervor, weil sie so neugierig war.

Immer wieder war Jade kurz davor, Orla von dem Kuss zu erzählen, doch irgendwas hielt sie dann im letzten Moment doch davon ab.

Gegen halb eins ertönte das erlösende Klacken einer eintreffenden Rohrpostnachricht. Sie war in Orlas Zimmer gelandet.

»Ich hole sie schnell«, sagte Orla. Sie sprang vom Bett und eilte nach nebenan. Sekunden später kam sie zurück und zog einen Zettel aus einer Rohrpostkugel.

Liebe Orla,
G wusste, wo LH liegt, und ist direkt losgesprungen.
Ich übernehme so lange das TH.
Dein Peter

»Soso«, sagte Jade. »*Dein* Peter!«

»Hm«, machte Orla nachdenklich. Es kam Jade so vor, als wollte sie sie gar nicht hören. »G wird Gridlock sein, LH vermutlich Lorn House, aber soll denn TH womöglich Time House heißen?«

»Mir fällt nichts anderes ein«, sagte Jade und überlegte. »Aber was heißt das denn dann? Peter übernimmt das Time House? Wozu?«

»Keine Ahnung«, sagte Orla und gähnte. »Vielleicht hat Master Gridlock es ihm anvertraut, solange er weg ist.«

»Hoffentlich ist er nicht lange weg, und Bertha Kingsley auch nicht«, sagte Jade und fiel rücklings in die Kissen. »Gute Nacht, Orla.«

»Gute Nacht«, sagte Orla und klopfte an Harpers Galeone. »Gute Nacht, Geistermädchen.«

»Schlaft schön, ihr ganzen Verliebten da draußen«, flüsterte Harper verschlafen.

Teufelsstiche

Am Morgen war die Stimmung im Black Swan bedrückt. Als Jade in den Speisesaal kam und ihr Blick auf die Schlagzeile des Sonderblatts des *Daily Time Catcher* fiel, wusste sie auch, warum. *Bertha Kingsley von Time Knights entführt*, stand dort in großen Lettern über einem Bild der Lehrerin.

Jade nahm das Zeitungsblatt und las:

Wie unserer Redaktion in den späten Abendstunden zugetragen worden ist, soll Ms Bertha Kingsley, Inhaberin von Kingsley's Tickets & Maps und angesehene Lehrerin für Time-Maps-Kartografie an der Clockmakers Academy, unter mysteriösen Umständen am Samstag gegen 22 Uhr aus ihrem Haus im Clockmakers Market entführt worden sein. Noch gibt es keine offizielle Bestätigung aus dem Time House oder Informationen über mögliche Hintergründe.

»Guten Morgen, Jade«, sagte da Odette, die soeben in den Speisesaal kam. Neben ihr trat Tom in den Raum, der Neffe von Ms Kingsley. »Du kennst Tom Kingsley?«

»Tom, natürlich!«, rief Jade und stand auf. »Ich hatte ganz vergessen, dass du ja auch über dem Kingsley's wohnst.«

»Kein Problem, das passiert mir öfter. Ich meine, dass die Menschen mich vergessen«, sagte Tom Kingsley und schob seine dicke Hornbrille zurück. Es kam Jade so vor, als wäre er im vergangenen Sommer überhaupt nicht gewachsen.

Odette sah Jade fragend an. »Du hast von der Entführung gehört, Jade?«

Jade nickte. »Ich war Augenzeugin.«

»Wie bitte?«, fragte Odette.

»Dann ist es also wirklich wahr?«, sagte Tom entsetzt.

Hinter ihm betrat ein Pensionsgast den Speisesaal und sah sie irritiert an. Deshalb machte Jade Tom und Odette ein Zeichen, ihr an den Novizentisch zu folgen, der so früh am Sonntagmorgen noch leer war. Sie setzten sich ans hintere Ende der langen Tafel.

»Wir kamen gerade aus dem Witch Brew«, sagte Jade leise. »Es war so um zehn herum. Da kamen diese drei Time Knights im Clockmakers Market an. Sie haben laut an die Ladentür geklopft. Hast du das gar nicht gehört?«

»Ich war noch gar nicht da«, sagte Tom. »Vor einer Stunde bin ich erst angekommen. Meine Tante war nicht da, aber ich dachte, sie ist im Clockmakers Market unterwegs. Als ich aber die Sonderblätter des *Daily Time Catcher* auf der Fußmatte vor dem Laden fand ...« Er zog die Schultern hoch.

Odette beugte sich über den Tisch und legte ihm eine Hand auf den Unterarm. »Da bist du zu mir gekommen, was absolut richtig war. Und solange die Angelegenheit mit deiner Tante nicht geklärt ist, wirst du hier bei uns bleiben.« Sie lehnte sich zurück und zog ein Sonderblatt vom Stapel. »Sag mal, Jade, hast du denn gesehen, wie Ms Kingsley verschleppt wurde?«

»Sie haben irgendwas gerufen und Bertha, also Ms Kingsley, in die Zeitsprungkabine geschubst.«

Odette stand auf und legte das Sonderblatt wieder auf den Stapel zurück. »Ich werde Master Gridlock informieren. Er muss sich dringend mit dir unterhalten.« Sie nickte Tom kurz zu, dann eilte sie durch den Speisesaal zur Tür.

»Warte, Odette, das ist zwecklos …«, rief Jade ihr hinterher. Doch Odette war schon weg.

Jade sah seufzend Tom Kingsley an. »Master Gridlock ist schon in der vergangenen Nacht deiner Tante hinterhergesprungen. Peter Polkins hatte den Namen des Zielortes für den Zeitsprung verstanden und ihn gleich informiert.«

»Hoffentlich findet er sie schnell«, sagte Tom und sah erstaunt zur Tür. Der Schwarm Teufelsnadeln kam in den Speisesaal gerauscht und zog einen großen Bogen unter der hohen Zimmerdecke. Sie umflogen einen der vielen Kerzenleuchter und schossen dann tief über dem Novizentisch direkt auf sie zu.

»Achtung!«, rief Jade und duckte sich hastig unter die Tischplatte.

»Achtung, was?«, fragte Tom perplex. Im nächsten Augenblick jaulte er auf. »Ah, nein, au, ist das heiß! Weg mit euch! Weg!«, schrie er.

»Oh nein, Tom!« Jade sah unter der Tischplatte hervor und wollte ihn zu sich herunterziehen. Doch es war längst zu spät. Der Teufelsnadelschwarm hatte ihn voll erwischt. Links und rechts schossen die schwarzen Libellen an ihm vorbei, einige prallten ihm mitten ins Gesicht.

»Verdammt!«, rief Jade und rappelte sich auf. »Ich dachte, die stechen nur, kurz bevor die Zeit stehen bleibt.« Sie sah sich hektisch nach dem Libellenschwarm um. Er *stand* still. Genau über dem Kamin.

»Ist nicht weiter schlimm, brennt wirklich nur ganz kurz«,

sagte Tom hinter ihr. Sie drehte sich zu Tom herum und schlug sich erschrocken die Hand vor den Mund. Auf Toms Gesicht bildeten sich überall hervorstehende, tiefrote Pusteln.

An der Tür zum Speisesaal klirrte Geschirr. »Himmel, wie der Zeitstillstand heute wieder ruckt!«, schimpfte Betsy, die Mühe hatte, die Teller auf ihrem Teewagen festzuhalten. Hinter ihr schwebten die Galeonsgeister aus ihren hölzernen Hüllen. Allen voran Lady Sybille, die geradewegs auf Jade zugeflogen kam.

»Ist Henry zurück?«, fragte sie aufgeregt.

»Ja, ist er«, sagte Jade. »Aber wieso wissen Sie das nicht? Können Sie nicht einfach in sein Zimmer schweben?«

»Bewahre«, sagte Lady Sybille und strich verlegen über ihre Korkenzieherlocken. »Hinterher sagt man mir noch eine Affäre nach.« Dann blieb ihr Blick an Toms pustelübersätem Gesicht hängen. »Ach, du barmherziger Schutzgeist! Sind das etwa Teufelsstiche?«

Tom betastete daraufhin sein Gesicht. »Wieso, kann man die etwa sehen?«

Jade schmunzelte. Sie war sehr froh, dass Tom offenbar keine Schmerzen hatte. Und nach allem, was Elliott Baker ihr einst zu Teufelsstichen erzählt hatte, würde es nur wenige Tage dauern, bis er die lästigen Pusteln wieder los war.

»Ah, guten Morgen, Miss Ryder«, sagte da der Marschall der Sieben Meere und tippte sich an seinen Geisterhut zum Gruß. »Man erzählt sich mal wieder schreckliche Dinge. Und im Sonderblatt steht es auch. Anscheinend ist etwas dran an dem Gerücht, dass Miss Kingsley entführt wurde.«

»Kein Gerücht, Marschall«, sagte Jade und deutete auf Tom. »Kennen Sie schon Tom, den Neffen von Ms Kingsley?«

Der Marschall wiegte seinen Kopf hin und her und betrachtete Tom prüfend. »Schwer zu sagen, ob unter all den Pusteln ein bekanntes Gesicht steckt.«

»So schlimm?«, rief Tom entsetzt.

»Das geht wieder weg«, sagte Jade beruhigend. »Es gibt einen gut wirksamen Badeschaum gegen Teufelsstiche. Ich habe sogar welchen in meinem Zimmer. Such ich dir gleich raus.« Sie verschwieg ihm allerdings, wie übel dieser Badezusatz roch.

Odette kam zurück in den Speisesaal und nickte dem Kamindrachen, der ihr einen Feuerschwall entgegenspuckte, abwesend zu. In der Hand hielt sie eine offene Rohrpostkugel mit einer Nachricht. »Das verstehe ich nicht«, sagte sie und kam zurück an den Tisch. »Ich habe Master Gridlock geschrieben. Und wisst ihr, wer mir umgehend geantwortet hat? Peter Polkins! Er schreibt, dass ich dich oder Orla nach Master Gridlock fragen soll.« Sie sah irritiert auf. Als ihr Blick an Tom hängen blieb, ließ sie vor Schreck die Rohrpostkugel fallen. »Um Himmels willen, sind das etwa Teufelsstiche?«

»Ja, sind es leider«, sagte Jade.

»Ich hoffe, Sie haben nicht noch mehr so aggressive Prognosetiere hier«, meinte Tom und befühlte die dicken Pusteln in seinem Gesicht.

»Nein«, sagte Odette und überlegte. »Eigentlich nicht. Im Flur Eineinhalb halten wir ausschließlich Tiere der Kategorie C, also extrem harmlose. Und dazu gehören ja auch eigentlich die Teufelsnadeln.«

»Ich glaube, dass ich in dem Fall die anderen Prognosetiere gar nicht sehen möchte«, sagte Tom und wollte Odette anlächeln, doch die dicken Pusteln ließen sein Gesicht mehr und mehr anschwellen.

»Komm, Junge, komm schnell!«, rief Odette mitleidig. »Ich

bringe dich in dein Zimmer. Du kriegst mein Gästezimmer, das liegt in Stock Eins, in unserem Angestelltenflügel. Da haben wir dich ganz gut im Auge.« Sie nahm Toms Hand und zog ihn wie ein kleines Kind hinter sich her. Sie hatten schon den Speisesaal verlassen, da kam Odette noch einmal zurück. »Jade, bitte, wir brauchen Titanwurz-Badeschaum. Wenn du keinen mehr hast, dann lauf mal schnell zu Ms Mallows und besorge eine Flasche.«

Nachdem Tom Kingsley in den Spiegel gesehen hatte, verließ er sein Zimmer nicht mehr. Ruckzuck war Jades Titanwurz-Badeschaum aufgebraucht, und sie besorgte ihm Nachschub.

»Das ist meine letzte Flasche«, sagte Ms Mallows leise, als Jade bezahlte. »Ich kann diesen Badeschaum immer nur in den Ferien zubereiten. Den Aasgeruch vom Titanwurz kriegt man ja noch gut weggeräuchert. Aber die anderen Zutaten haben es wirklich in sich.« Sie tippte auf die Zutatenliste an der Rückseite der Flasche. »Asant wird nicht ohne Grund Teufelsdreck genannt, und dann erst der Muskateller-Salbei. Ich sag dir, das ist konzentrierter Schweißgeruch. Am übelsten ist aber der Rosenwaldmeister. Stinkt wie ein nasser Fuchs.«

Jade trat mit der Flasche Badeschaum aus dem Witch Brew und sah sich sorgsam um. Seit dem Angriff des Rauchvogels war sie vorsichtiger geworden, wenn sie den Clockmakers Market überqueren musste. Doch sie erblickte kein rauchspuckendes Schlangenwesen, sondern Lavena Parker, die ihr vor der Tür in die Arme lief. Jade stöhnte innerlich auf. Was war eigentlich schlimmer? Ausgerechnet Lavena.

»Ah, sieh an, Jade Ryder«, sagte Lavena lächelnd. Sie trug immer ein Lächeln im Gesicht, setzte es morgens auf wie andere Menschen eine Brille.

»Hallo, Lavena.« Jade schob sich an ihr vorbei auf den Clockmakers Market hinaus.

»Ich sehe, die dämlichen Teufelsnadeln haben einen von euch erwischt?« Lavena lachte und warf den Kopf in den Nacken. »Verrückt, wie abgedreht deine Tante ist. Teufelsnadeln in einer Pension. Ich würde Odette ja verklagen wegen gefährlicher Körperverletzung, wenn die mich angreifen würden. Ach, wenn ich es mir recht überlege, ist das überhaupt ein ganz hübscher Gedanke. Ab auf die Nessby mit der ganzen Black-Swan-Sippe. Hat nicht Orlas Vater schon mal längere Zeit dort verbracht?« Sie kam einen Schritt näher. Vom ganzen Lächeln hatte sie tiefe Grübchen in den Wangen. »Oder was soll man deiner Meinung nach mit Leuten machen, die Mischlingen ein Zuhause geben?«

Jade kochte vor Wut. Ihre Finger krallten sich um den Titanwurz-Badeschaum. Am liebsten hätte sie Lavena die Flasche ins Gesicht geschleudert. Doch sie erinnerte sich nur zu lebhaft an Lavenas Hinterhältigkeit und Lügen im vergangenen Jahr, die Jade zu einer Anhörung vor dem Time Court gezwungen hatten. Nein, noch einmal würde sie ihr keine Gelegenheit für einen Angriff bieten. Nicht jetzt, wo Lavena die Ausbildung zur Zeiterbin abgeschlossen hatte und an die Greenwich-Universität gewechselt war, um dort Journalismus zu studieren. Daher zischte Jade nur: »Du bist ja krank, Lavena. Irgendwas hat dir deinen Verstand vernebelt. Und ich schätze mal, dass es der Neid ist.«

Für einen Moment verlor Lavena die Kontrolle über ihr hübsches Gesicht.

Jade nutzte den Augenblick und wandte sich ab. Sie lief Richtung Black Swan, und auch als Lavena »Ganz bestimmt nicht neidisch auf dich, du armseliger Mischling!« rief, ging sie einfach weiter.

Am späten Nachmittag kam Peter Polkins per Zeitfenstersprung im Black Swan vorbei. Er lehnte sich an den Empfangstresen und erzählte Odette und Jade, dass er leider keine guten Nachrichten habe. Bertha Kingsley war noch nicht wieder aufgetaucht, und auch von Master Gridlock hatte er noch nichts gehört. Das Einzige, an das er sich erinnern konnte, war, dass Master Gridlock vor seinem Zeitsprung gesagt hatte, dass Lorn House in Schottland läge.

»Nun, Schottland ist groß, wie soll ich ihn da suchen, wenn selbst magische und gewöhnliche Landkarten kein Lorn House anzeigen?«, beendete Peter seinen Lagebericht und sah an Jade und Odette vorbei zum Treppenhaus hinauf. Sicher hoffte er, einen kurzen Blick auf Orla zu erhaschen, dachte Jade schmunzelnd. Doch Orla war wie immer am Sonntagnachmittag zum Dienst ins Witch Brew gegangen.

»Bitte behaltet Master Gridlocks Abwesenheit, solange es geht, geheim. Er meinte, dass es in diesen Zeiten gefährlich wäre, wenn alle wüssten, dass er nicht im Time House ist und die Uhr bewacht. Und er beauftragte mich, das für ihn so lange zu übernehmen. Außerdem muss man wohl damit rechnen, dass die Entführer eine Forderung zur Freilassung von Bertha Kingsley stellen werden. Und da kommen Sie ins Spiel, Odette. Könnten Sie bitte den Neffen von Ms Kingsley bei sich unterbringen, bis die Angelegenheit vom Tisch ist? Nicht, dass es da eine alte Familienfehde gibt und der Novize in Gefahr ist.«

»Schon geschehen, Peter«, sagte Odette und lachte. »Tom Kingsley sitzt in meinem Gästezimmer in der Badewanne und weicht sich seit Stunden in Titanwurz ein.«

»Teufelsstiche«, sagte Jade, weil Peter Odette verstört ansah.

»Ah, ich verstehe«, sagte Peter grinsend. »Das stellt zumindest sicher, dass er sein Zimmer vorerst nicht verlässt. Ich verabschiede mich also wieder.« Er hatte schon die Tür zur Zeitsprungkabine geöffnet, als ihm noch etwas einfiel. »Ach, und sagt Orla, dass ich gerade nicht gut aus dem Time House wegkann, ich mich über Besuch aber sehr freue.« Sein Gesicht hatte eine rote Färbung angenommen.

»Gerne, Peter«, sagte Odette lächelnd. »Orla wird glücklich sein, das zu hören, nehme ich an.«

Die Karten lügen nie

Abends saß Jade lange allein im Kaminzimmer und las in Bertha Kingsleys *Die Karten der Weisheit.* Zum ersten Mal seit langer Zeit fühlte sie sich einsam, denn sie hatte heute das seltsame Gefühl, dass sie überall störte. Mats Eltern waren angereist, und er verbrachte den ganzen Tag mit ihnen und seinen Schwestern. Orla war seit Stunden im Time House, und sie hatte noch nicht einmal gefragt, ob Jade mitkommen wollte. Odette kümmerte sich um Tom, dessen Pusteln eher mehr als weniger zu werden schienen. Lucy und Henry hatte sie den ganzen Tag noch nicht gesehen. Vermutlich verbrachten sie den freien Tag bei ihrem Großvater.

Immer wieder nahm Jade die Tarotkarten in die Hand und suchte auf ihnen nach irgendeiner Veränderung. Es musste doch irgendwo einen Hinweis auf den letzten der drei Uhrzeiger geben. Gerade als Jade die Karten wieder zurück in die Schachtel legen wollte, fiel ihr etwas auf. Es war nur ein Schimmer von einem Bild. So blass, dass man es unmöglich erkennen konnte. Und doch, auf der Karte Nummer vier mit dem Namen *Herrscher* zeichnete sich eindeutig etwas ab. Und nicht nur das. Die Karte wisperte leise: »Jemand, der an der Quelle sitzt, greift nach der Macht.«

Jade schnappte nach dem Deutungsbuch und schlug das Kapitel für Karte vier auf:

Der Herrscher steht für eine Autorität in Ihrem Leben, die eine Herausforderung für Sie darstellen wird. Jemand nimmt das Ruder in die Hand und wird Ihr Volk anführen und Ihnen zeigen, in welche Richtung es nun weitergeht. Aber Vorsicht! Unter dem Herrschermantel trägt er schon eine Ritterrüstung, und er ist bereit, für seinen Machthunger zu kämpfen, ja zu töten.

Jade nahm die Tarotkarte noch einmal auf und drehte sie im Lichtschein des Kaminfeuers. Irgendwas an der Figur, die sich dort langsam darstellte, kam ihr sonderbar bekannt vor. Konnte das Selda Brice sein? Jade legte grinsend die Karten auf den Tisch. Das war doch alles Hokuspokus. Dass Selda Brice am liebsten Vorsitzende des Time Courts wäre, war ein offenes Geheimnis und nichts, das eine Tarotkarte ihr zuflüstern musste.

Da wurden Schritte auf dem Flur lauter, und Sekunden später stürmte Orla ins Kaminzimmer. »Jade!« Sie japste nach Luft beim Sprechen. »Es ist passiert.«

»Was ist passiert?«, fragte Jade überrascht. »Hat Peter dich endlich geküsst?«

»Jetzt sei mal nicht witzig«, schimpfte Orla. Sie setzte sich in einen der Sessel und drückte sich die Hände auf die Brust. »Bertha Kingsley ist wieder da.«

»Nein!«, rief Jade erschrocken und erleichtert zugleich.

»Doch, ist wirklich wahr«, sagte Orla. »Ernie hat sie gefunden.«

»Ernie?«

Orla schmunzelte. »Peter nennt ihn so. Ernest Strout, meine ich. Die Ankunft eines Zeitspringers hatte bei ihm am Empfang Alarm ausgelöst. Du weißt ja, die Zeitsprungkabinen im Time House sind gesperrt. Jedenfalls ist Ernest Strout da runtergegangen, um nachzusehen, wer illegal im Time House angekommen war, und da lag sie.«

»Bertha Kingsley?«

»Ja, Ernest Strout hat sofort Dr. Smith dazugerufen.« Orla sah Jade ernst an.

»Sie lebt, oder?«, fragte Jade leise.

»Ja, sie ist nur in so einer Art Trancezustand, aus dem Dr. Smith sie noch nicht erwecken konnte.« Orla stand auf und ging die Stufen zu ihrem Zimmer hinauf. »Sie liegt auf der Krankenstation. Meinst du, wir sollen es Tom mitteilen?«, fragte sie und beugte sich über die Brüstung, um Jade ansehen zu können.

»Auf jeden Fall«, sagte Jade. »Er wird sehr erleichtert sein, und vielleicht heilen dann ja auch seine Pusteln schneller wieder ab. Nur das mit dem Trancezustand sagen wir ihm heute Abend besser noch nicht, okay?«

»Okay! Warte auf mich, wir gehen zusammen«, sagte Orla und verschwand in ihrem Zimmer. Eine Minute später kam sie mit einer Kekspackung zurück. »Mann, hab ich einen Hunger.« Sie riss das Papier auf und knüllte es zusammen.

»Das macht die Liebe«, sagte Jade und duckte sich dann schnell, denn Orla holte aus und warf die Papierkugel nach ihr.

Sie verließen das Kaminzimmer und liefen durch den Flur. »Was ist eigentlich mit Master Gridlock?«, fragte Jade.

»Der ist immer noch nicht wieder da«, sagte Orla.

Kurz vor der Treppe kamen ihnen Emily Smith und Tracy Jones entgegen. »Habt ihr zufällig einen kleinen gehörnten Mull gesehen?«, fragte Tracy und sah sich suchend im Flur Eineinhalb um.

»Oh, oh. Sagt nicht, er ist euch entwischt«, meinte Jade grinsend.

Orla deutete auf den Schwarm Teufelsnadeln, der rauschend in den Flur eingebogen war und nun in der Luft verharrte. Hastig zog sie Jade weiter. »Nichts wie weg von hier«, raunte sie. »Dem Mull will ich jetzt nicht begegnen, der sondert kurz vor dem Silentium einen unerträglichen Gestank ab.«

Sie stürmten durchs immer kälter werdende Treppenhaus ein halbes Stockwerk hinab zu Flur Eins. Schutzgeister verließen ihre Galeonen, die Zeit stand still. Vor dem Gästezimmer in Flur Eins blieben sie stehen, und Orla klopfte laut an die Tür. »Tom?«, rief sie. »Tom? Wir sind's, Orla und Jade. Können wir reinkommen?«

Da wurde die Zimmertür einen Spaltbreit geöffnet, und eine übel riechende Welle kam ihnen entgegen.

»Igitt!« Jade presste sich den Pulliärmel vor Mund und Nase. »Was zum Himmel stinkt denn hier wie faule Eier?«

»Faule Eier?«, rief Orla, der bei dem bestialischen Gestank die Tränen in die Augen stiegen. »Ich finde, das riecht nach Verwesung.«

»Für mich riecht's nach Kloake«, sagte da Tom leise und trat hinaus auf den Flur. Im Arm hielt er den gehörnten Stinkmull. »Er ist mir zugelaufen, ich schwör's. Dabei hätte ich doch wissen müssen, dass in diesem Haus nichts einfach so existiert.« Er zuckte mit den Schultern.

»Wenn man kein Glück hat, kommt auch noch Pech hinzu, was, Tom?«, fragte Orla grinsend und nahm ihm den Stinkmull aus dem Arm. »Ich bringe ihn mal schnell zurück«, sagte sie und huschte durch den Flur zur Treppe.

»Apropos Glück«, sagte Jade und versuchte ein aufmunterndes Lächeln. »Deine Tante ist wieder aufgetaucht.«

Tom wurde blass, was aber auch am Gestank liegen konnte. »Und sie ist … sie ist doch … ich meine: Ist sie lebendig aufgetaucht?«

»Ja, Orla war vorhin im Time House und hat es mitbekommen.«

Tom nickte und ging zurück in sein Zimmer. »Das ist die beste Nachricht seit Tagen. Ich packe dann mal meine Sachen.«

»Nicht ganz so hastig, Tom«, sagte Jade schnell. »Deine Tante ist noch in der Krankenstation.«

»Ich wusste, es hat einen Haken«, murmelte Tom. Er streckte seinen Kopf noch einmal zur Tür heraus und sah sich argwöhnisch im Flur um. »Ich werde dann noch mal in Titanwurz baden, der beißende Geruch des Badeschaums ist ja gegen diesen Stinkmull nahezu lieblich«, meinte er und schloss die Zimmertür.

Am nächsten Morgen war der Speisesaal voll. Alles schnatterte aufgeregt durcheinander. Jetzt erst kehrte in Jade das Gefühl zurück, dass ein neues Schuljahr begonnen hatte.

»Hier ist nun auch die Liste mit der Mentorenzuteilung«, sagte Odette und hielt einen Zettel hoch. »Ich klebe sie vorne an die Tür, so könnt ihr gleich beim Rausgehen nachsehen, wer eure Mentorin oder euer Mentor ist.«

Natürlich hielt es keinen der Neunovizen auf dem Stuhl, und sie umlagerten Odette.

»Ich weiß schon, dass ich keine Mentorin bin«, sagte Orla und biss in ein Scone. »Ich habe Master Gridlock darum gebeten. Das würde nicht funktionieren, da ich ja neben der Schule noch jobbe. So ein Mentorendasein ist ja auch immer sehr aufwendig. Erinnerst du dich daran, dass Peter Polkins mich in meinem ersten Jahr wirklich überallhin begleitet hat? Sogar zum Zahnarzt?

Für so etwas habe ich keine Zeit, und Master Gridlock hat das total verstanden. Er ist einfach der Beste!«

»Ja, das ist er«, murmelte Jade und räumte ihr Geschirr zusammen. »Hoffentlich geht es ihm gut.«

»Ganz bestimmt«, meinte Orla.

Sie räumten ihr Geschirr weg und liefen in die Eingangshalle.

Die meisten Novizen waren schon fort, und so warf Jade einen neugierigen Blick auf die Liste mit der Mentorenzuteilung. »Mat hat einen Jungen namens Alexander Lewis«, las sie vor. »Ist das nicht der Kleine, der sich immer mit Elliott Baker anlegt, weil er seine Kamera hierhaben will?«

»Ich glaube schon«, sagte Orla und fuhr die Liste herunter. »Aber wo stehst du?«

Jade starrte auf die Namen und runzelte die Stirn. »Warum kriege ich denn keinen Neunovizen zugeteilt?«

»Das wirst du wohl Master Gridlock fragen müssen«, sagte Orla und schlüpfte in ihre Jacke. »Lass uns gehen, vielleicht ist Bertha Kingsley ja schon aufgewacht.«

Jade hängte sich ihre Schultasche über die Schulter. »Oder Master Gridlock ist wieder aufgetaucht.« Sie trat hinaus auf die oberste Stufe des Black Swan und sah sich mit einem mulmigen Gefühl auf dem großen Pflasterplatz um.

Elliott Baker wollte gerade die Eingangstür des Black Swan hinter ihnen schließen, da klingelte es in der Zeitsprungkabine. »Ah, guten Morgen, Mr Polkins«, hörten Sie Elliott Baker sagen.

Jade und Orla traten zurück in die Eingangshalle.

»Peter, was machst du denn hier?«, rief Odette, die gerade mit Jenna aus dem Speisesaal kam.

»Guten Morgen, alle zusammen«, sagte Peter. Er ließ die Tür der Zeitsprungkabine zufallen und kam auf Odette zu. »Gut, dass Sie gerade hier sind. Ich möchte Sie nämlich etwas Wichtiges fragen.«

»Einen Moment, Peter.« Odette nickte ihm kurz zu und sagte ans Hausmädchen gewandt: »Bitte, Jenna, sei so gut und bring Tom Kingsley neue Handtücher. Er sitzt wieder in Titanwurz-Wasser.«

»Vielleicht sollte ihm mal einer sagen, dass zu viel Titanwurz die Haut schrumpeln lässt«, maulte Jenna und zog davon.

Odette lächelte Peter an. »Erzähl, Peter!«

Peter Polkins sah sich in der Eingangshalle um. Dann zeigte er auf die große Galeone des Marschalls der Sieben Meere. »Ob ich mir den Marschall wohl für ein paar Tage ausleihen könnte?«

»Wie bitte?«, rief Odette verdutzt.

Jade, Orla und Elliott Baker tauschten überraschte Blicke.

»Da hätte der Marschall selbst ja auch wohl noch ein Wörtchen mitzureden, nicht wahr?«, sagte der Galeonsgeist und kam aus seiner hölzernen Hülle hervor. »Wo wollen Sie mich denn hinbringen?«

»Ins Time House«, sagte Peter leise zum Marschall. »Master Gridlock fällt auf unbestimmte Zeit aus, und das Time House braucht einen exzellenten Schutzgeist. Und gleichzeitig brauchen wir so lange einen Ersatzlehrer in *Historie der Zeiterbengesellschaft*.«

»Ich verstehe, dass du da gleich an mich dachtest«, sagte der Marschall und plusterte sich auf. »Immerhin war ich bei fast allen wichtigen Ereignissen der Zeiterbengesellschaft Augenzeuge.«

»Heißt das, Sie wären bereit, das Time House zu bewachen und den Unterricht zu übernehmen?«, fragte Peter hoffnungsvoll.

»Selbstverständlich«, sagte der Kapitän. »Es ist mir eine Ehre. Und es wird so langsam mal Zeit, dass die wahren Helden der Zeiterbengesellschaft ins rechte Licht gerückt werden. Ich weiß auch schon gleich, womit ich starten werde. Wusstet ihr zum Beispiel, dass wir Galeonen einem uralten Opferungsritual entsprungen sind? Früher, so vor etwa fünfhundert Jahren, hat man nämlich zur Schiffstaufe ein Tier geschlachtet und dessen Schädel unter dem Bug befestigt, damit der Wassergott durch das Opfer besänftigt wird. Das waren zumeist Schafsköpfe, aber es wurden auch gerne Schwanenköpfe genommen, denn der lange Hals ließ sich wunderbar befestigen …«

»Urghs«, machte Orla. »Das ist abscheulich. Ein Schiff mit Kadaver.«

Jade schüttelte sich vor Ekel.

»Ich sehe, ich habe genau den Richtigen gefragt«, sagte Peter schmunzelnd.

»Aber wie soll das gehen?«, fragte Odette den Marschall der Sieben Meere. »Sie sind ja der vorstehende Galeonsgeist hier im Black Swan. Können Sie denn einfach so Ihre Schutzgeistertruppe verlassen?«

Elliott Baker nickte heftig. »Und ich möchte auch daran erinnern, dass schon zwei unserer Galeonen auswärtig in der Clockmakers-Bibliothek eingesetzt sind.«

»Aber ja doch«, sagte der Marschall. »Ich bin ja nicht für immer fort. Und ich glaube, dass Lady Sybille das Kommando hier gut für ein paar Tage übernehmen kann.«

»Danke, Marschall«, sagte Lady Sybille in ihrer Galeone. »Selbstverständlich kommen wir hier zurecht. Falls nicht, rufe ich Verstärkung aus dem Maritimen Museum.«

»Dann von mir aus«, sagte Odette. »Aber wie willst du die riesige Galeone mitbekommen?«

»Ja, das ist in der Tat nicht so einfach. Per Zeitfenstersprung geht das schon mal nicht«, sagte Peter nachdenklich. »Aber gut, dass diese beiden Novizinnen noch nicht losgegangen sind. Die helfen mir sicher gerne beim Tragen.«

»Natürlich, Peter«, sagte Orla und lächelte ihn an, als hätte er sie zu einem Picknick eingeladen.

Jade verdrehte die Augen. Mit Peter zusammen würde Orla vermutlich auch zu Fuß nach York laufen. Wie die Dinge sich geändert hatten. Noch vor zwei Jahren hatte Orla immer am liebsten Reißaus genommen, wenn sie mit Peter zusammen zur Academy rübergehen musste. Und heute klang es wie das große Glück für sie.

Die Galeone des Marschalls war noch schwerer, als sie aussah. Zu fünft wuchteten sie die hölzerne Figur von der Wand.

»Es tut mir sehr leid«, sagte Odette, »aber ich kann leider nicht mitkommen. Ich denke, wir sollten Tom nämlich nicht unbewacht lassen.«

»Absolut«, bekräftige Elliott Baker. »Wird ja seinen Grund gehabt haben, warum seine Tante gekidnappt wurde.«

»Kein Problem, wir schaffen das schon«, sagte Peter und umfasste die Galeone in der Mitte. Orla griff nach dem verschnörkelten Holzsockel, Jade trug den Marschall am Kopf.

So traten sie mit der Galeone hinaus auf den Clockmakers Market.

»Wir können nicht durch den Tunnel gehen«, sagte Peter, als Jade nach links zur Treppe abbiegen wollte. »Der Marschall ist zu wuchtig, der passt dort nicht durch die engen Flure.«

»Üben Sie sich mal in einem höflicheren Umgangston«, schimpfte der Marschall.

»Wo willst du denn sonst langlaufen?«, fragte Jade. »Etwa durch den Greenwich Park?«

»Genau das ist der Plan«, sagte Peter.

»Aber da sind jede Menge Touristen«, gab Orla zu bedenken.

»Das macht doch nichts!«, rief Peter. »Wir bringen gerade eine Galionsfigur zur Restaurierung. Das kommt vor.«

»Durchaus nicht!«, sagte der Marschall eingeschnappt. »Jedenfalls nicht bei Galeonen, die so gut in Schuss sind wie ich.«

Der Weg durch den Greenwich Park war Jade noch nie so lang vorgekommen wie heute. Tatsächlich drehten sich die Touristen neugierig zu ihnen herum. Sie baten sogar darum, Fotos von sich neben dem Marschall der Sieben Meere machen zu dürfen.

»Seht ihr?«, triumphierte der Marschall daraufhin. »Von wegen Restaurierungsbedarf.«

Am Flamsteed House tummelten sich viele Menschen im Innenhof um die golden schimmernde Meridianlinie im Boden.

»Wir müssen warten, bis die Gelegenheit günstig ist«, sagte Peter leise. »Ihr wisst, dass wir den Zugang zum Time House nicht der Öffentlichkeit preisgeben dürfen.«

Nach ein paar Minuten Wartezeit, in der der Marschall wieder einmal der Star der Touristen war, blieb die Zeit stehen. Die Nullmeridianlinie öffnete sich zur Schattenkluft, und Eiseskälte stieg aus der Unwelt auf. Der Wind hielt den Atem an, und die vielen Menschen erstarrten mitten in ihren Bewegungen. Jade betrachtete lächelnd ein kleines Mädchen, das beim Lecken einer Eiswaffel erstarrt war.

»Welch großes Glück!«, rief Peter Polkins erfreut. Er nahm den Arm einer Touristin von den Schultern des Marschalls und legte ihn dem vor ihr stehenden Mann auf den Arm. »Sie wird sich gleich ein bisschen wundern.«

Dann schnappten sie sich den Marschall und verschwanden unbemerkt durch die Nebentür im Time House.

»Ernie?«, rief Peter, als sie den langen Flur entlang zum Empfangstresen liefen. »Wir bringen die Galeone vom Marschall der Sieben Meere mit.«

Am Ende des Flures blieben sie abrupt stehen, denn bei Ernest Strout vor dem Empfangstisch stand Selda Brice. Sie starrte sie mit in den Hüften aufgestützten Händen funkelnd an. »Es ist also wahr, was Mr Strout mir gerade berichtete.«

»Galeone absetzen«, sagte Peter und nickte Jade und Orla zu, die ihm halfen, die Galeone des Marschalls an die Wand zu lehnen. Dann trat er vor und sah Ms Brice ruhig an. »Was berichtete Mr Strout Ihnen denn?«

Jade sah, dass Ernest Strout ihm hinter Selda Brice' Rücken Zeichen machte. Er schüttelte heftig mit dem Kopf und legte sich einen Finger an die Lippen.

»Tu mal nicht so unschuldig«, zischte Selda Brice und kam ein paar Schritte auf Peter zu. »Der junge Polkins bereitet den Unterricht in *Historie der Zeiterbengesellschaft* vor.«

»Ah, das«, sagte Peter gedehnt, als würde es ihm tatsächlich erst jetzt dämmern. »Das stimmt.«

Seldas Gesicht wurde rot vor Zorn. »Ich verlange, sofort darüber unterrichtet zu werden, warum eine Lehrhilfskraft den Unterricht in *Historie* vorbereitet. Wo ist Master Gridlock denn jetzt schon wieder?«

»Master Gridlock ist auf einer Mission«, sagte Peter und lief an Selda Brice vorbei zum Empfang.

»Auf einer Mission?«, rief Selda Brice erzürnt. »Und ich als seine Stellvertreterin weiß davon nichts?«

Peter zuckte mit den Schultern. »Es musste eben sehr schnell gehen.« Dann beugte er sich über den Empfangstisch und rief dem schwerhörigen Ernest Strout laut zu. »Sagen Sie, Mr Strout, haben Sie eine gute Idee, wo der Marschall der Sieben Meere unterrichten könnte? Ich fürchte nämlich, dass seine Galeone nicht durchs Time House passt.«

»Dieser angestaubte Geist soll in unserer Academy unterrichten?«, schrie Selda Brice. »Das wird ja immer absurder.«

»Zügeln Sie sich bitte!«, rief der Marschall aus seiner Galeone.

»Ich schlage vor, der Marschall unterrichtet im Warteraum, Peter«, sagte Ernest Strout und schlurfte an Selda Brice vorbei zur Wartezimmertür, die er weit öffnete. »Da ist genügend Platz, ihr müsst ihn nicht weiter durchs Haus schleppen, und ich habe auch mal das Vergnügen, den Berichten eines Zeitzeugen zu lauschen.«

»Das klingt doch schon ganz anders«, sagte der Marschall zufrieden.

»Und ihr?«, zischte Selda Brice in Jades und Orlas Richtung. »Was ist mit euch? Habt ihr keinen Unterricht? Seht zu, dass ihr von hier verschwindet, oder muss ich euch mit einer Feuerkugel Beine machen?« Sie hob ihre linke Hand und beschwor eine Feuerkugel herauf.

Jade und Orla sahen sich erschrocken an und eilten den Flur entlang bis zum Eingang ins unterirdische Time House. Die Feuerkugel klatschte hinter ihnen auf den Boden.

»Die ist ja irre!«, stieß Jade hervor.

Orla hielt sich prustend eine Hand auf den Bauch. »Selda Brice eben.«

Sie nahmen sich eine Fackel und stürzten die Stufen im Time House nach unten, als wäre Ms Brice noch immer hinter ihnen her.

Als sie an der Krankenstation vorbeikamen, blieb Jade stehen. »Ich muss zuerst wissen, wie es Bertha Kingsley geht.«

»Aber wir kommen zu spät zu Ms Griggs' Unterricht«, sagte Orla.

»Am besten gehst du vor und sagst ihr, dass ich sofort komme.

Erfinde irgendwas. Und ich gehe mal kurz nach Ms Kingsley schauen.«

»Aber beeil dich«, sagte Orla und verschwand im felsigen Time House.

Jade steckte ihre Fackel in die Wandhalterung und klopfte dann leise an die Tür des Krankenzimmers.

Kurz darauf erschien Dr. Smith in der Tür und sah auf den Flur hinaus. »Ah, Jade!«, sagte sie und ließ sie eintreten. »Gut, dass du kommst. Ms Kingsley sagt, dass sie mit dir reden muss. Ich wollte dich gerade holen lassen.«

Das Krankenzimmer war abgedunkelt, und Ms Kingsley, die füllige und sonst immer so lebhafte Lehrerin, sah ganz zerbrechlich aus in dem Krankenbett. Sie schien zu schlafen, und so trat Jade leise näher.

»Du hast eine ganz erstaunliche Aura«, flüsterte Ms Kingsley. »Ich kann dich regelrecht hereinkommen fühlen.« Sie fuhr mit der Zunge über ihre trockenen Lippen. »Weißt du, ob Tom gut angekommen ist?«

»Ja, Ms Kingsley«, sagte Jade leise. »Er bleibt bei uns im Black Swan, bis Sie wieder auf den Beinen sind.«

»Gut, das ist gut«, sagte Bertha Kingsley. Sie öffnete ihre Augen und sah Jade durchdringend an. »Ich hab es die ganze Zeit geahnt, Jade.«

»Was meinen Sie?«, fragte Jade.

Ms Kingsley hob den Kopf und sah sich im Krankenzimmer um. »Sind wir allein?«

»Ja, Dr. Smith ist nebenan in ihrem Büro«, sagte Jade.

»Der Kelch der Sieben Augen«, flüsterte Ms Kingsley schwach. »Sie haben mich entführt, damit ich ihnen helfe, die alten Prophezeiungen zu lesen.«

Jade schluckte. »Das waren Time Knights, Ms Kingsley. Und das würde ja bedeuten, dass Chronos Ihren Kelch hat.«

Ms Kingsley schloss die Augen und lag ganz still da. »Es war grauenhaft. Sie haben mich stundenlang unter alle möglichen Flüche gestellt und mich in Trancezustände versetzt. Das Schlimmste daran ist …« Sie brach ab und schluchzte leise.

»Was, Ms Kingsley? Was ist das Schlimmste daran?«, fragte Jade, und ihr Herz hämmerte schneller.

»Ich weiß nicht, was ich in diesen Sitzungen vielleicht gesagt haben könnte. Du bist in großer Gefahr, Mädchen, das musste ich dir sagen.« Eine Träne rollte über Bertha Kingsleys Wange und tropfte auf das weiße Kopfkissen.

»Das bin ich schon die ganze Zeit, Ms Kingsley. Schon seit dem Tag meiner Geburt«, sagte Jade sanft und legte ihre Hand auf Ms Kingsleys Arm. »Machen Sie sich keine Vorwürfe. Das ist nicht Ihre Schuld.«

»Und dann der Master«, stieß Bertha Kingsley unter Tränen hervor. »Hat sein Leben für mich gegeben.«

Es fühlte sich an, als würde sich der Nullmeridian unter Jade öffnen und sie in die Tiefe ziehen. Jade konnte kaum sprechen. »Was ist mit Master Gridlock?«

Bertha Kingsley griff nach einem Taschentuch. »Er schlich den ganzen Abend um dieses fürchterliche Haus. Ich war im zweiten oder dritten Stock eingesperrt, deshalb konnte ich in die kleinen Straßen und Höfe hinunterblicken. Immer wieder kam dieser Fuchs ans Haus heran, und wer den Master schon einmal als Fuchs gesehen hat, der weiß einfach, dass er es war. Als mich diese Gestalten dann abholten und durch die schmale Häusergasse runter zu diesem winzigen Tor brachten, da folgte uns der Fuchs. Sie brachten mich durch unterirdische Gänge in ein Verlies. Stundenlang habe ich dort in diesem modrigen Loch gehockt. Auf einmal war der Fuchs da, und die Wache ist ihm nach. Mit einem Gewehr. Ich habe den Moment genutzt und bin geflohen. Und auf dem Weg durch das unterirdische Labyrinth habe ich einen Schuss gehört, Jade. Und die Stille danach.«

Jade fuhr zusammen. »Nein«, flüsterte sie und hielt sich am Bettgestell fest, weil ihr der Gedanke an den erschossenen Fuchs die Beine unter dem Körper wegzog. »Sie müssen sich täuschen, Ms Kingsley. Das darf nicht sein. Nicht Master Gridlock.«

»Das rede ich mir auch die ganze Zeit ein«, flüsterte Ms Kingsley. »Die ganze Zeit hoffe ich, dass meine benebelten Sinne mir einen Streich gespielt haben.«

Jade atmete tief durch. »Sie vermuten, dass er tot ist. Sie haben ihn aber nicht tot gesehen, stimmt's?«

»Ja, aber der Schuss«, sagte Bertha Kingsley und schnäuzte sich die Nase.

»Der Schuss muss ihn nicht getroffen haben.« Jade überlegte. »Bitte sagen Sie mir, wo genau dieses Haus gelegen hat und wie ich in diesen unterirdischen Gang komme. Wir müssen dorthin und nach einem verwundeten Fuchs suchen.«

»Das ist es ja!«, rief Bertha Kingsley und presste sich die Hand aufs Herz. »Ich weiß es nicht. Es war eine Altstadt mit hoch aufragenden alten Häusern. Der Zeitsprung aus dem Clockmakers Market hat mich direkt in dieses Zimmer gebracht. Ich kann dir nichts sagen, außer dass man aus dem Zimmerfenster ein halbhohes eisernes Tor sehen konnte, und durch das haben sie mich geführt. Als sie mich in dieses Verlies brachten, war es stockfinstere Nacht. Geflohen bin ich durch eine Telefonkabine irgendwo in den Straßen dieser großen Stadt. Es war kein Zeitsprungfenster weit und breit zu finden, und ich musste es erst beschwören.

Glaub mir, Jade, der Fuchs hat meine Flucht mit seinem Leben bezahlt.«

Jade versuchte, sich zu beruhigen, doch die Bilder von einem verwundeten Fuchs, der irgendwo in unterirdischen Katakomben vor sich hin vegetierte, ließ sie nicht los.

»Ich hätte auf die Karten hören sollen«, sagte Bertha Kingsley irgendwann leise.

Jade hatte kein Gefühl dafür, wie viel Zeit vergangen war. Eine Minute? Oder eine Stunde? »Was meinen Sie damit?«

Bertha Kingsley schloss die Augen. »Am Abend, kurz vor meiner Entführung, da legte ich mal wieder die Karten. Ich wusste, dass ich den Kelch der Sieben Augen nicht verloren hatte. Ich wusste es die ganze Zeit. Und da sagte mir die Karte der Hohepriesterin, dass er in der Hand der Feinde ist.« Sie riss ihre Augen auf und flüsterte: »Und die Karten lügen nie.«

Schutzgeisttestung

Als Jade zwanzig Minuten zu spät zum Geistergeherunterricht kam, saßen die Novizen auf dem Flur.

»Was ist denn hier los?«, fragte Jade und schob sich neben Orla auf die Bank.

»Schutzgeisttestung«, flüsterte Orla. »Du wurdest noch nicht aufgerufen, es hat also keiner bemerkt, dass du zu spät bist.« Sie sah Jade fragend an. »Was hat Ms Kingsley gesagt?«

»Komm mal mit.« Jade deutete nach hinten in den Flur. Dort, am Ende des unterirdischen Time-House-Flurs, lag das Galeonenmausoleum. Niemand ging dort freiwillig hinein. Die Stille zwischen den leeren Holzgaleonen verursachte eine sonderbare Leere im Kopf, als könnte sie einem den Verstand vernebeln.

Sie verdrückten sich bis vor die Tür zum Mausoleum, und Jade erzählte Orla, was Bertha Kingsley ihr über den Kelch der Sieben Augen gesagt hatte.

»Oh weh!«, flüsterte Orla. »Wenn das stimmt, dass die Time Knights die Prophezeiungen entschlüsselt haben, dann haben sie vielleicht jetzt auch das Wissen über den dritten Uhrzeiger.«

Weiter vorne wurde die Tür zum Raum der Illusionen geöffnet. Sophie Keller, die Neunovizin aus dem Black Swan, kam heraus und knallte die Tür hinter sich zu. Als müsste sie das, was hinter der Tür war, dort einsperren, lehnte sie sich dagegen und hielt sich den Bauch. Es sah so aus, als ob sie würgte. Dann stieß sie sich von der Tür ab und stürzte durchs Time House davon.

»Ja«, sagte Orla mitleidig. »Ist schon gruselig, wenn man keine Dämonenangriffe gewöhnt ist.«

»Was hat sie denn?«, fragte Jade besorgt. »Ist sie verletzt?«

Orla schüttelte den Kopf. »Um herauszufinden, ob sie einen Schutzgeist heraufbeschwören kann, wurde ihr gerade ein Dämon auf den Hals gehetzt. Ein Dämon aus Illusionen natürlich. Ist aber täuschend echt.«

Jade seufzte. »Ach, die Arme. Ich hätte jetzt auch lieber Unterricht in Historie. Aber was ich sagen wollte: Ms Kingsley meinte, dass sie vom Fenster dieses Hauses aus und in der unterirdischen Kammer einen Fuchs gesehen hat, der von Time Knights gejagt wurde. Sie glaubt, es war …«

Ms Griggs erschien im Flur und rief: »Orla Dorchester?«

Orla drückte ihre Schultern durch. »Okay, Orla, ruhig Blut«, hörte Jade sie zu sich selbst sagen, während sie zum Raum der Illusionen lief.

Jade ging näher heran und sah in die angespannten Gesichter der Wartenden. Fünf Novizen saßen noch dort und warteten auf ihre Testung. Jade lehnte sich an die Felswand und lauschte. Im Raum der Illusionen war es totenstill.

Ein paar Minuten später kam Orla wieder heraus. Sie war blass, Schweißperlen standen auf ihrer Stirn. »Es ist erstaunlich, aber mit der Zeit gewöhnt man sich sogar an Dämonen. Irgendwie.« Sie wischte sich mit dem Ärmel über die Stirn. »Ich brauche frische Luft«, krächzte sie und stürmte davon.

Nach und nach wurden die Novizen getestet, bis Jade die Letzte im Flur war. Sie saß allein auf der Bank und lauschte in die Stille. Immerzu versuchte sie, sich vorzustellen, was genau dort im Raum der Illusionen gerade vor sich ging. Es war so absurd, dass die Novizen alle völlig aufgelöst den Raum verließen, aus dem keinerlei Geräusche nach draußen drangen.

Die Tür wurde geöffnet, und Ms Griggs kam heraus. Am Arm führte sie Emily Smith, die ganz verstört um sich blickte, als könnte sie von dem verfolgt werden, was sie im Raum der Illusionen gesehen hatte. »Du hast es schon geschafft, meine Liebe.« Sie führte Emily zur Bank. »Bleib einen Moment hier sitzen und erhole dich.«

Ms Griggs blickte auf und lächelte Jade an. »Und nun du, Jade. Zu guter Letzt.«

Jades Handflächen wurden feucht. Sie trat vorsichtig in den Raum der Illusionen ein und atmete sogleich erleichtert auf. Es war überhaupt nicht gruselig; kein Friedhof, keine Beerdigung warteten dort auf sie.

Tiefe Ruhe breitete sich in ihr aus, als sie sich zu allen Seiten umsah. Sie stand im Kaminzimmer, ihrem Aufenthaltsraum im Black Swan. Es war recht dunkel, nur wenige Kerzen an der Wand und das Feuer im Kamin flackerten. Sie entdeckte den Blauen Nebeldrachen, der auf dem Kaminsims saß. Sonst war niemand da, die Türen zu ihren Zimmern waren geschlossen.

»Tritt näher, Jade. Geh ganz hinein«, flüsterte Ms Griggs hinter ihr. Jade drehte sich zu ihr herum, doch sie konnte sie nicht sehen.

»Wo sind Sie, Ms Griggs?« Jade wurde nervös.

»Ich bin bei dir, sei dir dessen sicher. Du siehst mich nur nicht, denn ich bin nicht Teil deiner Illusion«, flüsterte Ms Griggs sanft.

Jade nickte. Ihr Herz begann schneller zu klopfen, als sie weiter in den Raum eintrat. Auf dem kleinen Tisch erschienen wie aus dem Nichts alte, vergilbte Fotos. Jade trat näher heran. Sie nahm die Bilder auf und trat an den Kamin heran, um sie im Feuerschein betrachten zu können. Jade erkannte die Bilder. Es waren Fotos ihrer Eltern, die in der Wohnung in der Mad Watchmakers Lane in York an den Wänden hingen. Wie kamen sie hierher? Und warum lagen sie hier im Kaminzimmer des Black Swan plötzlich auf dem Tisch?

Jade strich gedankenversunken über die Bilder. Wie viele Stunden lang hatte sie diese Fotografien in York angestarrt und gehofft, dass sie ihr eine Antwort auf all ihre Fragen zuflüstern würden?

»Wirf sie ins Feuer«, sagte da jemand.

Jade fuhr hoch. »Wer sind Sie?« Sie sprang auf, denn dort im Sessel saß jemand: ein junger Mann. Vielleicht war er so alt wie Peter Polkins, vielleicht aber auch etwas älter. Er war ganz in Schwarz gekleidet, seine dunklen Haare waren kurz geschnitten und anscheinend so lange gekämmt worden, dass sie völlig geordnet lagen. Nicht ein Haar tanzte aus der Reihe. Oberflächlich betrachtet sah er gut aus, für Lavena Parker war er bestimmt attraktiv. Jade aber fand ihn unheimlich. Der Blick aus seinen dunklen Augen konnte einem das Blut in den Adern gefrieren lassen.

»Du sollst die Fotos ins Feuer werfen«, zischte er, ohne dass sich auch nur ein Gesichtsmuskel bewegte.

»Niemals«, sagte Jade. Ihre Angst wich einer aufkeimenden Wut. »Wer sind Sie?«

»Der, vor dem du dich am meisten fürchtest«, sagte er tonlos.

»Ich fürchte mich vor niemandem.« Jade hoffte, dass er weder ihre Gedanken lesen konnte noch die Gabe hatte, Angst zu wittern.

»Ja, das erzählt man sich über dich.« Der Mann stand auf und drehte ihr den Rücken zu.

»Wo gehen Sie hin?«, fragte Jade. »Sagen Sie mir Ihren Namen!«

»Namen, Leben, Zeit – alles Schall und Rauch. Was bleibt, ist der Tod. Ich werde die Welt von der Zeit befreien, damit der Tod der Herr über das Leben wird«, sagte der Mann und drehte sich langsam wieder herum.

Jade fuhr zusammen, die Bilder rutschten ihr aus der Hand.

Die Gestalt des Mannes löste sich auf, bis nichts mehr von ihm übrig war als ein menschliches Skelett aus schwarzem Rauch. Langsam stieg der Rauch auf bis zur Zimmerdecke.

Jade wollte aufschreien, aber der Laut blieb in ihrer Kehle stecken. Ihr Körper war wie erstarrt vor Angst. Sie wollte fliehen, zur Tür rennen, doch ihre Beine bewegten sich nicht.

Der Rauch unter der Zimmerdecke zog sich zusammen und formte sich langsam zu einem Vogel mit übergroßen Schwingen.

Ein Rauchvogel, schoss es Jade durch den Kopf. Sein fauliger Gestank machte sich im Zimmer breit.

Jades Atem ging stoßweise. Mit klammen Fingern tastete sie nach ihrer Taschenuhr, als könne sie sich daran festhalten, als wäre sie ihr Schutzschild.

Der Rauchvogel schlug ein paarmal seine Schwingen. Dann legte er seine Flügel an und stürzte sich auf sie herab.

Abwehrend hob Jade ihre rechte Hand, und augenblicklich bildete sich ein silbriger Dunst davor. Ein Wesen aus Silberlicht und Wärme stellte sich vor sie, umhüllte sie regelrecht. Der Rauchvogel prallte gegen das Lichtwesen und löste sich mit einem markerschütternden Schrei auf.

Jade sackte zu Boden. Das Silberlicht erlosch und wich dem schwachen Kerzenschimmer im Raum.

»Komm, Jade, komm mit«, flüsterte da jemand neben ihr und griff ihr unter den Arm.

Jade sah sich überall nach den Fotos ihrer Eltern um, doch sie waren fort.

»Es ist vorbei, hörst du?«, sagte die Stimme sanft. »Lass uns hinausgehen.«

»Aber – meine Eltern«, wimmerte Jade. »Die Bilder, ich muss sie mitnehmen.« Ihre Hände tasteten über den weichen Teppichboden.

»Sie waren nur Teil deiner Illusion. Sie sind nicht hier«, sagte Ms Griggs und zog sie behutsam auf die Beine.

Während sie sich von Ms Griggs aus dem Zimmer führen ließ, sah sie sich hektisch um. »Wo ist er?«

»Fort. Er war nur Illusion.«

»Niemals!«, sagte Jade nachdrücklich und sah sich noch einmal im leeren Kaminzimmer um, bevor sie durch die Tür auf den Flur hinaustrat.

»Setz dich einen Moment«, sagte Ms Griggs und führte Jade zu der Bank unter dem Flurgewölbe.

Erst jetzt fiel Jade auf, dass sie nicht im Flur des Black Swan standen, sondern im Time House vor dem Raum der Illusionen. Noch immer hielt sie mit ihrer linken Hand die Taschenuhr umklammert.

»Es ist also wirklich wahr«, sagte Ms Griggs, zog Jade neben sich auf die Bank und sah sie forschend an. »Seit wann kannst du deinen eigenen Schutzgeist heraufbeschwören?«

»Ich hab keine Ahnung, was ich heraufbeschwört habe«, sagte Jade. »Das erste Mal ist mir dieses Wesen aus Licht einen Tag vor meinem fünfzehnten Geburtstag entsprungen. Damals hat mich ein Schattenhund angefallen.«

Ms Griggs zog ihr lilafarbenes Schultertuch enger um sich. »Dieses Wesen aus Licht, wie du es nennst, ist dein persönlicher Schutzgeist. Ich habe ihn deutlich gesehen. Er sieht aus wie du. Und ich kenne niemanden in unserer ganzen Zeiterbengesellschaft, der mit dieser Gabe gesegnet ist.«

»Es gab aber jemanden, der das ebenfalls konnte. Und damit ist es wohl eher Fluch als Segen«, sagte Jade.

»Oh!«, rief Ms Griggs erstaunt. »Du meinst, weil es Gerüchte gibt, dass Chronos ebenfalls seinen eigenen Schutzgeist heraufbeschwören konnte? Das macht es noch lange nicht zu einem Fluch. Es liegt immer an einem selbst, wozu man sein Talent einsetzt. Du hast die Wahl, Jade. Man kann die Entscheidungen anderer nicht beeinflussen. Du bist nur für dein eigenes Tun verantwortlich.«

Jade überlegte und versuchte, sich an das soeben Gesehene zu erinnern. »Ich glaube, ich habe Chronos gesehen.«

Ms Griggs nickte. »Ja, das ist gut möglich. Er kommt in all unseren Illusionen in irgendeiner Form vor.«

»Nein, das meine ich nicht«, sagte Jade heftig. »Ich habe gesehen, wer er war, bevor er Chronos wurde.«

Ms Griggs lächelte gutmütig. Wenn sie darüber überrascht war, verbarg sie es gut. »Präge es dir gut ein, was immer du gerade gesehen hast. Es entspricht in der Regel nicht der Realität. Aber irgendetwas wird es bedeuten.«

»Sie verstehen nicht, Ms Griggs!«, rief Jade verzweifelt. »Ich möchte sofort die alten Schülerakten der Academy sehen. Besonders die aus dem Jahr, in dem meine Eltern ihren Abschluss gemacht haben.«

Ms Griggs stand auf und blickte bedauernd auf Jade herab. »Ich fürchte, das ist nicht möglich. Viele alte Jahrbücher wurden bei dem Überfall auf das Time-Book-Archiv geklaut.«

Den ganzen Vormittag hatte Jade die Bilder aus dem Raum der Illusionen vor Augen. Sie konnte sich kaum auf den Unterricht konzentrieren. »Ich bin mir absolut sicher, dass es keine Illusion war«, sagte Jade zu Orla und Mat, als sie nach der Mittagspause zum Unterricht in Historie beim Marschall der Sieben Meere gingen.

»Beruhigt es dich, wenn ich dir versichere, dass alle Geistergeher so über ihre eigenen Illusionen denken?«, fragte Orla und sah Jade verständnisvoll an.

»Kein bisschen«, sagte Jade und seufzte.

»Warte es ab! Der Marschall wird dich jetzt auf andere Gedanken bringen«, sagte Mat, als sie durch den Flur des Time Houses liefen.

Jade lächelte. Mat hatte recht.

Der Marschall saß grüßend hoch oben auf seiner hölzernen Galeone und wartete darauf, dass die Novizen sich in dem Wartezimmer setzten. Wie gebannt lauschten die Novizen dem Marschall, wie er von seinen Abenteuern auf hoher See berichtete. »Einmal, unsere Fregatte steuerte direkt auf feindliche Schiffe zu, schoss man mir mit einer Kanonenkugel den Hut vom Kopf«, erzählte der Marschall.

Jade lehnte sich auf ihrem Stuhl zurück. Sie kannte die Legende schon, und sie hatte in den Geschichtsbüchern nachgelesen, dass sie nicht erfunden war.

Der Marschall setzte sich auf die Fensterbank des Warteraums und ging in seiner Rolle als Lehrer auf. »Nun müsst ihr euch vorstellen, dass die Seeleute große Angst bekamen. Eine beschädigte Galionsfigur bringt großes Unglück, mit höchster Wahrscheinlichkeit sogar den Untergang des Schiffes und der Besatzung. Und während ich noch völlig durcheinandergewirbelt den Verlust meiner Kopfbedeckung beklagen musste, tat der Kapitän unserer Fregatte etwas ganz und gar Großes. Etwas, das so unvorstellbar war, dass die gesamte Mannschaft vor Ehrfurcht erstarrte.« Er machte eine Pause und plusterte sich zu voller Größe vor den Novizen auf.

Jade sah sich im Wartezimmer um und lächelte beim Anblick der gespannten Gesichter.

Der Marschall der Sieben Meere tippte sich an seinen Geisterhut. »Der Kapitän rief ›Es schickt sich nicht, dass der edle Lord seinen Feinden barhäuptig entgegentritt!‹, womit er natürlich mich meinte. Dann nahm er seinen Hut ab und setzte ihn mir auf.« Der Marschall fuhr sich mit dem Handrücken über die Wange und wischte eine silbern glänzende Träne fort, so gerührt war er von seinen eigenen Worten.

»Nun sagen Sie schon, was geschah denn mit Ihrem Schiff?«, fragte Mat gespannt.

Der Marschall verschränkte die Arme vor der Brust. »Natürlich besiegten wir den Feind und kehrten vollzählig und unbeschadet in unseren Heimathafen zurück. Der mir abgeschossene Hut wurde nach Vorlage des Kapitänshutes geschnitzt und ziert bis heute meine Galeone.«

Orla beugte sich auf ihrem Stuhl zu Mat und Jade vor und flüsterte: »Ach, wenn doch jeder Unterricht in der Academy so unterhaltsam wäre wie dieser hier. Ich glaube, der Marschall könnte mich mit seiner Art sogar für die Theorie der Zeitsprünge begeistern.«

Besuch im Clockmakers Market

Der Herbst zog ein, und die Tage wurden merklich kürzer. Zu Jades Kummer verbrachten Lucy und Henry immer noch die meiste Zeit bei ihrem Großvater. So saß sie oft mit Orla und Mat nach dem Unterricht zusammen, um gemeinsam zu lernen, denn schon im nächsten Frühjahr würden die schriftlichen Abschlussprüfungen geschrieben. Besonders Mat hatte noch einiges an Unterrichtsstoff nachzuholen, er hatte ja viele Monate aufgrund eines Dämonenfraßes versäumt. Und Alexander Lewis, der Neunovize, den Mat als Mentor zu betreuen hatte, forderte ihn zusätzlich heraus. Immer wieder wurde Alexander von Elliott Baker dabei erwischt, wie er versuchte, elektrische Geräte in den Black Swan zu schmuggeln. Erst als Penny sich einschaltete und Alexander mit der Wartung der elektrischen Geräte im Heulenden Hund beauftragte, konnte Mat sich wieder aufs Lernen konzentrieren.

Wenn sie dann abends noch im Witch Brew zusammensaßen, berichtete Peter Polkins ihnen von den Entwicklungen im Time House. Bertha Kingsley durfte bald die Krankenstation verlassen, und so verabschiedete sich auch der genesene Tom und verließ den Black Swan. Er würde es nun vorziehen, wieder bei seiner Tante zu wohnen, hatte er mit argwöhnischem Blick zum Libellenschwarm erklärt.

Noch immer gab es keine Spur von Master Gridlock, und das Bild des einsamen Fuchses, der irgendwo verwundet am Rand eines schottischen Waldes lag, setzte sich in Jades Kopf fest und verfolgte sie bis in ihre Träume.

An einem Samstagmorgen im Oktober schreckte Jade schweißgebadet aus einem Albtraum auf, in dem ein Time Knight einem Fuchs eine Flinte an die Stirn drückte und abzog. Beim Knall des Schusses wachte Jade auf und wusste nicht, ob sie den Schuss tatsächlich gehört hatte.

Sie stand auf und lief zum Fenster. Es war noch dunkel draußen. Die Straßenlaternen tauchten den Pflasterplatz in ein fahles Licht. Alles war noch ruhig auf dem Clockmakers Market. Sie hatte den Schuss also wirklich nur geträumt. Gerade als Jade sich umdrehen und ins Bett zurückkriechen wollte, sah sie ihn.

Unter der Straßenlaterne vor der Dämonenschwerterschmiede Clarkes & Parker saß ein Fuchs. Das war nicht ungewöhnlich, es gab viele Stadtfüchse, die nachts vom Unrat der Menschen lebten. Besonders oft traf man sie in den kleinen Gassen an, die vom Clockmakers Market abgingen, oder unten an der Themse, wenn sie an den Ufern nach Essbarem suchten. Aber dieser Fuchs war anders, denn er saß still auf einem Fleck und starrte die ganze Zeit zu ihrem Fenster hinauf.

Jade zog ihre Uhr unter dem Nachthemd hervor. Es war kurz vor sechs. Mit etwas Glück war Elliott Baker noch nicht an der Rezeption. Sie schlüpfte in ihre Kleidung und schlich leise aus ihrem Zimmer. In ihrem Aufenthaltsraum brannte wie immer das Feuer im Kamin, nur die Kerzen an den Wänden waren noch aus. Jade gab sich große Mühe, kein Geräusch zu machen, und schloss leise die Tür des Zimmers hinter sich. Sie schlich durch den Flur zum Treppenhaus und musste dreimal dem Libellenschwarm ausweichen, der so früh am Tag anscheinend noch nichts anderes zu tun hatte, als sie zu umschwirren.

Wie Jade gehofft hatte, saß Elliott Baker noch nicht an der Rezeption. Die Kerzen in den silbernen Wandhaltern waren noch aus, und auch hier warf nur das heruntergebrannte Kaminfeuer ein schwaches Licht in die Eingangshalle. Wie immer in der Nacht steckte der Schlüssel von innen in der Eingangstür, sodass jeder bei einem Notfall die Pension verlassen konnte. Allerdings waren das Türschloss, die Außenklingel und die Rezeptionsglocke mit dem Rohrpostsystem verbunden und sandten bei ihrer Betätigung automatisch während der Nachtruhe eine heulende Rohrpost an Elliott Baker.

Jade zog ihre Taschenuhr hervor und wartete, bis die Uhrzeiger genau auf sechs Uhr gesprungen waren, denn dann war die offizielle Nachtruhe vorüber. Sie hörte, wie oben eine Tür quietschte, und dann vernahm sie Schritte auf der Treppe. Ein leises Klicken im Türschloss war zu hören, vermutlich hatte sich der Nachtalarm soeben mechanisch ausgeschaltet. Jade drehte den Schlüssel im Schloss herum und öffnete einen Flügel der schweren Eingangstür. Als Jade die Tür hinter sich zuzog, sah sie Elliott Baker die Stufen herabstapfen und seine Fliege dabei zurechtrücken. Sie lächelte erleichtert und schloss leise die Tür.

Die Morgenluft war kühl, und Jade zog die Jacke enger um die Schultern. Sie trat hinaus auf den Clockmakers Market und sah sich nach dem Fuchs um. Für einen Moment überlegte sie, ob es vielleicht eine Falle sein könnte, und sie beschloss, sich nicht weit vom Black Swan zu entfernen. Sie tastete nach ihrem Dämonenschwert, dann setzte sie sich auf die baufällige Mauer vor der Pension.

Sie konnte den Fuchs nicht sehen, überhaupt war es noch

still auf dem Pflasterplatz. Nur drüben, bei Kingsley's Tickets & Maps, zog eine junge Frau mit Wollmütze Zeitungsstapel von einem Handwagen und warf sie vor die Ladentür.

»Guten Morgen, Jade«, flüsterte es da neben ihr.

Jade zuckte zusammen und sah sich um. Der Fuchs hatte sich lautlos angeschlichen und saß nun still neben ihr auf der Mauer. Zu seinen Füßen saß eine kleine Haselmaus. Sonst war niemand in der Nähe. Sie betrachtete den Fuchs im blassen Licht der Straßenlaternen und flüsterte: »Master Gridlock?«

»Ich hatte gehofft, dass du mich erkennst«, sagte der Fuchs.

Jades Herz machte einen Satz. »Sie leben! Und Gesine auch.«

Der Fuchs schwieg.

Jade zitterte, was nicht nur an dem kühlen Wind lag, der über den Marktplatz wehte und das Metallschild über dem Black Swan quietschend schaukeln ließ. »Wissen Sie, dass Ms Kingsley mir Angst gemacht hat? Sie hat behauptet, dass Sie ihr zu dem Haus in Schottland gefolgt wären und dass ein paar Time Knights auf Sie geschossen hätten.«

»So war es«, sagte der Fuchs und leckte seine linke Vorderpfote.

Jade sah, dass die Pfote zwar keine offene Wunde hatte, aber ganz schief stand. »Um Himmels willen, Master Gridlock, Sie sind ja schwer verletzt!«

»Pst«, machte der Fuchs. »Aber ja, sie haben mich übel zugerichtet. Wochenlang habe ich mich in den Gossen dieser Stadt herumgeschlagen, immer auf der Suche nach Essbarem und einem Zeitfenster, denn ich konnte mich nicht mehr zurückverwandeln. Ich muss dich bitten, leise zu sein. Ich muss noch etwas Dringendes erledigen, bevor ich dich bitten werde, mich zu Dr. Smith zu bringen.«

»Was könnte wichtiger sein?«, fragte Jade.

»Komm mit, ich zeige es dir«, sagte der Fuchs. Er streckte sich tief hinab, sodass Gesine über seine Pfote auf seinen Rücken klettern konnte, und sprang dann von der Mauer. Er jaulte leise auf, als er auf seinen Vorderpfoten landete.

Jade stand auf und machte einen Schritt hinter dem Fuchs her, dann zögerte sie weiterzugehen. »Wie kann ich sicher sein, dass Sie der Master der Zeiterben sind und das nicht eine Falle ist?«

Der Fuchs kam zurück. Er zog die linke Vorderpfote nach. »Frag mich etwas, das nur Master Gridlock weiß.«

Jade überlegte fieberhaft, was das sein könnte. »Ich weiß nicht … doch, ich hab's. Master Gridlock hat meinen Ziehvater Sir Arthur oft auf Graham Hall besucht. Was hat er ihm dabei jedes Mal gestohlen?«

»Das ist zu einfach, Jade«, sagte der Fuchs. »Das waren flüssig gefüllte Pfefferminzbonbons.«

»Gut, dann noch eine Frage«, sagte Jade und dachte nach. »Damals, als ich das erste Mal ins Time House kam, da hat Master Gridlock mir erzählt, dass es in den ganzen fünfzehn Jahren nur wenige Menschen gegeben hat, die von meiner Herkunft wussten. Wie viele waren das?«

Der Fuchs kam näher. »Das waren sieben, Jade. Sieben. Deine Tante Odette, Sir Arthur, Mr Darwy, Mr und Ms Henders, Ms Kingsley und ich.«

Jade sah den Fuchs ein paar Sekunden lang stumm an. »Sie sind es wirklich«, flüsterte sie dann.

»Und jetzt komm«, sagte er und lief hinkend über die Pflastersteine vorbei am Black Swan in die kleine Gasse, die den Black Swan von Linnaker & Sons trennte. *The Dead End* stand auf dem Straßenschild, und die kleine Sackgasse war Jade noch nie geheuer gewesen. Die schmale Straße führte schon nach nur wenigen Metern zu einer hohen, halb verfallenen Mauer. Hier trieben sich oft zwielichtige Gestalten herum, und Odette hatte sie mehrmals vor diesem kurzen Alleyway gewarnt.

»Komm, Jade, komm«, sagte der Fuchs und lief an der Mauer entlang.

Jade blickte sich angstvoll um. Zwei Straßenlaternen erhellten den Platz vor der Mauer, eine davon flackerte. Sie steckte ihre Hände in die Hosentaschen und zog die Schultern hoch. Zögernd folgte sie dem Fuchs an der Mauer entlang, die hier und da von Efeuranken bewachsen war. In die Mauer waren zwischen verschnörkelten Pfeilern in regelmäßigen Abständen schwarze Tafeln eingesetzt, auf denen in moosbewachsenen Lettern irgendetwas stand.

»Hier ist es«, sagte der Fuchs und blieb vor einem Mauervorsprung stehen, in dem eine mannshohe Tafel eingelassen war. Wie eine Tür.

Als Jade sich der Mauer näherte, trat der Fuchs ein wenig zur Seite. »Du musst gegen die Tafel drücken. So fest du kannst. Das Moos und der Efeu nagen an dem Gemäuer und werden es bald ganz hinter sich verschwinden lassen.«

Jade legte ihre Hände gegen die schwarze Tafel und fühlte die eingravierten Buchstaben, die kaum noch zu erkennen waren. Sie drückte ein paarmal kräftig gegen die Tafel, und dann gab sie tatsächlich nach. Wie an einem Schiebetürenschrank verschwand die Tafel leise dröhnend seitlich hinter dem Mauerwerk.

Jade blickte durch die Öffnung und sah, wie jenseits der Mauer auf einer Wiese halb versunkene Steine aufragten. Nicht irgendwelche Steine. Grabsteine. »Das ist ja ein Friedhof«, flüsterte sie.

»Der Clockmakers Graveyard«, sagte der Fuchs und lief durch die Maueröffnung auf den Friedhof. »Nun trau dich schon«, sagte er, ohne sich umzusehen. »Ich muss dir etwas zeigen.«

Jade atmete ein paarmal tief ein und aus. Dann trat sie hinter dem Fuchs auf den Friedhof.

Es war kalt hier, und der Wind fegte um die Mauern und Grabsteine. Noch immer war es dunkel, nur ein blasser Silberstreif am Horizont kündigte die baldige Morgendämmerung an.

Jade suchte den Fuchs zwischen den Grabsteinen der unebenen Wiese, auf der man glaubte, die Totengeister flüstern zu hören. Das einzige Licht dieses Friedhofs war das der beiden Straßenlaternen, welche die Mauer knapp überragten und deren Lichtschein lange Schatten hinter die Grabsteine malte.

Da plötzlich sah sie den Fuchs wieder. Er stand hinten links vor einem Grabstein.

Jade lief über die Wiese, und ihre Beine wollten ihr immer wieder versagen bei dem Gedanken, dass sie über Gräber lief.

Als sie neben dem Fuchs stehen blieb, flüsterte er: »Zieh dein Dämonenschwert.«

Angst lähmte sie plötzlich. Was hatte Master Gridlock vor? Sie sollte doch nicht etwa …?

»Nun mach schon, Jade, es wird bald Morgen, und dann könnten die ersten Zeiterben herkommen. Ich will keine Augenzeugen«, raunte der Fuchs drängend.

»Ich kann das nicht, Master Gridlock.«

»Selbstverständlich kannst du dein Dämonenschwert heraufbeschwören. Beeil dich bitte«, sagte der Fuchs und trat einen Schritt zurück.

Jade zog mit hämmerndem Herzen ihren Schwertgriff aus der Gürtelschlaufe und hielt ihn genau vor sich. Sie konzentrierte sich auf die Flamme, und schon leuchtete es silberhell um sie herum.

»Gut so«, sagte der Fuchs und trat wieder näher. »Und jetzt senke es auf den Grabstein herab, um zu lesen, was dort draufsteht.«

Jade atmete einmal tief durch, dann trat sie vor den Grabstein und senkte das Dämonenschwert herab. Sie entzifferte die ersten Buchstaben, dann schloss sie die Augen, weil ein Schmerz sie mit solcher Wucht traf, den sie so noch nie gespürt hatte. »Das ist das Grab meiner Eltern«, flüsterte sie.

Der Fuchs schwieg eine Weile. »Nicht nur«, sagte er irgendwann.

Jade richtete das Dämonenschwert erneut auf den Grabstein, um nun sämtliche Namen zu lesen, die dort eingraviert waren. *Evan Copper, Charlotte Ryder, Everleigh Jade Ryder* stand dort. »Es ist auch mein Grab«, sagte Jade und richtete sich auf.

Sie hatte gewusst, dass Master Gridlock der Zeiterbengesellschaft fünfzehn Jahre lang vorgelogen hatte, dass sie beim Angriff auf ihre Mutter damals, wenige Stunden nach ihrer Geburt, ebenfalls gestorben war. Aber sie hatte nicht geahnt, dass es ein ganz normales Grab auf einem Friedhof in London gab. In ihrer Vorstellung waren ihre Eltern einfach fort gewesen, so, als wären sie durch die Schattenkluft in die Unwelt gefallen.

Der Fuchs lief zu einem weiteren Grabstein und rief Jade hinter sich her. »Lies diesen Stein.«

Jade leuchtete auf den deutlich größeren und kunstvoll verzierten Stein, auf dem *Reginald & Morrigan Copper* stand.

»Diese Frau, die hier begraben liegt …«, sagte der Fuchs und strich hinkend um den Grabstein herum, »… diese Frau namens Morrigan Copper war nicht nur deine Großmutter. Es gibt etwas, das sie und deine Mutter verbindet, Jade, obwohl die beiden Frauen sich wohl nie begegnet sind.«

Jade schluckte. Ihr Mund war trocken, und der kalte Wind brannte in ihren Augen. »Und was war das?«, fragte sie leise.

»Sie beide trugen die Memento-Mori-Taschenuhr, als sie getötet wurden.«

Jade ließ das Dämonenschwert sinken und merkte erst, als es dunkel um sie herum wurde, dass es erloschen war.

Der Fuchs war längst losgelaufen, als Jade sich langsam und wie in Trance umdrehte und ihm hinterher über die Gräber bis zur kleinen Tür in der Friedhofsmauer folgte. Schon war der Fuchs durch den Eingang gehinkt, als er sich noch einmal herumdrehte. »Du musst übrigens die Tür von innen antippen und dann zügig hindurchgehen. Sie schließt selbsttätig.«

Jade steckte ihren Schwertgriff weg und drückte dann kräftig gegen die offene Tür. Als es zu dröhnen begann, sprang sie hastig hinaus auf den Platz vor der Friedhofsmauer.

»Wie kam die Uhr von der Mutter meines Vaters zu meiner Mutter?«, fragte Jade, als sie langsam neben dem humpelnden Fuchs herlief.

»Das war damals so eine Sache, über die dein Großvater, Sir Arthur, nie hinweggekommen ist«, sagte der Fuchs.

Jade bemerkte, dass er sich in alle Richtungen umsah, bevor er weitersprach.

»Nachdem Morrigan getötet worden war, hat ihr Mann Reginald die Uhr zu Mr Linnaker gebracht. Er soll die Uhr für den Tod seiner Frau verantwortlich gemacht haben. An der Uhr klebe Blut, und sie müsse sicher verwahrt werden.«

»Was Mr Linnaker auch machte«, sagte Jade.

»Oh ja, so lange, bis Sir Arthur ins Spiel kam. Evan hatte ihm vom Tod seiner Mutter erzählt und von der Uhr, die etwas ganz Besonderes für sie gewesen sei. So kaufte Sir Arthur die Uhr zurück und schenkte sie Charlotte zur Verlobung mit Evan.« Der Fuchs blieb stehen und leckte sich über seine kranke Pfote. »Als Charlotte dann aber auch getötet wurde, während sie die Uhr trug, glaubte Sir Arthur, er hätte sie auf dem Gewissen.«

»Ich verstehe«, sagte Jade. So langsam dämmerte ihr, warum alle so ein Theater um ihre Taschenuhr machten. »Aber warum gab er sie dann an mich weiter, als ich gerade einmal sechs Jahre alt war?«

»Oh, er musste«, sagte der Fuchs und sah Jade flüchtig an. »Charlotte hatte es so bestimmt. Und Mr Linnaker hatte herausgefunden, dass die Uhr mit einem mächtigen Fluch belegt ist. Fortan war Sir Arthur der Überzeugung, dass die Uhr auch dich töten könnte, wenn sie in die falschen Hände geriete und nicht aufgezogen würde. Er musste sie dir geben, ob er wollte oder nicht.«

Sie traten aus der kurzen Gasse hinaus auf den Clockmakers Market, wo die große Uhr über dem Eingang kurz vor sieben anzeigte. Der Fuchs ging ein paar Schritte allein Richtung Ausgang. Dann blieb er stehen und drehte sich zu Jade herum. »Und jetzt bring mich bitte zu Dr. Smith.«

Gegen die Zeit

Der Morgen dämmerte über den Dächern des Clockmakers Market. Nach und nach gingen die Lichter in den Wohnungen über den Läden an. Ms Mallows verließ gerade das Witch Brew mit einem Korb am Arm. Sie ging im Herbst oft morgens in den Greenwich Park, um nach nützlichen Pilzen für ihre Hexentränke zu suchen.

»Wir nehmen den Tunnel«, flüsterte Jade und huschte lautlos an der Hausfront des Black Swan entlang zum Tunneleingang.

Der Fuchs kam näher, blieb aber am oberen Treppenabsatz stehen.

Jade hatte schon die Tunneltür geöffnet, als sie noch einmal zurückging und sich zum Fuchs hinabbeugte. »Darf ich Sie die Treppe hinabtragen?«

»Es ist mir unangenehm, aber, ja, ich fürchte, ich brauche deine Hilfe«, flüsterte der Fuchs.

Jade schob ihre Arme unter den pelzigen Körper und hob ihn hoch. Er war leichter, als sie sich vorgestellt hatte. Sein Körper unter dem Fell zitterte, sein Brustkorb hob und senkte sich schnell unter seinem flachen Atem. Sie drückte den Fuchs an sich und achtete darauf, dass Gesine nicht herunterfiel.

Gerade als oben auf dem Marktplatz laute Schritte auf dem

Kopfsteinpflaster vorbeihallten, fiel die Tunneltür hinter Jade und dem Fuchs zu.

Jade lief immer weiter, sie dachte gar nicht daran, den Fuchs wieder abzusetzen. Der Zustand des schwachen, zitternden Körpers in ihren Armen machte ihr Angst.

Die Tunnel-Galeonen tuschelten leise. »Seht nur, ein Fuchs!«, »Da ist wohl bei der Verwandlung gehörig was schiefgelaufen!«, »Wer mag in dem Fuchspelz wohl stecken?« und »Diese Neunovizen immer«.

Erst vor der Eingangstür zum Time House blieb sie stehen und setzte den Fuchs ab. Sie schob ihren Time Pass in einen Schlitz und legte dann ihre Hand in die dafür vorgesehene Vorrichtung. Als sich die Tür daraufhin öffnen ließ, hob sie den Fuchs wieder auf. Bildete sie es sich ein, oder wurde sein Zittern immer schwächer?

Die Tür zur Krankenstation stand weit offen. Niemand war dort gerade in Behandlung.

»Dr. Smith?«, rief Jade und lief durch den Raum bis zum Büro der Time-House-Ärztin. Sie blickte durch die Fensterscheibe, durch die Dr. Smith auch aus ihrem Arbeitszimmer heraus die Patienten im Auge behalten konnte, aber das Büro war leer.

Jade sah sich verzweifelt um. Dann legte sie den Fuchs kurzerhand auf das Krankenbett und wickelte ihn in die Wolldecke, die dort lag. »Ich gehe Dr. Smith holen«, sagte sie zum Fuchs, der nur kurz seine glänzenden Augen öffnete und nickte.

Jade suchte in der Abteilung für Kreaturen aus der Unwelt und im Zeitsprüngeraum nach Dr. Smith. Als sie sie nirgends finden konnte, stieg sie hastig die Stufen bis zum oberen Eingang des Time Houses hinauf, wo Ernest Strout soeben zur Arbeit erschien. Er schlüpfte gerade aus seinem Mantel und hängte ihn an die Garderobe. »Guten Morgen, Marschall. War die Nacht ruhig?«, hörte Jade ihn den Marschall der Sieben Meere fragen, der auf dem Empfangstisch saß.

»Hier im Time House schon«, sagte der Marschall gedehnt.

Jade verlangsamte ihre Schritte. Bislang hatten die zwei sie in dem langen Flur noch nicht entdeckt.

Der Marschall seufzte. »Aber am Feathers Place war wohl der Teufel los. Dreimal hat unsere Schutzgeisterpatrouille Alarm geschlagen, weil es zu Tötungsdelikten gekommen war, an denen möglicherweise Schattenhunde beteiligt waren.«

Ernest Strout fluchte irgendwas Unverständliches vor sich hin. »Ich sag es ja immer. Wenn der Master nicht da ist, tanzen die Dämonen auf dem Tisch.«

»Wo ist er überhaupt so lange?«, fragte der Marschall. »Ich bin ja nun schon viele Wochen zu seiner Vertretung hier. Aber verstehen Sie mich nicht falsch. Es ist nicht so, dass ich Heimweh hätte.«

Jade schmunzelte. Doch, genau so hörte der Marschall sich an.

»Fragen Sie mich was Besseres«, sagte Ernest Strout. »Ich hoffe jeden Tag auf seine Rückkehr. Die Brice übernimmt doch hier gerade schon mehr und mehr das Kommando. Gnade sei mit uns, wenn dem Master mal etwas zustoßen sollte.«

»Himmel«, sagte der Marschall bestürzt. »Jetzt malen Sie mal nicht den Teufel an die Wand!«

»Hoffen wir das Beste«, sagte Ernest Strout und drehte sich herum. Als er Jade entdeckte, sah er sie verblüfft an. »Was machst du so früh am Morgen hier?«

»Das würde mich aber auch interessieren«, sagte der Marschall und verschränkte die Arme vor der Brust. »Hat Lady Sybille dich so früh am Wochenende alleine ins Time House gehen lassen? Sehen Sie, Mr Strout? Ich werde im Black Swan dringend gebraucht.«

»Guten Morgen, Marschall und Mr Strout«, sagte Jade. »Bitte, Dr. Smith wird im Krankenzimmer gebraucht.«

Ernest Strout ging um den Empfangstisch herum und suchte unter einer Akte seine Brille hervor. Als er sie aufgesetzt hatte, sah er Jade kopfschüttelnd an. »Tut mir leid, die ist im Einsatz außer Haus, und ich weiß nicht, wann sie zurückkommt.«

»Es ist aber wirklich sehr, sehr wichtig. Können wir sie nicht irgendwie erreichen?«, drängte Jade.

»Im Krankenzimmer, sagtest du?« Ernest Strout nahm seine Kaffeetasse und ging zu einer kleinen Kochnische hinter dem Empfang. Jade hörte, wie er mit Geschirr klapperte und danach Wasser gluckernd irgendwo einfüllte. Dann kam Ernest Strout zurück und drückte auf den Knopf einer Klingel, die wie eine alte Hotelglocke aussah. »Dr. Smith sollte gleich da sein. Beim Notruf landet sie immer direkt per Zeitsprung unten im Time House, und ihr erster Weg ist das Krankenzimmer. Wer ist denn überhaupt verletzt?«

Jade sah sich im Flur um. Dann beugte sie sich weit über den Empfang und flüsterte: »Master Gridlock.«

»Wer?«, fragte Ernest Strout und legte sich die Hände an seine Ohren.

»Master Gridlock«, sagte Jade etwas lauter, und weil Ernest Strout noch immer fragend dreinblickte, rief sie es nun. »Master Gridlock ist im Krankenzimmer!«

»Ach«, sagte da eine kühle Stimme hinter Jade. Sie musste sich nicht herumdrehen, um zu wissen, dass Ms Brice hinter ihr stand. »Er ist also wieder aufgetaucht?«, fragte sie spöttisch.

»Bitte, Mr Strout«, sagte Jade eindringlich. »Wie lange dauert das denn noch?«

Ernest Strout sah sie bedauernd an. »Ich sagte ja schon, ich habe keine Ahnung, wo Dr. Smith sich gerade aufhält oder wann sie zurückkommt.«

»Ja, das ist bitter.« Selda Brice trat an den Empfang und sah Jade herablassend an. »Gibt es sonst noch was? Wenn nicht«, sie zeigte auf die Ausgangstür, »dann verlasse nun augenblicklich das Time House. Es ist heute Samstag, und der Aufenthalt in den Räumen des Time Houses ist den Novizen nur noch zu Unterrichtszeiten erlaubt.«

Jade sah Selda Brice aufgebracht an. »Seit wann?«

Selda Brice nahm den Stapel Zeitungen vom Tresen und klemmte sie sich unter den Arm. »Seit ich es sage!«

»Das können Sie doch gar nicht einfach so bestimmen.« Jade blitzte Selda Brice zornig an.

»Und ob ich das kann«, sagte Selda Brice leise. Ihr Gesicht lief rot an. »Und jetzt raus mit dir, raus!«, schrie sie.

»Langsam, langsam«, sagte da jemand, der durch das unterirdische Time House in den Flur trat.

Jades Herz schlug schneller vor Erleichterung. »Dr. Smith, Sie sind zurück!«

»Und keine Sekunde zu früh, wie ich festgestellt habe. Jade, kommst du bitte?«, sagte Dr. Smith, die am Eingang zum Time House stehen geblieben war. »Ich benötige deine Hilfe im Krankenzimmer.«

»Einen Moment«, sagte Selda Brice, als Jade an ihr vorbeigehen wollte. Sie drehte sich zu Dr. Smith herum und sagte spitz: »Ich glaube kaum, dass Sie hier meine Autorität untergraben wollen, Dr. Smith. Wenn Sie Hilfe benötigen, dann stehe ich

Ihnen zur Verfügung. Diese Novizin sicher nicht, denn ich habe sie gerade des Hauses verwiesen.«

Ms Brice' Worte verblüfften Dr. Smith, das konnte man ihrem Gesicht deutlich ansehen. »Tut mir leid, Ms Brice, aber mir geht es nur um das Wohl meiner Patienten und nicht um irgendwelche Machtspiele. Und der Fuchs verlangte eindeutig, Miss Ryder zu sehen.«

»Fuchs?«, rief Selda Brice irritiert. »Sagten Sie *Fuchs*?«

»Ja, Fuchs«, sagte Dr. Smith und streckte ihre Hand nach Jade aus. »Bitte, komm schnell.«

Jade lief an Selda Brice vorbei, und es war ihr egal, welche Konsequenzen das für sie haben würde. Doch zu ihrer Verwunderung hielt Selda Brice sie nicht auf. Im Gegenteil. Sie stürzte hinter Jade und Dr. Smith her ins Time House hinab.

Der Fuchs lag noch immer in die Wolldecke eingewickelt auf dem Krankenbett, und Gesine schlief neben seinem Gesicht.

»Das«, sagte Selda Brice japsend, als sie als Letzte ins Krankenzimmer trat und auf den schlafenden Fuchs starrte, »das ist ein ordinärer Fuchs, ein Unratfresser, den Miss Ryder an den Ufern der Themse aufgelesen hat, um uns alle an der Nase herumzuführen. Ich verlange augenblicklich, dass dieses Viech aus dem Time House entfernt wird!«

Dr. Smith zeigte zur Tür des Krankenzimmers. »Verlassen Sie augenblicklich den Raum!«

Jade hielt die Luft an, als Selda Brice mit hochgezogenen Augenbrauen auf Dr. Smith zuging. »Und wenn ich nicht daran denke?«

»Dann gehe ich«, sagte Dr. Smith und zog ihren Kittel aus. »Und zwar nicht nur für jetzt. Dann können Sie sich eine andere

Ärztin suchen, die sich mit der Heilung des Dämonenfraßes auskennt. Und gnade Ihnen, wenn es eines Tages Sie selbst trifft.«

»Sie erpressen mich?«, fragte Selda Brice kühl.

»Nennen Sie es, wie Sie wollen. Ich verlange, in Ruhe meine Arbeit machen zu dürfen«, sagte Dr. Smith bestimmt.

»Also schön«, sagte Selda Brice und verließ langsam den Raum.

Jade blickte Dr. Smith erleichtert an.

»Sollte es Ihnen aber nicht gelingen, mir innerhalb der nächsten vierundzwanzig Stunden den zurückverwandelten Master der Zeiterbengesellschaft zu präsentieren, dann geht dieser Fuchs dorthin, wo er hingehört«, sagte Selda Brice in der Tür stehend.

»Wohin meinen Sie?«, fragte Jade sorgenvoll.

»In die Abteilung für Kreaturen aus der Unwelt.« Selda Brice drehte sich um und trat in den Flur des Time Houses hinaus.

»Das würde er keine fünf Minuten überleben, bei all den widerlichen Kreaturen dort. Das können Sie doch nicht mit dem Master machen!«, rief Jade und stürmte hinter Selda Brice her.

»Nicht?«, rief diese lachend. »Wäre dir ein Gnadenschuss für das verwundete Tier lieber?«

Jade bebte am ganzen Körper, als sie der lachenden Selda Brice nachsah. Am liebsten hätte sie ihr eine Feuerkugel hinterhergeschleudert.

»Komm rein, Jade«, sagte Dr. Smith und schlüpfte zurück in ihren Kittel. »Wir haben nun Wichtigeres zu tun, als uns über Ms Brice aufzuregen.«

»Das stimmt«, sagte Jade leise und trat zurück in den Raum.

»Und verriegle die Tür«, meinte Dr. Smith, bevor sie an das Krankenbett trat.

»Danke, Dr. Smith«, sagte da der Fuchs leise. »Die Zeiterbengesellschaft hat Ihnen viel zu verdanken.«

»Ihnen auch, Master Gridlock«, sagte Dr. Smith ungerührt. »Jeder, fast jeder, tut hier, was immer er kann.«

Jade verbrachte den ganzen Vormittag in der Krankenstation. Dr. Smith hatte eine Rohrpost in den Black Swan geschickt, damit man dort nicht in Sorge um Jade geriet.

Dann machte die Ärztin zuerst eine ganze Reihe Tests an dem Fuchs, um sicherzustellen, dass er nicht ein Spitzel oder ein ähnliches verfluchtes Wesen war. »Sie sind also tatsächlich Master Gridlock«, stellte sie mittags fest.

»Aber warum kann er sich nicht zurückverwandeln?«, fragte Jade.

»Das werden wir herausfinden«, sagte Dr. Smith und machte Jade mit dem Kopf ein Zeichen, ihr ins Büro zu folgen. Sie deutete auf einen Stuhl, damit Jade sich setzte.

»Hör mal, Jade«, sagte Dr. Smith und lehnte sich an ihren Schreibtisch. »Ich will dir nichts vormachen. Master Gridlock ist offenbar im verwandelten Zustand angeschossen worden. Und die Kugel, die in seiner Pfote steckt, hindert ihn daran, sich zurückzuverwandeln. Ich muss noch ein paar Tests machen, aber offenbar ist die Kugel verflucht.«

»Aber das würde ja bedeuten, dass sich der Master nie wieder in seine menschliche Form zurückverwandeln kann.« Vor Jades Augen verschwamm alles. »Und da kann man gar nichts machen?«

Dr. Smith schwieg eine Weile. »Ich überlege, ob ich seine Pfote amputiere, da die Kugel sehr kompliziert im Knochen steckt.«

Jade sah auf. »Das würde bedeuten, dass dem zurückverwandelten Master Gridlock sein linker Arm fehlt, nicht wahr?«

Dr. Smith nickte. »Und etwas anderes macht mir gerade noch viel mehr Sorgen. Ich weiß nämlich gar nicht, ob er eine Amputation überstehen würde. Er scheint rasend schnell seine Energie zu verlieren. Es kommt mir so vor, als fließe das Leben aus seinem Körper.«

Jade fühlte heiße Tränen über ihr Gesicht laufen, und Dr. Smith reichte ihr ein Taschentuch. »Ich weiß, Jade. Ich weiß!«

Am Nachmittag konnte der Fuchs aufstehen und ein wenig von Dr. Smiths speziell zubereiteter Nahrung essen. Archer Switch guckte vorbei und redete Master Gridlock Mut zu, ebenso Peter Polkins. Noch viel mehr Zeiterben wollten den Master besuchen, doch Dr. Smith schickte sie alle wieder fort. »Master Gridlock braucht nun Ruhe.«

Gegen Abend schlief der Fuchs tief und fest, und Dr. Smith schickte Jade in die Wohnung hinter Master Gridlocks Büro, das nur ein paar Stufen im Time House entfernt lag. »Iss was, Jade. Wenn du kannst, schlaf ein wenig. Aber bleibe bitte in der Nähe, denn Master Gridlock hat eindeutig nach dir verlangt. Ich muss jetzt noch ein paar Tests machen. Und ich erwarte meinen Kollegen aus York, den Ernest Strout gerade per Zeitsprung für mich herholt. Vielleicht weiß er ja Rat.«

Mit einem mulmigen Gefühl im Magen lief Jade durch das felsige Time House hinüber in Master Gridlocks Büro. Sie ging durch sein Büro bis zum Schreibtisch. In einem Glas lagen Master Gridlocks Lieblingsbonbons aus Schottland. Sie lächelte.

Jade trat an die Wand neben dem Kamin, wo sämtliche Porträts der Master der Zeiterbengesellschaft hingen. Es fing ganz oben an mit David Ramsay und endete unten neben dem Kamin bei Master Gridlock. Sein Gesicht strahlte sogar auf diesem Bild völlige Ruhe und Sicherheit aus.

Sie öffnete die kleine Tür neben dem Schreibtisch und betrat

Master Gridlocks Privaträume. Obwohl es ihr schwerfiel, die Wohnung zu betreten, musste sie auch schmunzeln. Master Gridlocks Wohnung war vollkommen seinen Bedürfnissen angepasst worden, und alles war winzig klein, wie für ein fünfjähriges Kind eingerichtet.

Jade duschte, nahm sich eine Packung Kekse aus dem Schrank und ließ Wasser in ein Glas laufen. Dann lief sie zurück in Master Gridlocks Büro und setzte sich auf das Sofa vor dem Kamin. Das Feuer war beinahe heruntergebrannt. Sie stand auf und warf ein Holzscheit ins Feuer. Die Wärme tat ihr gut, und so legte sie sich auf den Teppich vor den Kamin und schloss die Augen für ein paar Atemzüge. Düstere Gedanken kreisten in ihrem Kopf, und sie verbat sich, ihnen Raum zu geben.

Ein Rütteln an ihrer Schulter ließ sie aus einem tiefen Schlaf hochschrecken. Dr. Smith stand über sie gebeugt. »Jade, komm schnell!«

Jade schlug die Augen auf und sah Dr. Smith fragend an. »Gibt es Neuigkeiten?«

Dr. Smith schüttelte den Kopf. »Nichts. Auch der Arzt aus York wusste keinen Rat. Bitte komm schnell, ja?«

Als Jade sich den Schlaf aus dem Gesicht gerieben hatte und vom Boden aufgestanden war, war Dr. Smith schon wieder weg. Die Bürotür stand weit offen. Jade lief hinter ihr her ins Krankenzimmer. Ihr Herz klopfte schnell, und das Blut rauschte in ihren Ohren. Was war nur passiert, dass Dr. Smith sie holte?

Als Jade ins Krankenzimmer kam, atmete sie erleichtert die angehaltene Luft aus. Der Fuchs lag auf seiner Decke auf dem Boden und stupste mit seiner Schnauze Gesine an.

»Es geht Ihnen besser?«, rief Jade erfreut und setzte sich neben den Fuchs auf den Boden.

Master Gridlock hob seinen Kopf, und Jade erschrak beim Blick in sein Fuchsgesicht. Das Fell um seine Augen, das vorhin noch fuchsrot gewesen war, war innerhalb weniger Stunden vollständig ergraut. Die schwarzen, glänzenden Augen waren nur noch schmale Schlitze.

Jade sah Dr. Smith entsetzt an, die kaum merklich mit dem Kopf schüttelte. »Master Gridlock möchte dringend mit dir sprechen.«

»Jade, es gibt Dinge, die du wissen musst und die ich seit vielen, vielen Jahren mit mir herumschleppe«, sagte der Master der Zeiterben mit schwacher Stimme.

»Erzählen Sie es mir.« Jade rutschte näher, um ihn verstehen zu können.

Doch der Fuchs blickte Dr. Smith an. »Ich bin dann in meinem Büro, falls was ist«, sagte sie und verließ das Krankenzimmer.

»Jade«, sagte Master Gridlock, »ich habe das alles zu verantworten. Es ist alles meine Schuld.«

Jade schluckte. Ihre Kehle fühlte sich trocken an. »Was?«, krächzte sie.

Der Fuchs leckte über sein linkes Vorderbein. Jade vermutete, dass es ihm Schmerzen bereitete. Dann sagte er: »Alles, sogar der Tod deiner Eltern.«

Jade schloss die Augen. Master Gridlock musste seinen Verstand verloren haben. Wovon sprach er denn da?

»Es war eine grausame Zeit damals«, flüsterte der Fuchs. »Chronos und seine Time Knights verbreiteten überall Angst und Schrecken. Und Tod. Das erste Opfer war Morrigan Copper, deine Großmutter.«

»Sie war ein Opfer der Time Knights?«, flüsterte Jade.

Der Fuchs legte seinen Kopf auf die Vorderpfote. »Ja, und es folgten noch viele andere. Und als ich nicht mehr ein noch aus wusste, ja, als ich nicht einmal mehr wusste, wer vom Time Court noch auf der richtigen Seite steht, da setzte ich einen Spitzel ein, um herauszufinden, wer zu den Time Knights gehört, und vor allem, was sie vorhatten.«

Jade nickte. »Mein Vater, ich weiß.«

»Richtig«, sagte Master Gridlock und hob seinen Kopf. »Evan war sehr begabt, und da er zwei Zeitgene in sich trug, konnte er sich mühelos sowohl unter die Gaukler als auch unter die Geistergeher mischen. Und es dauerte nicht lange, da hatte er eine geheime Information für mich: Die Time Knights wollten das Time House überfallen und unsere Time-House-Uhr stehlen. Himmel noch mal, wer die Uhr hat, kann die Zeit beherrschen!«

»Aber es war schon zu spät, stimmt's?«, vermutete Jade. »Die Uhrzeiger waren schon verschwunden.«

»Nein, ganz und gar nicht. Es war der Abend, bevor die Uhrzeiger verschwanden. Ich ...« Der Fuchs machte eine Pause, und Jade sah, wie er zitterte. »Ich habe sie verschwinden lassen.«

»Sie?«, rief Jade überrascht.

»Ja, ich. Also nicht direkt, ich habe deinen Vater damit beauftragt. Er und seine Verlobte Charlotte haben die Uhrzeiger in meinem Auftrag gestohlen, um den Time Knights zuvorzukommen und sie vor ihnen in Sicherheit zu bringen. Ohne die Uhrzeiger geriet zwar die Zeit aus dem Takt und blieb immer wieder stehen, aber niemand war ihrer mächtig.«

Jade schloss die Augen und saß einfach nur da.

»Ich konnte es nicht selbst tun, sie verfolgten jeden meiner Schritte. Ja, ich habe deine Eltern sogar darum gebeten, die Uhrzeiger einzeln zu verstecken und mir nichts von den Verstecken zu erzählen. Es wäre zu gefährlich gewesen, denn mithilfe eines

Gedankenlesers hätten die Time Knights mir diese Geheimnisse schnell entlockt.« Der Fuchs sprach sehr leise.

»Und dann ging alles schief«, sagte Jade bitter. »Meine Eltern hatten die Uhrzeiger versteckt und wurden umgebracht. Aber ich verstehe nicht, warum.«

»Das ist mir auch bis heute ein Rätsel«, sagte Master Gridlock. »Es hatte zuvor schon mehrere Angriffsversuche auf deine Eltern gegeben. Wie du weißt, waren sie von verschiedenen Ahnengruppen. Das machte sie zur Zielscheibe für Chronos' Hass, besonders, als nicht mehr zu übersehen war, dass Charlotte schwanger war. Vielleicht hatte er auch herausgefunden, dass sie für den Uhrzeigerdiebstahl verantwortlich waren.«

Jade sah den Fuchs verständnislos an. »Hätte er sie dann nicht eher verschont, um das Geheimnis der Verstecke zu erfahren?«

Der Fuchs stand auf und schüttelte sich. Seine Beine waren schwach, die linke Vorderpfote setzte er kaum auf. »Ich gehe davon aus, dass er vor allem eines verhindern wollte: dass die Zeiterbengesellschaft sie jemals wieder zurückbekommt. Vielleicht hoffte er, dass er sie vor uns findet, sicher ist aber, dass sie ihm im Versteck nützlicher waren als im Time House. Die aus den Fugen geratene Zeit ermöglichte ihm ja erst, seine Dämonenwesen zurückzuschicken.«

Der Fuchs trank aus der Wasserschale, dann sah er Jade an. »Ich frage mich immerzu, was geschehen wäre, hätte ich damals eine andere Entscheidung getroffen. Vielleicht hätten wir das Time House verteidigen können, und deine Eltern wären noch da. Vielleicht hätte aber Chronos die Herrschaft im Time House übernommen, und es gäbe keine Zeit mehr, kein Heute, niemanden von uns.«

Jade streckte ihre Hand aus, um Gesine darauf laufen zu lassen.

»Wenn du dich bitte um Gesine kümmerst?«, sagte Master Gridlock. »Sie ist so eine treue Seele.«

Jade nickte. »Ich achte auf sie, bis Sie wieder gesund sind«, sagte sie und streichelte der Haselmaus über das weiche Gesicht. »Ich frage mich, was meine Eltern damals dazu getrieben hat, so etwas Gefährliches zu tun.«

»Sie waren überzeugt davon, dass mein Plan, die Uhrzeiger vor den Time Knights zu stehlen, richtig war. Feuer und Flamme waren sie, überlegten sich Verstecke, dachten sich Geheimnisträger aus, falls ihnen bei der Mission etwas geschehen würde. Deine Eltern, Jade …« Der Fuchs konnte kaum die Augen öffnen. »Sie haben ihr Leben für unser aller Sicherheit riskiert.«

Jade spürte Tränen aufsteigen. Der Fuchs legte sich zurück auf seine Decke, rollte sich zusammen und schloss die Augen. »Ich fühle mich für den Tod deiner Eltern verantwortlich. Wie ein Besessener habe ich in den letzten siebzehn Jahren alle Orte abgesucht, von denen ich glaubte, dass Evan und Charlotte sie als Verstecke benutzt haben könnten. Und da gab es ja auch noch dich, Jade. Ich musste Charlotte wenige Tage vor ihrem Tod bei meinem Leben schwören, dass du die Memento-Mori-Taschenuhr erhalten wirst. All die Jahre ahnte ich, dass sie zum großen Geheimnis um die verschollenen Uhrzeiger gehört.«

Jade setzte Gesine zurück auf die Wolldecke und zog ihre Taschenuhr hervor. »Zweimal hat diese Uhr mich zu einem der Uhrzeiger geführt, und zwar auf ganz unterschiedliche Weise«, sagte sie und klappte den Unterkiefer des Totenschädels herab. »Glauben Sie, dass auch das dritte Geheimnis in dieser Uhr liegt?« Sie ließ die Uhr wieder zuklappen und sah Master Gridlock fragend an.

In dem Moment glaubte sie, das Herz müsse ihr stehen bleiben. Sein Fuchsfell war nun überall gräulich weiß, alle Farbe war verloren.

Jade sprang auf und holte Dr. Smith, die sofort herbeigeeilt kam.

»Was ist mit ihm?«, rief Jade angstvoll, als die Ärztin sich zum Fuchs hinabbeugte.

»Master Gridlock?«, sagte Dr. Smith sanft.

»Und jetzt, Doktor, rufen Sie den Time Court zusammen«, flüsterte der Fuchs.

Der letzte Master

Der Fuchs lag vor dem Richtertisch und schlief. Sein silberweißes Fell glänzte im flackernden Licht der Feuerschalen.

Jade hatte Gesine an sich genommen und saß in der vorderen Sitzreihe. Die beiden Uhrzeiger der Time-House-Uhr standen ganz oben auf der Vierundzwanzig: Mitternacht. Jade starrte den Fuchs an, immer in der Hoffnung, dass er aufstehen und sich zurückverwandeln würde in den Master der Zeiterbengesellschaft.

Dr. Smith stand an der Flügeltür des Gerichtssaals und wartete auf die Mitglieder des Time Courts.

Peter Polkins war zuerst da. Er blieb vor dem Fuchs stehen und sah dann Jade betroffen an. Jade nickte und schluckte die Tränen hinunter. Und dann tat Peter etwas, das Jade nie von ihm erwartet hätte: Er zog seine Richterrobe aus und setzte sich neben Jade in die vordere Bank.

Jades Blick verschwamm vor Tränen. Sie merkte, dass Personen an ihr vorbeiliefen, dass sie vor dem Fuchs stehen blieben und sich dann neben sie und Peter setzten. Niemand nahm am Richtertisch Platz.

Es war so still im Gerichtssaal, dass man das Knistern der Feuer hören konnte. Da plötzlich sprach der Fuchs: »Ich sehe, wir sind noch nicht vollzählig, aber ich kann nicht länger warten.«

Jade wischte sich mit dem Handrücken über die Augen und sah sich um. Alle Time-Court-Mitglieder waren inzwischen eingetroffen, mit Ausnahme von Selda Brice. Evelyn Griggs war blass wie ihr langes Silberhaar. Bertha Kingsley wischte sich die Tränen aus dem Gesicht. Selbst Arana Moore, die strenge Gerichtsdienerin, tupfte sich mit dem Finger am Augenwinkel. Archer Switch blickte hoch unter die Hallendecke, als könne er den Anblick des Fuchses nicht ertragen. Peter Polkins starrte regungslos auf den Master, und eine dicke Träne tropfte von seiner Wange in die Robe auf seinem Schoß.

Der Fuchs drückte sich auf seine wackligen Beine hoch. »Wie Sie sehen, geht meine Lebenszeit zu Ende.«

»Was sagen Sie denn da, Master!«, rief Bertha Kingsley.

Der Fuchs sah sie der Reihe nach stumm an. »Ich muss Ihnen sagen, was ich Jade Ryder vorhin schon –«

Er wurde von laut hämmernden Schritten unterbrochen. »Ich hoffe, Sie haben einen guten Grund, mich um Mitternacht ins Time House zu bestellen, Dr. Smith«, fauchte Selda Brice' Stimme durch den Gerichtssaal.

Jade sah, wie Selda Brice vor dem Fuchs stehen blieb und sich langsam ihre Gerichtsrobe überwarf. »Es ist Dr. Smith also nicht gelungen, den Fuchs zurückzuverwandeln. Oder behauptet er immer noch, Master Gridlock zu sein?« Sie grinste hämisch.

»Halten Sie den Mund!«, schrie Peter Polkins und sprang auf. »Halten Sie wenigstens jetzt ein Mal den Mund!« Jade sah, wie er die Hände zu Fäusten ballte und langsam drohend auf Selda Brice zuging.

»Blasen Sie sich nicht so auf, Polkins!«, sagte Selda Brice und blickte auf den Fuchs herab. »Was ist nun also der Grund für diese nächtliche Sitzung?«

Mit brüchiger Stimme sagte der Fuchs: »Ich habe heute Abend Ms Moore einen dringlichen Änderungsantrag diktiert, der hier in dieser Stunde noch zur Abstimmung vor den Time Court gebracht werden soll.«

Dem Fuchs versagten die Beine. Er legte sich auf die Steine und wandte sich an Arana Moore. »Bitte, Ms Moore. Verlesen Sie den Änderungsantrag.«

Arana Moore nickte und stand auf. Sie ging zu ihrem Platz an dem Richtertisch und nahm ein Schriftstück aus ihrer Ledermappe.

»Mitten in der Nacht?«, rief Selda Brice ungehalten, eilte auf Arana Moore zu und wollte nach dem Dokument schnappen. Doch Arana Moore presste das Schriftstück an sich und zuckte mit den Schultern. »Warum denn nicht? Unsere Statuten schließen das nicht aus.«

»Phh«, schnaubte Selda Brice. »Von mir aus. Aber ich sag's Ihnen gleich: Dieses Dokument ist genauso bedeutungslos wie die Kräuterbündel bei Ms Mallows im Witch Brew.«

Arana Moore schob sich an Selda Brice vorbei und strich das Schriftstück glatt. »Ich, Elias Gridlock, amtierender Master der Zeiterbengesellschaft, bringe heute folgenden Änderungsantrag bezüglich unserer Time-Court-Statuten zur Abstimmung. In Absatz elf der Statuten sollen folgende Änderungen vorgenommen werden. Paragraf eins: Zukünftig soll – im Falle des Ablebens eines Masters – nicht automatisch die oder der stellvertretende Master die Geschicke des Time Houses übernehmen. Paragraf zwei: Im Falle eines Todes des amtierenden Masters werden sofortige Neuwahlen, spätestens aber einen Monat nach seinem Tod, angesetzt. Paragraf drei: Für die Übergangszeit wird die Stellvertreterin oder der Stellvertreter keine alleinige Handlungsbefugnis erhalten. Vielmehr ist jede Entscheidung im noch amtierenden Time Court mit einfacher Mehrheit zur Abstimmung zu bringen. Paragraf vier: Der hier vortragende Master soll der letzte Master sein. Es wird zukünftig ein Gremium geben, das von einer Doppelspitze geführt wird. Paragraf fünf: Wahlen sind alle fünf Jahre am Tag der Wintersonnenwende durchzuführen.« Arana Moore ließ den Zettel sinken.

Keiner rührte sich, auch der Fuchs lag mit geschlossenen Augen da, als schliefe er. Nur Gesine lief Jade unter ihrem Pulli über den Arm.

Selda Brice stellte sich hinter den Fuchs. »Es wird keine Abstimmung geben«, sagte sie kühl. Jade meinte eine Art Lächeln auf ihrem verhärmten Gesicht zu erkennen. »Die Statuten unserer Gesellschaft sind eindeutig und besagen, dass der Antragsteller anwesend sein muss. Oder sieht hier irgendjemand Master Gridlock in diesem Saal? Ich jedenfalls nicht.«

»Ich!«, rief Dr. Smith von hinten. Jade drehte sich zu ihr herum. Sie saß in der letzten Reihe, jetzt stand sie auf. »Ich kann Ihnen versichern, dass der Fuchs Master Gridlock ist. Meine Tests sind eindeutig ausgefallen.«

»Schweigen Sie!«, schrie Selda Brice durch den Saal, dass es im Gewölbe widerhallte.

»Ich sehe den Master der Zeiterbengesellschaft ebenfalls«, sagte Peter Polkins da.

»Ich auch«, sagte Archer Switch.

Auch Bertha Kingsley und Evelyn Griggs nickten.

»Wir stimmen also ab«, sagte Arana Moore. »Wer ist dafür, den Antrag von Master Gridlock zur Änderung unserer Statuten anzunehmen?«

»Ich sagte, es wird keine Abstimmung geben!«, keifte Selda Brice.

Die Hände von Peter Polkins, Archer Switch, Bertha Kingsley und Evelyn Griggs schossen in die Höhe. »Das reicht schon«, sagte Arana Moore und ging zum Richtertisch, um einen Stempel und ihre Unterschrift auf das Papier zu setzen. Dann kam sie zurück und legte die Urkunde vor den Fuchs auf den Boden. »Ihr Antrag wurde mehrheitlich angenommen, Master Gridlock.«

Der Fuchs hob seinen Kopf und öffnete die Augen. Er blickte auf das Papier, dann ließ er den Kopf wieder auf seine Vorderpfoten herabsinken.

Jade atmete erleichtert auf, als sie sah, wie Peter Polkins und Archer Switch sich zufrieden zunickten.

»Gar nichts ist beschlossen!« Selda Brice zog ihr Dämonenschwert, reckte es hoch in die Luft, und eine hell leuchtende Klinge schoss daraus hervor. Dann ließ sie es langsam herabsinken, sodass es dem Fuchs immer näher kam. Bedrohlich nah.

»Nein!«, schrie Jade und sprang auf. Sie zog ihr Schwert und beschwor die Klinge hervor. Aus dem Augenwinkel sah sie, dass um sie herum mehrere Klingen aufblitzten.

»Geben Sie auf, Ms Brice«, zischte Peter Polkins, der Selda Brice das Schwert vor die Brust hielt. »Sie haben keine Chance gegen uns alle.«

»Nein?«, sagte Selda Brice erstaunlich ruhig, ja geradezu gelassen.

Jade überlegte, was Selda Brice wohl meinen könnte.

Da flog die Tür zum Gerichtssaal auf, und zwei schwarz maskierte Gestalten kamen herein. Jade zog scharf die Luft ein. Verdammt, das waren Time Knights! Wo kamen die her? Und wie waren sie gerufen worden?

Jade fuhr zu Selda Brice herum, die noch immer mit hochgerecktem Dämonenschwert in der Hand vor dem Fuchs stand. Da wusste sie, dass Ms Brice nicht plante, den Fuchs zu töten. Sie rief mit ihrem Schwert die Time Knights zusammen. Bislang hatte Jade geglaubt, dass nur Dornfingers Schwert der Wölfe dazu fähig gewesen war. Und bislang hatte Jade immer gehofft, dass ihr Gefühl sie trüge und Selda Brice selbst keine Time Knight wäre.

»Lassen Sie mich in Ruhe!«, schrie Dr. Smith. Jade fuhr herum und erschrak: Einer der Time Knights hielt ihr sein Schwert an den Hals.

Immer mehr Time Knights strömten in den Gerichtssaal. Es waren bestimmt schon zehn. Sie traten mit erhobenen Dämonenschwertern hinter sie.

Da fühlte Jade eine Hitze unter ihrem Ärmel. Sie ließ ihr Dämonenschwert sinken und schüttelte die brennende Maus auf den Boden.

»Es ist so weit!«, rief Selda Brice da mit ruhiger Stimme. »Der Master der Zeiterben ist tot.«

Jade blickte auf den Fuchs und warf sich vor ihm auf die Knie. »Master Gridlock«, flüsterte sie. »Antworten Sie doch!« Ihr Herz hämmerte so schnell, dass sie nur wie aus weiter Ferne mitbekam, dass jemand applaudierte.

Der Fuchs regte sich nicht.

Jade legte ihre Hände auf den Rücken des Fuchses, in der Hoffnung, dass sie so wie vorhin sein Beben spüren würde. Doch sie fühlte weder das vertraute Zittern seiner Muskeln noch seinen Atem. Entsetzt blickte sie zu Peter Polkins auf, der sie schmerzerfüllt ansah und nur mit dem Kopf schüttelte.

»*Nein!*« Jades Schrei drang bis in den hintersten Winkel des Gerichtssaals.

Danach war Stille.

Eisige Stille, denn die Zeit blieb stehen.

Die Schutzgeister kamen aus ihren Galeonen und sahen sich erschrocken im Gerichtssaal um. Alle bis auf Mr Farag Tabu Tabu, der Leiter des Galeonenchors, huschten beim Anblick der Time Knights zurück in ihre Galeonen. Mr Farag Tabu Tabu hatte den toten Fuchs vor dem Richtertisch entdeckt, und er kam herbeigeeilt. »Ist das etwa …?«, flüsterte er, rückte seinen Turban zurecht und hockte sich neben das Tier auf die Stufe.

Jade nickte, und ihre Tränen tropften ins Fuchsfell.

»Was immer es war, es ist vergangen!«, rief Selda Brice triumphierend. Sie ließ ihr Dämonenschwert sinken und trat zur Seite.

Der Nullmeridian öffnete sich, und die eisige Kälte aus der Unwelt waberte in den Gerichtssaal.

Jade zog den toten Fuchs und die Urkunde an sich, damit sie nicht in die Unwelt fielen. Gesine zu ihren Füßen war zu einem Aschehäufchen zerfallen. Der Abstand durch die nun weit offene Kluft zwischen ihr und Selda Brice half ihr, schärfte ihre Sinne.

Sie sah sich um und überlegte, wie sie den Fuchs und das Schriftstück in Sicherheit bringen konnte. Der Weg zur hinteren Tür neben der Time-House-Uhr war durch die offene Schattenkluft unerreichbar. Einzig der Haupteingang blieb als Fluchtweg, aber hinter ihr stand ein Time Knight und bedrohte sie mit seinem Schwert.

»Der Master ist tot, hoch lebe unsere neue Vorsitzende!«, rief einer der Time Knights, der neben Selda Brice stand. Er zog sich die Wollmütze vom Kopf und schob seinen Rollkragen herunter.

Jade schnappte nach Luft. Es war Mr Mabou. Wie war er an sein Schwert gekommen? Hatte Peter nicht gesagt, dass Mr Parker es im Dämonenschwertersafe sicher verwahrte?

»Da ist er, der Mörder!«, rief Peter Polkins und richtete das Schwert auf Mr Mabou. Er wollte auf den Mann zuspringen, doch er wurde von einer Time Knight aufgehalten, die sich ihm in den Weg stellte. Ihr blonder, schulterlanger Haarschopf guckte unter der schwarzen Kappe hervor.

»Lavena?«, flüsterte Peter Polkins.

»Das hast du nicht erwartet, Peter?« Lavena sprach sanft wie ein schnurrendes Kätzchen. »Einige hier im Saal haben sich offenbar für die falsche Seite entschieden. Und *ich* gehöre nicht dazu.« Sie starrte auf den toten Fuchs in Jades Armen.

Jade wurde schlecht.

»Ich muss Sie alle enttäuschen!«, rief Bertha Kingsley da und deutete auf die Urkunde in Jades Händen. »Es gibt keine neue Vorsitzende, sondern Neuwahlen.«

Selda Brice warf den Kopf in den Nacken und lachte. Dann schnellte sie zu Jade herum und warf ihr eine Feuerkugel entgegen. Alles ging so schnell, dass Jade schon im nächsten Moment den glühenden Schmerz an der linken Hand spürte. Die Urkunde, die sie in der Hand gehalten hatte, ging in Flammen auf. Die Asche rieselte in die felsige Schattenkluft.

»Sagten Sie etwas, Ms Kingsley?«, fragte Selda Brice spöttisch. Dann kam sie näher an die Schattenkluft heran und starrte Jade mit eisigem Blick an. »Wirf den Fuchs dort hinein.«

»Niemals!«, schrie Jade. Sie umschlang den leblosen Fuchskörper fest mit ihren Armen.

Da winkte Selda Brice den hinter Jade stehenden Time Knight näher heran.

»Stehen bleiben!«, schrie Archer Switch, im nächsten Moment stöhnte er auf. Von irgendwo flogen Feuerkugeln haarscharf an Jade vorbei.

Jade sah sich hektisch um.

Auf der anderen Seite der Schattenkluft standen Time Knights mit erhobenen Dämonenschwertern und bedrohten die Mitglieder des Time Courts. Archer Switch krümmte sich am Boden. Peter Polkins stand Schwert an Schwert mit Lavena Parker. Gleich vier Time Knights hielten Bertha Kingsley, Evelyn Griggs und Arana Moore in Schach, und hinten nahe der Eingangstür hielt der Time Knight noch immer Dr. Smith sein Schwert an den Hals.

»Ich sagte, wirf den Fuchs dort hinein!«, schrie Selda Brice und hob ihre Hand, um einen weiteren Fluch auf Jade zu werfen. Die Klinge des Dämonenschwertes hinter Jade kam immer näher. Aus der Schattenkluft streckte sich eine riesige Pfote aus Rauch empor. Schattenhunde waren auf dem Weg in den Gerichtssaal. Als Selda Brice ausholte und den Fluch abwarf, explodierte die Wut und die Trauer in Jade, und sie hob schützend die Hand vor den Fuchs in ihrem Arm.

Im nächsten Moment war alles silberhell um sie herum. So hell, als würden sämtliche Schutzgeister sich gleichzeitig um sie versammeln. Jade hatte schon öfter ihren eigenen Schutzgeist heraufbeschworen, aber so deutlich hatte sie ihn selbst noch nie gesehen. Der sich immer weiter ausbreitende silberhelle Geist sah aus wie sie selbst. Und nicht nur das. Sie war mit dem Geist, mit seinem Silberlicht verbunden. Sie fühlte die Wärme des Lichts und wie es die Gerichtshalle flutete. Sie schien den Time Knights damit körperliche Schmerzen zuzufügen, denn diese stöhnten qualvoll auf.

»Ahhh!«, schrie der Time Knight hinter ihr. Metall klirrte, vermutlich hatte er sein Dämonenschwert fallen lassen. Jade sah, dass die Time Knights sich geblendet zurückzogen, und ebenso die Mitglieder des Time Courts. Sie hielten schützend die Hände vor die Augen, manche flüchteten sogar hinter die steinernen Pfeiler der Gerichtshalle. Selda Brice lag wimmernd am Boden.

Ihr Dämonenschwert, das neben ihr lag, erlosch, genau wie die Schwerter der übrigen Time Knights. Jade sah, wie Peter Polkins Lavenas Schwertgriff mit dem Fuß wegschoss. Die Schutzgeister schlüpften aus ihren Galeonen. Staunend umkreisten sie Jades Schutzgeist.

Da spürte Jade, dass es an der Zeit war, loszulassen. Sie drückte den Fuchs an sich und stürmte los. Als sie den Gerichtssaal verließ, erschrak sie über die plötzliche Dunkelheit. Sie tastete sich durch die Flure und zwei enge Treppen nach oben und musste dabei mehrmals über die Meridianlinie springen, die sich gerade wieder schloss. Aus dem schmalen Felsspalt drang eisige Luft nach oben. Grabeskälte.

Sie rannte in den Zeitsprüngeübungsraum, dessen Tür aufgebrochen war. So hatten die Time Knights also den Gerichtssaal nach Selda Brice' Ruf derart schnell erreichen können.

Sie stellte sich vor eine Zeitkabine und versuchte, sich zu sammeln. Sie wusste nicht so genau, wohin sie mit dem toten Fuchs springen sollte. Also nahm sie das Ziel, das ihr als Erstes in den Kopf kam.

Als sie die Tür der Zeitkabine geöffnet hatte, presste sie den Fuchs fest an sich und trat ein. Wenn sie es sich recht überlegte, konnte es kein passenderes Ziel geben.

Dann erfasste sie der Zeitstrom mit voller Wucht.

Die Dorchesters

Jade fiel auf nasses, kaltes Gras. Finsternis umgab sie. Die Wiese mit den Grabsteinen wurde nur vom Flackerlicht der beiden Straßenlaternen schwach erleuchtet.

Sie rappelte sich auf und sah sich um. Sie war im Dead End gelandet, und tatsächlich war die schiebbare Tafel in der Friedhofsmauer ein Zeitfenster gewesen. Sie stand weit offen. Oder war sie zu einem Zeitfenster geworden, weil sie es so gewollt hatte? Jade wusste, dass es unter den Gauklern Zeiterben gab, die nahezu jedes Fenster nur durch die Kraft ihrer Gedanken zu einem Zeitfenster machen konnten.

Neben ihr lag der Fuchs im Gras. Als sie seinen starr werdenden Körper aufhob, überkam sie die Trauer mit einer solchen Wucht, dass ihre Beine nachgaben und sie auf die Knie fiel. Sie rappelte sich wieder auf und suchte in der Dunkelheit nach dem Grab ihrer Eltern. Es dauerte etwas, bis sie den richtigen Grabstein gefunden hatte. Sie schob das dichte Gebüsch, das rund um den Stein wucherte, ein wenig auseinander und legte den Fuchs dort hinein. Ein paar Atemzüge lang umschlang Jade noch den kalten, starren Fuchskörper, dann erst ließ sie ihn los und schob die Äste wieder zusammen.

Ohne sich noch einmal umzusehen, stapfte Jade über die

Wiese zum Tor. Die Tränen trockneten kalt auf ihrem Gesicht. So, wie Master Gridlock es ihr gezeigt hatte, tippte sie gegen die schiebbare Tafel in der Friedhofsmauer, die sich langsam hinter ihr schloss. Für einen Moment stand sie da und sah ihrem eigenen Atem zu, wie er in kleinen Wölkchen emporstieg. Sie wollte schreien »Master Gridlock ist tot!«, doch kein einziger Laut verließ ihre Kehle.

Jade lief wie taub durch die schmale Gasse und wusste nicht, wohin. Sie fühlte nichts, gar nichts. Nicht einmal Angst. Wenn ihr jetzt ein Time Knight begegnen würde, wäre es ihr egal. Alles war sinnlos geworden, denn Master Gridlock war tot.

Als Jade aus dem Dead End in den Clockmakers Market einbog, war sie überrascht, dass alles so friedlich aussah wie immer. Die Laternen warfen ein fahles Licht auf den Pflasterplatz, eine streunende Katze suchte nach Essbarem in der Gosse vor dem Witch Brew, und hinter keinem der Fenster brannte Licht. Die große Uhr am Ende des Clockmakers Market zeigte halb zwei an.

Jade stieg die Stufen zum Black Swan hinauf und läutete. Im ersten Stock wurde kurz darauf ein Licht angezündet. Es vergingen noch ein paar Minuten, bis Elliott Baker die Tür öffnete. Er trug einen Morgenmantel über seinem karierten Pyjama. »Guten Abend und herzlich willkommen zu so später Nachtstunde … Jade!«

»Ja, ich«, sagte Jade und schob sich an ihm vorbei in die Eingangshalle.

»Wo kommst du denn mitten in der Nacht her? Seit drei Stunden ist Nachtruhe und –«

»Master Gridlock ist tot«, flüsterte Jade und hielt sich am Empfangstisch fest.

Elliott Baker ließ den Schlüsselbund fallen und schleppte sich zu einem der Sessel in der Eingangshalle. Er sagte gar nichts, schüttelte nur den Kopf.

»Mr Baker?« Jade sah ihn besorgt an und überlegte, wie sie Odette holen konnte, ohne Elliott Baker allein zu lassen. Sie sah sich um, und dann hatte sie eine Idee.

Sie lief zum Empfang und nahm eine der Rohrpostkugeln. Ohne eine Nachricht hineinzulegen, schraubte sie eine Kugel zusammen und legte sie in die Abschussvorrichtung. Sie gab die Nummer 001 in das Ziffernfeld ein und drückte dann auf Absenden. Die Kugel wurde abgeschossen und kehrte Sekunden später mit einem Klacken zurück in die Empfangsschale der Rezeption. Kaum war die leere Rohrpostkugel gelandet, öffnete sich die Empfangsschale, die Kugel fiel herab in eine Halterung, und es fing überall an zu klingeln.

»Das ist ein Großalarm«, sagte Elliott Baker. »Hast du den versehentlich ausgelöst?« Er sah erschrocken zur Rezeption und wollte aufstehen.

»Bitte, bleiben Sie sitzen, Mr Baker!«, rief Jade und eilte zu ihm.

Lady Sybille verließ ihre Galeone und sah sich erschrocken um. »Was ist denn hier los?«

Da hörte Jade auch schon Schritte auf der Treppe. Odette erschien als Erste auf dem oberen Treppenabsatz und hielt sich die Ohren zu. »Jade, Elliott, wart ihr das?«

Hinter Odette tauchten Jenna und Betsy auf und beugten sich über das Treppengeländer. Um sie herum schwebten aufgeschreckte Galeonsgeister. »Wehe, das ist ein Fehlalarm«, maulte Jenna.

»Leider nicht!«, rief Jade. Odette kam die Treppe heruntergeeilt und lief zum Empfang. »Nehmt doch endlich die leere Rohrpostkugel aus der Halterung, sonst hört der Alarm ja nie auf und weckt noch die ganze Pension.«

Doch es war schon längst zu spät. Immer mehr Novizen und Pensionsgäste erschienen auf der Treppe.

Odette zog die leere Rohrpostkugel aus der Halterung, und das Klingeln des Alarms erstarb. Da hob Elliott Baker seinen Kopf und rief in die plötzliche Stille: »Der Master ist tot.«

Odette ließ die Rohrpostkugel fallen und sah Jade fassungslos an, einige Novizen schrien auf vor Schreck. »Grundgütiger!«, jammerte Betsy immer wieder und hielt sich am Treppengeländer fest. Nur Jenna bewahrte die Ruhe. Sie kam auf Elliott Baker zu, fasste ihm resolut unter den Arm und führte ihn in den Salon. »Kommen Sie, Elliott. Sie sehen so aus, als bräuchten Sie jetzt einen Wacholderschnaps.«

Der Black Swan blieb hell erleuchtet. Mat kam aus dem Witch Brew herübergeeilt, um zu erfahren, was los war. Jade berichtete von Gridlocks Tod und dem Überfall auf den Time Court. Viele Novizen scharten sich um sie, manche weinten.

Gegen drei Uhr kamen Peter Polkins und Dr. Smith in den Black Swan.

»Hier, Jade«, sagte Peter und überreichte ihr Gesine. »Sie kam gleich zu mir, als der Zeitstillstand vorüber war.«

Jade strich der Prognosemaus auf ihrer Hand sanft über den Rücken und sah traurig in ihre Knopfaugen. »Der Master kommt nicht mehr zurück, Gesine, aber ich werde von nun an auf dich achten. Und du auf mich.«

Peter berichtete, dass es ihm gelungen war, Lavena Parkers Schwert sicherzustellen. Doch es war die einzige gute Nachricht. Sobald Jades Schutzgeist erloschen und sie mit dem Fuchs geflohen war, hatten die Time Knights erneut angegriffen. Gemeinsam mit Selda Brice hatten sie die Time-Court-Mitglieder aus dem Time House verdrängt.

»Selda Brice und die Time Knights haben das Time House eingenommen«, sagte Dr. Smith niedergeschlagen. »Und ich muss euch nicht sagen, was das bedeutet.«

»Sie haben die Macht über die beiden Uhrzeiger im Time House«, flüsterte Odette. Es machte Jade nervös, wie sie dabei auf ihre Totenkopftaschenuhr starrte. »Es fehlt ihnen nur noch der Sekundenuhrzeiger, und dann hat Chronos sein Ziel erreicht.«

Irgendwann in den frühen Morgenstunden nahm Peter Polkins Jade zur Seite und wollte wissen, wo Jade den toten Fuchs versteckt hatte. Er versprach ihr, dass Master Gridlock eine würdige Beerdigung bekommen würde, auch wenn die Zeremonie nicht wie sonst üblich im Time House stattfinden könnte.

Der Morgen dämmerte schon, als Jade nach oben in ihr Zimmer ging. Traurig sah sie auf Henrys Zimmertür. Warum nur war er nicht heruntergekommen? Oder war er womöglich gar nicht da?

Die kommenden Tage erlebte Jade wie in Trance. Sie mochte nicht schlafen, weil sie dann in ihren Träumen den sterbenden Fuchs vor sich sah. Und doch war sie so müde, dass sie sich schon richtig schwach fühlte und immer wieder in Tränen ausbrach. Henry war nur ein Mal im Black Swan gewesen und hatte sie so fest an sich gedrückt, dass Jade noch Tage später seine Umarmung zu fühlen glaubte. Lucy hatte ihr erzählt, dass ihr Großvater ihnen seit Gridlocks Tod nun gar nicht mehr erlaubte, im Black Swan zu wohnen. Und das führte gleich wieder zu einer neuen Tränenflut bei Jade.

Die Nachricht, dass Lavena Parker und Selda Brice zu den Time Knights gehörten, verbreitete sich wie ein Lauffeuer in der Zeiterbengesellschaft. Alle fragten sich, wie es nun weitergehen sollte, und niemand, noch nicht einmal die Time-Court-Mitglieder, trauten sich zurück ins Time House. Die Stimmung im Clockmakers Market war sehr bedrückt, und es änderte sich erst, als der Termin für Master Gridlocks Beerdigung näher rückte und immer mehr Gäste im Black Swan eincheckten. Nach und nach schien alles aus der erschrockenen Starre zu erwachen und sich in eine geschäftige Betriebsamkeit umzuwandeln.

Betsy fing an zu kochen und wischte sich immerzu mit der Schürze die Tränen von den roten Wangen. Jenna weigerte sich, den Black Swan zu verlassen, weil sie Angst vor einem Übergriff der Time Knights hatte. Elliott Baker installierte zusammen mit Odette weitere Schlösser an der Eingangstür und an der Zeitsprungkabine. Zwischen all dem hörte man Harper mit dem singenden Seemann einen Trauergesang für die Beerdigung einüben. Und eines Abends, als Jade und Orla ihnen im Kaminzimmer dabei zuhörten, erschien Odette in der Tür und sagte strahlend: »Orla, komm schnell! Da ist Besuch für dich.«

Jade und Orla stürmten durch den Flur zur Treppe. Als Orla sich über das Geländer beugte, um nachzusehen, wer sie wohl besuchen kam, schrie sie laut auf. »Mum, Dad!«

Jade sah Orla sprachlos hinterher, als diese die Treppenstufen förmlich herunterflog. Sie umarmte ihre Eltern immer und immer wieder. »Orla, endlich!«, sagte Ms Dorchester. »Ich habe dich so vermisst.«

Verwundert stieg Jade die Treppenstufen hinab und sah Orlas Eltern neugierig an. Orla sah ihrer Mutter unglaublich ähnlich. Sie hatte genau das gleiche blonde Haar, und vor allem hatte sie ein ebensolches herzliches Lachen. Orlas Vater war auch blond, nur war sein Haar schon recht spärlich, und er trug es halblang, was ihn ein wenig verwegen aussehen ließ. Er war mehr als einen Kopf größer als seine Frau und Orla. Als er jetzt Jade entdeckte, kam er hinkend auf sie zu. Jade erinnerte sich, dass Orla ihr gesagt hatte, dass ihr Vater bei einem Dämonenfraß sein Bein verloren hatte.

»Guten Abend«, sagte Jade und ging Mr Dorchester entgegen. »Ich bin Jade Ryder, Orlas Freundin.«

»Ich weiß«, raunte Mr Dorchester und schüttelte Jades Hand.

»Endlich lerne ich dich kennen, Jade!«, rief da Ms Dorchester und kam mit ausgestreckten Armen auf sie zu.

»Kommen Sie«, sagte Odette, die hinter den Dorchesters am Empfang gestanden hatte. »Setzen wir uns doch in den Salon.«

Odette ließ sie alle hineingehen, dann schloss sie die Tür.

»Was macht ihr denn eigentlich hier?«, fragte Orla und setzte sich zwischen ihre Eltern auf das Sofa.

»Genau«, sagte Jade und setzte sich ihnen gegenüber in einen der Sessel. »Ich dachte, Orla darf Sie in den drei Jahren ihrer Ausbildung nicht sehen. Ist das nicht gefährlich?«

»Oh ja, das ist es«, sagte Mr Dorchester. »Sehr sogar.«

Ms Dorchester strich sich das Haar aus dem Gesicht. »In normalen Zeiten würden wir damit Orlas Ausbildung aufs Spiel setzen. Aber etwas anderes ist nur gerade sehr viel gefährlicher.«

Mr Dorchester beugte sich vor und verschränkte seine Hände ineinander. »Uns ist natürlich zu Ohren gekommen, was mit Gridlock passiert ist und dass die Time Knights das Time House eingenommen haben. Deshalb sind wir hier.« Er sah Odette lange an. »Ich bin ein Verbannter der Zeiterbengesellschaft, und es wäre dein gutes Recht, mich rauszuwerfen.«

Odette nickte. »Nett, dass du das anbietest, Adam, aber wir

drei wissen ja genau, warum ihr hier seid. Ich denke nur, dass wir den beiden Mädchen hier nun endlich reinen Wein einschenken sollten. Es muss recht verwirrend für sie sein.«

Jade und Orla tauschten einen verwunderten Blick.

»Odette hat recht«, sagte Ms Dorchester. Sie sah Orla traurig an. »Wir waren die ganze Zeit in Kontakt mit Odette, dein Vater und ich.«

»Wie bitte?«, rief Orla überrascht. »Aber warum hat mir das denn keiner gesagt?«

»Du hast ja gerade deinen Vater gehört, Orla«, sagte Odette seufzend. »Er ist ein Verbannter der Zeiterbengesellschaft, und dadurch, dass wir hier mit ihm sitzen und sprechen, könnten wir alle auch von der Gesellschaft ausgeschlossen werden.«

»Aber warum tun wir es dann jetzt?«, fragte Jade unruhig. Sie sah verwundert zur Wand neben dem Kamin. Hatte dort gerade ein Geist seinen Kopf zum Salon hereingesteckt?

»Weil es gleichgültig geworden ist«, sagte Ms Dorchester.

Odette seufzte. »Seit Selda Brice die Macht im Time House an sich gerissen hat, sind wir alle Verbannte. Deshalb können deine Eltern auch hier wohnen.« Sie stand auf, sagte »Einen Moment!« und verließ den Salon.

»Was meint sie damit?«, fragte Jade und fasste sich an den Hals.

Mr Dorchester sah Odette nach und sagte leise: »Ms Brice hat den Time Court entlassen, und nur wenige Zeiterben, vermutlich ausschließlich Time Knights, haben noch Zugang zum Time House. Alle anderen, die nicht ihre Anhänger sind, hat sie zu Feinden der Gesellschaft erklärt und jedem mit Verbannung gedroht, der unaufgefordert einen Schritt ins Time House setzt. Sie hat sogar Master Gridlocks Beerdigung untersagt.«

Jade und Orla sahen sich erschrocken an.

Odette kam mit mehreren Zeitungen zurück und schloss die Salontür. »Sogar die Zeitung kontrolliert sie inzwischen.« Sie setzte sich und blätterte die Sonderblätter des *Daily Time Catcher* auf ihrem Schoß durch. »Der Master der Lügen, Gridlocks Sumpf aus Macht und Verrat, die langersehnte Vorsitzende, Aufräumen im Time House, Entlassung des korrupten Time Courts, Begnadigung mehrerer Nessby-Gefangener.« Sie reichte Jade den Stapel der Zeitungen. »Solch eine schmutzige Propaganda wird hier im Black Swan nicht verteilt.«

Jade blätterte die Sonderausgaben des *Daily Time Catcher* durch. Überall waren Fotos von Selda Brice abgedruckt. Ms Brice vor der Time-House-Uhr, Ms Brice neben einem Schattenhund an der offenen Schattenkluft, Ms Brice vor dem geheimen Nebeneingang des Flamsteed Houses, Ms Brice vor den Zeitsprungkabinen im Zeitsprüngeübungsraum und immer wieder: Ms Brice an Master Gridlocks Schreibtisch in seinem Büro.

»Zeig mal her«, sagte Orla. »Habt ihr gesehen, dass Lavena Parker die Verfasserin dieser Artikel ist?«

Odette nickte. »Ich traf heute Morgen Mr Parker bei Kingsley's. Er konnte die Tränen nicht zurückhalten, als er mit uns sprach. Stellt euch vor, eure einzige Tochter steht auf der Seite der Rassisten. Er hätte ihre Journalistenausbildung bestimmt nicht für solche Hetzartikel bezahlt.«

Jade bebte vor Zorn, als sie ihr die Zeitungen reichte. Während Orla fassungslos auf die Fotos von Selda Brice starrte, sagte Jade: »Master Gridlock hat kurz vor seinem Tod über eine Änderung der Time-House-Statuten abstimmen lassen. Deshalb war der gesamte Time Court vollzählig anwesend, als er starb. Er wollte verhindern, dass genau so etwas geschieht.« Sie deutete auf die Zeitungen, die Orla durchblätterte.

»Ja, das hat Peter Polkins uns erzählt«, sagte Odette.

Orla hielt eine Zeitungsseite hoch, auf der *Ernennung des neuen Time Courts in Kürze erwartet* stand. »Ist doch klar, dass das dann alles Time Knights sein werden. Das muss man doch verhindern.«

»Das sehen wir genauso«, sagte Mr Dorchester und lächelte seine Tochter an. »Ms Brice versucht gerade, unsere demokratischen Grundmauern einzureißen. Wir sind nicht bereit, sie damit durchkommen zu lassen. Es ist an der Zeit, zu kämpfen und das Time House zurückzuholen.«

»Aber wie?«, fragte Jade. Sie fühlte sich so hilflos. »Ms Brice hat die Gesetzesänderung verbrannt und in die Schattenkluft fallen lassen. Wir haben doch nichts in der Hand.«

Ms Dorchester nickte. »Auch das haben wir schon von Ms Kingsley erfahren.« Er zog sein linkes Bein mit den Händen an sich heran. »Es ändert aber nichts. Ms Brice kann vielleicht unsere Gesetzbücher verbrennen, eines aber kann sie nicht: uns unser Mitspracherecht stehlen. Wir kämpfen für Neuwahlen. Und es liegt an Ms Brice und ihren Anhängern, ob dieser Kampf blutig wird.«

Orla und Jade sahen sich angstvoll an.

»Aber Dad, ihr drei habt doch gegen all diese Time Knights keine Chance«, flüsterte Orla.

»Das ist wahr«, stimmte Jade ihr heftig nickend zu. »Ich habe es mit eigenen Augen gesehen. Sie sind viel zu viele, und sie sind brutal.«

Odette schüttelte heftig mit dem Kopf. »Wir sind nicht nur drei. Wir sind viele.«

Mr Dorchester stand auf und hinkte zum Fenster. Er deutete hinaus auf den Clockmakers Market. »Damals, lange bevor deine

Eltern von Chronos getötet wurden, habe ich mit einigen anderen Novizen die F.A.I.T.H. gegründet. Eine Vereinigung von Widerstandskämpfern gegen den Rassismus der Time Knights. Eine Front zur Akzeptanz und Integration aller Zeiterben. Damals schon waren wir recht viele, auch deine Tante Odette gehörte dazu. Aber wir haben einen Fehler gemacht.«

»Faith, wie Glaube und Vertrauen?«, fragte Jade.

»Genau!« Er kam zurück und setzte sich wieder. Ernst, ja beinahe bitter, sah er Jade und Orla an. »Wir agierten im Verborgenen. Niemand wusste, dass es uns gab. Wir dachten, dass wir schlauer wären als die Time Knights, die ihren Hass äußerst gewaltbereit und offen auslebten. Damals hätten wir sie im Keim ersticken müssen. Dass es so weit kommen konnte«, er zeigte auf die Zeitungen in Orlas Hand, »das ist auch unser Fehler. Wenn es Zeit ist, seine Stimme zu erheben, dann muss man das laut tun. Laut und furchtlos.«

Ms Dorchester sah ihren Mann zustimmend an. »Unser Schweigen war ein großer Fehler. Und deshalb sind wir hier. Wir werden nicht länger zusehen, wie hasserfüllte Gestalten mordend nach der Macht greifen. In dem Moment, in dem wir Angst haben, uns zu wehren, haben sie ihr Ziel erreicht.«

Wieder hatte Jade das Gefühl, dass ein Schutzgeist kurz durch die Wand gesehen hatte. Sie stand auf und suchte die Stelle ab. »Was genau meinen Sie damit, dass Sie viele sind?«, fragte Jade.

»Komm und sieh es dir an«, sagte Mr Dorchester. Er stand auf und ging zurück zum Fenster. Als Jade und Orla neben ihm standen, zeigte er auf den leeren Marktplatz und die geschlossenen Shops des Clockmakers Market. »Odette berichtete, dass seit Tagen die Läden geschlossen sind. Niemand traut sich mehr raus, weil alle Angst vor weiteren Übergriffen oder gar Morden durch

Time Knights haben. Die Novizen gehen nicht mehr zur Academy, weil Ms Brice das so angeordnet hat. Ins Time House darf nur, wer sich den Time Knights anschließt und sein Dämonenschwert schwarzmagisch markieren lässt. Alle reagieren auf die Time Knights und ihre Kommandos. Es ist an der Zeit, dass wir das Blatt umdrehen und die Sache selbst in die Hand nehmen.«

»Was heißt das also?«, fragte Orla.

»Heute Abend trifft sich die F.A.I.T.H. zum ersten Mal nach fünfzehn Jahren wieder im Heulenden Hund. Nur mit einem Unterschied: Heute Abend werden wir uns nicht an einen Tisch in der hintersten Ecke auf dem Balkon verkriechen und uns unsere Pläne zuflüstern. Heute Abend werden wir uns offen zum Widerstand versammeln, und wir werden viele sein, denn wir werden alle dazu einladen, die so wie wir den Time Knights die Stirn bieten wollen.«

»Aber was, wenn die Time Knights angreifen?«, flüsterte Orla.

»Damit ist zu rechnen«, sagte Odette bitter. »Daran wird sich vermutlich nichts ändern. Sie werden uns angreifen, so oder so. Nur das Ergebnis wird am Ende mit unserem Mut ein hoffentlich anderes sein.«

»Ja, hoffentlich«, murmelte Jade. Sie spürte deutlich, dass Master Gridlocks Tod die Zeit für immer geteilt hatte. Es gab nun kein Machen-wir-weiter-so mehr.

Es gab nur noch ein Davor und ein Danach.

F.A.I.T.H.

Gegen sieben öffnete Elliott Baker die Tür vom Black Swan. Als Jade hinter Orla und ihren Eltern auf den Marktplatz hinaustrat, traute sie ihren Augen kaum, denn anscheinend war der ganze Clockmakers Market auf den Beinen und drängte sich vor dem Heulenden Hund.

Schon von Weitem konnte man das Stimmengemurmel der Menge hören. Sie diskutierten offenbar über einen Zettel, der außen an der Tür des Heulenden Hundes hing. Einige schüttelten mit dem Kopf und gingen wieder weg.

»Warum geht ihr nicht rein?«, rief Mr Dorchester von hinten.

»Lesen Sie doch selbst!«, rief ein Novize und deutete auf den Zettel.

Mr Dorchester schob sich hinkend durch die Menge bis vor die Pubtür. Er blickte auf den Zettel und rief: »So, die selbst ernannte Vorsitzende der Zeiterbengesellschaft verbietet also alle Zusammenkünfte von mehr als drei Personen. Sie droht mit Haft auf der Nessby, falls gegen ihre Anordnung verstoßen wird.«

»Woher wusste sie von der Versammlung?«, überlegte Jade und sah sich in der Menge nach Time Knights um.

»Das frage ich mich auch«, sagte Ms Mallows, die vor Jade und Orla stand und sich nun ängstlich umsah.

»Soll ich euch was sagen?«, rief Mr Dorchester. »Ich pfeife auf Anordnungen, die nicht zu unserer Sicherheit, sondern einzig dazu erlassen werden, uns zum Schweigen zu bringen.« Er hob den Zettel hoch in die Luft und zerriss ihn. »Seht euch doch mal um. Seht, wie viele wir sind. Soll sie doch kommen und uns alle verhaften.«

»Stimmt!«, sagte jemand in der Menge laut lachend. »Das wird aber ganz schön eng auf der Nessby.«

Mr Dorchester öffnete die Tür vom Heulenden Hund und ging hinein. »Worauf wartet ihr noch?«, rief er über die Schulter.

Die Menge setzte sich laut diskutierend in Bewegung, und wenige Minuten später platzte der Heulende Hund aus allen Nähten. Sie waren in großer Zahl gekommen. Die fünf entlassenen Time-Court-Mitglieder, die Ladenbesitzer, die Novizen der Academy und ihre Eltern. Jade sah nicht nur Mr Darwy, sondern auch Sophera Fogg aus der Bibliothek herauskommen, und dabei hieß es immer, dass Ms Fogg die Bibliothek nie verließe.

»Ah, hallo, Jade«, sagte Mr Darwy. »Ja, es ist Krieg. Das ist es wohl, was Ms Brice da gerade anzettelt.«

»Deshalb sind wir alle hier, Mr Darwy«, warf Sophera Fogg von hinten ein. »Oder haben Sie etwas anderes von Ms Brice erwartet?«

Jade sah Mr Darwy aufmunternd an. »Wir wehren uns, Mr Darwy. Und wir sind viele.«

»Oh ja, das sind wir«, sagte Mr Darwy lächelnd und sah sich um. »Es sind wirklich alle gekommen.«

»Es gibt ja wohl keine Option, nicht zu kommen«, zischte Sophera Fogg, woraufhin Mr Darwy mit den Augen rollte.

Jade grinste, verabschiedete sich von Mr Darwy und suchte Mat und seine Familie in der Menge, um sich bis zu ihnen hindurchzuquetschen.

»Ach, meine liebe, tapfere Jade«, flüsterte Ms Henders und umarmte sie fest. »Es ist so furchtbar. Der arme Master Gridlock.«

Jade umarmte gerade Maeven und Mina zur Begrüßung, als ihr Blick an Mr Ballantyne hängen blieb. Er stand ganz hinten an die Bar gelehnt und sah sie düster an. Dann hob er ein Glas und stürzte sein Getränk hinunter.

Da klatschte jemand laut in die Hände. »Ruhe, Ruhe, bitte!«

Es war Mr Dorchester, und obwohl er eine Beinprothese trug, kletterte er geschickt auf einen Stuhl. »Hört mich kurz an.«

Die Menge verstummte. Alle blickten zu dem Mann auf, der bis gestern noch ein Geächteter war. Und Jade konnte deutlich auf vielen Gesichtern die Skepsis gegenüber Mr Dorchester sehen.

»Der Vorsitzende der Zeiterbengesellschaft, Master Elias Gridlock, ist tot!«, rief Mr Dorchester.

Gemurmel wurde laut, doch er hob beschwichtigend die Hände und sprach weiter. »Er ist aber nicht an Altersschwäche gestorben, wie die offiziell lautende Mitteilung aus dem Time House uns vormachen will. Master Gridlock ist von Time Knights angegriffen und als verwundetes Tier seinem Schicksal überlassen worden. Vermutlich hat man gehofft, dass er einsam irgendwo verendet und nie wieder auftaucht.«

Fassungslosigkeit machte sich breit.

Auf einmal spürte Jade, wie sich eine kühle Hand in ihre schob. Sie sah auf, und ihr Herz machte einen Satz. Henry war zurück und blickte sie stumm an. Sanft erwiderte sie den Druck seiner Hand.

»Mr Dorchester hat absolut recht!«, rief Dr. Smith. »Der Fuchs wurde mit einer verfluchten Gewehrkugel angeschossen.

Die Testergebnisse zeigen eindeutig, dass es sich dabei um einen Dreifachfluch handelte. Die Kugel bestand zu gleichen Teilen aus einem Auffindefluch, einem Sterbefluch und einem sehr komplizierten antimagischen Fluch, der es ihm unmöglich machte, seine Gestalt wieder in seine menschliche Figur zurückzuverwandeln. Er hatte keine Chance, und es ist nur seinem unbändigen Willen zu verdanken, dass er überhaupt den Weg zurück nach Greenwich fand.«

»Aber das bedeutet ja, dass die Menschen, die gerade im Time House sitzen, Master Gridlock getötet haben!«, rief Mr Linnaker erzürnt.

»Das bedeutet es!«, rief Peter Polkins ihm über die Köpfe hinweg zu. »Wie Dr. Smith sagte, lag auf ihm ein Auffindefluch. Sie haben ihn nicht nur sich selbst überlassen, sie haben ihm beim Sterben zugesehen, denn sie hätten ihn jederzeit retten können.«

»Das ist der abscheulichste Mord, von dem ich je gehört habe!«, rief da jemand an der Pubtür. Jade konnte nicht erkennen, wer gesprochen hatte. Doch sie merkte, wie viele verstummten. Einige tuschelten hinter vorgehaltener Hand »Mr Parker!« oder »Dass der sich hertraut!«.

»Ich sehe, ihr seid überrascht, dass ich hier bin. Das ist in Ordnung«, sagte Mr Parker und schob sich durch die Menge. Jade konnte einen Blick auf ihn werfen, als er an ihr vorbeiging. Er sah mitgenommen aus, seine Wangen waren eingefallen. »Ich hatte keine Ahnung, dass meine Tochter sich der dunklen Seite zugewandt hat und die Diebin der Schwerter ist. Das wollte ich euch sagen. Und dass ich es aufs Schärfste verurteile. Sollte sie nach Hause kommen, werde ich sie persönlich per Zeitfenstersprung auf die Nessby bringen.« Mr Parker brach ab, er fuhr sich mit der Hand über das Gesicht.

Einige tuschelten schon wieder miteinander, als Mr Parker einen Schlüssel hochhielt. »Das ist der Tresorschlüssel für die Dämonenschwerter der derzeit Inhaftierten der Nessby und für die sichergestellten Schwerter. Meine Tochter hat zwei Schwerter entwendet: ihr eigenes und das von Mr Mabou. Ich möchte daher den Schlüssel an jemanden von euch übergeben.«

»Bringt ihn doch zu Elliott Baker in den Black Swan!«, rief ein Novize. »Der verwaltet alles wie in einer Festung.«

Manche Novizen lachten.

»Nun geben Sie den Schlüssel schon her«, sagte Archer Switch. Er nahm den Schlüssel entgegen und meinte: »Ich werde ihn später an einen sicheren Ort bringen. Aber jetzt gibt es doch wahrlich Wichtigeres zu besprechen.«

»Was da wäre?«, fragte Ms Mallows.

Archer Switch schüttelte seine langen Haare nach hinten. »Die Beerdigung vom Master und der Unterricht für unsere Novizen zum Beispiel.«

»Ach, der gute Master«, schluchzte Betsy auf.

»Genau, wir lassen uns eine Beerdigung nicht verbieten«, sagte Mr Dorchester. »Und den Unterricht für die Novizen auch nicht.«

»Eins nach dem anderen, Dad!«, rief Orla. »Das mit dem Unterricht ist ja nicht ganz so eilig.«

Zum ersten Mal seit Tagen flog ein zartes Lachen durch die Gesellschaft.

»Wenn ich mal was sagen darf!«, rief Peter Polkins, und alle sahen ihn erwartungsvoll an. »Die Beerdigung ist morgen früh um elf. Master Gridlock wird zuvor auf dem Clockmakers Market aufgebahrt und anschließend auf dem Clockmakers Graveyard im Dead End beigesetzt.«

Es war totenstill im Heulenden Hund geworden, so, als ob es jetzt erst allen klar geworden war, dass der Master der Zeiterbengesellschaft nicht wiederkommen würde.

Henry ließ Jades Hand los. Als sie sich zu ihm umsah, war er schon auf dem Weg zu seinem Großvater. Er nahm ihm das Glas aus der Hand und redete leise auf ihn ein. Vermutlich hatte Henry Sorge, dass er zu viel trank.

»Und zum Unterricht der Novizen«, sagte Odette in die Stille hinein. »Ich bin strikt dagegen, die Novizen zurück ins Time House zu schicken, auch wenn das sicher die richtige Antwort auf die haarsträubenden Anordnungen von Ms Brice wäre. Jedoch haben wir Verantwortung für die Novizen, deren Leben es vorrangig zu schützen gilt.«

»Ich bin ganz deiner Meinung, Odette!«, rief Ms Henders.

»Dennoch müssen die Schüler gerade jetzt unterrichtet werden, damit sie sich selbst zu verteidigen wissen«, sagte Evelyn Griggs mit sanfter Stimme.

Bertha Kingsley stimmte ihr heftig nickend zu. »Ohne Unterricht geht es auf keinen Fall. Und wenn der nicht im Time House stattfinden soll, dann eben woanders.«

»Eine vorzügliche Idee!«, rief Archer Switch und sah sich im Heulenden Hund um. »Ich halte die Räumlichkeiten, die wir hier im Clockmakers Market haben, für völlig ausreichend.«

»Geniale Idee«, sagte Peter Polkins. »Überhaupt bin ich dafür, dass wir eine Art Wachdienst aufstellen, der den Clockmakers Market beschützt. Sie alle wissen, dass die Schutzgeister gegen schwarze Magie nicht viel ausrichten können.«

Henry verließ mit seinem Großvater den Heulenden Hund, und Jade folgte ihnen nach draußen. Warum gingen sie fort? Und das ausgerechnet jetzt, wo jeder gebraucht wurde, dachte Jade enttäuscht. Sie blieb vor der Eingangstür des Pubs stehen und sah ihnen nach, bis sie in der Scary Alley verschwunden waren.

»Wo seid ihr denn alle?«, rief da ein Geist, der aus dem Black Swan auf den Clockmakers Market geschwebt kam.

»Marschall!« Jade winkte, als sie ihn erkannte. »Hier sind wir.« Sie öffnete die Tür und ging zurück in den Pub.

Der Marschall der Sieben Meere wirkte völlig aufgelöst. Er schwebte durch Straßenlaternen und flog in Schlangenlinien auf den Heulenden Hund zu. Konnten Geister eigentlich betrunken sein?

»Zu Hilfe!«, rief der Marschall, als er im Heulenden Hund ankam und unkontrolliert mitten durch die Menge schoss.

Einige schrien auf vor Schreck, denn Jade wusste: Von einem Geist durchfahren zu werden, war sehr unangenehm und vor allem eiskalt. Erst als eine üppige Galeonsdame aus ihrer hölzernen Hülle schlüpfte und den Marschall auffing, kam er zum Stehen. »Angegriffen haben Sie mich und meine Galeone«, stammelte der Marschall. »Sie haben mich nicht erwischt, aber meine Galeone ist kaputt. Einfach rausgeschmissen haben sie meine uralte hölzerne Schiffsfigur, diese Banausen.«

»Deshalb sind Sie so orientierungslos«, sagte die Galeonsdame, die den Marschall am Arm hielt, verständnisvoll.

»Haben Sie gesehen, wo die Galionsfigur hingeschmissen wurde?«, fragte Peter Polkins.

»Das ist es ja! Sie liegt zerbrochen im Innenhof des Flamsteed Houses, mitten auf der Nullmeridianlinie!«, rief der Marschall. »Wenn die Zeit das nächste Mal stehen bleibt, fällt sie in die Schattenkluft.«

»Ach nein, Marschall«, jammerte die Galeonsdame und tätschelte dem Marschall der Sieben Meere über den Arm. »Das würde ja bedeuten, dass ihr Geist für immer in den Äther zurückgeht. Das wäre aber schade.«

»Was wir verhindern werden!«, rief Peter Polkins und lief zur Tür. »Wer kommt mit? Die Galeone des Marschalls ist zu schwer für mich alleine.«

»Du willst den Clockmakers Market verlassen und zum Time House gehen, um die Galeone zu retten?«, rief Orla entsetzt. Sie quetschte sich durch die Menge zur Tür. »Dann komme ich mit.«

»Nicht ihr, sondern ich werde gehen«, sagte Mr Parker bestimmt. »Ich bin wohl der Einzige von uns allen, den die Time Knights nicht einschätzen können.«

»Und mich erwarten sie erst gar nicht«, sagte Mr Dorchester. »Ich komme mit.«

Jade sah, wie Ms Dorchester ihrem Mann und Mr Parker sorgenvoll hinterherblickte, als die beiden den Heulenden Hund verließen und aus dem Clockmakers Market verschwanden.

Im Heulenden Hund wurde währenddessen diskutiert, Pläne für Wachposten wurden aufgestellt und Unterrichtsräume zugeteilt: Hexentränke im Witch Brew, praktische Gaukelei bei schönem Wetter draußen, ansonsten im Speisesaal des Black Swan, Time-Maps-Kartografie bei Kingsley's, Historie in der Bibliothek, Gestaltwandlung im Heulenden Hund und Nautische Geräte bei Linnaker & Sons. Nur Evelyn Griggs hatte keine Möglichkeit, den Raum der Illusionen woanders einzurichten. »Dann gehen wir eben auf den Clockmakers Graveyard und üben uns in der Konversation mit Totengeistern. Eventuell können wir auch die Schutzgeister für die Theorie mit einbinden.« Die Dämonenabwehr sollte nach dem Abendessen zweimal wöchentlich im Speisesaal des Black Swan in Trockenübungen unterrichtet werden. Selda Brice' Unterricht in Gaukelei wollten die Henders übernehmen. Alle waren sich einig, dass Selda Brice keinen Fuß mehr auf den Clockmakers Market setzen würde. Immer wieder schoss der Geist des Marschalls unkontrolliert durch die Menge, und mit jeder Minute wurde er nervöser.

Eine Stunde nachdem sie aufgebrochen waren, kehrten Mr Parker und Mr Dorchester zurück in den Heulenden Hund. In ihrer Begleitung war Ernest Strout, der einen orientierungslosen Eindruck machte und mit ausgestreckten Händen nach einem Stuhl tastete.

Jade hörte, wie Mr Dorchester Ms Kingsley zuraunte: »Im Greenwich Park haben sie ihn ausgesetzt, und vorher haben die Schufte ihm die Brille abgenommen. Der wäre doch bei einem Zeitstillstand in die Schattenkluft gefallen.«

»Jede Wette, dass das der Plan war!«, donnerte Bertha Kingsley. »Penny? Bring doch bitte mal ein Snat mit Rum für Mr Strout!«, rief sie und wandte sich Ernest Strout zu. Dieser hob gerade mit zitternden Händen seine Prognosekröte aus seiner Manteltasche. Als er sie auf den Tisch setzte, wichen alle erschrocken einen Schritt zurück. »Nun trinken Sie erst mal was, und dann wohnen Sie bei mir, bis der Spuk vorbei ist. Morgen kümmern wir uns um eine neue Brille, und Tom wird sich um Ihre Prognosekröte kümmern, die allerdings so lange im Keller bleiben muss. Vollgestunkene Ware lässt sich nicht gut verkaufen.«

»Kommen Sie, Marschall, es gibt auch gute Nachrichten für Sie«, sagte Mr Parker. »Wir haben Ihre Galeone in meine Werkstatt gebracht, und zusammen mit Mr Dorchester fange ich gleich morgen mit der Reparatur an. So lange können Sie natürlich bei mir wohnen.«

»Na sehen Sie? Alles wird wieder gut!«, rief die Galeonsdame entzückt, die den Marschall im Arm hielt.

»Sie sind ein feiner Kerl, Mr Parker«, sagte der Marschall gerührt, löste sich aus der Umarmung der Galeonsdame und schoss unkontrolliert durch den Schankraum.

Als sie an diesem Abend schwatzend den Heulenden Hund verließen, vibrierte eine zarte Hoffnung durch den Clockmakers Market.

Am nächsten Morgen wachte Jade früh auf. Der Himmel war wolkenverhangen, und sie fand, dass es Master Gridlock gerecht wurde. Sie setzte sich auf ihre Fensterbank und wartete darauf, dass sein Sarg gebracht wurde. Bei dem Gedanken musste sie gleich wieder weinen.

Da schlüpfte Harper aus ihrer Galeone. »Ich bin auch sehr traurig. So traurig, dass ich gleich gar nicht singen kann«, jammerte sie und setzte sich neben Jade.

»Master Gridlock war immer so gerecht und ruhig. Wie er am Ende noch an uns alle dachte, obwohl er schon keine Kraft mehr hatte, das war … irgendwie groß«, sagte Jade leise schluchzend.

»Obwohl er so klein war«, fügte Harper hinzu und schnäuzte sich in ihr silbern glänzendes Hemdchen.

Es dauerte bis kurz nach zehn. Dann wurde die Tür von Austin's geöffnet, und Peter Polkins, Archer Switch, Mr und Ms Henders, Odette und Mr Linnaker trugen den kleinen, dunkelgrünen Sarg auf den Marktplatz. Es war ein winziger Sarg, wie für ein Kind. Sie stellten ihn mitten auf den Platz und verneigten sich davor. Jade beobachtete, wie Novizen, Lehrer, Eltern und andere angereiste Zeiterben Blumen auf den Sarg legten. Bald schon war er unter einem Blumenmeer verschwunden.

Orla kam gegen halb elf in Jades Zimmer. »Jade, kommst du nicht mit?«

»Doch, aber ich warte noch«, flüsterte Jade.

»Worauf?«, fragte Orla leise und kam näher.

»Ich habe Henry noch nicht gesehen.«

Orla umarmte sie stumm. »Soll ich mit dir warten?«

»Nein.«

»In Ordnung. Ich gehe schon mal runter.« Orla huschte aus dem Zimmer.

Der Clockmakers Market war voller Menschen. Jade fragte sich, wie die alle auf dem Friedhof Platz finden sollten. Als Henry und Lucy aus der Scary Alley kamen, schloss Jade vor Erleichterung die Augen.

»Ich glaube, es wird bald Zeit, Harper«, sagte sie und stand von der Fensterbank auf. Sie suchte sich ihren schwarzen Regenmantel heraus, denn der Himmel war wolkenverhangen, erste Regentropfen klatschten schon gegen die Fensterscheibe.

»Wo bleibt denn das Geistermädchen?«, rief der singende Seemann und sah suchend durch die Zimmerwand.

»Hier bin ich«, sagte Harper. »Ach, Seemann, ich glaube, ich muss gleich bei dem traurigen Lied so losheulen.«

»Hm, ja, verstehe ich wohl.« Der Seemann strich sich nachdenklich über den Bart. »Dann heul aber wenigstens im Takt.«

Jade ließ Gesine unter ihre Jacke kriechen und ging nach unten. Sie war die Letzte, die den Black Swan verließ. Sogar Elliott Baker stand schon draußen vor der Eingangstür, die er nun hinter Jade verschloss. Mr Darwy hielt eine Rede und würdigte den Master der Zeiterbengesellschaft. Dann sangen Harper und der Seemann ihren Trauergesang. Sogar Hexe Nannie, der berühmteste Schutzgeist der Welt, und die Klagegeister aus dem Maritimen Museum waren zur Beerdigung gekommen. Sie alle stimmten nun in den Gesang mit ein, sodass man Harpers Geschluchze kaum heraushörte. Als Master Gridlock zu Grabe getragen wurde, war Jade sehr froh, dass der Clockmakers Market so überfüllt war, dass sie den Sarg nicht noch einmal sehen musste.

Sie wartete bis ganz zum Schluss des Trauerzugs, der sich ins Dead End quetschte. Als Jade durch das Tor stieg, kamen ihr schon die ersten Trauergäste wieder entgegen.

Langsam bewegten sie sich auf das Grab zu. Es fing an zu regnen, und Jade zog die Kapuze fest um ihr Gesicht. Gesine, die in ihrem Ärmel gehockt hatte, kroch tiefer unter den Mantel.

Der Friedhof leerte sich nun zügig, und dann stand sie vor Master Gridlocks Grab. Es war ganz in der Nähe des Grabes ihrer Eltern, und alles war mit Blumen übersät. Jade blieb lange an dem offenen Grab stehen und war froh, dass der Sarg unter den Blumen nicht zu sehen war. Irgendwann bemerkte sie, dass sie alleine auf dem Friedhof war. Sie griff in ihre Manteltasche, und dann warf sie zwei flüssig gefüllte Pfefferminzbonbons ins offene Grab. »Zwei Stück, so wie damals, als alles begann.«

In den kommenden Tagen ging Jade fast täglich zum Friedhof. Der November zog mit Regen und Stürmen ein, und die Blumen auf dem kleinen Erdhügel verwelkten. Die Luft wurde merklich kälter. Der erste Frost würde nicht mehr lange auf sich warten lassen.

Im Clockmakers Market kehrten nach und nach das Leben und die Betriebsamkeit zurück. Für viele Novizen war der Unterricht in den Shops und Einrichtungen des Clockmakers Market ein willkommenes Ende der Trauerzeit. Die Lehrer gingen ruhig und konzentriert an die Arbeit. Und doch merkte man ihnen ihre Anspannung an. Alle waren schreckhaft, und bei jedem Zeitstillstand postierten sich die Wachen mit gezücktem Dämonenschwert vor der Meridianlinie, den Zeitsprungkabinen und dem Eingang des Clockmakers Market.

Jade ging oft zusätzlich zu ihrem eigenen Unterricht noch in den Heulenden Hund, um sich der Klasse für Gestaltwandlung anzuschließen. Es war ihr sogar schon mehrfach gelungen, ihre Sinne in Gesine hineinzuverlagern. Einmal wurde es dabei sogar im wahrsten Sinne brenzlig, denn ein Zeitstillstand kündigte sich an, und Gesine ging gerade in Flammen auf. Jade war überrascht, wie wohlig warm sich das Feuer anfühlte.

Odette hatte Master Gridlocks Gestaltwandler-Kurs übernommen, und wenn sie sich zum Ende der Stunde in ein Eichhörnchen verwandelte, sahen sie alle ehrfürchtig an. »Wenn euch eines Tages die Verwandlung gelingen sollte, dann müsst ihr auf der Hut sein. Gefährlich für einen Gestaltwandler ist eine Verletzung oder eine Fessel!«, rief sie und sprang über das Treppengeländer nach oben auf die Empore. »Geratet ihr zum Beispiel in eine Falle, dann könnt ihr euch nicht verwandeln, um Hilfe zu holen. Ebenso bei einer Verletzung. Das haben wir ja tragischerweise an Master Gridlock gesehen«, sagte sie und verwandelte sich zurück. Nur Sekunden hatte es gedauert, bis aus dem Eichhörnchen wieder Odette geworden war, die oben am Balkongeländer stand und ihnen zuwinkte. »Bis morgen lest ihr bitte in *Mein Tierisches Ich* das Kapitel über Gefahren der Gestaltwandlung.«

Aus dem Time House hörte man in diesen Tagen erstaunlich wenig, nur gelegentlich gab es neue Sonderausgaben des *Daily Time Catcher* mit immer abstruseren Verschwörungstheorien über Master Gridlock. *Master Gridlock war kein Zeiterbe?*, *Gridlocks Lebenslüge Jade Ryder*, oder: *Gridlock, der Feind im Time House.*

Eines Abends, als Jade, Orla und Mat zusammen auf der Empore im Heulenden Hund saßen, hatte Jade eine Idee. »Eigentlich müsste man ja eine eigene Zeitung herausbringen. Oder zumindest Wurfzettel, auf denen die Wahrheit steht. Wir hier im Clockmakers Market sind ja immer gut informiert, aber die Menschen in York und Edinburgh oder sonst wo auf der Welt glauben am Ende noch Seldas Lügen.«

»Was für eine geniale Idee!«, sagte Orla und deutete nach unten in den Schankraum. »Und wisst ihr was? Wir machen das selbst. Warum sollen wir das den Time-Court-Mitgliedern überlassen? Hier bei Penny können wir die Artikel schreiben, und vielleicht hat sie sogar einen Drucker.«

»Genau«, sagte Mat, der ebenfalls Feuer und Flamme war. »Und dann verschicken wir die Wurfzettel per ordinärer Post nach York und Edinburgh. Darauf kommt Selda Brice nie.«

Jade sah Orla und Mat glücklich an. Endlich hatte sie das Gefühl, dass sie aktiv gegen Selda Brice kämpften.

Den ganzen Abend saßen sie an Pennys Laptop und schrieben Artikel: *Die Zeit ist in Gefahr, Die Time Knights haben das Time House besetzt, Chronos ist seinem Ziel zum Greifen nah, Das Ende der Zeiterbengesellschaft steht bevor, Jetzt aufstehen gegen Rassismus, Erhebe deine Stimme.*

Auch Penny war begeistert von den Wurfzetteln. »Auf das Naheliegendste kommt man vor lauter Schreck wohl erst mal gar nicht«, sagte sie kopfschüttelnd, als sie das erste Sonderblatt des *Real Daily Time Catcher* aus dem Drucker zog. Noch am gleichen Abend warfen Jade, Orla und Mat ihre Flugblätter in alle Briefkästen des Clockmakers Market. Und als sie Odette um Erlaubnis baten, ihre letzten Wurfzettel im Speisesaal des Black Swan auszulegen, da kriegte Odette sich vor lauter Lob und Bewunderung für diese Idee gar nicht mehr ein. Sie versprach, sofort am nächsten Morgen mitzuhelfen, die Wahrheit in der Welt der Zeiterbengesellschaft zu verbreiten, indem sie die Briefumschläge und Briefmarken beisteuern würde.

Schon wenige Tage nach der ersten Ausgabe des *Real Time Catcher* hatten Jade, Orla und Mat so viele Interessenten, die ebenfalls Artikel verfassen wollten, und Sponsoren, dass sie regelmäßig neue Wurfblätter herausbringen konnten. Überall in den Shops des Clockmakers Market hingen die neuesten Ausgaben in den Schaufenstern, und auch im Black Swan lagen die Sonderblätter aus.

Ob Selda Brice und die Time Knights von den Flugblättern erfuhren, wusste im Clockmakers Market zunächst niemand. Es sickerten seit der Übernahme des Time Houses durch die Time Knights so gut wie keine Nachrichten von dort in den Clockmakers Market. Die Time Knights standen unter Selda Brice' Kommando, und wenn man Lavenas Artikeln im *Daily Time Catcher* glauben konnte, dann schlossen sich ihnen täglich weitere Zeiterben an. Demnach kontrollierten die Time Knights nun auch die Zeiterbensiedlungen in York und Edinburgh, und sie waren dem letzten Uhrzeiger zum Greifen nah.

Durch die Zeiterbengesellschaft zog sich ein tiefer Graben, unüberwindbar wie die Schluchten der Schattenkluft, denn auf der anderen Seite standen die vielen Zeiterben, die Selda Brice nicht gehorchten und sich im Clockmakers Market verschanzten.

Nur leider hatte Selda Brice einen Trumpf in der Hand, der sie mächtig machte: Sie kontrollierte zwei der drei Uhrzeiger. Das verschaffte allen große Probleme, denn sie ließ die Zeit immer öfter und länger stehen. Es kam Jade so vor, als suchte sie sich dafür mit Absicht die besonders gefährlichen Momente aus.

So blieb jeden Abend immer genau dann die Zeit stehen, wenn der Nachtwächter des Clockmakers Market gerade die Straßenlaterne neben dem Nullmeridian anzündete. Einmal konnte er sich nur mit viel Glück noch an der Parkbank festhalten und so vor einem Sturz in die Schattenkluft retten. Nachdem das mehrmals nacheinander und zu unterschiedlichen Zeiten geschehen war, blieben die Straßenlaternen fortan auch tagsüber an. Ähnlich erging es auch Ms Mallows, wenn sie morgens die Kräuterbündel draußen am Witch Brew aufhängte.

Schlimmer als das aber waren die Schattenhunde, die jedes Mal bei den langen Zeitstillständen aus der Schattenkluft krochen und die Novizen auf dem Clockmakers Market bedrohten, die dort gerade Training in Gaukelei erhielten. Es war in diesen Tagen den vielen Schutzgeistern und Wachen zu verdanken, dass sie bei den Zeitstillständen auf dem Pflasterplatz dennoch sicher waren.

»Wir müssen alle höllisch aufpassen«, sagte Mr Dorchester eines Abends im Dezember im Heulenden Hund, wo sie sich oft versammelten, ohne sich verabredet zu haben. »Ich schlage vor, dass wir den Marktplatz für Touristen sperren, denn die Verantwortung für sie können wir nicht übernehmen.«

»Und was machen wir mit den neuen Erlassen aus dem Time House?«, fragte Archer Switch, leckte seinen linken Zeigefinger an und blätterte durch einen Stapel Dokumente. »Verbot der Versammlung von mehr als drei Zeiterben, Verbot der Herausgabe von Zeitungen oder Wurfzetteln, Verbot von Unterricht, der nicht in Academyräumen stattfindet, Verbot von –«

»Das hier machen wir damit«, sagte Mr Dorchester und nahm Archer Switch die Papiere aus der Hand. Er ging zum Kamin und warf die Erlasse von Selda Brice ins lodernde Feuer.

Scary Alley

An einem eisigen Freitagabend kurz vor Weihnachten, an dem ein Sturm an den Fensterläden rappelte, saßen Jade und Orla oben im Kaminzimmer und deuteten ihre Tarotkarten.

»Bei mir erscheint hier auf der Karte Nummer acht eindeutig Master Gridlock«, sagte Orla und hielt sie sich ans Ohr. »Sie murmelt aber nur so unverständliches Zeug.«

»Nummer acht.« Jade blätterte im Deutungsbuch. »Ah, hier. Die Karte Acht in der großen Arkana steht für die Gerechtigkeit. Mit Weisheit, Fairness und Verantwortungsgefühl für ihm Anvertraute fällt hier jemand einen Richterspruch, der sich auf das große Gefüge auswirken wird – wenn auch nicht immer sofort.«

»Daran glaube ich ganz fest«, sagte Orla und betrachtete lächelnd die Karte von Master Gridlock. »Er hat uns mit seiner letzten Amtshandlung einen Weg aufgezeigt, wie wir es in Zukunft besser machen können.«

»Wenn es eine Zukunft gibt«, sagte Jade leise und klappte das Buch zu.

»Natürlich gibt es die«, sagte Orla. »Sei nicht so pessimistisch, Jade. Denk an Master Gridlock. Er hat sogar im Sterben noch an die Zukunft geglaubt.«

Da wurde oben eine Tür geöffnet, und Lucy trat, in einen Wollmantel gehüllt, aus ihrem Zimmer.

»Du gehst noch fort, Lucy?«, rief Jade hoch zur schmalen Treppe.

»Ja, ich möchte nach Henry sehen«, sagte Lucy, steckte ihren Schlüssel in die Manteltasche und stieg die Treppe zum Kaminzimmer herab.

»Was ist nur mit ihm?«, fragte Orla, die sich gerade eine Tarotkarte lauschend ans Ohr hielt.

Lucy zuckte mit den Schultern und blieb vor Orla stehen. »Ich frage mich das auch immerzu. Warum sieht Henry noch immer so aus wie der wandelnde Tod? Der Heiler meint, dass es mit dem Angriff des Pförtners der Unwelt zu tun hat. Sein Spinnenfaden war eng um Henrys Brust geschnürt. Es würde noch dauern, bis Henry sich völlig erholt hat.«

Jade schluckte. Sie hatte jedes Mal einen Kloß im Hals, wenn sie nur an den Kampf auf dem Timeless Sleeper zurückdachte. Die Bilder, wie dieses Spinnentier mit Katzenschädel seine beiden Reißzähne in Henry geschlagen hatte, verfolgten sie noch immer bis in ihre Träume.

»Was wird eigentlich aus Henrys Lehre bei Mr Linnaker?«, fragte Orla.

»Mr Linnaker ist großartig«, sagte Lucy, und ein Lächeln huschte über ihr Gesicht. »Er meinte, Henry könnte weitermachen, wenn es ihm besser ginge. Die Zeit könnte man einfach hinten dranhängen. Also dann.« Sie nickte ihnen zu, dann huschte sie aus dem Kaminzimmer.

»Denkst du eigentlich auch die ganze Zeit, dass da was nicht stimmt?«, fragte Orla leise.

Jade nickte. »Das mit Henry ist so sonderbar.« Sie kämpfte

mit sich, dann flüsterte sie: »Es macht mir Angst, Orla. Ich hab ihn so furchtbar gern. Wenn sein Großvater nicht wäre, würde ich ja Lucy folgen und herausfinden, was da los ist.«

»Worauf warten wir dann noch?« Orla stand auf und steckte ihre Tarotkarten in die hintere Hosentasche. »Mr Ballantyne mag zwar ein Ekelpaket sein, aber eines ist er ganz sicher auch: langsamer als wir. Wenn er auf uns losgeht, nehmen wir einfach Reißaus.«

Sie schnappten sich ihre Jacken und liefen gleich los. Doch Lucy war schon fort.

»Hm«, machte Orla und sah sich im Clockmakers Market um. »Und wohin nun?«

»Mr Ballantyne hat ein Appartement in der Scary Alley gemietet«, sagte Jade und deutete auf den Eingang zur kleinen Gasse zwischen Austin's und Kingsley's.

»Uah«, machte Orla und schüttelte sich. »Das ist nicht mein Lieblingsort – dürfen wir zurzeit überhaupt in die Seitengassen?«

»Meiner auch nicht, aber das ist alles, was ich weiß, und ja, wenn Lucy das darf, dann wird das schon okay sein«, sagte Jade und lief mit Orla über den Pflasterplatz Richtung Scary Alley.

Alle vier Gassen, die vom Clockmakers Market abgingen, waren so eng, dass man unten stehend das Gefühl hatte, die heruntergekommenen, verfallenen Häuser lehnten hoch oben aneinander. Doch keine der Gassen war so schmal wie die Scary Alley. Man konnte in der Gasse seine Arme ausstrecken und rechts und links seine Hände an die verrußten Mauern legen. Hinter den schwarzen Mauern lagen die Appartements, die man über den Heulenden Hund anmieten konnte.

Sie liefen in die Gasse und sahen sich suchend um.

Hinter einigen der Fenster flackerte Licht, auch in den vom

Wind schaukelnden schwarzen Laternen vor den Wohnungstüren brannten Kerzen. Leises Geschirrgeklapper klang aus der Wohnung mit dem Namen *The Headless Cat* nach draußen, und über allem lag ein Geruch von Kohlsuppe.

»Es gibt Leute, die hier freiwillig hausen?«, flüsterte Orla ungläubig. »Also außer dem alten Ballantyne?«

»Penny meinte kürzlich, die Wohnungen seien besonders zu Halloween immer ausgebucht. Die Touristen würden so was lieben.« Jade sah sich um. »Wo aber wohnt der alte Ballantyne nun?« Sie ging zur nächsten Wohnungstür, an der *The Skinned Snake* stand. Plötzlich nahm sie eine Bewegung am Eingang der Gasse wahr.

»Schnell weg«, raunte sie Orla zu und zog sie weiter in die Gasse hinein. »Da kommt jemand.«

»Oh, Mama«, jammerte Orla.

Sie hasteten durch die Gasse.

Jade blickte über die Schulter und sah die Gestalt immer näher kommen. »Dort hinauf«, sagte sie und zeigte auf eine Feuerleiter, die vor einem der Häuser bis in die Gasse herabführte. Sie eilten die engen Stufen hinauf bis zum ersten Absatz und kauerten sich dort hinter das dürftige Geländer.

Schritte kamen näher und stoppten dann genau unter der Feuerleiter, auf der sie kauerten.

Jade wagte kaum zu atmen. Durch das Gitter des Podests, auf dem sie neben Orla hockte, konnte sie eine dunkel gekleidete Person erkennen, die nun ihre Hand ausstreckte, um an die Brettertür zu klopfen. Augenblicke später wurde die Tür geöffnet, und der Lichtschein von innen fiel auf das Gesicht des Mannes, der geklopft hatte.

Jade schlug sich vor Schreck die Hand auf den Mund. Auch

Orla neben ihr schnappte hörbar nach Luft, denn der Mann dort unten war Mr Mabou.

»Guten Abend, Mr Mabou«, sagte da eine Stimme, die Jade so bekannt war. Lucy Ballantyne ließ Mr Mabou ins Haus. Dann trat sie einen Schritt in die Gasse hinaus und sah sich in beide Richtungen um, bevor auch sie hineinging und die Tür schloss.

»Was macht Mr Mabou bei den Ballantynes?«, fragte Orla und stand auf.

Jade sah sie erschrocken an. »Wo willst du denn hin, Orla?«

»Komm schon«, sagte Orla leise und sprang lautlos die Stufen herab. »Wir gehen zum Witch Brew und informieren Peter.«

»Dann geh allein. Ich bleibe hier und behalte die Tür im Auge«, sagte Jade.

»Bist du sicher?«, fragte Orla.

»Ja, ich will unbedingt einen Blick auf Henry werfen«, flüsterte Jade.

»Bleib bloß im Versteck und pass auf dich auf!« Leise stieg Orla die Feuerleiter hinunter und lief durch die schmale Gasse davon.

Unten im Appartement wurden Stimmen laut, und Jade duckte sich schnell hinter das Geländer. Sie sah mit Herzklopfen durch die Gitterstäbe, wie Orla lautlos durch die Gasse davonhuschte. Kaum war sie aus ihrem Blick verschwunden, wurde die Tür unter ihnen geöffnet.

»Sag deinem Großvater, er findet mich im Lorn House«, sagte Mr Mabou und trat aus der Wohnungstür.

Jade horchte auf. *Lorn House?*

»Danke, Mr Mabou«, sagte Lucy. Genau wie vorhin trat sie in die Gasse hinaus und sah sich nach links und rechts um, bevor sie wieder ins Haus ging.

Jade kämpfte mit sich. Konnte sie Lucy vertrauen? Was, wenn Lucy zur falschen Seite gehörte? Aber war das wirklich möglich, wo sie sich doch so verändert hatte und sich immerzu Sorgen um ihren Bruder machte? Nein, dachte Jade. Wer sich um Henry sorgte, konnte nicht zur falschen Seite gehören. »Pst, Lucy«, machte Jade deshalb in ihrem Versteck.

Lucy blieb auf der Türschwelle stehen. »Ist da jemand?«

»Ich bin's«, flüsterte Jade und stand auf.

»Jade, wie kommst du denn hierher? Und was machst du da oben?«, rief Lucy überrascht.

Jade stieg die Stufen der Feuerleiter hinab. »Ich wollte nur sehen, wie es Henry geht.«

Lucy sah sie ernst an, dann nahm sie Jades Hand. »Klar, komm mit. Großvater ist kurz fortgegangen, aber Henry ist da.«

Jade kämpfte mit sich; wog ab zwischen der Gefahr, Mr Ballantyne zu begegnen, und dem unbändigen Wunsch, Henry zu sehen. Sie nickte schließlich und folgte Lucy ins Haus, denn die Sehnsucht überwog.

Als Jade eintreten wollte, blieb ihr Blick an dem alten Metallschild an der Appartementtür hängen. *The Dehearted Fox* stand darauf, und sie hatte für einen Moment das Gefühl, dass sich der Boden unter ihren Füßen öffnete. Sofort sah sie den toten Fuchs im Gerichtssaal wieder vor sich, und die Erinnerung an Master Gridlock erwischte sie eiskalt.

»Kommst du, Jade?«, fragte Lucy.

Jade nickte und schüttelte sich kurz, bevor sie eintrat. Natürlich war der Appartementname Zufall. Alle Wohnungen in dieser Gasse hatten gruselige Namen.

Innen war es genauso finster und schummrig, wie es von außen zu ahnen gewesen war. Als Erstes sah Jade den Kamin, über dem die Wand schwarz vom Ruß war. An einer Seite stand ein blanker Holztisch, an dem vier zusammengewürfelte Stühle standen und auf dem mehrere Fläschchen mit Tinkturen standen. An der Wand direkt neben der Tür stand ein zerschlissenes Sofa, auf dem jemand lag und schlief. Als Jade dämmerte, dass es Henry war, erschrak sie. Sie hätte ihn kaum wiedererkannt. Sein Gesicht war blass und eingefallen.

»Henry, bist du wach?«, flüsterte sie und trat näher ans Sofa heran.

»Jade ist gekommen«, sagte Lucy leise. Sie holte einen der Stühle vom Tisch, damit Jade sich neben Henry setzen konnte. Sie flüsterte Jade zu: »Ich warte draußen und heule wie eine Eule, wenn Großvater zurückkommt.« Dann trat sie vor die Haustür.

»Jade ist gekommen«, wiederholte Henry leise. Er öffnete die Augen und sah Jade lächelnd an.

»Wie geht es dir, Henry?«, flüsterte Jade und setzte sich auf den Stuhl.

»Bescheiden«, sagte Henry und deutete mit seinem Kopf auf die vielen Fläschchen auf dem Tisch. »Mr Mabou hat mir aber gerade rasche Heilung versprochen.«

»Hoffentlich hat er recht«, sagte Jade und kämpfte mit sich. Sie wollte Henry nicht entmutigen, aber ihre Sorge um ihn überwog. »Bist du dir ganz sicher, dass ihr diesem Mr Mabou vertrauen könnt?«

»Absolut«, flüsterte Henry und lächelte. Dann sah er sie durchdringend an. »Gibt es einen Grund, an ihm zu zweifeln?«

»Ja, gute Gründe«, sagte Jade. »Ich habe nicht viel Zeit, aber der ganze Time Court ist ihm auf den Fersen. Er ist ein Time Knight und ein Mörder. Er versteckt sich in einem gewissen Lorn House, und weißt du, dass genau dorthin Ms Kingsley entführt wurde? Ihre gestohlenen Prophezeiungen sollen dort versteckt sein. Also hör bitte auf, seine Tränke einzunehmen. Was, wenn er dir schaden will? Sie haben das Gleiche mit deiner Schwester gemacht, stimmt's? Ich werde Dr. Smith um Medizin für dich bitten und wiederkommen, wenn die Luft rein ist. Oder ich werde Lucy darum bitten, Mr Mabous Heiltränke mit Dr. Smiths Medizin auszutauschen. Das würden weder dein Großvater noch Mr Mabou bemerken.«

»Du bist schlau, Jade«, flüsterte Henry und schloss kurz die Augen. »Du würdest alles für mich tun, nicht wahr?«

Jade schluckte. »Wir vermissen dich in der Pension. Ich habe mir schreckliche Sorgen um dich gemacht«, sagte sie leise.

»Küss mich«, flüsterte Henry da.

Jade blickte ihn überrascht an. Seine Augen funkelten im Halbfinstern, und er nickte lächelnd.

Ihr Herz klopfte schneller, als sie sich vorbeugte und Henry küsste. Zart, als wäre er zerbrechlich, streifte sie seine kühlen Lippen. »Ich muss gehen, Henry. Dein Großvater wird nicht glücklich darüber sein, dass ich hier bin«, hauchte sie ihm entgegen.

Henry lag mit geschlossenen Augen da und regte sich nicht.

Jade stand leise auf und wollte sich davonschleichen, als Henry nach ihrer Hand griff. Seine Finger waren eiskalt. »Warte auf mich.«

»Worauf du dich verlassen kannst«, sagte Jade lächelnd und lief zur Appartementtür.

»Die Luft ist rein«, flüsterte Lucy. Als Jade sich in der Gasse umsah, hörte sie, wie Lucy die Tür hinter ihr schloss und verriegelte.

Peter Polkins kam nur wenige Minuten nach Jade im Witch Brew an. Jade und Orla lehnten gerade am Verkaufstisch und erzählten Mat vom Lorn House, als Peter sich hinzugesellte. Er lauschte gespannt dem Bericht. »Ich war in Schottland, als Ms Mallows mich anrief«, sagte er.

»Du machst Zeitsprünge in diesen gefährlichen Zeiten?«, fragte Orla entsetzt.

Peter sah Orla daraufhin ernst an. »Wir vom Time Court, also vom *ehemaligen* Time Court, tun alles, um die Time Knights zu fassen, bevor sie wieder angreifen. Dafür riskieren wir gerade Kopf und Kragen, Orla.« Dann blickte er Ms Mallows fragend an. »Was war der Grund für Ihren Notruf?«

Ms Mallows beugte sich über den Tresen. »Mat wollte, dass ich dich anrufe«, flüsterte sie. »Dieses Handy bringt mich noch um den Verstand. Mitten in der Nacht hat es kürzlich geklingelt. Ich hatte noch nie so viel Angst. Gerade als ich es im Hexensud versenken wollte, hat das Klingeln aufgehört.« Sie presste sich eine Hand aufs Herz.

»Wirksamer als Hexensud ist ja der dicke Knopf ganz unten«, sagte Peter Polkins grinsend. »Damit stellt man es nämlich einfach aus. Aber was gab es denn nun für einen Notfall, Mat?«

»Jade und Orla haben Mr Mabou gesehen.« Mat senkte seine Stimme, weil noch ein paar Gäste im Restaurant saßen.

»Echt?«, fragte Peter und riss die Augen auf.

»Er kam in die Scary Alley«, sagte Orla. »Und jetzt rate mal, wen er behandelt.«

Peter zuckte mit den Schultern. »Ich habe keine Ahnung. Wer haust denn gerade in der Scary Alley …?«

»Henrys Großvater, Mr Ballantyne«, sagte Jade leise.

Peter gab einen leisen Pfiff von sich. »Der steckt also mit den Time Knights unter einer Decke!«

»Das muss es nicht unbedingt heißen«, sagte Jade, und sie merkte selbst, dass sie versuchte, die Sache schönzureden. »Vielleicht ist dem alten Mr Ballantyne ja einfach die wahre Gesinnung dieses Mr Mabou egal. Soweit ich weiß, hat er Heiltränke für Henry gebraut, und dem alten Ballantyne geht es nur um Henrys Heilung.«

»Jade hat recht«, sagte Ms Mallows und reichte Peter eine Holunderbrause. »So unwahrscheinlich das auch klingt.«

Peter trank sein Glas in einem Zug leer. »Ich muss los. Und ihr bringt euch in Sicherheit, okay?« Er sah Orla lange an, bevor er aufsprang.

»Was hast du vor?«, fragte Orla und hielt ihn an der Hand fest.

Peter legte einen Finger an die Lippen. »Ich werde die anderen Time-Court-Mitglieder zusammentrommeln. Es ist ganz offensichtlich, dass der alte Ballantyne weiß, wo das Lorn House liegt. Wir sollten ihm einen Besuch abstatten. Und dann möchte ich zu gerne Mr Mabou auf die Nessby schießen, aber dazu haben wir keine Befugnis mehr. Im Gegenteil. Wenn wir uns ungeschickt anstellen, sind wir allesamt diejenigen, die dort landen werden.«

»Aber dann bleibt doch hier!«, rief Orla erschrocken.

Mat nickte. »Wozu müsst ihr überhaupt in dieses Lorn House?«

»Mat hat recht«, sagte Jade. »Mr Mabou hat doch niemanden in seiner Gewalt, warum wollt ihr das riskieren?«

Peter schüttelte mit dem Kopf. »Sie haben damals Ms Kingsley nicht umsonst dorthin gebracht. Erinnert ihr euch? Der Kelch der Sieben Augen soll laut Ms Kingsley dort sein. Wir haben keine Wahl, denn Ms Kingsley befürchtet, dass das Geheimnis aus dem Kelch die Time Knights zum letzten Uhrzeiger führen könnte.« Er zog seine Jacke an und kam noch einmal zurück zum Verkaufstisch. »Selda Brice hat Haftbefehle für alle ehemaligen

Time-Court-Mitglieder verhängt. Davon lassen wir uns zwar nicht einschüchtern, aber wir müssen sehr vorsichtig sein. Wenn wir aus der Scary Alley nicht zurückkehren, informiert ihr deinen Vater, Orla.«

»Um Himmels willen«, flüsterte Ms Mallows und hielt sich am Tresen fest.

Jade seufzte. Sie sah Peter Polkins hinterher, wie er das Witch Brew verließ. Dann trat sie ans Schaufenster und beobachtete, wie er den Clockmakers Market überquerte und geradewegs auf Kingsley's Tickets & Maps zuging. Peter klopfte an die Ladentür und drückte sich dann im Eingang herum, bis Bertha Kingsley ihn hereinließ.

Es war auffällig still im Clockmakers Market. Die Wache an der großen 24-Stunden-Uhr am Eingang lehnte gelangweilt unter dem Mauerbogen an der Wand. Die Tür vom Heulenden Hund wurde kurz geöffnet, und Mr Linnaker und Mr Darwy verließen den Pub. Sie blieben vor einer der Wachen vor den Zeitsprungfenstern stehen und unterhielten sich mit ihm.

Da bemerkte Jade eine Bewegung im Eingang zur Scary Alley. Lucy Ballantyne trat aus dem Schutz der Dunkelheit auf den Marktplatz und bog Richtung Black Swan ab.

»Lucy kommt zurück«, sagte Jade. Sie ging zurück an den Verkaufstisch und schnappte sich ihre Jacke.

Mat sah sie fragend an. »Wo willst du denn hin?«

»Ich muss kurz mit Lucy sprechen. Vielleicht weiß sie ja auch, wo das Lorn House liegt«, sagte Jade. Sie lief zur Ladentür und trat nach draußen auf den Clockmakers Market.

Die Luft war kalt. Es war ein sonderbarer Frost in diesen Tagen. Die Kälte fühlte sich so anders an, so, als kröche sie einem unter die Haut. Oder kam es ihr nur so vor?

Sie lief quer über den Marktplatz auf den Black Swan zu. Gerade war Lucy die Stufen hinaufgegangen und hatte an die Tür geklopft. Als hätte Elliott Baker hinter der Tür gewartet, öffnete er sie und rief: »Guten Abend und herzlich willkommen im Black Swan … ah, Miss Ballantyne! Sie habe ich ja lange nicht gesehen.«

Lucy schob sich an Elliott Baker vorbei in die Pension.

»Warte mal, Lucy!«, rief Jade und huschte durch den Türspalt, bevor Elliott Baker sie wieder schloss.

Lucy drehte sich überrascht herum. »Ah, Jade«, sagte sie leise. »Zu dir wollte ich. Ich soll dir etwas sehr Dringendes von Henry ausrichten. Aber unter vier Augen.«

Jade blickte sich in der Eingangshalle um. Elliott Baker legte gerade ein Holzscheit in den Kamin. Sonst war niemand zu sehen, noch nicht mal ein Geist. Also raunte sie: »Sprich, es ist gerade günstig.«

Lorn House

Sie setzten sich in die beiden Sessel der Eingangshalle. Jade war sich sicher, dass sie alleine waren. Nur der Schwarm Teufelsnadeln kam vorbeigerauscht und bog in den Speisesaal ab.

Obwohl sie niemand hören konnte, beugte Lucy sich über die Armlehne ihres Sessels zu Jade herüber und flüsterte: »Henry hat mir gesagt, dass du den Heiltränken von Mr Mabou nicht traust. Mir wollte er nicht glauben, aber auf dich scheint er zu hören.«

»Er sieht es also ein«, sagte Jade erleichtert und blickte sich um. Elliott Baker war zum Empfang zurückgekehrt und polierte die Rohrpostkugeln. Nur Lady Sybille kam vorbeigeschwebt. Auch Jade beugte sich weit zu Lucy hinüber. »Mr Mabou mag zwar ein guter Schamane und Heiltränkebrauer sein, aber er ist eben auch ein gefährlicher Time Knight.« Jade wartete, bis Lady Sybille vorbeigeschwebt war. »Es tut mir leid, dass ich dir das so offen sagen muss, aber ich traue deinem Großvater nicht über den Weg. Hast du mal darüber nachgedacht, dass er auch ein Time Knight sein könnte?«

»Großvater – ein Time Knight?«, fragte Lucy verblüfft. Sie lehnte sich im Sessel zurück, und Jade konnte im flackernden Licht des Kamins erkennen, wie sie mit sich kämpfte. »Weißt du?«, flüsterte Lucy nach einer Weile. »Es stimmt. Er hat merkwürdige Ansichten. Über Andersmagische, wenn du versteht.«

Jade nickte. »Vielleicht ist das sogar der Grund, warum euer Vater zu einem Anhänger von Chronos geworden ist. Weil euer Großvater ihm den Hass beigebracht hat. Und ich fürchte, dass er und Mr Mabou Henry nicht nur heilen wollen. Sie wollen ihn auch manipulieren, so wie sie dich letztes Jahr verhexten. Er soll einer von ihnen werden, Lucy.«

»Ich will es nicht glauben«, flüsterte Lucy. Sie tupfte sich hilflos eine Träne von der Wange und suchte dann in ihren Manteltaschen, vermutlich nach einem Taschentuch.

Jade stand auf und ging zur Tür des Speisesaals. Sie nahm eine Serviette vom Tisch und ging zurück zu Lucy. Lady Sybille saß auf Lucys Armlehne und legte ihren Geisterarm um sie.

»Wir werden um Henry kämpfen, Lucy. Bitte besorge am Morgen von Dr. Smith neue Medizin für ihn und tausche sie gegen die Heiltränke von Mr Mabou aus. Ich traue ihm nicht«, sagte Jade und reichte ihr die Serviette. Sie machte Lady Sybille ein Zeichen, sich zu verziehen, und die Galeonsdame schwebte eingeschnappt davon.

»Danke schön, ja, das mit der Medizin mache ich«, sagte Lucy schluchzend und wischte sich über die Augen. »Henry hat mich zu dir geschickt. Er meinte, wenn ihn überhaupt noch irgendwas retten kann, dann wohl nur noch der Sekundenzeiger.«

»Ja, der Sekundenuhrzeiger wäre ein Segen – für Henry, aber auch für uns alle. Nur dafür müsste ich eine Ahnung haben, wo der Uhrzeiger versteckt sein könnte.« Jade grübelte. »Vielleicht sind ja wirklich die Prophezeiungen der Schlüssel.« Sie beugte sich über die Armlehne. »Mr Mabou sagte vorhin zu deinem Großvater, dass er ihn im Lorn House finden könnte.«

Lucy faltete die Serviette zusammen und nickte. »Ja, Großvater wollte unbedingt, dass einer auf das Haus aufpasst, solange wir hier sind.«

Jade riss ungläubig die Augen auf. »Du kennst das Lorn House?«

»Es ist unser Zuhause in Edinburgh«, sagte sie und steckte die Serviette in die Manteltasche. »Eigentlich heißt es Ballantynes House, aber was ist damit?«

Jade versuchte, ruhig zu bleiben, als sie hervorpresste: »Bertha Kingsley ist dorthin gebracht worden, als sie entführt wurde, und als Master Gridlock ihr gefolgt ist, wurde er dort überfallen und so übel zugerichtet, dass er am Ende gestorben ist.«

Lucy schüttelte mit dem Kopf. »Niemals! Das ist unmöglich. Lorn House gibt es gar nicht.«

»Unsinn!« Jade fuhr hoch. »Du hast doch gerade selbst gesagt, es ist euer Zuhause.«

»Nicht direkt. Also, es ist so«, sagte Lucy und sah sich um, bevor sie leise weitersprach. »Lorn House ist ein Codewort, das Großvater sich nur ausgedacht hat. Er hatte immer Angst, dass Fremde sich in seinem Haus umsehen könnten, wenn er nicht da ist. Lorn House ist sozusagen der Sicherheitscode, mit dem man Zugang zum Haus hat. Jeder normale Zeitsprung nach Ballantynes House hingegen führt in eine der unterirdischen Vaults, das sind uralte Gänge und Kammern unter Edinburgh. Großvater bekommt immer sofort eine Meldung per Rohrpost darüber, wenn einer das Codewort *The Lorn House* benutzt. Es gibt nur ganz wenige Menschen, die das Passwort in unser Haus kennen. Ich war die ganze Zeit in der Scary Alley, Jade. Ich habe nie etwas von einer Entführung mitbekommen. Und Großvater hat auch nichts von Master Gridlock erzählt, der diesen Code angeblich heimlich benutzt haben soll.«

Jade beugte sich in ihrem Sessel vor und vergrub ihr Gesicht in den Händen. Ihr war übel, eine Welle aus Angst überkam sie. Sie blickte auf und sagte: »Peter Polkins hat es gehört. Er hat gehört, wie die Time Knights *The Lorn House* sagten, bevor sie Bertha Kingsley in die Zeitkabine schubsten.«

Sie sahen sich schweigend an.

»Ach«, jammerte Lady Sybille im Vorbeischweben. Sie lugte durch den Spalt in der Gardine nach draußen. »Mir ist gar nicht wohl bei all diesen Wachen dort draußen.«

»Ohne die Wachen sollte es Ihnen deutlich unwohler sein!«, rief Elliott Baker und sah Lady Sybille kopfschüttelnd an.

Jade sah Lucy fragend an. »Wie komme ich ins Haus, ohne von Mr Mabou oder sonst wem entdeckt zu werden?«

»Aber was willst du denn da?«, fragte Lucy überrascht. »Ms Kingsley ist doch schon längst zurück, und Master Gridlock ist –«

»Tot!«, vervollständigte Jade. »Bertha Kingsley ist nach Lorn House gebracht worden, weil der Kelch der Sieben Augen dort versteckt ist. Vermutlich wollten die Time Knights, dass sie die Prophezeiungen für sie wiederholt.«

»Ich habe weder eine Prophezeiungsschale noch jemals einen Time Knight im Ballantynes House gesehen, ich schwöre«, flüsterte Lucy. Dann sah sie interessiert auf. »Welche Prophezeiungen sollen das eigentlich sein?«

Jade zuckte mit den Schultern. »Wenn wir das wüssten. Nicht mal Ms Kingsley kann das sagen. Keiner kann das. Nur derjenige, den die Prophezeiungen betreffen.«

»Also im Grunde niemand«, sagte Lucy.

»Master Gridlock hatte die Vermutung, dass *ich* sie vielleicht lesen könnte«, sagte Jade leise.

»Du?«, rief Lucy überrascht.

Lady Sybille fuhr herum. »Was schreist du denn so, dass man tot umfallen könnte vor Schreck?«, schimpfte sie.

»Ihren Humor hätte ich gerne, Lady Sybille«, sagte Jade mit einem schiefen Grinsen.

»Das ist nicht lustig, sondern todernst!«, kreischte Lady Sybille, und ihr Geistergesicht kam so nah, dass Jade ihre Eiseskälte fühlen konnte. Die Geisterdame sah sie wütend an. Dann drehte sie sich zu Lucy herum und fragte sanft: »Wo ist eigentlich mein Henry-Liebling?«

»Der kommt sicher bald wieder, Lady Sybille. Aber Sie können ihn auch gerne besuchen. Er ist bei unserem Großvater in der Scary Alley. Das Appartement heißt The Dehearted Fox.« Lucy lächelte Lady Sybille an, die bei der Nachricht über ihre Korkenzieherlocken strich und sich dann beide Hände aufs Herz presste. »Ich kann ja hier leider nicht weg«, sagte sie seufzend und schwebte zurück in ihre Galeone.

»Du musst mir helfen, Lucy«, flüsterte Jade.

»Ich?« Lucy sah Jade ungläubig an. »Wie könnte ich dir helfen?«

»Ich brauche die Prophezeiungsschale.« Jade sah Lucy nachdenklich an. »Was würde passieren, wenn du das Passwort benutzt?«

Lucy schüttelte mit dem Kopf. »Das geht nicht. Großvater bekäme sofort eine Nachricht und würde nachsehen, was ich dort mache, da ja Zeitsprünge für Novizen im Moment verboten sind.«

Jade grübelte. Es musste doch einen Weg geben, an den Kelch zu kommen. »Wo in eurem Appartement in der Scary Alley ist die Empfangsschale für die Rohrpostkugeln?«

»Vergiss es«, sagte Lucy seufzend. »Sie ist in Großvaters Schlafzimmer.«

»Verdammt!« Jade stand auf und ging zum Fenster. Gerade als sie die Gardinen auseinandergeschoben hatte, sah sie Archer Switch über den Pflasterplatz Richtung Kingsley's laufen und Sekunden später im Laden verschwinden. Sie machten offenbar ernst und würden gleich Mr Ballantyne einen Besuch abstatten.

»Das ist es, Lucy«, sagte Jade. »Ich weiß jetzt, was wir tun. Aber wir müssen uns beeilen.«

»Was meinst du?« Lucy stand auf und trat neben Jade ans Fenster.

Jade deutete hinüber zu Kingsley's, das erleuchtet war. »Die Time-Court-Mitglieder treffen sich gerade, weil sie deinen Großvater sprechen wollen. Wirklich nur sprechen, Lucy«, betonte Jade, denn Lucy wich erschrocken zurück. »Zu mehr haben sie ja auch gar keine Befugnis mehr. Du weißt ja, dass Ms Brice sie alle entlassen hat.«

Lucy war blass geworden, doch sie nickte stumm. »Und was hat das mit mir zu tun?«

»Da kommst du jetzt ins Spiel, Lucy«, sagte Jade leise. »Ich möchte, dass du jetzt zurück in das Appartement deines Großvaters gehst. Und dann, wenn dein Großvater abgelenkt durch den Besuch ist, schlüpfst du in sein Schlafzimmer und nimmst die Rohrpostnachricht, die dort ankommt, an dich.«

Jade stand am Fenster und blickte Lucy nach, bis diese in die Scary Alley abgebogen war. Sie war so nervös, dass sie ständig ihre Handflächen an der Hose trocken rieb. Hoffentlich konnte sie Lucy vertrauen.

Als Lucy aus ihrem Blick verschwunden war, eilte sie die

Treppe hinauf in den Flur Eineinhalb und huschte ins Kaminzimmer. »Gesine, wo steckst du?«, flüsterte sie und schloss die Zimmertür hinter sich. Sie ließ sich auf die Knie fallen und sah unter den Sesseln nach der kleinen Prognosemaus.

»Warum suchst du sie?«

Jade sah auf. Harper saß auf dem Kaminsims und baumelte mit den Beinen. Neben ihr hockte Gesine und knabberte an einer Nuss.

Jade lächelte. »Kommst du mit, Gesine?« Sie ging zum Kamin und streckte ihre Hand nach der Haselmaus aus.

»Wo gehst du hin mit ihr?« Harper sah sie neugierig an.

»Ich muss kurz weg. Aber behalte das für dich, Harper«, flüsterte Jade und ließ Gesine unter ihren Jackenärmel kriechen.

»Immer nimmst du nur Gesine mit.« Harper verschränkte eingeschnappt die Arme vor dem Bauch. »Ich kann auch auf dich aufpassen.«

»Das weiß ich doch«, sagte Jade. »Aber es ist zu gefährlich, glaube es mir.«

Harper schlug sich erschrocken die Geisterhand auf den Mund. »Zu gefährlich?« Sie schwebte vom Kaminsims herab und baute sich vor Jade auf. »Dann komme ich mit. Dann erst recht.«

Jade schüttelte den Kopf und ging zur Tür. »Ich kann dich wirklich nicht mitnehmen, Harper. Ich muss einen Zeitsprung machen.«

»Aber der ist doch verboten!«, rief Harper aufgebracht und folgte Jade hinaus auf den Flur Eineinhalb.

»Deswegen sollst du es ja für dich behalten«, raunte Jade und stürmte durch den Gang zur Treppe.

»Und zugucken, wie du dich in Gefahr bringst?«, fragte Harper außer sich, als sie hinter Jade die Treppe herabflog.

»Wer ist in Gefahr?«, fragte Elliott Baker. Er sah von einem Kreuzworträtsel auf und klemmte sich den Bleistiftstummel hinter das Ohr. »Reiseweg der Zeiterben mit zehn Buchstaben.« Er rieb sich nachdenklich das Kinn.

»Zeitsprung«, sagte Jade.

Elliott Baker schüttelte mit dem Kopf. »Dann passt es nicht mit dem Dämonenschwert hier oben. Und die Zeiterbenkampfwaffe ist eindeutig das Dämonenschwert.«

Harper beugte sich über den Empfangstisch. »Wie wäre es denn mit Nachtfahrt?«, überlegte sie und zählte an ihren Geisterfingern die Buchstaben ab.

»Natürlich!«, rief Elliott Baker, nahm seinen Bleistift und notierte die Buchstaben in die Kästchen. »Heißt ja auch Timeless Sleeper. Also ehrlich, wer denkt sich diese Rätsel aus?«

»Fragen Sie mich doch gleich. Fehlt Ihnen noch was?« Harper beugte sich über das Zeitungsblatt.

Jade grinste und ging zum Fenster. Sie sah hinaus auf den Clockmakers Market, bis ein paar Minuten später die Tür von Kingsley's geöffnet wurde. Die ehemaligen Time-Court-Mitglieder traten auf den Pflasterplatz hinaus. Jade beobachtete, wie Peter Polkins, Archer Switch, Bertha Kingsley und Evelyn Griggs in die Scary Alley einbogen.

Sie ließ die Gardine zufallen und trat an den Empfangstisch.

»Ach, übrigens, Mr Baker«, sagte sie und bemühte sich, ihre Stimme harmlos klingen zu lassen. »Als wir vorhin an Ihrem Zimmer vorbeikamen, ist dort gerade eine Rohrpost angekommen.«

Elliott Baker sah überrascht auf. »Um diese Uhrzeit? Wer schreibt mir denn aufs Zimmer? Es weiß doch jeder, dass ich von morgens bis spätabends hier am Empfang sitze.« Er steckte den Bleistift zurück hinter das Ohr und eilte um den Empfangstisch herum. »Ich bin sofort zurück«, sagte er, hastete durch die Eingangshalle und stieg die Treppen hinauf.

Jade zuckte mit den Schultern, als Harper sie verblüfft ansah. »Irgendwie musste ich ihn ja ablenken«, flüsterte sie.

Dann trat sie vor die Zeitkabine. Nervös umklammerte sie ihre Taschenuhr und öffnete die Zeitkabinentür.

»Warte auf mich!«, rief Harper hinter ihr.

»The Lorn House«, flüsterte Jade und trat durch das Zeitfenster.

Etwas Kaltes erwischte sie an der linken Hand, dann wurde sie vom Zeitstrom erfasst und davongetragen. Es war der längste Zeitsprung, den sie je gemacht hatte. Sie fiel und fiel. Überall um sie herum war Schwärze. Dann, völlig unvermittelt, stürzte sie nach vorne und landete auf einem weichen Boden.

Sie war in einem dunklen Zimmer angekommen. Durch das Fenster fiel etwas Licht in den Raum. An den Wänden hingen große Gemälde, mitten im Raum stand ein Schreibtisch, das Feuer in dem kleinen Kamin war aus. Jade blickte hinter sich. Das Zeitfenster, durch das sie gerade angekommen war, war ein alter Fensterrahmen, dem die Scheibe fehlte und der an der Wand hinter ihr lehnte. Und davor saß das silbern schimmernde Geistermädchen und hielt sich den Kopf mit beiden Händen, als wäre ihr schwindlig. »So fühlen sich Zeitsprünge also an«, jammerte Harper.

»Warum hast du das gemacht?«, zischte Jade zornig.

»Glaubst du, ich lasse dich alleine gehen, wenn es gefährlich wird?« Harper erhob sich und taumelte.

Jade stand auf und spitzte die Ohren. Es war dunkel und totenstill im Haus, aber sie wusste, dass sie nicht alleine waren. Irgendwo in einem der Zimmer saß er, Mr Mabou, und vielleicht war er nicht allein.

Sie bewegte sich leise durchs Zimmer zum Fenster und sah hinaus. Es war alles so, wie Bertha Kingsley ihr erzählt hatte. Der Raum, in dem sie gelandet war, lag hoch oben in einem Altstadthaus. Sie sah über Dächer hinweg auf kleine, von Laternen erleuchtete Gassen.

Jade nahm die zappelnde Gesine unter ihrem Pulli hervor und betrachtete sie im Dämmerlicht. »Alles klar, Gesine?«, flüsterte sie und streichelte ihr über das Fell. Die Haselmaus fiepte leise, und ihre Knopfaugen schimmerten dunkel.

»Was hat sie denn?«, fragte Harper.

»Pst.« Jade legte sich einen Finger an die Lippen.

Plötzlich hörte sie das Quietschen einer Tür, dann ein Poltern, wie schnelle Schritte auf der Treppe.

»Da kommt jemand.« Hektisch suchend, sah Jade sich im Raum um, doch es gab kein Versteck.

»Ich habe Aaaangst«, jammerte Harper und versteckte sich hinter Jade.

Die Schritte kamen immer näher. Jades Herz klopfte schnell, sie wollte schon ihr Dämonenschwert hervorziehen, als ihr Blick auf das Zeitfenster fiel, durch das sie gerade hier gelandet waren.

»Komm, Harper, wir springen schnell zurück«, flüsterte sie und griff nach der eiskalten Hand ihrer Geisterfreundin.

Sie hörte jemanden bis zur Zimmertür laufen, dann verhallten die Schritte. Ein leises Klacken im Türschloss erklang. Das Zimmer war also verschlossen gewesen, schoss es Jade panisch durch den Kopf. Als die Türklinke herabgedrückt wurde, murmelte sie leise »Black Swan« und konzentrierte sich voller Hoffnung auf die Zeiterbenpension im Clockmakers Market. Gerade als die Zimmertür hinter ihr geöffnet wurde, stieg sie durch den Rahmen.

Doch nichts geschah. Sie wurde nicht wie erwartet vom Zeitstrom erfasst. Aus irgendeinem Grund funktionierte der Rahmen nicht.

»Sieh an«, sagte da jemand hinter ihr und schaltete das Licht ein. »Wen haben wir denn da?«

Jade fuhr herum. Mr Mabou stand in der Zimmertür und sah sie kopfschüttelnd an. »Du kannst da herauskommen. Der Sprungrahmen funktioniert nicht ohne seine Tür. Jedenfalls nicht für den Weg zurück. Es ist ein Zeitfenster ohne Wiederkehr. Wir bestimmen, wer uns wieder verlässt, und vor allem, wann.«

Jade hätte vor Wut heulen können, als sie aus dem Fensterrahmen stieg. Als sie sich vor Mr Mabou aufbaute, schob sie trotzig ihr Kinn vor und sah ihn herausfordernd an. »Dann lassen Sie uns gehen!«

»Euch?« Mr Mabou sah sich irritiert im Raum um.

Jade folgte seinem Blick und suchte Harper. Doch das Geistermädchen war verschwunden. Wo war sie hin? War sie etwa alleine in der Zeit gesprungen? »Lassen Sie mich gehen. Woher wissen Sie überhaupt, dass ich hier bin? Ich dachte, nur Mr Ballantyne bekommt eine Rohrpost«, sagte Jade und wollte sich an Mr Mabou vorbeischieben.

Mr Mabou lächelte. »Du bist erstaunlich gut informiert. Aber nicht gut genug, denn sonst hättest du gewusst, dass eine zweite Rohrpost hier unten im Salon ankommt.«

Sein sanftmütiges Lachen brachte Jade aus dem Takt. »Was wollen Sie von mir?«

Mr Mabou zog seine Augenbrauen hoch. »Diese Frage stände ja wohl eher mir zu: Was willst du hier?«

Jade sah sich in dem erleuchteten Raum um. »Ich wollte nur etwas zurückholen, das Ihnen nicht gehört.«

Mr Mabou nickte. »Sicher. Und dafür nutzt du nicht die Haustürklingel, sondern ein geheimes Passwort, um hier ins Haus einzubrechen.«

Jade bebte vor Zorn. Und doch zwang sie sich dazu, einen kühlen Kopf zu bewahren. Mr Mabou war ein Time Knight und ein Mörder. Seine Sanftmütigkeit täuschte.

Im Haus war es noch immer still. Kein Geräusch von unten, kein Zeichen von Harper. Mr Mabou schien allein zu sein. Sie musterte ihn eingehend. Er trug wie immer ein langes, seidenes Gewand, und es war schwer auszumachen, ob er darunter sein Dämonenschwert versteckt hatte. Das Schwert, mit dem er Ms Wellington am Anleger in Hull getötet hatte und mit dem er Mat bedroht hatte. Eine Welle aus Hilflosigkeit und Zorn schwappte über ihr zusammen. Sie sah Mr Mabou fest in die Augen. »Ich will den Kelch der Sieben Augen.«

»Oh ja, sicher«, sagte Mr Mabou zu ihrem Erstaunen und trat aus dem Zimmer. »Komm, ich führe dich hin.« Momente später hörte sie seine Schritte auf der Treppe.

»Du darfst nicht mit ihm gehen, hörst du?« Harper kam durchs Zimmer geschwebt und versperrte die Tür. Ihre dürren Geisterarme zitterten, als sie sich links und rechts am Türrahmen abstützte. »Das ist viel zu gefährlich.«

»Wo warst du, Harper?«, flüsterte Jade überrascht.

»Nebenan. Bin durch die Wand gefallen, und dann habe ich gedacht, ist besser, wenn er nicht weiß, dass ich hier bin«, raunte Harper.

»Gut gemacht, Harper«, flüsterte Jade. »Folge uns, aber zeig dich ihm nicht. Ich muss mit ihm gehen. Er weiß, wo der Kelch ist.«

»Und du glaubst, dass er ihn dir einfach so gibt?«, wisperte Harper, als Jade sich an ihr vorbeischob und auf den Flur hinaustrat.

»Wohl kaum«, gab Jade zu und tastete nach ihrem Schwertgriff. »Aber ich bin ja nicht alleine. Zu zweit überwältigen wir ihn schon.«

»Wieso? Kommt noch einer?« Harper sah sich suchend im Zimmer um. Dann wurde ihr Geistergesicht noch blasser. »Du meinst mich? Ich soll gegen ihn kämpfen?«

Jade nickte und legte nur ihren Finger an die Lippen.

Dann folgte sie Mr Mabou durchs dunkle Treppenhaus. Er war schon unten angekommen und wartete in der offenen Haustür auf sie.

Im Untergrund

Die kalte Nachtluft raubte Jade den Atem. Die Steine des engen Treppengangs, der steil abwärtsführte, glitzerten vom Frost. Sie folgte Mr Mabou die schmalen Stufen hinab. *Barrie's Close* stand auf dem Schild, das an einem Torbogen neben der einzigen Laterne angebracht war.

Mr Mabou schwebte förmlich über die Stufen, nicht ein Mal suchte er Halt an dem schwarzen Metallgeländer. Jade dämmerte, dass er diesen Weg schon oft hinabgegangen war. Sein seidiges Gewand huschte um die Ecken, und Jade hatte Mühe, ihm zu folgen.

»Tu es nicht, Jade. Biiiitteee!« Harper, die ihnen dicht auf den Fersen war, hielt Jade an der Hand fest. Mr Mabou war gerade um eine Hausecke verschwunden.

»Ich brauche den Uhrzeiger, um Henry zu retten, ich muss es tun, Harper«, raunte Jade und zog ihre Hand aus Harpers eisigem Griff. »Folge uns, aber pass auf, dass er dich nicht sieht.«

»Oh, du heilige Undine«, jammerte Harper. Dann duckte sie sich schnell hinter die Mauer, denn Mr Mabou kam ein paar Schritte zurück und musterte Jade. »Kommst du?«

Jade nickte stumm und folgte ihm die restlichen Stufen hinab. Der Barrie's Close führte hinunter auf den Old Fishmarket Close, eine schmale Straße, auf der das Kopfsteinpflaster im Licht der Laternen feucht schimmerte.

Mr Mabou war nur wenige Schritte gegangen, als er vor einem halbhohen, schmiedeeisernen Tor stehen blieb, das in die Steinmauer eingelassen war. Das Metall klackte, als er das Tor öffnete. Der Treppengang dahinter war aus vermodertem Bruchstein.

Mr Mabou trat in den Gang hinein und verschwand nach unten in der Dunkelheit.

Jade sah sich auf der Straße nach Harper um, doch das Geistermädchen war nirgends zu sehen.

»Schließ die Tür hinter dir!«, rief Mr Mabou von irgendwo aus der Dunkelheit.

Jade zog den Kopf ein und trat durch die Öffnung. Als die Tür hinter ihr zufiel, klirrte das Metall leise und hallte von den gewölbten Wänden wider.

Hinter dem kurzen Treppengang führte der Weg weiter abwärts. Zwischen den Felsschluchten leuchteten in regelmäßigen Abständen Lampen. Modriger Geruch wie der Atemhauch eines Totengängers schlug ihr entgegen, und die frostige Kälte, Todeskälte, durchdrang sie.

Jade folgte Mr Mabou, der zielsicher durch die unterirdischen Gänge lief. Auch hier kannte er sich also aus. Sie musste sich beeilen, um mit ihm Schritt zu halten. Sein flatterndes Seidengewand lotste sie durch Gewölbehallen und schmale Gänge. Immer wieder sah Jade sich nach Harper um, doch sie konnte sie nirgends entdecken. Mit jedem Meter, den sie tiefer in dieses unterirdische Labyrinth eindrangen, wurde Jade sich bewusster, dass sie den Weg hinaus niemals alleine finden würde. Und vermutlich war das auch so gewollt.

Von irgendwoher hörte Jade leises Gemurmel. Dann blieb Mr Mabou vor einem doppelflügeligen Eisentor stehen.

In dem großen Verlies dahinter flackerten unzählige Kerzen. An der hinteren Wand säumten zwei steinerne Greife einen Wandtisch, der wie ein Altar aussah. Auf dem Boden, in der Mitte eines Steinkreises, schimmerte ein großes, silbernes Pentagramm, in dem Buchstaben und Symbole angeordnet waren wie auf einem Hexenbrett. Dann erst blieb Jades Blick an der goldenen Schale hängen, die in der Mitte des Hexenkreises stand. Es war eine Schale, die mit dicken Rubinen besetzt war und in denen das Kerzenlicht schimmerte: *der Kelch der Sieben Augen.*

Jades erschrak, als sich eine leise murmelnde Gestalt aus der Dunkelheit des Gemäuers löste und näher an die Gitterstäbe herantrat. Sie erkannte die alte Frau in dem grauen Kleid und mit den zwei langen geflochtenen Zöpfen sofort wieder: Es war Madam Prouch, die Zauberin aus dem Clockmakers Close in Greenwich, der Orla und sie vor Monaten das schwarzmagische Hexenbuch gestohlen hatten. Die Hexe, die den Kontrollfluch auf Lucy gelegt hatte und die infolgedessen als Chronos' schwarze Braut bezeichnet worden war.

Mr Mabou öffnete die Metalltür und nickte Jade auffordernd zu.

Jade trat in das Verlies ein und sah die Hexe herausfordernd an.

»Man trifft sich immer zweimal«, zischte Madam Prouch. Sie deutete auf einen Stein an der Spitze des Pentagramms. »Setz dich.«

Jade drehte sich um.

Mr Mabou stand in der offenen Verliestür und grinste. »Ich habe eine Nachricht an Ms Brice geschickt. Die Time Knights sollten in wenigen Minuten hier sein.«

Jades Herz klopfte schneller, und sie sah forschend in die Dunkelheit hinter Mr Mabou. Noch waren keine Time Knights zu sehen, und auch Harper konnte sie noch immer nicht entdecken. Wo steckte sie nur? Hoffentlich hatte sie sich in diesem unterirdischen Labyrinth nicht verirrt.

»Worauf wartest du?«, fragte Madam Prouch, nahm etwas von dem Altar und schritt außen um den Kreis aus dicken Findlingen herum. »Setz dich.«

Jade folgte ihr und sah kopfschüttelnd auf den Stein, auf den Madam Prouch deutete. »Nein danke, ich will nur den Kelch abholen.«

Madam Prouchs Blick wurde zornig. Sie schnippte mit den Fingern, und ein stechender Schmerz in den Unterschenkeln zog Jade die Beine weg. Sie fiel nach vorne in den Steinkreis und landete mit dem Gesicht auf dem staubigen Boden.

»Hast du was gesagt?« Madam Prouch trat in den Steinkreis hinein. Sie setzte sich im Schneidersitz auf den Boden und machte eine einladende Handbewegung. »Komm doch ein bisschen näher.«

Jade bebte vor Zorn. Sie tastete nach Gesine, und als sie die Maus zu ihrer Erleichterung auf ihrem Rücken spürte, stemmte sie sich hoch und kroch näher an den Kelch der Sieben Augen heran. Der Schmerz in ihren Beinen ließ so schnell nach, wie er gekommen war. Sie wischte sich mit dem Handrücken über die pochende Stirn und starrte auf das Blut, das dort eine Spur gezogen hatte. Sie hievte sich auf den Findling und sah Madam Prouch wütend an.

»Lass es dir eine Warnung sein«, drohte Madam Prouch leise. »Eine falsche Bewegung und du wirst in diesen Vaults unter Edinburgh herumirren, bis du stirbst.«

»Genau wie Master Gridlock?«, murmelte Jade, und der Gedanke an ihn ließ sie zittern. Sie sah sich nach Harper um.

Verdammt, wo steckte sie nur? Da blieb ihr Blick an Mr Mabou hängen. Er hatte sein Dämonenschwert hervorgezogen und wiegte es abwartend in der Hand.

Neben ihr löste Madam Prouch den Korken von einem kleinen Fläschchen. Jade sah sie alarmiert an. »Was haben Sie vor?«

»Konzentriere dich nun auf den Kelch«, sagte Madam Prouch leise und reichte Jade das Fläschchen. »Halte es über die Schale und lasse drei Tropfen hineinfallen. Genau drei, hörst du? Wir wollen nur sehen, ob es in diesem Kelch eine Information über dich gibt.«

»Und wennschon?« Jade sah verzweifelt auf das Fläschchen. Da schnappte Madam Prouch nach ihrer Hand und hielt sie über die Schale, bis drei schwarze Tropfen hineingefallen waren. Als sie ihren Griff lockerte, zischte Jade: »Was geht es Sie an, welche Informationen in der Schale über mich gespeichert sind?«

Madam Prouch verzog ihr Gesicht zu einem Grinsen, doch im nächsten Moment verhärteten sich ihre Züge, und sie blitzte Jade warnend an. »Trink das aus«, sie deutete auf das Fläschchen, »alles auf einmal. Und keine Tricks, du weißt, was dir sonst blüht.«

Jade betrachtete voller Abscheu die schwarze Tinktur. »Was ist das überhaupt? Haben Sie das Ms Kingsley auch gegeben?«

»Du hältst dich wohl für sehr schlau, was?« Madam Prouch stand auf und ging außen um den Steinkreis herum zum Wandtisch. »Aber ich verrate es dir: Es ist ein Entschleierungssaft. Dieser Trank hilft dir, hinter den Vorhang deines Bewusstseins zu sehen. Du kannst damit Dinge wahrnehmen, die du nicht selbst erlebt hast, die aber mit deiner Person zu tun haben.«

Jade schnaubte. »Sie meinen, ich kann hiermit die Prophezeiungen hören, die Ms Kingsley über mich empfangen hat, bevor ich geboren wurde. Und Sie wollen sie stehlen.«

Madam Prouch sah Jade für einen kurzen Augenblick wütend über die Schulter an. »Nun beeil dich ein bisschen.«

Jade sprang auf. »Ich will das nicht nehmen! Ms Kingsley war danach in einem fürchterlichen Trancezustand.«

Sofort kam Mr Mabou in den Raum hinein und stellte sich mit erhobenem Dämonenschwert hinter sie.

Doch Madam Prouch sah ihn nur lächelnd an. »Selbstverständlich war sie das. Dreimal mussten wir das Ritual wiederholen, und trotzdem hat es uns keinerlei Erkenntnis gebracht. Unsere Hoffnungen liegen nun auf dir.« Sie trug eine kleine Schale mit weiß qualmenden Kräutern vor sich her.

Jades Herz klopfte bis zum Hals. Ihre Finger umschlangen das Fläschchen, und sie hob es langsam an den Mund. Mr Mabou neben ihr ließ sein Dämonenschwert sinken. Madam Prouch, die gerade die qualmenden Kräuter in den Kelch der Sieben Augen warf, nickte zufrieden. Doch noch bevor Jade auch nur den ersten Tropfen des Gebräus an den Lippen spürte, schleuderte sie das Fläschchen gegen die felsige Wand. Das Glas zersplitterte, und der schwarze Trank lief schimmernd an der Mauer herab.

»Das war sehr dumm von dir.« Mr Mabou kam mit seinem Dämonenschwert drohend auf sie zu. Schweißperlen bildeten sich auf seiner Stirn. Dann packte er sie und legte ihr von hinten einen Arm um den Hals. »Was soll ich mit ihr tun?« Er atmete schwer. »Töten? Oder lieber den Meister hinzurufen? Oder ein langsamer Tod durch Dämonenfraß?«

»Das heben wir uns für später auf. Gönnen wir den Time Knights das Vergnügen, daran teilzuhaben«, sagte Madam Prouch und ließ den Blick nicht vom Kelch der Sieben Augen.

Jade bekam unter dem Klammergriff von Mr Mabou kaum Luft. Sie wurde immer panischer und überlegte fieberhaft, wie sie sich befreien könnte. Dann merkte sie, wie etwas über ihren Bauch auf ihre Schulter heraufkroch: *Gesine*. Eine Sekunde später schrie Mr Mabou laut auf und zog seinen Arm weg. Sein Dämonenschwert fiel klirrend zu Boden.

»Das verfluchte Gör hat mich gebissen«, zischte Mr Mabou und schob den Ärmel seines Gewands hoch. Blut sickerte aus einer Bisswunde.

Jade schubste mit dem Fuß das Dämonenschwert von Mr Mabou weg. Es schoss klirrend über den Felsboden und landete irgendwo hinter dem Verlieseingang im dunklen Gewölbe. Dann lief sie um die Findlinge herum zum Tor.

»Sie flieht!«, rief Mr Mabou.

»Sie kommt nicht weit«, sagte Madam Prouch seelenruhig. »Und wir haben erst mal, was wir brauchen. Sehen Sie nur. Die drei Tropfen haben der Prophezeiungsschale schon gereicht.«

Eine mächtige Feuerkugel schoss an Jade vorbei und breitete sich hinter ihr aus, sodass ihr der Fluchtweg versperrt war. Mr Mabou kam langsam mit erhobenen Händen näher und beschwor offenbar das Feuer. Dann fiel Jades Blick auf den Kelch der Sieben Augen. Aus dem weißen Rauch der qualmenden Kräuter bildeten sich kleine Vögel. Sie stiegen empor und schwebten nahezu anmutig unter der Gewölbedecke.

»Es sind drei Kraniche.« Madam Prouch klang völlig ergriffen.

Mr Mabou warf einen kurzen, zufriedenen Blick auf die winzigen Kraniche. »Die Hüter des geheimen Wissens. Wir müssen sie einfangen.«

»Der Meister wird sehr zufrieden mit uns sein«, sagte Madam Prouch und streckte ihre Hände nach den Vögeln aus. Auch Mr Mabou versuchte, die Kraniche einzufangen, und er war dabei so abgelenkt, dass die Feuerkugel hinter Jade langsam erlosch.

Jades Gedanken rasten, sie war hin- und hergerissen. Sollte sie durch die kleiner werdenden Flammen flüchten oder die Prophezeiungen retten?

Da steckte ein silbern schimmernder Schutzgeist seinen Kopf durch das gewölbte Mauerwerk über dem Altar. »Hier steckst du!«

»Harper!«, rief Jade, erleichtert, sie zu sehen.

»Wo kommt der Schutzgeist her?«, schrie Mr Mabou.

Madam Prouch formte einen Feuerball in ihrer Hand. »Sie muss euch gefolgt sein«, zischte sie wütend und schleuderte die Feuerkugel in Harpers Richtung.

»Harper, pass auf!«, rief Jade entsetzt.

Das Geistermädchen zog sich zurück, und der Feuerball zerschellte Funken sprühend an dem Gemäuer. Kurz darauf erschien Harpers Gesicht wieder über dem Altar. »Das war aber sehr ungezogen«, schimpfte sie und schwebte in den Raum hinein. Interessiert beäugte sie die drei kleinen Kraniche. »Jade sollte schon mal vorgehen.«

Es dauerte ein paar Sekunden, bis Jade dämmerte, dass Harper ihr gerade den Rücken freihielt. Sie sah, wie Madam Prouch einen neuen Feuerball heraufbeschwor und ihn in Harpers Richtung schleuderte. Doch das Geistermädchen war viel zu wendig. Seelenruhig ließ sie sich durchs Mauerwerk fallen, und Jade sah, wie der Feuerball an der Wand zerbarst.

Mr Mabou versuchte noch immer, die Kraniche einzufangen, und das Feuer hinter Jade war inzwischen vollständig erloschen.

Plötzlich hörte Jade Schritte. Ganz leise, aber bedrohlich kamen sie näher. Die Time Knights.

Jade warf noch einen letzten besorgten Blick auf Harper, die beinebaumelnd auf dem Altar saß.

Dann zog sie ihren Schwertgriff und rannte im hell funkelnden Silberlicht ihres Dämonenschwertes los. Sie wusste nicht, wohin der Gang führen würde. Sie wusste nur eins: Es gab kein Zurück auf dem Weg, auf dem sie hergebracht worden war, denn die Schritte der Time Knights wurden immer lauter.

Sie hörte Mr Mabou rufen: »Sie flieht! Hinterher!«

Jade lief durch die gewölbten Gänge und kam durch unzählige Höhlen und Verliese. Sie stieg brüchige Treppenstufen nach oben und sprang wenig später kurze Absätze wieder hinab. In manchen Gängen waren winzig kleine Schächte eingelassen. Immer wieder hielt sie kurz inne, um zu lauschen. Doch außer ihrem eigenen Atem hörte sie nichts.

Erst viele Gänge später blieb sie stehen und verschnaufte. Verzweifelt suchte sie die Wände nach Ausgängen aus dem unterirdischen Labyrinth ab. Doch jede alte Brettertür, die sie im Gemäuer fand, führte nur in einen weiteren Gang. Manche der Verliese sahen aus, als wären sie einst bewohnt gewesen. Sogar alte Feuerstellen entdeckte sie.

»Bist du hier irgendwo, Harper?«, flüsterte sie und lauschte in die Stille. Sie zog ihre Time Map hervor und legte sie auf einen Mauervorsprung. Mit dem Dämonenschwert leuchtete sie auf die schwarze Karte, auf der tatsächlich ein winziger Silberpunkt zu sehen war, der sich Richtung Norden bewegte. Doch Jade konnte nicht einschätzen, wie weit der Schutzgeist von ihr entfernt war, denn es wurden keine Wege auf der Karte angezeigt. Alles war schwarz, nur ihre eigene Position wurde nordöstlich angezeigt. Mit Herzklopfen sah sie, dass der silbern schimmernde Punkt sich immer weiter auf sie zubewegte. »Harper?«, flüsterte sie. Doch es blieb still um sie herum.

Jade nahm die Karte und ging langsam weiter. An der nächsten

Weggabelung bog sie nach links ab. Der Silberpunkt kam immer näher. »Harper, hörst du mich?«, raunte sie.

Da sah Jade, dass der Silberpunkt auf der Karte auf sie zuschoss. Hastig ließ sie ihr Dämonenschwert erlöschen und hielt den Atem an. Hoffentlich hatte sie recht, und es war Harper.

Als der Schutzgeist durch die Mauer neben ihr schwebte, wurde es wieder hell in dem Gewölbe. »Hab ich dich gefunden!«, rief Harper.

»Scht«, machte Jade erschrocken und sah sich um.

»Keine Panik, die sind beschäftigt«, jauchzte Harper vergnügt. »Ich habe sie in ihrem eigenen Labyrinth in die Irre getrieben. Sie vermuten dich nun südwestlich.«

Jade atmete auf und ließ sich auf ein Holzfass sinken, das an der Wand stand. »Ich fürchte nur, dass auch wir beide hier für immer herumirren müssen.«

Harper kicherte. »Mit einem Schutzgeist, der durch Wände gehen kann?«

Überrascht sah Jade das Geistermädchen an. »Du meinst, du kennst den Ausgang?«

»Klar!« Harper nickte. Doch dann schüttelte sie den Kopf. »Also nicht direkt. Ich muss ihn suchen. Aber das geht schnell. Ich schwebe mal kurz nach oben und sehe nach, okay?«

»Beeil dich«, sagte Jade. Sie leuchtete mit ihrem Dämonenschwert auf die Time Map und beobachtete Harpers Bewegung auf der Karte. Eine Minute später blickte das Geistermädchen kopfüber durch die Gewölbedecke. »Du kannst raufkommen, ist 'ne ruhige Straße dort oben, und die Luft am Ausgang ist rein.«

»Aber hier ist keine Treppe!«, rief Jade, doch schon war das Geistermädchen wieder verschwunden.

»Ach ja«, sagte Harper zerknirscht und ließ sich durch die

Gewölbedecke herabfallen. »Ich vergesse immer, dass du kein Geist bist.«

»Ich weiß, was wir tun«, sagte Jade und deutete auf die Karte. »Wir müssen weiter Richtung Norden, denn du sagtest ja, sie suchen mich im Südwesten. Wenn du voranschwebst, kann ich die Richtung, in die wir uns bewegen, im Blick behalten.«

»Geniale Idee!«, rief Harper. »Ich bin also die Kompassnadel, sozusagen.«

Jade nickte. »Und auf dem Weg nach oben suchst du immer wieder nach einem Ausgang.«

Sie tasteten sich im unterirdischen Gewölbe weiter Richtung Norden.

Sie waren fast am nördlichsten Punkt der Karte angelangt, als Jade plötzlich ein Brennen auf ihrem Arm spürte. »Aaah!«, rief sie und schüttelte die brennende Prognosemaus aus ihrem Pulli.

»Das ist so wunderschön«, jauchzte Harper.

Gesines Feuer loderte hell, und das Aschehäufchen unter ihr wurde immer größer. Als die Flammen verloschen, blieb die Zeit stehen.

Eiseskälte, die noch stechender war als der Frost der unterirdischen Geisterstadt, breitete sich in der Kammer aus. So stark hatte Jade die Kühle des Silentiums noch nie erlebt. Sie war kaum in der Lage, sich zu rühren.

»Ich sehe mal kurz nach, wohin die Treppe dort hinten führt«, sagte Harper und zeigte hinter sich, wo ein metallener Treppenaufgang zu einer niedrigen Brettertür knapp unter der Decke führte. Harper schien die Kälte nichts auszumachen. Sie flog wendig die Treppe hinauf und durch die Brettertür.

Jade schlang die Arme um ihren Oberkörper und sah dem Dunst ihres eigenen Atems zu. Doch da war noch etwas anderes.

Blasse Nebel waberten aus dem Erdreich in die steinerne Kammer hinein, in der sie sich gerade befand. *Graue Dämonen*, durchzuckte es Jade, die rastlosen Seelen längst Verstorbener. Sie waren zwar die harmlosesten aller Dämonen und leicht mit einem Dämonenschwert zu vernichten, aber es waren viele. Jade sah sich entsetzt um. Immer mehr graue Nebel stiegen empor, es waren bestimmt schon fünf oder sechs.

Jade suchte nach ihrem Dämonenschwert, doch ihre eiskalten Finger kriegten es nicht zu fassen. »Harper, wo steckst du denn immer, wenn man dich braucht?«, jammerte sie. Die grauen Nebel formten sich immer mehr zu menschenähnlichen Gestalten, sahen inzwischen aus wie grau schimmernde Leichen, die neugierig näher kamen. Noch immer nestelte Jade an ihrem Schwertgriff. Verdammt, dachte sie. Diese Dämonen waren in der Lage, sie zu töten, wenn sie sich nicht bald verteidigte. So wie alle Dämonenwesen der Unwelt lebten sie von der Lebenszeit der Lebendigen. Auch die harmlosesten Dämonen brachten am Ende nur den Tod, saugten das Leben aus ihren Opfern, wenn sie sich nicht wehrten.

Ein Grauer Dämon, der die Gestalt eines jungen Mädchens angenommen hatte, umkreiste sie gierig.

»Ich hab den Ausgang gefunden!«, rief Harper, und ihr Silberlicht erhellte blitzartig die ganze Kammer. Die Grauen Dämonen stoben auseinander und schossen zurück ins Erdreich, als Harper sich langsam neben Jade auf den Boden herabsinken ließ.

»Oh Mann, Harper!« Jade hielt sich den Hals. »Du hast mich gerade noch so gerettet.«

»Wieso? Du bist doch noch gar nicht draußen«, sagte Harper verwundert.

Jade deutete auf Gesines Aschehäufchen, das sich wieder

regte. Der Zeitstillstand war vorüber, und Gesine sammelte sich wieder zu ihrer Mausform. Nur die Eiseskälte hing noch immer in der Kammer. »Was hast du gefunden?«

»Die Tür dort oben führt hinauf in eine Straße«, sagte Harper aufgekratzt.

Jade schob Gesines Asche in ihre Hand und betrachtete fasziniert die kleine Haselmaus, die langsam wieder ihr pelziges Aussehen annahm.

»Hast du das auch gehört?«, flüsterte Harper da aufgeregt.

»Was denn?« Jade sah alarmiert auf und lauschte. Dann hörte sie es. »Die Time Knights«, murmelte sie erschrocken.

»Komm, schnell!« Harper zog sie mit ihrer eiskalten Hand hinter sich her zu der kleinen Treppe. Sie legte ihren Finger an die Lippen und schwebte nach oben zu der Brettertür.

Jade huschte die Stufen nach oben. Das Treppengeländer war wackelig, und so schob sie sich an der kalten Mauer entlang nach oben. Das metallene Podest vor der Brettertür war gerade mal groß genug für eine Person. Sie streckte ihre Hand nach dem Türgriff aus, als hinter ihr jemand rief: »Sie flieht!«

Jade sah hinunter in die Kammer und entdeckte mehrere Gestalten im Licht ihrer Dämonenschwerter.

»Oh nein, oh nein«, jaulte Harper und ließ sich hastig durch die Brettertür fallen.

Jade rüttelte an der Klinke, doch die Tür sprang nicht auf. Sie sah panisch über die Brüstung nach unten. Die drei Time Knights kamen langsam auf sie zu. Einer von ihnen formte einen Feuerball in seiner Hand. Als er ihn zu Jade hinaufschleuderte, wehrte sie ihn geistesgegenwärtig mit einem Erstarrungsfluch ab. Die Feuerkugel zerbarst und rieselte in kleinen Funken zu Boden.

Wieder rüttelte sie an dem Türgriff und schmiss sich mit aller Kraft gegen die Holzbretter, doch die Tür bewegte sich nicht.

»Sie kommt da nicht raus. Die Türen sind alle von außen verriegelt. Und das Gerüst ist lose. Schnell, helft mir!«, rief einer der Time Knights von unten. Die Dämonenschwerter der drei erloschen, und dann fing das Treppengestell an zu wackeln. Die Halterung des Podests bröckelte mit jedem Ruck ein bisschen mehr aus den Steinen.

»Schnell, Harper!«, schrie Jade und krallte sich an dem Metallgeländer fest, um nicht abzustürzen.

»Ich kriege diesen Riegel nicht hoch!«, jaulte Harper hinter der Tür.

»Mist!«, fluchte Jade. »Such dir einen Gegenstand zum Aufhebeln.« Neben ihr brach gerade die rechte Seite der Halterung aus dem Mauerwerk. Das Treppengestell schwankte bedrohlich nach hinten. Sie klammerte sich mit der linken Hand am Geländer fest und rüttelte mit der rechten Hand an der Tür. Die Time Knights ruckten immer kräftiger an dem Gerüst, es schaukelte vor und zurück. Die linke Halterung hing nur noch an einer Schraube. Als das Gestell gegen die Wand schlug, warf Jade sich mit aller Kraft gegen die Brettertür.

»Ich hab's!«, rief Harper im gleichen Moment, und die Tür gab nach.

Jade fiel durch die Türöffnung nach vorne auf einen Steinboden. Hinter ihr krachte das Treppengestell in die Tiefe und wirbelte eine mächtige Staubwolke auf.

Captain’s Pub

»Das war knapp, was?« Harper sah durch die Türöffnung in die Tiefe. »Und es hat noch nicht mal einen von denen erwischt.«

»Schnell, mach die Tür zu, Harper!« Jade rappelte sich auf, schmiss die Brettertür zu und legte den Riegel wieder vor. Dann setzte sie sich auf die Steinstufe und sah sich um. Sie waren vor einer kurzen Treppe gelandet, die hinauf auf eine Straße führte. In dem Eingang über ihnen flackerte eine Glühbirne in einer alten Laterne. Auf einem großen Plakat an der Wand stand: *Entdecke die Geisterstadt unter Edinburgh – willkommen zur gespenstischen Untergrund-Tour*. Sie nahm sich einen der Anmeldezettel aus einer Halterung und einen der vielen kleinen Bleistifte. *Achtung, Treppe fehlt!,* schrieb sie auf das Papier und klemmte es unter den Riegel. »Und jetzt nichts wie weg«, sagte sie zu Harper und stieg die Stufen zur Straße hinauf.

»Aber wohin?« Harper lugte vorsichtig an der Hausmauer vorbei auf die Pflasterstraße.

»Wie spät mag es wohl sein?« Jade zog ihre Taschenuhr hervor. »Kurz nach elf. Und wo in Edinburgh sind wir wohl gelandet?« Sie zog die Time Map hervor und breitete sie aus. »Ui, sieh mal, Harper. Hier sind aber so einige Schutzgeister unterwegs.« Jade deutete auf die vielen silbernen Punkte auf der Karte.

»Was denkst denn du?«, rief Harper kichernd. »Wir sind in Edinburgh, da gibt es fast so viele Geister wie in London.«

»Hm, wir sind also ziemlich weit weg vom Nullmeridian«, sagte Jade nachdenklich. »Das ist seltsam.« Sie tippte auf die Karte. »Siehst du die kleine Gasse hier? Barrie's Close. Da sind wir losgegangen. Und jetzt sieh mal, wo wir gelandet sind. Nicht mal eine halbe Meile entfernt. Das bedeutet, dass wir in den Gewölben da unten im Kreis gegangen sein müssen, was wiederum heißt …« Jade stockte und sah sich auf der nächtlichen Straße um. Ein Taxi fuhr gerade vorbei, sonst war niemand unterwegs.

»Das heißt, sie werden uns hier ruckzuck aufspüren«, hauchte Harper ängstlich.

Jade studierte die Karte. »Hier oben, zwei Meilen weiter nördlich, gibt es die meisten Schutzgeister«, sagte sie und deutete auf eine Küstenstraße. Sie beugte sich tiefer über die Karte. »Kein Wunder, das ist ja der Hafen von Leith! Sieh mal, hier ist der Anleger des Timeless Sleepers. Der Weg ist leicht zu finden. Einfach South Bridge, dann die North Bridge über den Bahnhof hinweg und dann nach rechts auf den Leith Walk bis zum Hafen.« Sie faltete die Karte zusammen und steckte sie weg.

»Was hast du vor?«, fragte Harper nervös.

Jade sah sich sorgsam um. Sie wartete, bis der Fußgänger, der auf sie zukam, ein alter Mann in einem viel zu großen Mantel, außer Hörweite war. Dann erst flüsterte sie: »Wir gehen zum Hafen. Ich weiß, dass es da in einem der Pubs eine Zeitsprungkabine gibt. Mr Hook hat das damals gesagt.«

»Du willst spätabends durch Edinburgh spazieren? Ich meine: mitten auf der Straße?«, fragte Harper erschrocken.

»Hast du eine bessere Idee?« Jade deutete die Straße hinab. »Laut Karte müsste das da unten die South Bridge sein. Und sieh nur, wie viele Menschen und Autos dort noch unterwegs sind. Da fallen wir gar nicht auf.«

Harper schlug sich mit ihrer Geisterhand vor die Stirn. »Natürlich nicht. Ist ja auch ganz normal, dass eine Jugendliche mit einer Prognosemaus auf der Schulter und einem Geistermädchen an der Hand durchs nächtliche Edinburgh spaziert.«

Jade grinste, als Harper einen Salto flog und danach wieder neben ihr zum Boden herabschwebte. Sie stupste das Geistermädchen in die Seite. »Ich habe mich eben schon so an dich gewöhnt, dass ich darüber gar nicht mehr nachdenke.«

Auf der South Bridge hasteten die Menschen an ihnen vorbei, und niemand nahm Notiz von dem kleinen Geistermädchen, das im Schutz der Häuser über ihren Köpfen herschwebte. Manchmal blieb Jade stehen und tat so, als wäre sie in die Auslagen eines Shops oder in ihre Time Map vertieft, um sich vorsichtig umzublicken. Doch zu ihrer Erleichterung war ihnen niemand auf den Fersen. Die Autos donnerten an ihnen vorbei, und die Fußgänger, die aus den Pubs, Restaurants oder Kinos stolperten, nahmen sie gar nicht wahr.

Hinter einer großen Kreuzung, wo die North Bridge begann, sammelte ein Mann in einem langen Ledermantel Menschen um sich. »Guten Abend und willkommen zur Geistertour mit Alex. Ich verspreche Ihnen, die Geister sind heute Nacht so aktiv wie lange nicht mehr. Jeder von Ihnen wird einen Geist sehen in dieser Nacht, darauf gebe ich Ihnen mein Wort!«, rief er und winkte die Personen seiner Führung hinter sich her in einen Kellereingang. Als die Truppe sich in Bewegung setzte, schoss Harper auf die Straße hinab und lauschte interessiert dem Mann im langen Mantel.

»Geh nur schon mal weiter«, sagte Harper leise.

»Was hast du vor?«, fragte Jade erschrocken.

»Ich löse nur kurz sein Versprechen ein!« Harper holte Anlauf, sauste hoch in die Luft und ließ sich dann von oben durchs Dach in das Altstadthaus fallen.

»Oh, verdammt, Harper«, stöhnte Jade und lehnte sich an die Hauswand von *Mercury's Ghost Tours.* Keine zwei Minuten später hörte sie das Kreischen der Touristen hinter der Kellertür und musste grinsen. Sie gönnte Harper diese kleine Freude von Herzen, auch wenn es sehr unvorsichtig war. Da blieb ihr Blick an einem langsam vorbeifahrenden Taxi hängen. Als sie erkannte, wer auf dem Beifahrersitz saß, gefror ihr das Lachen: Es war Selda Brice – und sie sah sich suchend um.

Geistesgegenwärtig flüchtete Jade auf die Treppe des Kellereingangs und wartete im Schatten, bis das Taxi vorbeigefahren war. Erst dann trat sie aus ihrem Versteck. Ihre Hände wurden feucht, und sie schickte Stoßgebete in den Himmel, dass Harper nicht ausgerechnet jetzt aus dem Haus geschossen kam.

Die Kellertür wurde geöffnet, und eine blasse junge Frau kam herausgerannt. Sie taumelte auf den Gehweg und hielt sich an einer Straßenlaterne fest. Offenbar war ihr übel. Hinter ihr kam die kichernde Harper aus dem Keller. »Ach, war das ein Spaß!«

»Wir müssen weg von hier. Selda Brice ist uns auf den Fersen«, raunte Jade.

»Oh weh, oh weh.« Harper wurde unter ihrem Silberlicht blass. »Hat sie dich gesehen?«

»Noch nicht.« Jade legte einen Finger an die Lippen und trat vorsichtig aus der Dunkelheit. Das Taxi war fort, und auch sonst entdeckte sie nichts Auffälliges. »Wir müssen vorsichtiger sein.« Sie winkte Harper hinter sich her, und im Schutz der alten, schwarzfleckigen Sandsteinhäuser liefen sie zur North Bridge, die über den Hauptbahnhof von Edinburgh hinwegführte. Ein paar Minuten lang wartete Jade im Schutz des letzten Hauses vor der Brücke, doch das Taxi kam nicht zurück. Als eine Gruppe Fußgänger an ihr vorbeiging, schloss Jade sich ihnen kurzerhand an. Harper flog unter der Brücke entlang und wartete auf einem kleinen steinernen Balkon des ersten Gebäudes hinter der Überführung auf Jade. »Drei Graue Dämonen habe ich unter der Brücke gesehen«, platzte es aus ihr heraus, als sie zu Jade aufschloss. »Gruselig«, sagte sie und schüttelte sich. »Das waren bestimmt die Seelen von Menschen, die an dieser Brücke getötet wurden.«

Ein kalter Schauder zog Jade über den Rücken. Sie war nur froh, dass die Zeit gerade nicht stehen blieb.

Harper gähnte laut, als Jade die Time Map herausholte und nach dem richtigen Weg zum Hafen suchte. »Und jetzt zwei Meilen immer geradeaus.« Sie bogen nach links ab auf den Leith Walk und liefen an alten Shops und Kaffeehäusern vorbei, zwischen die sich immer mehr modernere Geschäftshäuser mischten.

Es war ein langer Weg durch belebte Straßen, und irgendwann wurde Harper so müde, dass Jade sie hinter sich herziehen musste. Kurz vor Leith wurde die Straße zusehends enger, und zwischen den Shops fanden sich immer mehr kleinere Wohnhäuser. Eine frostige Brise wehte ihnen entgegen, ein salziger, kühler Wind, den Jade nur zu gut kannte. Ihre ersten fünfzehn Lebensjahre hatte sie hier oben an der schottischen Küste verbracht. Es konnte nicht mehr weit sein bis zum Hafen.

Sie sahen schon die Kräne des Hafens vor sich aufragen, als ein Auto langsam an ihnen vorbeifuhr und abrupt anhielt.

»Mist!« Panisch sah Jade auf das Taxi, in dem gerade der Rückwärtsgang eingelegt wurde. Sie lief ein paar Schritte rückwärts, dann drehte sie sich herum und rannte los. Das Taxi kam näher.

»Was ist denn los?«, fragte Harper erschrocken.

Jade zog das Geistermädchen hinter sich her in eine kleine Seitenstraße. »Ms Brice ist uns auf den Fersen.« Sie drückte sich mit Harper in einen Hauseingang, holte ihre Time Map hervor und hielt sie unter die einzelne Glühbirne, die dort hing. »Okay, ganz ruhig. Wir gehen hier durch die kleinen Straßen zum Hafen rauf. Ist nicht mehr weit«, flüsterte sie und steckte die Karte wieder weg.

Jade horchte in die Nacht. Auf der Hauptstraße wurde eine Autotür zugeschlagen.

»Sie hat uns gesehen und weiß, wo wir sind«, raunte Jade, zog ihren Schwertgriff hervor und deutete die schmale Straße hinauf. »Nichts wie weg.« Sie huschten im Schatten der Nacht durch die kleine Straße, die von dreistöckigen Wohnhäusern gesäumt war.

»Jade Ryder!« Es war Ms Brice' Stimme. »Wag es, davonzulaufen, und du verbringst den Rest deines Lebens auf der Nessby.«

»Ich habe Aaangst«, jammerte Harper und blickte sich um. »Oh, heilige Schiffsglocke. Die sind ja zu dritt!«

Jade hörte die schnellen Schritte hinter sich und gab es auf, sich verstecken zu wollen. Sie rannte mitten über den Gehweg. Zweimal duckte sie sich schnell hinter eines der parkenden Autos, denn Harper warnte sie gerade noch rechtzeitig vor Feuerbällen, die Selda Brice auf sie schleuderte.

»Schneller, Jade, schneller, du hängst sie ab!«, rief Harper aufgeregt.

Am Ende der Straße kam sie auf eine Kreuzung, die ihr bekannt vorkam. Sie bog nach rechts auf eine kleine Pflasterstraße ab, und dann wusste sie, wo sie war. Links neben ihr lagen kleine

Schiffe im Hafenbecken, rechts war die Straße von alten Backsteinhäusern mit Souvenirshops, Restaurants und Pubs gesäumt. Weiter vorne führte eine metallene Brücke über das Wasser, und dahinter, direkt am Rand der Pflasterstraße, war der Liegeplatz für den Timeless Sleeper. Dort war sie vor über zwei Jahren zusammen mit Mr Darwy zum ersten Mal nach Greenwich aufgebrochen.

Jade lief an den Häusern vorbei zu einem Pub, aus dem Stimmengemurmel nach draußen drang. Es war das einzige Lokal, in dem noch Licht brannte. *Captain's Pub* stand auf dem Metallschild, das über der Tür schaukelte. In der Eingangstür klebte zu ihrem Erstaunen die neueste Ausgabe ihres *Real Daily Time Catcher*. Und über der Tür ragte die riesige Galeone in Form des Meeresgottes Poseidon in die Nacht.

»Je später der Abend, desto jünger die Gäste«, sagte der Galeonsgeist, ohne sich aus seiner hölzernen Hülle zu schälen. »Ah, und ein Geistermädchen ist auch dabei. Kenne ich dich nicht irgendwoher?«

»Guten Abend, Sir«, sagte Harper und knickste hastig in der Luft. »Ja, erinnern Sie sich nicht? Ich war schon oft hier im Hafen, als ich Praktikantin auf dem Timeless Sleeper war.«

Plötzlich hörte Jade schnelle Schritte von beiden Seiten der Straße. Sie kesselten sie offenbar aus allen Richtungen ein.

»Oh, Mama, ich hab Aaaaaangst!«, rief Harper bibbernd.

Jade sah sich nach einem Ausweg um. Über die Hafenstraße war keine Flucht mehr möglich. Links neben ihnen lag das Hafenbecken. Hektisch blickte sie von der Galionsfigur zu der Zeitungsseite in der Pubtür. Das musste der Zeiterbenpub sein, von dem Mr Hook damals gesprochen hatte. Also riss sie die Pubtür auf und zog Harper an der Hand hinter sich her in das Lokal hinein. Harpers Angst musste wirklich groß sein, denn ihre Hand fühlte sich beinahe wie eine Menschenhand an. Das hatte Jade noch nie erlebt. Als die Tür hinter ihnen zufiel, verstummten die Gespräche im Schankraum, und alle starrten sie überrascht an.

Im Pub war es dunkel und die Möbel schäbig. Und doch war er auch zu dieser späten Stunde noch gut besucht. Am Schanktisch saßen ein paar Frauen und Männer und tranken Snat mit Rum. Links hinter dem Tresen hing ein zugestaubtes Schild über einer kleinen Telefonkabine. *Zeitsprünge* stand darauf. Erleichtert schloss Jade für einen Atemzug lang die Augen.

»Verzeihung«, sagte Jade und japste nach Luft. Sie deutete auf die Telefonkabine. »Wir brauchen ganz dringend einen Zeitsprung, bitte.«

Der Wirt, ein dicklicher Mann mit strähnigem Haar und rotem Gesicht, kam um den Tresen herum und wischte seine Hände an seiner schmierigen Schürze trocken. »Macht zehn Pfund.«

Jade schluckte. »Ich habe aber gar kein Geld bei mir«, krächzte sie.

»Dann mach, dass du rauskommst. Bist doch bestimmt noch keine achtzehn«, sagte der Wirt mürrisch. »Und vergiss deinen Schutzgeist nicht.«

»Bitte, wir möchten nur nach Hause. Sie bekommen Ihr Geld. Ich gebe Ihnen mein Wort«, flehte Jade.

»Genau, wir geben es Mr Hook mit«, bekräftigte Harper.

»Tut mir leid«, sagte der Wirt und zeigte auf ein Plakat neben der Tür. »Zeitsprünge nur gegen Vorkasse. Steht auch so auf der Preisliste.«

»Soll sie dir doch ihr Dämonenschwert als Pfand dalassen«, sagte eine Frau mit rauchiger Stimme, die aufstand und Jade von Kopf bis Fuß musterte. Als ihr Blick an Jades Memento-Mori-

Taschenuhr hängen blieb, riss sie ihre Augen auf. »Du bist Jade, Jade Ryder, richtig?«

Als Jade nickte, fingen die Pubgäste an zu tuscheln.

Interessiert griff die Frau nach dem kleinen Totenkopfanhänger. »Gib mir deine Uhr, und ich zahle deinen Zeitsprung.«

»Niemals.« Jade zog der Frau den Anhänger aus der Hand.

»Wie du willst«, sagte die Frau schulterzuckend. »Ich wollte dir nur helfen.«

»Nun seid doch nicht so«, sagte da ein älterer Mann. Er legte die Zeitung, in der er gerade gelesen hatte auf den Tresen. »Jade Ryder ist die Verfasserin des *Real Daily Time Catcher*, wegen dem ihr alle herkommt. Nur dank ihr und ihren Leuten wisst ihr überhaupt, was im Time House wirklich vor sich geht.« Er stand auf, zog eine Zehn-Pfund-Note aus seiner Hosentasche und lächelte Jade freundlich an. »Unsere Leute hier haben heute Abend wohl ihren Anstand im Rum ertränkt. Spring schnell, Mädchen. Da scheint dir jemand auf den Fersen zu sein.« Er deutete nach draußen, wo einer der Time Knights durch die Fensterscheibe linste.

»Danke, Sir«, sagte Jade erleichtert, als der Mann dem Wirt das Geld gab. »Sie bekommen es wieder.«

»Bring dich nur schnell in Sicherheit. Wir halten dir den Rücken frei«, sagte der Mann, als die Pubtür geöffnet wurde.

Jade stürzte am Tresen vorbei zur Zeitsprungkabine und riss die Tür auf, die nur noch am oberen Scharnier hing. »Konzentrier dich und halt dich an mir fest, Harper!«, rief sie, und als sie die eiskalte Hand des Geistermädchens an ihrem linken Oberarm spürte, konzentrierte sie sich auf ihr Zuhause in der Zeiterbenpension. »Black Swan«, murmelte sie kaum hörbar und trat nach vorne in die Kabine.

Sie hörte Tumult hinter sich. Stühle krachten zu Boden. Gläser klirrten und zerbrachen.

»Beeil dich, Mädchen!«, rief jemand nah hinter ihr.

Eine Feuerkugel schoss an Jade vorbei in die Zeitsprungkabine und wurde vom Zeitstrom verschluckt.

»Ooooh, ich sterbe«, jammerte Harper, und Jade spürte, wie ihre Geisterhand zitterte.

Bevor der Zeitstrom sie erfasste, hörte sie Selda Brice schreien: »Sie flieht!«

Die Prophezeiung

Die Eingangshalle des Black Swan lag im Finstern, nur das Kaminfeuer brannte noch. Zu Jades Erstaunen löste ihre Ankunft in der Zeitkabine nicht wie erwartet einen Großalarm aus. Etwas wackelig von der langen Reise auf dem Zeitstrom, stieg sie aus der Kabine.

»Na endlich«, flüsterte jemand in der Dunkelheit.

Jade ließ Harper aussteigen und schloss die Tür der Zeitsprungkabine hinter sich. Suchend sah sie sich in der Halle um. In einem der Sessel vor dem Kamin saß Lucy.

»Lucy, was machst du hier?«

»Ich habe stundenlang auf dich gewartet.« Lucy sah Jade forschend an. »Bevor Elliott Baker alles abgeschlossen hat, habe ich die Tür der Zeitkabine leicht geöffnet. Und seitdem bewache ich das Zeitfenster.«

»Woher hast du gewusst, dass wir hierherspringen?«, fragte Jade erstaunt und setzte sich neben Lucy in den freien Sessel.

»Viele Möglichkeiten gab es ja nicht«, sagte Lucy schulterzuckend. »Ich war die ganze Zeit furchtbar nervös. Seit die Rohrpost in Großvaters Appartement angekommen war und besagte, dass du das Passwort tatsächlich benutzt hattest.«

»Das hätten wir uns sparen können«, sagte Jade seufzend. »Mr Mabou hat mich trotzdem erwischt. Hattest du Schwierigkeiten?«

»Nein, Großvater hat nichts bemerkt. Trotzdem bleibe ich jetzt erst mal hier im Black Swan. Ist wohl nur noch eine Frage der Zeit, wann Mr Mabou es Großvater erzählt. Schwieriger war es da schon, Orla zu verklickern, dass sie keinen Alarm schlagen darf. Sie hat natürlich mitbekommen, dass du per Zeitsprung verschwunden bist.«

Lucy stand auf und ging zur Treppe. »Sie sitzt oben am Fenster und beobachtet die anderen Zeitsprungrahmen im Clockmakers Market.«

»Dann ab nach oben.« Harper schwebte an Lucy vorbei zur Treppe. »Ich bin tooodmüde«, sagte sie gähnend.

»Und ich dachte immer, der Marschall ist hier für die Wortwitze zuständig«, kicherte es aus einer kleinen Frauengaleone.

Sie huschten leise durch die Pension nach oben ins Kaminzimmer. Orla kriegte sich gar nicht mehr ein, als sie Jade wohlbehalten erblickte, und wechselte zwischen Vorhaltungen, Neugierde und Erleichterung hin und her. *Wo warst du denn? Ein Glück, dass du wieder da bist. Weißt du eigentlich, welche Sorgen ich mir gemacht habe? Und dann auch noch per verbotenem Zeitsprung hinaus aus dem Clockmakers Market. Ich bin fast gestorben vor Angst um dich. Du hättest mich echt mitnehmen können.*

Leise berichtete Jade von dem, was sie im Lorn House, im unterirdischen Labyrinth Edinburghs und auf dem Weg zum Hafen von Leith erlebt hatten.

»Und es war doch alles umsonst, denn der Kelch der Sieben

Augen liegt noch immer in der Geisterstadt unter Edinburgh«, schloss sie deprimiert.

»Der Kelch, ja«, murmelte Harper, die sich bei Jades Bericht auf dem warmen Kaminsims eingerollt hatte. »Aber die Prophezeiungen, die sind nicht mehr dort.«

Jade sah Harper aus weit aufgerissenen Augen an. »Was willst du damit sagen?«

Das Geistermädchen setzte sich auf und rieb sich den Schlaf aus den Augen. Dann hob sie ihr Flatterkleid an, und drei weiße Kraniche aus Rauch kamen darunter hervorgeschwebt. Sie stiegen auf zur Zimmerdecke und zogen leise rauschend ihre Runden.

»Oh, wie wunderschön«, hauchte Lucy.

»Du hast sie eingefangen und mir nichts davon erzählt!« Jade konnte es nicht glauben.

Harper schwebte durch das Kaminzimmer die Treppe zu Jades Zimmer hinauf. »Das hab ich in der Aufregung ganz vergessen. Gute Nacht zusammen.« Damit ließ sie sich durch die Tür fallen.

»Und was haben diese Kraniche mit der Prophezeiung zu tun?«, fragte Orla interessiert.

»Das weiß ich auch nicht so genau«, sagte Jade nachdenklich. »Sie sind aus dem Kelch der Sieben Augen aufgestiegen, und Madam Prouch meinte, dass das die Prophezeiungen wären. Man müsste sie einfangen.« Jade zeigte auf die Kraniche. »Eingefangen waren sie ja unter Harpers Kleid. Von einer Prophezeiung habe ich aber nichts gesehen oder gehört. Es muss noch ein Geheimnis in ihnen liegen.«

»Vielleicht muss man sie entschlüsseln«, überlegte Lucy. »Oder man benötigt einen Fluch, ein Hexenbrett oder ein Räucherritual.«

»Ich sehe mich morgen früh mal bei Ms Kingsley im Shop um. Vielleicht finde ich ja ein Buch oder sonst einen Hinweis darauf, wie man solche Prophezeiungen liest.«

Orla horchte auf. »Du kannst aber auf keinen Fall Ms Kingsley einweihen. Versteht mich nicht falsch. Ich vertraue ihr. Aber wenn der Time Court von deinem Zeitsprung gestern erfährt, dann werden sie dich rund um die Uhr bewachen.«

»Das befürchte ich auch«, sagte Jade und stand auf. »Wir werden das Geheimnis schon alleine lüften. Die wichtigere Frage ist ja, was besagen diese Prophezeiungen?«

Kurz darauf zogen sie sich in ihre Zimmer zurück, doch Jade fand keine Ruhe. Immer wieder schlüpfte sie aus dem Bett und lief zur Zimmertür, um sich zu vergewissern, dass die Kraniche noch da waren.

Der Samstagmorgen brach sonnig und strahlend hell an, und doch: Es war klirrend kalt. Raureif lag wie Zuckerguss auf den Hausdächern des Clockmakers Market, und die Wachen an den Zeitsprungkabinen hatten sich warm angezogen.

Ms Mallows schloss gerade die Tür vom Witch Brew auf und stellte das Ladenschild nach draußen auf das Kopfsteinpflaster. Mr Darwy ging, vorsichtig auf seinen Stockschirm gestützt, über das frostige Kopfsteinpflaster zur Arbeit in der Bibliothek. Er grüßte Bertha Kingsley, die, in einen riesigen Poncho gehüllt, vor ihrem Laden stand und zusammen mit Tom die Zeitungsbündel hineintrug. Bei ihrem Anblick fielen Jade die Kraniche wieder ein, und sie stürzte zur Zimmertür.

»Guten Morgen!« Harper quetschte sich aus ihrer Galeone. »Ich musste gerade erst mal überlegen, ob ich das alles nur geträumt habe.«

»Kein Traum«, sagte Jade lächelnd und trat auf den Balkon hinaus. Sie zeigte auf die drei weißen Vögel, die noch immer unter der Decke des Kaminzimmers schwebten.

»Ich möchte ja zu gerne wissen, was diese Kraniche für ein Geheimnis hüten«, sagte Harper.

»Ich gehe zu Ms Kingsley und versuche herauszufinden, wie man die Prophezeiungen liest«, sagte Jade und schlüpfte ins Bad.

Eine halbe Stunde später lief Jade über den Pflasterplatz und steckte ihre kalten Hände tief in die Manteltaschen. Es war bitterkalt, und man musste aufpassen, dass man auf den gefrorenen Pflastersteinen nicht ausrutschte. Sie steuerte auf Kingsley's Tickets & Maps zu und sah zunächst durchs Schaufenster in den Laden hinein. Nur ein Kunde, Mr Parker von der Dämonenschwerterschmiede, war im Laden. Als Jade die Tür öffnete, kam er mit gesenktem Kopf und einem *Real Daily Time Catcher* unterm Arm aus dem Laden. Ohne aufzublicken, lief er an Jade vorbei zurück zu seiner Werkstatt.

»Ah, guten Morgen, Jade!«, rief da Bertha Kingsley von innen. »Komm doch rein und schließ die Tür. Es ist ja grässlich kalt heute Morgen.«

Jade lief durch den Laden, vorbei an Stapeln aus Kohlepapier, Geistertinte, Hexen- und Mondkalender zum Verkaufstisch. Bertha Kingsley saß auf einem Stuhl dahinter und war in einen Artikel im *Daily Time Catcher* vertieft. Tom war gerade damit beschäftigt, die Zeitungen auf den Verkaufstisch zu stapeln. Er sah sie nur kurz mit finsterem Blick an. Als Jade die Schlagzeile des *Daily Time Catcher* las, wusste sie auch, warum: *Jade Ryder – eine Time Knight.* Jade zog mit bebenden Händen die Zeitung zu sich heran und las den Text unter der Schlagzeile.

Wie unserer Redaktion in den späten Nachtstunden zugetragen wurde, soll sich Jade Ryder, Novizin der Clockmakers Academy im dritten Ausbildungsjahr, den Time Knights angeschlossen haben. »Ein durchaus löblicher Entschluss«, wie Ms Brice, Vorsitzende des Time Court London/Greenwich in einer ersten Stellungnahme kommentierte. »Die Time Knights haben sich die Befreiung der Unwelt auf ihre Fahne geschrieben und kämpfen gleichzeitig für geordnete Strukturen in der Zeiterbengesellschaft. Ich bin mir sicher, dass sich nun viele weitere Novizen Ms Ryders Vorbild anschließen und sich gegen die alte, starre Trennung von Totenwelt und irdischer Welt auflehnen werden.«

Wütend warf Jade die Zeitung zurück auf den Stapel. »Das ist das Mieseste, das ich je gelesen habe.«

Tom horchte scheinbar sehr interessiert auf. »Es stimmt also nicht?«

Bertha Kingsley sah ihren Neffen aufgebracht an. »Das ist ein ausgemachter Blödsinn.« Sie tippte auf die Schlagzeile. »Ihr wisst doch, dass diese Zeitung seit Wochen Falschnachrichten verbreitet. Ich habe sie abbestellt, aber sie wird einfach weiter geliefert. Wer hat sie überhaupt auf den Tresen zum Verkauf gelegt? Komm, Tom, fass mal mit an, diese Schundblätter verschwinden augenblicklich aus meinem Laden. Wolltest du etwas Bestimmtes, Jade?«

Hastig schüttelte Jade den Kopf und zeigte auf die Regale mit den Lehrbüchern an der hinteren Wand. »Ich wollte mich nur mal nach einem neuen Buch umsehen. Bald ist ja schon Weihnachten.«

»Also fein, wenn du uns suchst, wir vernichten mal kurz diese Propaganda hier«, sagte Ms Kingsley. Sie trug mit Tom zusammen die Zeitungsbündel aus dem Laden ins Hinterzimmer.

Jade grinste und huschte zu den Bücherregalen. Das lief ja besser als erwartet. Sie suchte unter dem Buchstaben P. Doch fast alle Bücher drehten sich um Prognosetiere. *Prognosetiere – der* Gesamtkatalog, *Prognosetiere und ihre artgerechte Haltung, Prognosetiere und ihre natürlichen Habitate.*

Da entdeckte sie ein Buch mit dem Titel *Prophezeiungen lesen für Anfänger* und zog es aus dem Regal.

Während sie mit dem Finger das Inhaltsverzeichnis entlangfuhr, hörte sie im Hinterraum Ms Kingsley mit Tom sprechen. »Wir tragen alles in den Keller. Wenn Mr Strouts Kröte die Zeitungen vollgestunken hat, will sie sowieso keiner mehr lesen.«

»Räucherprophezeiungen, Seite 246«, las Jade leise. Sie blätterte hastig in dem Buch und überflog die Seiten. *Wie man eine Prophezeiung erräuchert, Das Material zur Räucherung, Die Vorbereitung der Räucherung, Die Beschwörungsformeln, Die unterschiedlichen Rauchprophezeiungen, Das Lesen der Prophezeiungen …*

»Hast du schon etwas Geeignetes gefunden, Jade?«, rief Ms Kingsley da so überraschend aus dem Hinterzimmer, dass Jade beinahe das Buch fallen ließ. »Nein, Ms Kingsley, ich suche noch!«, rief sie hastig und überflog den Text: *Das Lesen der Prophezeiungen gestaltet sich so individuell wie die Rauchgestalten selbst. Es ist immer das jeweilige Element, in dem das Wesen sich natürlicherweise bewegen würde, das man ihm entziehen muss. So würde man als Beispiel einen Rauchdrachen ins Wasser legen, um seine Prophezeiung zu lesen. Gleiches sollte man aber niemals mit Tieren des Luftelementes tun. Gefiederte Wesen würde man lediglich einfangen und ihnen die Luft entziehen, die sie trägt …*

Jade klappte das Buch leise zu und stellte es zurück ins Regal. Im Hinterzimmer unterhielten sich Ms Kingsley und Tom lautstark über die Hetze im *Daily Time Catcher*. So huschte Jade leise im Schutz der Regale bis zur Ladentür und verließ Kingsley's Tickets & Maps, ohne sich zu verabschieden.

Jade ging zurück in die Pension und hatte das Gefühl, dass sie ganz nah dran war, ein großes Geheimnis aufzudecken. Sie war froh, niemanden im Kaminzimmer anzutreffen. Als sie eintrat, kroch der Blaue Nebeldrache lautlos unter eines der vielen Bücherregale. Harper schaukelte an der Balkonumrandung, und die weißen Rauchkraniche flogen noch immer majestätisch unter der Zimmerdecke. »Ah, du bist zurück!«, rief Harper und schwang sich hoch. »Hast du etwas rausgefunden?«

»Stell dir vor, Harper«, sagte Jade. Sie zog ihren Mantel aus und schlüpfte aus den Stiefeln. »Ich muss die Kraniche nur einfangen.« Sie stellte sich auf den Sessel und schnappte nach einem der Vögel.

»Aber das kann doch gar nicht sein!«, rief Harper. »Ich hatte sie doch eingefangen.«

»Stimmt.« Jade zog ihren Arm zurück und sah Harper nachdenklich an. »Vielleicht funktioniert es bei Geistern nicht?«

»Das ist möglich. Warte, ich bringe dir einen.« Harper schoss hoch und fing mit ihren ausgebreiteten Armen einen der Kraniche ein.

Jade stieg vom Sessel und öffnete ihre Hände, damit Harper den Rauchkranich dort hineinlegen konnte.

»Halt ihn gut fest«, sagte Harper und ließ den Kranich in Jades Hände fallen.

Der weiße Rauch war warm, als wäre er gerade erst den qualmenden Kräutern entstiegen. Der Kranich schmiegte sich in Jades Handflächen, und sein Rauch verdichtete sich.

»Er verwandelt sich«, flüsterte Harper ergriffen.

Der Qualm sammelte sich immer mehr, und Augenblicke

später war der Rauch nur noch ein kunstvoll gefalteter Kranich aus weißem Papier.

»Das ist also die Lösung.« Jade setzte sich in den Sessel und faltete den Papierkranich auseinander. Blassgraue Buchstaben zogen sich über das quadratische, verknitterte Stück Papier. Jade strich es glatt und las:

Sie trägt eine Kraft in sich, die die Unwelt nicht kennt
und die sie siegen lässt über den Tod.

»Eine Kraft, die die Unwelt nicht kennt. Was soll das sein?« Harper rieb sich nachdenklich ihr spitzes Geisterkinn.

»Und von wem ist hier überhaupt die Rede?« Jade tippte auf das Papier. »Da steht ja kein Name.«

Harper sah zu den anderen beiden Kranichen auf. »Ich fange sie mal ein. Vielleicht ergibt es ja einen Sinn, wenn wir alle drei gelesen haben.« Sie stürmte hoch zur Decke und fing den nächsten der weißen Rauchvögel ein.

Es war ein faszinierender Anblick, wie die Kraniche aus Rauch sich in Papiervögel verwandelten und ihr Geheimnis preisgaben. Im zweiten stand:

Sieben Tode sollen es sein.
Sechs Tode sind sein.
Der letzte Tod wird ihrer sein.

»Das klingt aber gruselig«, flüsterte Harper und schüttelte sich. »Bist du sicher, dass du die restliche Botschaft lesen möchtest?«

»Wir müssen, Harper.« Jade faltete mit bebenden Fingern die letzte Prophezeiung auseinander.

Der Geist des Gründers gibt dem Rat,
der den Herzschlag im Schädel hat.

»Ich verstehe gar nichts«, sagte Harper schulterzuckend. »Und für diesen Unsinn haben wir uns in Gefahr gebracht? Was hätten die Time Knights denn damit anfangen können?«

Jade nahm immer wieder die drei Zettel in die Hand, drehte sie hin und her und fand doch nichts weiter darauf als die drei sonderbaren Prophezeiungen.

»Hörst du das auch?«, fragte Jade und lauschte. Sie hörte ein Flüstern. Ganz leise, aber doch vernehmbar.

»Keine Panik, das kommt nur aus deinen Tarotkarten«, sagte Harper kichernd und deutete auf den Stapel Prophezeiungskarten, die Jade auf dem kleinen Tisch hatte liegen lassen. »Die flüstern schon seit Stunden immer wieder.«

»Und das sagst du mir nicht?« Jade schnappte sich die Tarotkarten und blätterte sie durch. Die meisten Karten waren leer und schwiegen. Doch nicht so die Karte mit der Nummer zwei. *Priestess* stand darauf, und das Bild, das sich dort abzeichnete, war ein deutlich zu erkennender Hirschkopf. Jade hielt sich die Karte ans Ohr. »Der Geist offenbart dir sein Geheimnis«, flüsterte sie.

»Ein Hirsch?« Harper schnappte sich Jades Tarotkarte. »Komisch«, murmelte sie, drehte die Karte hin und her und gab sie Jade zurück. »Jetzt ist er wieder weg.«

»Lass mal sehen«, sagte Jade. Sobald sie die Karte in die Hand nahm, erschien der Hirschkopf wieder. Und wenn man richtig hinsah, dann bildete sich an dessen Hals so etwas wie eine Kette. Nicht irgendeine Kette. *Ihre* Kette mit der Memento-Mori-Taschenuhr.

»Den kenne ich«, sagte Harper, und ihr silbriger Geisterfinger tippte auf die Tarotkarte. »Das ist doch der Schutzgeist vom Greenwich Park.«

»Du hast recht!«, rief Jade aufgeregt. »Den Geist habe ich dort auch schon mal gesehen. Damals, nach meiner praktischen Prüfung in Dämonenabwehr. Weißt du, wo seine Galeone hängt?«

Harper schüttelte mit dem Kopf. »Nein, ich bin nur mal seinem Geist begegnet.«

»Das wird ja leicht rauszukriegen sein«, sagte Jade und stand auf. Sie schlüpfte zurück in ihren Mantel und ihre Stiefel, steckte die Tarotkarten und die drei Prophezeiungen ein und ging zur Tür.

Die Hirschgaleone

Im Treppenhaus des Black Swan roch es nach Betsys berühmten Yorkshire-Puddings, und aus dem Speisesaal hörte man lautes Geschirrgeklapper. Während Jade die Treppe in die Eingangshalle hinunterging, überlegte sie, ob sie irgendein Fest vergessen hatte. Aber bis Weihnachten waren es noch ein paar Tage.

»Guten Morgen, Jade!«, rief Odette, die mit einem Karton voller Stundengläser aus dem Speisesaal kam. Dann blieb sie stutzend stehen. »Du gehst noch mal weg?«, fragte sie mit Blick auf Jades Mantel. »Hast du nicht jetzt gleich Küchendienst?«

Erschrocken zog Jade ihre Taschenuhr hervor und klappte sie auf. Odette hatte recht. Es war gleich zehn Uhr. »Ich müsste wirklich noch einmal dringend weg«, sagte Jade und lehnte sich über das Treppengeländer, um in den Speisesaal hineinsehen zu können. Jenna war gerade dabei, die Tische einzudecken. »Braucht ihr meine Hilfe sehr dringend?«

»Ja, auf jeden Fall! Tut mir sehr leid, aber du weißt ja, heute ist Wintersonnenwende, und da die praktischen Prüfungen aufgrund der aktuellen Situation ausfallen müssen, findet stattdessen hier eine kleine Feier statt. Heute wird wirklich jede helfende Hand dringend benötigt.«

Jade seufzte und ging zurück in ihr Zimmer, um sich für den

Küchendienst umzuziehen. Laut Plan war sie von zehn bis fünfzehn Uhr eingeteilt. Die Sache mit der Hirschgaleone würde also noch warten müssen.

In den folgenden Stunden half sie erst einmal Jenna beim Gläser- und Silberpolieren. Und da es kurz vor Weihnachten war, hatte Jenna ausgezeichnete Laune und plauderte über alles, das ihr in den Sinn kam. »Und mein liebstes Prognosetier ist die Teufelsnadel.« Sie deutete auf die Libellen, die unter der Zimmerdecke rauschend eine Runde zogen. »Es heißt ja, dass Libellen Zeitreisende sind. Wenn du also das nächste Mal eine Libelle still in der Luft stehen siehst, dann ist sie womöglich gerade in einer ganz anderen Welt oder Zeit unterwegs.«

Jade schielte zur großen Uhr und seufzte. Es waren immer noch zwei Stunden, bis sie endlich die Hirschgaleone suchen konnte. So versunken war sie in ihre Gedanken, dass sie beinahe von dem Schwarm Teufelsnadeln getroffen worden wäre. Es war nur Jennas Schubs in Jades Rücken zu verdanken, der sie zu Boden warf, dass Jade den Teufelsstichen in letzter Sekunde entkam. »Danke, Jenna, du hast mich gerettet«, stieß Jade hervor, als sie sich wieder aufrappelte.

»Was ist los mit dir?«, maulte Jenna und fuchtelte drohend mit einem der Messer vor Jade herum. »Silberpolieren ist ja nicht so anspruchsvoll, dass man dabei alles um sich herum vergisst.«

»Es ist nicht das Silber«, gab Jade zu und fischte sich einen angelaufenen Silberlöffel aus der Schale, um ihn zu polieren.

»Dann lass mich raten«, sagte Jenna und beugte sich vor. »Liebeskummer?«, flüsterte sie verschwörerisch.

»Nein.« Jade schüttelte lächelnd den Kopf. Dann hatte sie eine Idee. »Ich war in Gedanken bei einer Hausaufgabe in Kartografie. Wir sollen da nämlich die Schutzgeister vom Greenwich Park einzeichnen. Und jetzt weiß ich nicht, wie ich das machen soll, wo wir doch den Clockmakers Market nicht verlassen dürfen.«

»Verstehe«, sagte Jenna unerwartet mitfühlend. Sie hauchte das Messer an, das sie gerade polierte, und sah dann Jade warnend an. »Ich schätze mal, das ist ein Test. Die wollen nur sehen, ob ihr die Regeln brecht und euch unerlaubt rausschleicht. Fallt nicht darauf rein.« Sie sah sich um und raunte dann verschwörerisch: »Kannst ja mich fragen, ich kenne alle Schutzgeister im Greenwich Park.«

»Danke, Jenna, das wäre wirklich eine große Hilfe«, sagte Jade und senkte sogleich die Stimme. »Mir fehlt zum Beispiel noch die Hirschgaleone. Ich weiß, dass es die dort geben muss, denn den Hirschgeist habe ich dort schon einmal gesehen. Aber wo hängt seine Galeone?«

Jenna ging zur Tür und schloss sie leise. Dann sah sie Jade fragend an. »Hast du deine Time Map dabei?«

»Klar«, sagte Jade und zog ihre Karte hervor.

Jenna faltete die Time Map auseinander und deutete auf den Greenwich Park. »Hier unten liegt der Hirschpark, wird auch die Wildnis genannt. Dieser Bereich hier«, sie zeichnete mit dem Silbermesser eine unsichtbare Linie auf der Karte, »das ist der abgezäunte Bereich, in dem sich die Hirsche befinden und den man nicht betreten darf. Siehst du den dicken Silberpunkt hier mittendrin? Das ist die Hirschgaleone. Hängt ziemlich hoch oben in einem Baum.« Sie richtete sich auf und hielt Jade warnend das Messer an die Brust. »Das weißt du nicht von mir.«

»Ehrenwort«, sagte Jade und faltete aufgeregt die Time Map wieder zusammen. »Vielen Dank, Jenna. Du hast mir sehr geholfen.«

»Mhm«, machte Jenna mürrisch. Sie warf das Messer in die Besteckkiste und öffnete die Speisesaaltür wieder. »Und jetzt weitermachen«, sagte sie und zeigte auf den Geschirrwagen. »Die Arbeit zaubert sich ja nicht von alleine weg.«

Es war fast vier, als Jade sich endlich auf den Weg machen konnte. Sie steuerte geradewegs aufs Witch Brew zu, wo Orla schon seit den frühen Morgenstunden Ms Mallows und Mat beim Verkauf half.

Als Jade die Ladentür öffnete, drang ihr beißender Geruch entgegen. Vor dem Ladentisch drängten sich die Kunden, und sie hörte Ms Mallows rufen: »Bitte einer nach dem anderen! Es ist genug für alle da.«

Jade schob sich durch die Menge zu Orla vor, die an der Kasse stand und Geld entgegennahm. »Was ist denn hier los?«

»Wintersonnenwende!«, rief Orla und verdrehte die Augen. »Alle brauchen noch schnell die Räuchermischung. Der 21. Dezember kommt ja auch immer so überraschend.«

Jade grinste und sah in Ms Mallows' glühendes Gesicht. Sie diskutierte gerade mit einer Kundin. »Nein, Madam. Ich verrate Ihnen die genaue Zusammensetzung der Mischung nicht. Wir wollen ja auch im nächsten Jahr noch verkaufen. Aber die Grundzutaten sind Myrrhe, Weihrauch, Mistel, Beifuß und Johanniskraut. Ein Muss für die Wintersonnenwende.«

Hinten im Restaurant wurde die Tür zum Treppenhaus aufgeschubst, und Mat kam mit einem Karton zum Verkaufstisch. »Nachschub, Ms Mallows!«, rief er und wuchtete die Kiste auf den Tisch. Sofort gab es wieder großes Gedränge.

Ms Mallows warf sich schützend über die Kräutermischungen. »Ja, aber was soll denn das? Sie sehen doch, dass wir genug dahaben! Sie reißen mir ja die ganzen Beutel kaputt.«

Jade grinste Mat an, der sie gerade in der Menge entdeckte.

»Da bist du ja endlich!«, rief Mat und lief hinter dem Verkaufstisch herum. »Den ganzen Tag konnte ich hier nicht weg. Die Leute drehen durch, weil gleich der Sonnenstillstand ist und sie Angst vor bösen Dämonen aus der Unwelt haben.« Er beugte sich zu Jade herab und flüsterte: »Vermutlich zu Recht.«

»Komm mal mit«, sagte Jade und zog Mat an der Hand hinter sich her zu einem Tisch hinten in der Ecke. Sie setzten sich auf die kleine Bank an der Wand. »Hat Orla dir schon von letzter Nacht erzählt?«, fragte Jade leise.

»Ja, heute Morgen ganz knapp.« Mat sah sie besorgt und neugierig zugleich an. »Irgendwas von Edinburgh, und dass du da nach dem Kelch der Sieben Augen gesucht hast …«

»Ich habe die Prophezeiungen«, unterbrach Jade ihn leise.

Mat riss seine Augen auf. »Du kennst das Geheimnis des Kelches der Sieben Augen?«

Jade nickte und zog die drei Zettel mit den Prophezeiungen hervor. »Hier, lies mal. Aber sei vorsichtig.«

Mat nahm die Papiere entgegen und las stirnrunzelnd die drei Botschaften. »Das hört sich gar nicht gut an«, sagte er besorgt. »Wenn diese Prophezeiung hier wirklich dich meint, dann bist du in Lebensgefahr.« Er reichte Jade den Zettel.

»Sechs Tode sind sein. Der letzte Tod wird ihrer sein«, las Jade leise. »Ich frage mich die ganze Zeit, wer *seine* sechs Toten sein sollen. Opfer von Chronos?«

Mat hob ratlos die Schultern an. »Vielleicht deine Eltern? Gridlock?«

Jade nickte. »Genau, das habe ich auch überlegt. Aber das wären erst drei. Hier steht aber *sechs* Tode. Da fehlen noch drei.«

Mat grübelte. »Vielleicht zählen Lady Mortimer und Dornfinger auch noch dazu?«

»Möglich«, sagte Jade, doch sie war nicht davon überzeugt. »Das waren aber Totengänger und keine direkten Opfer von Chronos.«

»Vielleicht hat sich die Prophezeiung noch gar nicht ganz erfüllt, und weitere müssen erst noch sterben«, murmelte Mat.

Jade griff sich an den Hals. »Was glaubst du, wer könnte auf seiner Liste stehen?«, krächzte sie.

Mat überlegte. »Personen, die ihm ein Dorn im Auge sind. Deine Eltern und Gridlock gehörten eindeutig dazu. Ich will dir keine Angst machen, aber könnte es sein, dass er sich an Odette rächen will, weil sie dich damals versteckt hat?«

Während Mat es aussprach, wusste Jade, dass es so war. Sie sprang auf. »Ich muss sie sofort warnen.«

»Jade, warte!« Mat hielt sie an der Hand zurück. »Erstens ahnt Odette das mit Sicherheit selbst, und zweitens ist sie nirgends sicherer als im streng bewachten Clockmakers Market. Mehr Schutz geht nicht. Also mach ihr keine Angst.«

»Du hast recht«, flüsterte Jade und ließ sich zurück auf die Bank fallen.

Mat legte seine Hand beruhigend auf Jades Arm. »Außerdem vermuten wir das alles ja nur. Der Schlüssel liegt meiner Meinung nach in dieser dritten Prophezeiung hier.« Er hielt das Blatt mit dem Text *Der Geist des Gründers gibt dem Rat, der den Herzschlag im Schädel hat* hoch.

»Das Geheimnis habe ich schon fast gelöst«, sagte Jade und zog ihre Tarotkarten hervor. »Hier sieh mal.« Sie zog die Karte mit dem Hirsch aus dem Stapel.

Doch Mat schüttelte nur den Kopf. »Ich sehe da gar nichts, es sind ja deine Karten. Erzähl mir, was du da erkennst.«

Jade betrachtete die Karte. »Da ist ein Hirschkopf mit großem Geweih. Und um den Hals trägt er meine Memento-Mori-

Taschenuhr. Und die Karte flüstert.« Sie hielt sich die Tarotkarte an das rechte Ohr und hielt sich gleichzeitig das linke Ohr zu, denn noch immer schnatterte alles im überfüllten Witch Brew laut durcheinander. »Sie sagt: *Der Geist offenbart dir sein Geheimnis.*« Jade ließ die Karte sinken. »Wir sollten schleunigst nach einer Hirschgaleone suchen.«

Mat zog seine Time Map hervor. »Ich habe noch nie von solch einem Schutzgeist gehört. Wo könnte er sein?«

Jade beugte sich über die Karte und tippte auf den hellen Silberfleck in der Wildnis des Greenwich Parks. »Das meinte ich ja. Ich weiß schon, wo ich den Geist finde. Das Problem ist: Die Galeone hängt gut versteckt im Greenwich Park, und wir kommen niemals aus dem Clockmakers Market heraus.« Sie sah auf und blickte Mat nachdenklich an. »Nicht auf legalem Weg jedenfalls«, fügte sie kaum hörbar hinzu.

»Vergiss es! Ein Zeitfenstersprung mitten am Tag und dann noch so kurz vor der Wintersonnenwende ist auch zu gefährlich«, sagte Mat.

»Aber wie dann?«, fragte Jade verzweifelt. »Die einzigen Wege aus dem Clockmakers Market hinaus sind durch den Haupteingang vorne, durch die Zeitfenster und durch den Tunnel ins Time House.«

»Irrtum«, sagte Mat und faltete seine Time Map zusammen. »Komm mal mit!«

Er schnappte sich seine Jacke vom Haken, führte Jade durch die Tür ins Treppenhaus und stieg die Stufen in den Keller hinab. »Pass auf, dass du nicht über all diese Kisten hier fällst. Ms Mallows hat Kräuter und Pilze für drei Jahre gesammelt.«

Jade folgte Mat die Treppe hinab und sah sich neugierig um. Ein herber Geruch nach bitteren Heilsäften lag schwer in der

Luft. Überall hingen Kräuterbündel von der Decke, und in offenen Holzkisten lagerten giftig aussehende Pilze und Wurzeln.

Mat stemmte sich gegen ein großes Eichenfass am Ende des gewölbten Kellerraums, das vor einer niedrigen Tür stand. Doch erst als Jade ihm zu Hilfe eilte, ließ sich das Fass Stück für Stück fortschieben.

»Was ist dadrin?«, fragte Jade japsend. »Randvoll gefüllt mit Bibernellenaufguss?«

»In Themsewasser eingelegte Blutegel, Fischaugen und Nacktschnecken, soweit ich weiß.« Mat suchte auf dem Rahmen der dahinter liegenden Tür nach irgendwas. »Ha, da ist er ja!« Er hielt einen langen Schlüssel in der Hand. »Ms Mallows hat die Tür so abgesichert, weil sie Angst hat, dass jemand unbemerkt ins Haus kommen könnte.«

Jade, die immer noch über die Blutegel, Fischaugen und Nacktschnecken nachdachte, sah Mat sprachlos dabei zu, wie er die Tür öffnete und hindurchging. Sein Dämonenschwert blitzte auf und erhellte den finsteren Kellergang hinter der Tür. »Nun komm schon, Jade, ich muss die Tür hinter dir abschließen.«

Jade zog ihr Dämonenschwert und ließ es aufleuchten. Dann trat sie an Mat vorbei in den Kellergang. Sie leuchtete mit ihrer Klinge die gemauerten Wände ab. Der Gang erinnerte sie an die Labyrinthwege unter Edinburgh, und das machte sie nervös. »Wohin führt dieser Gang?«, fragte sie, als Mat die Tür hinter ihnen zuzog und abschloss.

»Warte es ab«, sagte Mat. Er schob sich an ihr vorbei und ging voran.

Ja, dachte Jade. Es war wirklich wie in Edinburghs unterirdischer Geisterstadt. Und doch war es ganz anders, denn Mat war bei ihr. Sie griff nach seiner Hand, und er warf ihr lächelnd einen Blick über die Schulter zu.

Nach nur wenigen Metern führte der Gang um eine Kurve und eine schmale Treppe wieder hinauf. Mat stieg die Stufen hinauf und leuchtete mit seinem Schwert auf das Schlüsselloch. Er steckte den Kellerschlüssel dort hinein, und es klickte leise im Schloss. Langsam öffnete Mat die Kellertür und lugte nach draußen. Er drehte sich zu Jade herum und legte einen Finger an die Lippen. Dann ließ er sein Dämonenschwert verlöschen und winkte sie hinter sich her.

Durch den Türspalt fiel blasses Tageslicht von oben auf die ausgetretene Treppe herab. Jade ließ ihr Dämonenschwert sinken. Das Silberlicht ging aus, und sie steckte den Schwertergriff zurück in ihre Gürtelschlaufe.

Mat verließ den Keller, und Jade folgte ihm neugierig.

Der Treppengang führte in eine kleine Gasse, die rechts in den Clockmakers Market mündete. Jade kannte diesen kleinen Gang zwischen den eng stehenden Häusern. Es war der Weg zwischen dem Witch Brew und der Dämonenschwerterschmiede. Wenn man links hinaus aus dem Clockmakers Market lief, kam man an Madam Prouchs Zaubereibedarf vorbei und zur alten Werft, in der sich damals die Time Knights um Dornfinger versammelt hatten.

»Achtung«, flüsterte Mat und zog Jade in den Hauseingang zurück. Sekunden später lugte er um die Hausecke und nickte. »Die Wache ist fort.« Er schloss leise die kleine Brettertür ab, dann deutete er nach links die Gasse hinab.

Immer wieder verharrten sie, pressten sich in kleine Nischen oder unbewohnte Hauseingänge, um sicher zu sein, dass ihnen niemand folgte. Obwohl es erst kurz nach halb fünf war, war es schon dunkel. Schwere Wolken hingen über London, und erste winzige Schneeflocken fielen lautlos zu Boden.

Sie liefen an der alten Werft vorbei, wo der Wind durch die kaputten Fenster heulte. Wie ein riesiger, im Dunkeln kauernder Dämon, dachte Jade mit Schaudern.

Noch nie war sie diese Gasse bis zum Ende gelaufen. Sie wusste selbst nicht so genau, warum, aber sie hatte vermutet, dass all diese kleinen Gänge zwischen den Häusern Sackgassen waren, so wie der Weg zum Friedhof zwischen dem Black Swan und Linnaker & Sons. Nicht so dieser Weg, denn als sie um eine Hausecke bogen, gelangten sie auf eine deutlich breitere Straße, die Jade vertraut vorkam. Auf der linken Seite lagen zwei- und dreistöckige Wohnhäuser, und auf der rechten Seite befand sich eine Mauer, die das Maritime Museum umgab. Geradeaus führte ein kleines gusseisernes Tor in den Greenwich Park.

»Das war genial, Mat«, sagte Jade und fiel ihm um den Hals.

Mat legte seine Arme um sie und presste sie so fest an sich, dass es ihr den Atem raubte. »Ich habe Angst um dich.«

Jade löste sich aus seiner Umarmung und sah ihn stumm an. Sie wusste nicht, was sie ihm antworten sollte. *Du brauchst keine Angst zu haben? Es wird alles gut werden? Ich habe keine Angst?* Das alles klang wie eine große Lüge. Daher nahm sie nur seine Hand und ging schweigend neben ihm in den Park hinein.

Sie liefen an der großen Sonnenuhr vorbei und immer geradeaus in den inzwischen schon nächtlichen Park hinein. Hinten rechts auf dem Hügel konnte Jade die Silhouette des Flamsteed Houses erkennen und vor allem den grünen Laserstrahl, der den Nullmeridian in die winterliche Luft malte. Sie kamen an der alten Eiche vorbei, die den Gestaltwandlern als Wandlungs- und Zeitfenster diente. Immer wieder drehten sie sich besorgt um, weil Mat meinte, dass sie verfolgt würden. Doch sie entdeckten niemanden. »Und ich war mir ganz sicher, ich hätte einen Schutzgeist gesehen. Eine Galeone, kam mir sogar sehr bekannt vor«, flüsterte Mat.

Obwohl sie recht schnell liefen, schon allein, weil es immer stärker schneite, dauerte es fast eine Viertelstunde, bis sie an der Wildnis ankamen.

Der eigentliche Hirschpark war eingezäunt. Jade lief suchend an den Bäumen vorbei, die das Gehege säumten. »Wir hätten am Tag herkommen sollen. Jetzt in der Dunkelheit werden wir die Hirschgaleone bestimmt nicht finden.«

»Ich sehe auch nichts«, sagte Mat und griff nach seinem Dämonenschwert.

»Warte, Mat«, flüsterte Jade und deutete in das Hirschgehege hinein. Zwischen den dunklen Schatten der Hirsche trat ein silbern schimmernder Hirsch hinter einem Baumstamm hervor.

»Das ist er«, raunte Mat aufgeregt.

Jade war unfähig, sich zu bewegen. Sie war vollkommen gefangen von dem Anblick des silbernen Hirsches, der langsam auf sie zukam. Kurz vor dem Zaun hielt er inne, dann rannte er los und sprang leichtfüßig über den etwa zwei Meter hohen Zaun.

»Ich dachte schon, du kommst nie«, sagte der Hirsch und blieb vor Jade stehen.

»Sie haben mich erwartet?«, fragte Jade überrascht.

»Sicher«, sagte der Hirschgeist und kam näher. »Ich darf mich vorstellen? Ramsay, David Ramsay.«

»Etwa *der* David Ramsay?«, fragte Mat verblüfft. »Der Gründer unserer Zeiterbengesellschaft? Derjenige, der die Time-House-Uhr anfertigte?«

»Ich sehe, ihr seid gut über mich informiert. Das ehrt mich«, sagte der Hirsch.

»Aber warum sind Sie als Hirschgeist hier im Greenwich Park unterwegs?«, fragte Jade.

Der Hirsch schnaubte. »Die Zeiten waren nicht immer so friedlich wie heute. Ich lebte in einer Epoche, in der man für einen Wünschelrutengang sein Leben lang ausgelacht wurde. Nun ja, ich konnte niemandem von meiner Entdeckung erzählen, Zeiterben gab es ja nur uns drei, mich und meine beiden Gesellen. Ich zog es daher vor, mich gelegentlich in einen Hirsch zu verwandeln und unbehelligt mit den großen Herden hier in den Parkanlagen zu grasen.« Er hob seinen Kopf und blickte zur Hirschherde. »Leider hat mich der Tod in dieser verwandelten Form ereilt, und seither kann mein Geist einfach keine Ruhe finden und ist in diesem Hirschkörper gefangen.«

»Ach, das tut mir aber furchtbar leid«, sagte Jade.

»Dann sind Sie gar kein echter Schutzgeist?«, fragte Mat.

»Es gibt tatsächlich eine Hirschgaleone, doch die ist nur Zierde. Ich bin ein einfacher Totengeist«, sagte der Hirsch und trat so nah an Jade heran, dass er ihre Taschenuhr anstupsen konnte. »Diese Uhr gehörte einst mir«, sagte er. »Ich habe sie gefertigt aus einem Rest des silbernen Welteneis.«

»Ja, ich weiß«, sagte Jade und nahm die Uhr in die Hand.

Der Hirsch nickte sacht und drehte sich um, als wolle er davongehen. Doch nach wenigen Schritten blieb er stehen und sah über die Schulter. »Vor einigen Jahren waren schon einmal zwei bei mir. Eine junge Frau, hochschwanger, und ein Mann. Nicht viel älter als ihr beide. Die Frau trug so wie du diese Memento-Mori-Uhr.«

»Meine Eltern?« Jades Herz klopfte schneller.

»Und sie hatten noch etwas bei sich: den Sekundenuhrzeiger der Time-House-Uhr«, sagte der Hirschgeist. »Sie waren auf der Suche nach einem Versteck.«

»Kennen Sie das Versteck?«, fragte Mat atemlos.

»Nein, ich kenne es nicht«, sagte der Hirsch und ließ den Kopf hängen, bis sein ausladendes Geweih fast den Boden berührte. »Aber sie gaben mir eine Botschaft für den rechtmäßigen Erben der Taschenuhr.«

Jade sah Mat entgeistert an. Konnte es sein? Konnte es wirklich wahr sein, dass sie dem letzten Uhrzeiger so nah waren?

»Wie lautet die Botschaft?«, fragte Jade.

Der Hirsch kam ganz nah, dann flüsterte er: »Die Sekunde ist der Wächter der Quelle.«

»Was soll das heißen?«, fragte Jade verständnislos.

»Ich dachte, du könntest es mir sagen«, flüsterte der Hirsch und sah Jade enttäuscht an.

Jade überlegte. »Die Sekunde ist der Wächter der Quelle, das macht irgendwie keinen Sinn, oder, Mat?«

Doch Mat sah sie nur erschrocken an, denn hinter ihnen knackte ein Ast.

Seldas Fluch

Jemand schälte sich aus dem Schatten des Baumes hinter ihnen und trat unter das Licht der Laterne: Selda Brice.

»Was tun Sie hier?«, rief Mat. »Spionieren Sie uns etwa nach?«

»Warum denn so zornig, Mat?«, zischte Selda Brice und kam langsam näher.

»Weg hier!«, rief Jade und fuhr herum. Der Hirsch stand noch immer in ihrer Nähe, und für einen kurzen Augenblick hatte sie das Gefühl, dass sie weit hinten zwischen den Bäumen einen Galeonsgeist davonschweben sah.

Als sie losrennen wollten, traten weitere Gestalten hinter den Baumstämmen hervor. Jade und Mat hielten inne, denn sie waren von Time Knights umzingelt. Immer mehr traten aus dem Schatten der Bäume auf die Wiese, und sie alle waren maskiert oder trugen ihre Wollmützen tief ins Gesicht gezogen und hatten die Krägen ihrer Wintermäntel aufgestellt.

»Verdammt, was wollen Sie denn von uns?«, rief Mat.

»Genau«, sagte Jade und drehte sich zu Selda Brice herum. »Sie haben doch alles, was Sie wollten. Das ganze Time House gehört Ihnen.«

»Nicht alles«, sagte Selda Brice kühl und kam langsam näher.

Jade sah sich panisch um, doch es gab keinen Ausweg. Die

Time Knights schlossen langsam den Kreis um sie. »Was wollen Sie denn noch?«

»Deine Memento-Mori-Uhr!«, sagte Selda Brice leise. »Oder richtig gesagt: *meine* Memento-Mori-Uhr!«

Jade umklammerte mit kalten Fingern ihre Taschenuhr. »Diese Uhr hat nie Ihnen gehört. Sie ist ein Erbstück meiner Mutter. Und vor ihr hat sie meine Oma getragen: Morrigan Copper.«

»Und Morrigan Copper hat sie mir gestohlen!«, rief Selda Brice aufgebracht.

Jade warf einen verwunderten Blick zu Mat, der unsicher mit den Schultern zuckte.

»Das kann ja jeder behaupten«, sagte Jade und machte einen Schritt zurück. Sofort entflammten mehrere Dämonenschwerter um sie herum.

»Ich besitze diese Uhr seit über elf Jahren und habe sie rechtmäßig von meiner Mutter vererbt bekommen«, sagte Jade.

»Rechtmäßig?«, keifte Selda Brice. »Ich will dir mal sagen, warum sie rechtmäßig mir gehört. Mein damaliger Verlobter hat sie für *mich* gekauft. Er war Uhrmacher mit einem eigenen Uhrenladen in York, wir wollten heiraten. Aber weißt du, was geschehen ist? Er hat sich in eine andere verliebt. In eine verheiratete Frau, die zudem nicht aus seiner eigenen Ahnengruppe stammte. Eines Abends sagte er: Ach, liebe Selda, du verstehst, dass ich die Verlobung auflösen muss, wenn ich doch eine andere liebe?« Seldas Worte verhallten in der Nacht. Ihr Gesicht wirkte verletzlich.

»Es tut mir leid«, flüsterte Jade.

»Pah«, machte Selda Brice, und ihre Gesichtszüge wurden wieder hart. »Und an dieses Miststück wollte er meine Uhr verschenken. Und er glaubte allen Ernstes, dass ich mich einfach so abservieren lasse.« Sie kam langsam auf Jade zu.

»Wagen Sie es nicht, ihr etwas zu tun!«, zischte Mat und stellte sich vor Jade.

»Ist er nicht süß?«, sagte Selda Brice und griff nach Mats Kinn. »Er liebt dich!« Dann schob sie ihn zur Seite. Einige Time Knights lachten spöttisch. Einer von ihnen legte Mat einen Arm um den Hals und hielt ihm sein Dämonenschwert an die Kehle.

»Hey, hey!«, schrie Mat erschrocken.

Selda Brice sah Jade nickend an. »Eine Selda Brice serviert man aber nicht einfach so ab. Das hätte der gute William Darwy sich doch denken können.«

Jade riss ihre Augen auf. »William Darwy war Ihr Verlobter?«

Selda Brice funkelte Jade wütend an. »Und an dem Abend, an dem ich meine Sachen packte, um Darwy's Magical Watches zu verlassen, weil er jetzt eine Neue hatte, eine Ehebrecherin, die von meinem Verlobten schwanger war, da schwor ich Rache.«

»Sie war schwanger von ihm?«, fragte Jade heiser. »Etwa schwanger mit meinem … meinem …«

Selda Brice lachte kurz auf. »Sprich es aus: mit deinem Vater. William Darwy war dein Großvater – und nicht Morrigan Coppers Ehemann.«

Es war, als würde es Jade die Füße wegziehen. »William Darwy war mein Großvater? Und mein Dad hat es gewusst? Und Edmond Darwy auch? Sogar mit ihm bin ich dann ja verwandt.«

»So ist es. Und was tat William Darwy? Statt mich zu heiraten und eine angesehene, reinblütige Gauklerehe zu führen, hat er es vorgezogen, mit diesem Drecksluder ein Mischblut in die Welt zu setzen. Das konnte ich ihnen nun wirklich nicht durchgehen lassen, nicht wahr?«

Jade schluckte. »*Sie* haben sie getötet?«

»Nein«, sagte Selda Brice, und es klang beinahe bedauernd. »Ich legte einen Fluch auf diese Uhr, bevor ich William für immer Lebewohl sagte.« Sie deutete auf Jades Hände, die noch immer die Memento-Mori-Taschenuhr umklammerten. »Einen Todesfluch: Wenn diese Uhr stehen bleibt, soll auch das Herz der Person stehen bleiben, die die Uhr unrechtmäßig trägt.«

»*Sie* waren das?«, rief Mat zornig, und sogleich umklammerte ihn der Time Knight ein wenig enger.

»Lassen Sie Mat los!«, rief Jade.

»Deinem Mat wird nichts geschehen, wenn du mir die Uhr gibst«, sagte Selda Brice leise.

»Niemals«, sagte Jade. »Sie wollten Morrigan Copper mit dieser Uhr töten.«

»Sie hatte den Tod verdient«, sagte Selda Brice gleichgültig. »Nur leider hatte ich nicht bedacht, dass William ein guter Uhrmacher war. Wenn es um magische Uhren ging, war er im ganzen Land der Beste seiner Zunft. Er erkannte vermutlich meinen Fluch. Auch wenn er ihn wohl nicht im Detail verstand oder gar aufheben konnte, so war er doch in der Lage, vor der Uhr zu warnen. Jedenfalls trug Morrigan die Uhr, und sie starb und starb nicht. Aber sie lebte auch nie mit William zusammen. Sie blieb bei ihrem Ehemann und brachte ihren zweiten Jungen zur Welt. Ein Mischling, von dem der alte Mr Copper immer dachte, er wäre sein zweitgeborener, leiblicher Sohn. Wie oft habe ich ihm gesagt, dass Evan Williams Sohn ist. Und immer hat er mich ausgelacht. Morrigan hat mich als Lügnerin hingestellt. Evan kam als Geistergeher an unsere Academy, so wie alle Coppers. Wäre er von Anfang an auch als Gaukler bezeichnet worden, hätte man mir eher geglaubt.«

»Aber Morrigan Copper starb«, sagte Jade.

Selda Brice riss die Augen auf. »Ja, sie starb viele Jahre später. Aber nicht durch die Uhr, sondern durch Chronos selbst.«

Jade schluckte. »Warum haben Sie dann nach Morrigans Tod Mr Copper nicht um die Rückgabe der Uhr gebeten?«

»Der alte Copper hatte die Uhr schon an Mr Linnaker verkauft«, sagte Selda Brice. »Sie war ihm immer ein Dorn im Auge gewesen, weil Morrigan ihm nie erzählt hatte, woher sie stammte. Als sie tot war, verkaufte er die Uhr noch am gleichen Tag.«

»Und mein Großvater Sir Arthur hat dann diese Uhr für meine Mutter von Mr Linnaker gekauft.« Jade zuckte mit den Schultern. »Ich verstehe nicht, warum sie dann nicht rechtmäßig mir gehören soll.«

»Das war Williams Rache an mir. Er hat noch in Morrigans Todesnacht Sir Arthur auf die Memento-Mori-Taschenuhr angesetzt. Aber sie stand nicht zum Verkauf, da sie mir zuvor gestohlen wurde.« Selda Brice streckte ihre rechte Hand aus. »Und jetzt gib sie mir endlich.«

Jade wich einen weiteren Schritt zurück und schüttelte den Kopf. »Ich glaube Ihnen nicht. Wenn Ihr einziges Ziel diese Uhr war, warum haben Sie sie dann damals Lady Mortimer gegeben und nicht einfach behalten?«

Selda Brice wurde ungehalten. Sie kniff die Augen zusammen und kam näher, sodass ihr weißer Atem Jade kalt im Gesicht traf. »Weil die Dinge mit der Zeit komplizierter wurden. Durch meinen Fluch hat diese Uhr eine ungeheure magische Kraft und dient seinem Träger als Kraftmehrer. Oder wie erklärst du dir, dass beide Frauen, die diese Uhr während der Schwangerschaft trugen, Kinder mit multiplen Zeitgenen zur Welt brachten?« Selda Brice sah Jade angewidert an.

»Sie glauben, mein Dad und ich haben wegen dieser Uhr mehr als ein Zeitgen?« Noch während Jade es aussprach, ahnte sie, dass Selda Brice mit ihrer Vermutung richtiglag.

Selda Brice zog sich den Mantel enger um ihre Schultern. »Und dann hat deine Mutter ausgerechnet diese Uhr zum Wissensträger gemacht, der dich zu den verschollenen Uhrzeigern der Time-House-Uhr führen würde. Das war sehr geschickt, eine Art Lebensversicherung für dich. Ich musste dir die Uhr so lange überlassen, bis alle drei Geheimnisse entschlüsselt waren. Und jetzt, wo wir die Botschaft des Hirsches kennen, brauchen wir dich nicht mehr. Gib die Uhr nun also her.«

»Niemals!«, sagte Jade trotzig und schob das Kinn vor.

»Wie du willst«, sagte Selda Brice und nickte in Richtung des Time Knights, der Mat noch immer festhielt. Der Time Knight nickte ihr stumm zu.

»Die Kette!«, sagte Selda Brice scharf.

»Nein, ich gebe sie nicht her.« Jade schüttelte den Kopf und versuchte, sich unauffällig in Mats Richtung zu bewegen.

»Stehen bleiben!«, schrie der Time Knight, der Mat bedrohte. Er drückte sein Schwert enger an Mats Kehle, und Mat fing an zu keuchen.

»Nein, tun Sie ihm nichts!«, flehte Jade inständig und zog sich die Kette ihrer Taschenuhr über den Kopf. »Hier ist die Uhr, aber ich will, dass Sie Mat vorher freilassen.«

Selda Brice lachte kurz auf und zeigte in die Runde aus Time Knights. »Du bist nicht in der Position, Bedingungen zu stellen.«

Doch Jade starrte sie trotzig an. »Ich gebe Ihnen die Uhr nur, wenn Sie Mat loslassen.«

»Tu's nicht, Jade!«, rief Mat.

»Also schön, lass ihn los«, sagte Selda Brice zu dem Time

Knight, der daraufhin Mat aus seinem Klammergriff entließ und ihn von sich schubste. Mat fiel zu Boden, und der Time Knight senkte das Dämonenschwert auf ihn herab.

»Die Uhr«, zischte Selda Brice. »Dann lässt er ihn gehen. Zumindest für heute.«

Zögernd öffnete Jade den Totenkopfanhänger und starrte auf das Ziffernblatt. Es war wenige Minuten vor fünf. Sie wollte gerade an dem Rädchen drehen, um die Uhr schnell aufzuziehen, als Selda Brice sie ihr aus der Hand riss.

»Nicht, Ms Brice!«, rief Jade entsetzt. »Die Uhr muss aufgezogen werden. In wenigen Minuten ist es fünf.«

Selda Brice streckte ihren Arm aus und hielt die Uhr hoch in die winterliche Nacht. Noch immer fielen vereinzelt Schneeflocken. Entzücken legte sich auf ihr blasses Gesicht unter den silbergrauen Locken, das von den Dämonenschwertern der Time Knights angestrahlt wurde. »Sieh mich an, William Darwy!«, rief sie triumphierend und legte den Kopf in den Nacken, als vermutete sie seinen Geist irgendwo dort oben in den Sphären. »Die Uhr ist bei mir. Und ja, sie ist wunderschön. Makaber schön. Du weißt, was ich mag. Das wusstest du immer, nicht wahr? Wir waren immer füreinander bestimmt.«

Jade sah Selda Brice fassungslos an, die mit dem Geist ihres verstorbenen Großvaters abrechnete. Es tat ihr fast körperlich weh, ihre Uhr in Selda Brice' Händen zu sehen. Und diese schrie immer weiter: »Ab heute wird diese Uhr nicht mehr aufgezogen werden müssen, weil sie bei ihrer rechtmäßigen Besitzerin ist!«

»Sie sind ja wahnsinnig!«, rief Mat und rappelte sich auf. »Die Uhr wird Sie töten.«

Selda Brice lachte schrill. »Nein, mein Junge. Das wird sie nicht, oder willst du sagen, dass ich meinen eigenen Fluch nicht kenne?«

»Ms Brice, bitte«, sagte Jade und streckte ihre Hand nach der Uhr aus. »Lassen Sie mich doch kurz die Uhr aufziehen.« Da ruckte die Zeit und ließ Jade taumeln. Schnell hielt sie sich an Mat fest, um nicht zu stürzen. Es ruckte noch einmal, und die Zeit blieb stehen.

»Das ist der Sonnenstillstand der Wintersonnenwende«, flüsterte Mat. »Der ist in diesem Jahr um zwei Minuten vor fünf. Wir müssen von hier verschwinden.«

»Aber wie?«, raunte Jade. Sie bebte vor Kälte, als sie sich nach der Schattenkluft umsah. Doch es war zu dunkel im Greenwich Park, um irgendetwas erkennen zu können. Die Schneeflocken hingen in der Luft wie kleine festgeklebte Eiskristalle. Der Wind hielt seinen Atem an, und die Hirsche auf der Weide waren erstarrt.

Nur der Hirschgeist schob sich langsam an ihnen vorbei und stellte sich schützend vor Jade. »Geben Sie dem Mädchen ihre Uhr zurück«, sagte er mit seiner sanften Stimme zu Selda Brice. »Ich fürchte, sonst gibt es ein Unglück.«

Selda Brice warf den Kopf in den Nacken und lachte schrill. »Ein Geist will mir drohen?«

»Warnen, nicht drohen«, sagte der Hirschgeist ruhig.

Selda Brice hängte sich die Memento-Mori-Taschenuhr um den Hals und wandte sich an die Time Knights. »Ich überlasse die beiden Novizen euch. Macht mit ihnen, was ihr wollt.« Sie grinste Mat und Jade hämisch an, dann fasste sie sich mit irritiertem Gesichtsausdruck an die Brust. »Ich werde nun der Botschaft nachgehen und den letzten Uhrzeiger ins Time House zurück–« Selda Brice stockte und riss erschrocken ihre Augen auf.

»Was ist mit Ihnen, Ms Brice?«, rief Jade entsetzt und stürzte vor. Doch augenblicklich wurde sie rechts und links von zwei

Time Knights gepackt. »Sehen Sie doch, es geht ihr schlecht. Schnell, sie muss die Uhr loslassen!« Jade versuchte, sich loszureißen.

Vor ihr ging Selda Brice mit angstverzerrtem Gesicht in die Knie. Ihre rechte Hand umklammerte die Taschenuhr. Die linke Hand krallte sich auf Herzhöhe in den Mantel. Langsam kippte sie nach hinten und schlug rücklings auf dem Weg auf.

»Ms Brice?«, rief einer der Time Knights und kniete sich neben sie. »Ms Brice!«, rief er immer wieder und schüttelte sie an den Schultern.

Mat stürzte zu Selda vor und hockte sich neben sie, und Jade riss sich mit einem Ruck aus dem Klammergriff der beiden Time Knights. Sie ließ sich neben Selda Brice zu Boden sinken und sah entsetzt in ihr fahles Gesicht.

»Schnell, die Uhr!«, rief sie und tastete nach der Memento-Mori-Taschenuhr.

»Wehe«, sagte einer der Time Knights und packte Jade fest an der Schulter.

»Lasst sie!«, rief eine Time Knight. »Sie will sie retten.« Daraufhin ließ der Time Knight von Jade ab.

»Sie hält die Uhr zu fest in der Hand«, sagte Mat, der vergeblich an der Uhrenkette zog.

Jade versuchte, Selda Brice' Griff um den Totenkopfanhänger zu lösen, aber es war unmöglich. Ihre knochigen, eiskalten Finger hatten sich um das Silber verkrampft. »Lassen Sie los, Ms Brice!«

»Was ist mit ihr?«, fragte die Time Knight hinter Mat und beugte sich über Selda Brice. Jade erkannte sie an der Stimme und an den blonden Locken, die unter ihrer Sturmhaube hervorgekrochen waren: Lavena Parker. »Was habt ihr mit ihr gemacht?«, flüsterte sie.

»Ich finde keinen Herzschlag«, sagte Mat und tastete Selda Brice' Hals ab.

Jade sah in Ms Brice' blasses Gesicht. Ihre Augen waren noch immer weit geöffnet, doch der Ausdruck auf ihrem Gesicht war nicht mehr gequält, eher verklärt. Und plötzlich spürte sie, wie Selda Brice' Finger nachgaben und die Uhr losließen. Jade zog den Totenkopfanhänger aus ihrer Hand und ließ den Unterkiefer herabklappen. Sie hatte es befürchtet: Die Uhr stand still. Hastig drehte sie an dem kleinen Metallrädchen, um das Uhrwerk wieder aufzuziehen. Sie hielt sich die Uhr ans Ohr, und als sie das Ticken vernahm, drückte sie die Uhr auf Selda Brice' Brust.

Mit angehaltenem Atem wartete Jade darauf, dass Selda Brice nach Luft schnappen würde. Doch die Sekunden vergingen, und nichts geschah.

»Wer einmal das Reich der Toten betreten hat, kann nicht mehr zurückgeholt werden«, flüsterte Mat.

Jade sah ihn entsetzt an. Genau das hatte Henry damals gesagt, als sie alle drei auf Lady Mortimers Leiche geblickt hatten.

Mat stand auf und schüttelte den Kopf. Dann zog er Jade auf die Beine.

»*Neeeiiin!*«, schrie Lavena Parker da durch die Nacht. Sie schmiss sich neben Selda Brice auf die Knie und begann, ihr Herz zu massieren. »Wachen Sie doch auf, bitte wachen Sie doch auf!« Erst als ein anderer Time Knight sich herabbeugte und Lavena von Selda Brice wegzog, hörte sie auf zu wimmern.

Jade starrte auf Selda Brice' Leiche und wünschte sich, sie könnte irgendwas fühlen. Trauer, Wut, Erleichterung, Schmerz. Irgendwas. Aber alles, was sie fühlte, war Eiseskälte – und Mats warme Hand.

»Ihr«, zischte Lavena und kam auf Jade und Mat zu. »Ihr habt sie auf dem Gewissen. Was habt ihr mit der Uhr gemacht, dass Ms Brice tot umfällt, sobald sie sie in der Hand hält?«

»Du hast doch Ms Brice gehört«, sagte Mat, und Jade spürte an dem festen Druck seiner Hand, dass er zornig war. »Sie selbst hat doch die Uhr verflucht. Sie ist an ihrem eigenen Fluch gestorben. Vermutlich, weil sie wohl doch nicht die rechtmäßige Besitzerin war.«

»Die Uhr!«, rief Lavena und sah zu Selda Brice' Leiche herab. »Wo ist sie? Ich will sie haben!«

»Ich habe sie«, sagte Jade, und ihre linke Hand schloss sich um den silbernen Totenschädel in ihrer Manteltasche. »Und ich werde sie dir nicht geben, oder wie viele Tote soll es heute Abend noch geben?«

Lavena sah Jade einen Moment lang schwer atmend an. Sie blickte kurz über die Schulter auf Selda Brice' Leiche, dann zog sie ihr Dämonenschwert und ließ es hell aufleuchten. Langsam kam sie auf Jade zu. »Du hast recht«, sagte sie leise. »Warum soll sich einer von uns in Gefahr bringen, wenn wir ja dich haben?« Mit einer blitzschnellen Bewegung fuhr sie zu Mat herum und senkte ihr Dämonenschwert auf seine Brust. Mat machte einen schnellen Schritt zurück und wurde links und rechts von zwei Time Knights gepackt.

»Was hast du vor?«, rief Jade erschrocken.

»Ich mache von deinem Angebot Gebrauch«, zischte Lavena. »Du hast die Uhr, du kennst die Botschaft dieses Geistes hier, und deshalb wirst du nun den letzten Uhrzeiger für uns holen. Und um sicherzugehen, dass du auch wirklich kommst, nehmen wir deinen Freund hier so lange mit«, sagte Lavena.

Jade hörte das zustimmende Tuscheln der Time Knights um sie herum, und ihr wurde schlecht. Sie sah Mat an, der sich zu befreien versuchte und daraufhin nur noch enger gehalten wurde. Sie starrte auf Selda Brice' graue Leiche mitten auf der frostigen Parkwiese.

»Du hast genau bis Mitternacht«, sagte Lavena leise und deutete auf Mat. »Wenn du uns bis dahin nicht den Sekundenuhrzeiger ins Time House gebracht hast, stirbt er. Und solltest du irgendeinen Trick versuchen, um ihn zu befreien, stirbt er schon vor Mitternacht.«

Verzweifelt sah Jade Mat an. Er wehrte sich noch immer unter dem Klammergriff der Time Knights. Die Gestalt links von ihm verpasste ihm einen kräftigen Schlag in die Seite, und Mat schrie auf vor Schmerz.

»Mat!« Das Blut rauschte laut in Jades Ohren. Sie wollte vorstürzen und Mat in den Arm nehmen, sie wollte ihm zuflüstern, dass sie alles geben würde, um sein Leben zu retten. Aber Lavena versperrte ihr mit ihrem Dämonenschwert den Weg und blickte Jade herausfordernd an.

»Wohin bringt ihr ihn?«, fragte Jade leise.

»Willst du quatschen oder deinen Freund retten?«, zischte Lavena.

»Lauf, Jade, tu, was sie sagen, und frag Mr Darwy nach der Quelle«, flehte Mat.

Noch einmal sah Jade auf Selda Brice' Leiche. Erst im Tod zeigte sie ihre friedliche Seite.

Dann drehte Jade sich herum und lief los, ohne sich noch einmal umzublicken.

Die Quelle

Das gefrorene Gras knirschte unter ihren schnellen Schritten, als Jade quer durch den Greenwich Park stürmte. Erst jetzt fiel ihr auf, dass der Zeitstillstand längst vorüber war. Es hatte aufgehört zu schneien, und die Luft war klirrend kalt. Wie spät mochte es wohl sein? Wie viele Stunden blieben ihr noch, um Mat auszulösen? Jade nahm die Uhr aus ihrer Manteltasche und klappte sie auf. Es war zwanzig nach fünf. Sie hängte sich die Kette um und stürmte weiter. Wie nur sollte sie Mat aus den Händen der Time Knights befreien, wenn sie doch keine Ahnung hatte, wo der letzte Uhrzeiger sein mochte?

Jade gab sich keine Mühe, sich zu verstecken oder nachzusehen, ob sie verfolgt wurde. Es machte keinen Unterschied mehr. Mat war in der Gewalt der Time Knights, und sie war bereit, mit ihnen zusammenzuarbeiten und alles zu verraten, was ihr bislang heilig gewesen war.

Sie verließ den Greenwich Park und lief über die noch pulsierenden Straßen zum Clockmakers Market. Menschen drängten sich in Shops oder kamen, mit Taschen und Paketen beladen, wieder heraus. In ein paar Tagen war Weihnachten, doch es kam Jade so sinnlos vor. Denn was würde geschehen, wenn sie es wirklich schaffen sollte, den dritten Uhrzeiger zu finden? Was, wenn

Chronos tatsächlich die Macht über die Zeit bekam? Wenn er seine Fantasien vom Ende der Zeit und der Allmacht der Totenwelt wahr werden lassen konnte?

Als Jade durch das Tor trat, lief sie geradewegs Mr Dorchester in die Arme, der dort Wache hielt. Er sah sie erschrocken an. »Wo kommst du denn her?«

»Mr Dorchester, ich brauche Ihre Hilfe«, sagte Jade nach Luft japsend. »Aber bitte verraten Sie mich nicht.«

»Ist etwas passiert?«, fragte Mr Dorchester besorgt. Er sah sich auf dem Clockmakers Market um, auf dem im Gegensatz zu den restlichen Londoner Straßen kaum jemand unterwegs war. Doch dafür gab es einen guten Grund: Die Zeiterben waren gewarnt, dass es beim Zeitstillstand der Sonnenwende zu einem erhöhten Dämonenaufkommen auf dem Marktplatz kommen könnte, und sie waren aufgefordert worden, in geschlossenen Räumen zu feiern. So drang aus dem Heulenden Hund lautes Stimmengemurmel nach draußen. Sie alle feierten gerade nichts ahnend die Wintersonnenwende.

»Weißt du eigentlich, dass ich deinen Regelbruch melden muss?«, raunte Mr Dorchester. »Du hast den Clockmakers Market verlassen und das ausgerechnet zum Sonnenstillstand? Warum nur?«

Jade schüttelte heftig den Kopf. »Ich kann Ihnen nichts sagen, bitte fragen Sie mich nicht. Es könnte sein, dass jemand in Lebensgefahr ist, wenn ich jetzt einen Fehler mache.« Jade spürte Tränen aufsteigen und fügte flüsternd hinzu: »Das wollen Sie doch nicht. Sie wissen doch selbst, wie das ist, wenn jemand stirbt und Sie derjenige sind, der das hätte verhindern können.«

Mr Dorchester zuckte zusammen und starrte auf sein linkes Bein herab, an dem die Hose weit um seine Prothese flatterte. »Wie kann ich dir helfen?«, fragte er heiser.

Jade sah sich noch einmal um, bevor sie flüsterte: »Haben Sie jemals vom Wächter der Quelle gehört?«

»Das ist seltsam«, sagte Mr Dorchester leise. »Du bist jetzt innerhalb einer Stunde die Zweite, die nach der Quelle fragt.«

Jade sah Mr Dorchester alarmiert an. »Wer hat denn noch danach gefragt?«

»Ein Galeonsgeist.« Mr Dorchester rieb sich nachdenklich das Kinn. »Ich kenne sie irgendwoher, ich glaube, aus dem Black Swan.«

»Aus dem Black Swan?«, rief Jade entsetzt. Die Wache vor dem Zeitfenster neben Kingsley's sah neugierig zu ihnen herüber, deshalb senkte Jade die Stimme. »Aber das war nicht Harper, oder? So eine junge, elfengleiche –«

Mr Dorchester unterbrach sie: »Nein, Harper kenne ich doch. Es war so eine Dame mit Korkenzieherlocken.«

»Lady Sybille?«, flüsterte Jade ungläubig. »Aber das ist unmöglich.«

Mr Dorchester zuckte mit den Schultern. »Ich weiß nicht, ob es diese Lady Sybille war. Viele der Galeonen sehen sich ja sehr ähnlich. Auf jeden Fall kam sie vorhin – mitten im Sonnenstillstand übrigens – durch dieses Tor hier geschwebt und fragte mich nach einer Quelle.«

»Und was haben Sie ihr gesagt?«, fragte Jade ungeduldig.

»Dass ich nur eine Quelle kenne«, sagte Mr Dorchester und deutete auf den Abgang zur Bibliothek. »Die Quelle im Brunnen der Bibliothek.«

Jade folgte seinem Blick zu der Treppe, die einem historischen Londoner U-Bahn-Abstieg glich und in die Clockmakers-Bibliothek hinabführte. Natürlich, dachte Jade. In der Mitte der Bibliothek stand ja der Brunnen. »Danke, Mr Dorchester«, sagte sie und eilte über die vom Frost glitzernden Pflastersteine zum Treppenabgang.

»Bring dich nicht in Gefahr!«, rief Mr Dorchester ihr nach. »Wir sind alle hier. Du weißt, wo du Hilfe bekommst.«

Jade hastete die Treppenstufen hinab und stellte sich vor die Bibliothekstür. Es gab für die Clockmakers-Bibliothek keinen Schlüssel, ja noch nicht einmal ein Schloss oder einen Türgriff. Der Eingang in die Bibliothek wurde von Gnottles, einer Gnom-Galeone, bewacht. Er konnte Zeiterben von zeitgenlosen Menschen unterscheiden und hatte darüber hinaus auch sämtliche Ausleihen im Kopf.

»Ha!«, rief er erschrocken, als er Jade entdeckte. Er kroch aus seiner Galeone und hockte sich auf die Laterne über der Eingangstür. »Die Bibliothek ist am Abend der Wintersonnenwende geschlossen.«

»Bitte, ich muss trotzdem kurz in die Bibliothek«, drängte Jade. »Es ist wirklich sehr wichtig. Es geht um Leben und Tod.«

»Habt ihr euch abgesprochen, hä? Oder wieso höre ich das heute Abend schon zum zweiten Mal?«, fragte der kleine Gnom.

Angst kroch Jade den Nacken hinauf. »Zum zweiten Mal?«, flüsterte sie. »Dann ist schon jemand dort unten? Wer?«

»Ja, einer, aber auch ich unterliege dem Datenschutz«, sagte Gnottles und schnipste mit den Fingern seiner rechten Hand. »Bitte«, sagte er, als die schwere Holztür nach innen aufschwang. »Ein Geist ist es nicht, der würde ja auch nicht durch diese Tür gehen. Mehr sag ich nicht. Ich will für nichts verantwortlich gemacht werden. Aber Ausleihen gehen heute Abend wirklich nicht.«

Jade schlüpfte durch die Tür, die hinter ihr leise ins Schloss fiel. Sie trat in den Vorraum, eine Art Balkon. Zu beiden Seiten führten Treppen hinunter in die Bibliothekshalle, die nur schwach beleuchtet war. Sie konnte von hier oben niemanden erkennen und stieg lautlos die Treppe hinab. Erklären konnte sie es sich nicht, doch sie fühlte sich beobachtet.

Jade blieb einen Moment auf der letzten Stufe stehen, denn ihre Augen mussten sich erst an das spärliche Licht gewöhnen. Sie blickte an den meterhohen Buchregalen empor und suchte die kleinen Balkone ab, die man über schmale Treppen erreichte. Jade sah zu den Türen zwischen den Bücherregalen, die wie schwarze Schluchten in der Dunkelheit lagen. Und sogar die Galeonen schwiegen, die man vor Monaten als zusätzliche Wachen hierhergebracht hatte.

Kein einziges Geräusch war zu hören, und so wandte Jade sich dem Brunnen zu. Die drei großen Galeonen, die den Brunnen bewachten, ragten hoch hinauf in die Bibliothekshalle. Ihre Schwerter trafen sich in etwa drei Metern Höhe in der Mitte über dem Brunnen. Jade stockte. Irgendetwas Merkwürdiges hing von oben in der Mitte zwischen den drei Schwertern herab. Jade zögerte einen Herzschlag lang, dann trat sie langsam und mit zittrigen Beinen näher. Es war eine leblose Gestalt, die mit einem schwarzen Rauchstrick um den Bauch an dem Kreuzpunkt der drei Schwerter festgebunden war. Beine und Oberkörper der Person hingen schlaff nach unten. So überstreckt, wie der Körper dort mit dem Rücken nach unten hing, konnte kein Leben in ihm sein. Langsam hob Jade den Blick und suchte das Gesicht der Gestalt. Als sie es erkannte, schoss ihr der Schreck in die Beine.

»*Henry!*«, stieß sie hervor und krallte sich an der Brunnenumrandung fest, weil ihr die Beine wegsackten. »*Henry!*«, schrie Jade. Sie streckte ihre Hände nach ihm aus, doch sie konnte ihn nicht erreichen. Da kletterte sie auf die Brunnenumrandung und hielt sich an einer der drei Galeonen fest. Ihr ganzer Körper zitterte. »Henry«, wimmerte sie und versuchte, ihn zu sich heranzuziehen. Doch ihre Finger streiften nur kurz sein kühles Gesicht.

»Er ist längst tot«, sagte da jemand hinter ihr.

Jade zuckte zusammen. Sie kannte diese Stimme irgendwoher. Langsam ließ sie sich vom Brunnenrand herab und suchte im Dämmerlicht die Bibliothek ab. »Wer ist da?«, rief sie.

Als ihre Augen sich an die Finsternis gewöhnt hatten, erkannte sie die Umrisse eines Mannes. Auch als sie ein paar Schritte auf ihn zumachte, blieb er nichts mehr als eine Silhouette. *Chronos*, durchzuckte es Jade. Er saß unter der großen Uhr auf einem der Tische und sah aus wie der leibhaftige Tod: ein menschliches Skelett aus schwarzem Rauch.

»Was haben Sie mit Henry gemacht?«, schrie Jade wie von Sinnen.

»Gar nichts«, sagte Chronos zischend. »Henry ist schon lange tot. Schon seitdem du ihn getötet hast.«

Jade fuhr herum und starrte auf Henrys leblosen Körper. Übelkeit schüttelte sie. »Ich habe Henry nichts getan. Er ist mein Freund!«

Chronos lachte schrill auf. »Hättest du ihm damals auf dem Timeless Sleeper den Minutenuhrzeiger gegeben, würde er noch leben. Der Rauchfaden des Pförtners der Unwelt hat ihn getötet. Siehst du? Der Faden war so gut gesponnen, dass er ihn sogar trägt.«

»Das ist nicht wahr!«, schrie Jade. »Ich habe ihn vor wenigen Stunden noch … noch –«

»Geküsst«, sagte Chronos. »Du hast nicht ihn, sondern mich geküsst. *Ich* habe seinen toten Körper bewohnt, habe deine Nähe gesucht. Mr Mabou hat ganze Arbeit geleistet. Henry war ein unbemerkter Totengänger. Ich wusste, wenn du es nicht merkst, errät es keiner. Ach, dein Vertrauen war nahezu widerlich. Alles hast du mir gesagt, jede Info konnte ich von dir kriegen. Du selbst hast Master Gridlock in unsere Falle gejagt, als du mir sagtest, dass er nach Lorn House springt.«

Jade stürzte zum Brunnen zurück und übergab sich. Sie würgte und schnappte nach Luft. Als die Welle aus Übelkeit und Ekel abebbte, gab sie etwas anderem Raum: blindem Zorn.

Sie stützte sich am Brunnenrand ab, zog ihr Dämonenschwert und drehte sich zu Chronos herum. »Wer sind Sie? Warum töten Sie alle, die ich liebe? Was hat Sie zu diesem mordenden Scheusal gemacht?«

Langsam stieg Chronos' Rauch auf und bewegte sich wie ein geschmeidiger Schatten zur Tür des geheimen Time-Book-Archivs. »Komm mit!« Seine Stimme hallte vom hohen felsigen Gewölbe wider.

»Verdammt«, raunte Jade leise. »Sind denn keine Schutzgeister hier? Wo seid ihr denn alle?« Jade umklammerte den Griff ihres Dämonenschwertes und folgte Chronos mit wackligen Beinen ins Time-Book-Archiv. Unter der riesigen Schlangengaleone, die das Archiv bewachte, blieb sie stehen und sah mit Schreck auf den Schlangenkopf, der abgeschlagen neben dem Türrahmen lag. Blitzartig wurde ihr klar, dass Chronos die Galeonen überfallen hatte und sie deshalb nicht da waren.

Langsam, wie mechanisch von irgendwem gesteuert, lief sie weiter, in einen finsteren Gang hinein. Sie fühlte sich wie taub und ein bisschen so wie nach Master Gridlocks Tod: verlassen und schutzlos.

Die dunkle Schlucht führte in einen großen gewölbten Raum,

der von drei Laternen unter der Decke schwach erleuchtet war. Jade hatte sich das Archiv immer als einen Raum mit meterlangen Aktenreihen vorgestellt. Doch diese kleine Halle war eher ein Wohnzimmer. Rundherum waren die Wände mit hohen Schränken aus dunklem Holz zugestellt, in denen Hunderte Schubladen mit winzigen Aufschriften alles verbargen, was hier geheim gelagert wurde. In der Mitte des Raums stand sogar ein kleiner Schreibtisch mit einem gepolsterten Stuhl. *Sophera Fogg, Leiterin Time-Book-Archiv,* stand auf dem verschnörkelten Schild davor.

»Nun komm schon, komm«, zischte es da aus der Ecke hinten rechts. Chronos stand vor einem der Schränke und deutete auf eine Schublade. *Januar bis Juni 1973,* stand darauf. »Hol das Time Book raus!«

Jade öffnete mit zittrigen Händen die Schublade und zog das schwere Buch heraus.

»Suche nach einer Geburtsurkunde vom achten Juni«, zischte Chronos.

Jades Finger bebten so sehr, dass sie kaum die Buchseiten umblättern konnte. Als sie etwa in der Mitte des Buches am achten Juni angekommen war, hielt sie inne.

Chronos' schwarzer Rauch stieg langsam zur Gewölbedecke empor. »Nun lies schon vor!«, rief seine hallende Stimme von oben.

Jade starrte auf die Geburtsurkunde. Ihre Stimme krächzte, als sie vorlas: »Jon Reginald Copper, geboren am achten Juni 1973, Sohn von Reginald Howard Copper, Ghost, und Morrigan Copper, Ghost.«

»Ein reiner Ghost aus einer ehrbaren Zeiterbenfamilie«, sagte Chronos.

Jade hielt sich an der Tischplatte fest. »Sie sind das? Dann sind Sie mein –«

»Onkel? Ist es das Wort, das dir nicht über die Lippen kommen mag?« Chronos lachte kurz auf.

Wieder fühlte Jade Übelkeit in sich aufsteigen. Chronos war ihr Onkel? Der Bruder ihres Vaters? Er, der Tod und Zerstörung über die Zeiterbengesellschaft brachte, war mit ihr verwandt? Sie suchte ihn unter der Gewölbedecke. Es machte sie nervös, dass sie ihn nicht sehen konnte.

»Weiter. Öffne die Schublade vom April 1979«, zischte Chronos aus der Dunkelheit.

Jade ließ das Time Book aus dem Jahr 1973 auf Sophera Foggs Schreibtisch liegen und ging zur Schublade aus dem Jahr 1979. Sie zögerte, sah sich nach Chronos' Schatten um.

»Nun mach schon«, drängte er. »Oder willst du dir so viel Zeit lassen, bis die nächsten Galeonsgeister hier auftauchen und von mir erledigt werden müssen?«

»Wagen Sie es nicht!«, rief Jade. Doch sie beeilte sich. Fahrig fuhr sie mit dem Finger die vielen Schubladen entlang, bis sie die richtige gefunden hatte: Januar bis Juni 1979.

»Suche den vierten April«, sagte Chronos.

Jade blätterte hastig in dem Time Book, in dem ebenfalls alle Einträge von Hand vorgenommen worden waren. »Hier, vierter April«, sagte sie und hielt inne. »Evan Copper, geboren am vierten April 1979, Sohn von Reginald Howard Copper, Ghost, und Morrigan Copper, Ghost.«

»Und das ist eine Lüge!«, schrie Chronos. Seine Worte klangen wie eine schnell abgefeuerte Gewehrsalve. Er schälte sich aus dem Schatten und ließ sich auf Sophera Foggs Schreibtisch nieder. »Eine Lüge, die achtzehn Jahre lang aufrechterhalten wurde.

So lange, bis mein Bruder, *Halbbruder*, seine Abschlussprüfung an der Clockmakers Academy machte. Auch Selda Brice hat schon immer gesagt, dass Evan nicht der Sohn meines Vaters war.«

Jade nickte. »Ich weiß, dass es eine Lüge ist und mein Vater der Sohn von Will –«

»Schweig still!«, fuhr Chronos ihr über den Mund. »Die Lüge flog auf am Tag seiner Abschlussprüfung. Mutter, Vater und ich saßen im Time Court, wie alle Familien der Prüflinge. Und es waren viele Neugierige gekommen. Der Time Court war bis auf den letzten Platz besetzt. Vater platzte fast vor Stolz. Alles sah so aus, als würde sein zweiter Sohn genau wie sein Erstgeborener die Prüfung als Klassenbester bestehen. Vater legte immer großen Wert auf Schulbildung und Traditionen.« Chronos' Stimme klang nahezu wehmütig und abwesend.

Der Gedanke an Flucht durchzuckte Jade, doch sie verwarf ihn so schnell, wie er gekommen war. Chronos würde sie nicht lebend entkommen lassen.

Plötzlich zischte seine Stimme ganz nah neben ihr: »Das Drama begann, als nach Evans Prüfung in Geistergeherei durch Ms Griggs plötzlich auch noch Ms Brice aufstand.«

»Selda Brice?«, fragte Jade verwirrt. Wieso nur konnte sie sich Selda Brice nicht als junge Lehrerin vorstellen?

»Sie schleuderte völlig aus dem Nichts einen Feuerball auf Evan. Ein Ghost kann einen solchen Feuerball nur abwehren, wenn er blitzschnell einen Schutzgeist heraufbeschwört oder sich selbst in ein nicht stoffliches Wesen verwandelt. Aber was tat Evan? Er hob seine Hand und wehrte den Feuerball durch einen Erstarrungszauber ab, wie nur ein Gaukler es kann.«

Jade ließ sich auf Sopheras Stuhl fallen, denn ihr wurde schwarz vor Augen. Was war mit Chronos? Warum erzählte er ihr das alles? Und was hatte er mit ihr vor?

»Und was tat Gridlock? Er sagte, dass ihm Evans besonderes Talent auch schon aufgefallen wäre. Er stellte die Familienschande sogar als positiv dar. Noch nie in der Geschichte der Zeiterbengesellschaft wäre das Phänomen zweier Zeitgene vorgekommen, und man könne sicher noch viel von Evan erwarten. Es war unfassbar. Sie feierten Evan für seine Begabung, und niemand sprach aus, was dank Selda Brice nun alle wussten: Evan war nicht Vaters Kind. Er war die dreckige Brut eines anderen.«

»Mein Vater war ein feiner Mensch, der sich für die richtigen Dinge eingesetzt hat!«, schrie Jade außer sich.

»Pah! Vater hat diese Schmach nie überwunden. Und ich auch nicht. Morrigan Copper hatte nicht nur ihren erstgeborenen Sohn und ihren Ehemann verraten, sie hatte es auf die schäbigste Weise getan, indem sie eine Affäre mit einem Gaukler hatte und ein Mischblut zur Welt brachte. Sie musste dafür bestraft werden.«

Jade blickte entsetzt auf. »Sie haben Ihre eigene Mutter umgebracht!«

Chronos lachte auf. »Sie war nicht mehr meine Mutter, seit ich wusste, dass sie sich dem Drecksvolk angeschlossen hatte.«

In Jades Brust zog sich alles zusammen. »Das ist krank! Vollkommen krank. Aber warum mussten die anderen sterben? Warum meine Mutter?«

Chronos schwebte zur Decke hoch und flüsterte aus der Dunkelheit: »Vater hasste Mischblüter, genau wie ich. Nie hätte er ein Mischblut akzeptiert oder in sein Haus gelassen, denn sie sind ja keine vollwertigen Zeiterben.«

»So ein Unsinn!«, rief Jade zornig. »Es ist den Zeiterben doch völlig egal, wenn ein Kind Eltern mit unterschiedlichen Zeitgenen hat.«

»Schweig«, zischte Chronos. »Das hat Gridlock damals auch gesagt und sich gegen uns gestellt, dieser Heuchler. Die ganze Zeiterbengesellschaft hat er gegen uns aufgebracht und unsere Prinzipien infrage gestellt. Und als ausgerechnet Mutter uns ein Drecksblut ins Nest gelegt hat, konnte ich die Schadenfreude auf den Gesichtern der Zeiterben nahezu körperlich fühlen. In dem Moment, in dem Vater und ich damals unter spöttischen Blicken den Time Court verließen, schwor ich mir Rache. Ich sammelte meine Freunde um mich, wir waren fortan die Time Knights. Und alle, die sich gegen meinen Vater und mich schuldig gemacht hatten, mussten sterben. Alle: Mutter, William Darwy und Evan, ihr gemeinsamer Sohn. Und Charlotte, die Evans Kind in sich trug und mit ihm zusammen die Uhrzeiger vor unseren Augen stahl. Du hättest ihren angstvollen Blick sehen müssen, als sie starb.« Chronos lachte. »Jeder einzelne Mord war Genugtuung. Besonders der an Gridlock, dem Verräter. Jahrelang hatte er Evans Geheimnis gedeckt.«

Alles in Jade zog sich zusammen. Erneut wurde ihr übel, sie fühlte sich taub.

»Ja, ich räche uns beide, Vater, uns beide. Du hast dir nicht umsonst vor lauter Kummer das Leben genommen.« Chronos' letzte Worte klangen wie ein Versprechen.

»Das sind fünf«, stieß Jade hervor. »Die Prophezeiung spricht aber von sieben Morden. Gehört Henry auch dazu? Was hat er Ihnen getan?«

»Henrys Tod hast allein du zu verantworten. Du hast dich ihm und seinem Vater, meinem besten Freund Dornfinger, in den Weg gestellt«, zischte Chronos.

»Wer ist es dann?«, drängte Jade. »Wer sind Nummer sechs und sieben?«

»Kannst du dir das nicht denken?« Chronos lachte; ein dumpfes, hohles Lachen.

Jade schluckte. »Ich bin es«, flüsterte sie. »Ich bin die Nummer sieben. Aber wer ist die sechste Person?«

Chronos schoss auf Jade zu und sammelte sich kurz vor ihr. Sein modriger Atem wehte ihr entgegen, als er raunte: »Sieh doch nach. Die sechste Person wird gerade hergebracht.«

Der Herr der Sekunde

Jades Füße trugen sie Schritt für Schritt in die Bibliothekshalle zurück. Jede einzelne Faser ihres Körpers war angespannt. Langsam, ganz langsam kam sie der Tür näher. Alles in ihr sträubte sich dagegen, nachzusehen, wessen Schritte dort gerade die Bibliothekstreppe herabstürzten.

»Dieser aufgeblasene Gnom! Aber wo ist Jade denn nun?«, hörte sie eine Frauenstimme rufen, und das Blut gefror ihr in den Adern. *Odette!*

»Seltsam, ich sehe sie auch nicht«, sagte da eine zweite Stimme; es war Lady Sybille. »Ich hab's Ihnen gesagt, Odette. Henry hat mich noch gewarnt, dass Jade mit den Time Knights unter einer Decke steckt. Dass sie längst das Geheimnis um den dritten Uhrzeiger gelöst hat und jetzt gerade dabei ist, Ms Brice zu ewiger Macht über die Zeit zu verhelfen, um uns dann alle zu töten.«

Jade trat aus der Tür des Time-Book-Archivs und blieb neben dem abgeschlagenen Kopf der Schlangengaleone stehen. »Ms Brice ist tot. Verschwindet! Das ist eine Falle. Chronos selbst ist hier.«

»Jade!«, rief Odette und stürmte ihr entgegen. »Mein Gott, habe ich mir Sorgen gemacht.« Odette zog sie an sich, umarmte sie so fest, dass Jade für einen kurzen Moment das unbändige Verlangen hatte, sich in ihre Arme zu schmiegen und endlich ihren Tränen freien Lauf zu lassen. Doch Jades Blick wanderte zu Henry herauf, sie konnte einfach nicht an sich halten, als ihn immerzu anzustarren, und da schob sie Odette von sich.

»So werden Verräter also behandelt?« Lady Sybille plusterte sich wütend neben ihnen auf.

Odette schüttelte ungehalten den Kopf. »Jade, was ist denn passiert? Was redet Lady Sybille denn da für wirres Zeug, dass du dich mit Ms Brice in der Wildnis getroffen hast und dass Henry in Gefahr ist, weil er dir folgte und du ihn tö–«, Odette verstummte. Sie war Jades Blick zu den drei Galeonen über dem Brunnen gefolgt und ging langsam näher.

»Wo ist Henry?«, zischte Lady Sybille Jade entgegen und stemmte ihre Hände in die Hüften.

»*Neeeiiin!*« Odettes Schrei zerriss die Stille in der Bibliothek. Sie stand vor dem Brunnen und starrte in der Mitte der drei Lanzen nach oben auf Henrys leblosen Körper, der sich langsam an dem Rauchfaden um seine eigene Achse drehte.

Lady Sybille riss ihre Augen weit auf vor Schreck. Wie in Zeitlupe drehte sie sich zu Odette herum und schwebte langsam auf sie zu. Als sie den Toten erblickte, schoss sie zu ihm empor. »*Henry, mein Henry*«, hauchte sie entsetzt. Sie betastete sein bleiches Gesicht, legte ihren Kopf an seine Brust und schrie: »*Sein Geist ist foooort!*«

Jade merkte, wie ihr Tränen über die Wangen liefen und von ihrem Kinn tropften. Sie ging zu Odette hinüber, die sich noch immer am Brunnenrand festhielt. »Verschwinde, Odette«, flüsterte sie. »Das ist eine Falle.«

Odette sah Jade mit schmerzverzerrtem Gesicht an.

»Was hast du mit ihm gemacht?«, schrie Lady Sybille und kam auf Jade zugestürzt. Sie schlug mit ihren eiskalten Geisterfäusten auf Jade ein. »Gerade war Henry noch warm und lebendig. Und jetzt ist er eiskalt und seelenlos.«

»Nein, Lady Sybille!«, rief Jade und versuchte, die eisigen Schläge der Geisterdame abzuwehren. Es schmerzte, als würde sie von frostigen Schneebällen getroffen. »Henry ist schon lange tot. Er war ein Totengänger.«

»Niemaaaals!« Lady Sybille schoss wieder zu Henry hinauf. »Sag doch was, bitte sag doch was, mein Liebster.«

»Ein Totengänger?« Odette trat entsetzt vom Brunnen zurück.

Jade nickte stumm. »Bitte, Odette, flieh!« Noch während sie es aussprach, veränderte sich Odettes Gesichtsausdruck. Ihr Schmerz wich Schrecken. »Chronos?«, flüsterte sie und deutete auf die Tür zum Time-Book-Archiv, durch die der schwarze Rauch hereingeschwebt kam und nichts als Modergeruch und Eiseskälte verbreitete.

Jades Herz hämmerte schnell in ihrer Brust. »Flieh!«, schrie sie und zog ihr Dämonenschwert.

»Und dich alleine lassen?« Odette schüttelte den Kopf und zog ebenfalls ihren Schwertgriff hervor.

»Aber er will dich töten. Bitte, flieh!«, rief Jade verzweifelt.

»Guten Abend, Odette!« Chronos' Stimme hallte durch die ganze Bibliothek.

»Zeig dich«, zischte Odette, und Jade sah in ihrem Gesicht wilde Entschlossenheit.

»Du weißt, wer ich bin, nicht wahr?«, fragte Chronos leise.

»Ja, Jon!«, rief Odette. »Ich habe es immer geahnt. Und ich will, dass du Jade gehen lässt. Sie ist das unschuldige Kind deines Bruders und meiner Schwester.«

Jade sah entsetzt zu Odette. Sie *kannte* ihn? Wusste von seiner Identität?

»Ja, so warst du immer«, flüsterte Chronos und ließ sich langsam zu Boden herabsinken, um sich zu seiner schwarzen Skelettgestalt zu sammeln. »Du hast dich aufgeopfert für alle anderen.« Er kam Schritt für Schritt näher. Jade ließ ihr Dämonenschwert aufflammen und fragte sich, wann Odette endlich das Gleiche tun würde. Als er kurz vor Odette stehen blieb, streckte er seine Hand nach ihr aus, doch sie wich zurück.

»Das hättest du nicht tun dürfen«, flüsterte Chronos. »Du bist diejenige, die mir das hier angetan hat.«

»Gar nichts habe ich dir angetan, Jon«, sagte Odette hart.

Jade umklammerte ihren Schwertgriff und atmete schwer. Sie musste dem Spuk ein Ende bereiten.

»Doch, das hast du«, sagte Chronos. Er klang beinahe wehleidig wie ein kleines Kind. »Du hast mir meine restliche Lebenszeit geraubt, als du mich angegriffen hast.«

»Pah«, machte Odette und trat einen weiteren Schritt zurück. »Du bist in unseren Black Swan eingefallen mit einer Horde Time Knights und Schattenhunden. Du hast meine Schwester getötet und ihr neugeborenes Kind angegriffen. Ich habe nur Jades Leben verteidigt.«

»Das Leben eines wertlosen Mischlings«, zischte Chronos. »Das sind Märchen, die du dir da zurechtgelegt hast. Du wusstest genau, dass du die einzige Lebende bist, die mich zerstören kann. Ich habe nun bald Macht über Leben und Tod. Aber du«, er kam Odette gefährlich nah, »du warst es, die Macht über mich hatte.«

Odette lachte bitter. »Und welche Macht könnte das sein?«

Chronos schnappte mit seinen rauchigen Skelettfingern nach Odettes Kinn. »Das weißt du ganz genau.«

Jade ließ das Schwert sinken, als sie begriff, was Chronos da sagte. »Sie haben Odette geliebt. Deshalb waren Sie ihr gegenüber verwundbar.«

»Schlaues Mädchen, deine Nichte«, flüsterte Chronos nah an Odettes Wange. »Sollte man einer von ihrer Art gar nicht zutrauen.«

»Du hast mich geliebt, Jon?«, fragte Odette entgeistert. »Aber warum hast du es mir nie gesagt?«

Chronos warf den Kopf in den Nacken und lachte; ein zynisches, hohles Lachen. »Du warst eine Princess, ich ein Ghost. Es durfte nicht sein. Nie hätte ich Vater so eine Schande angetan. Und dann kam die Schmach von anderer Seite wie ein Dolch ins Herz unserer Familie. Durch Mutter und Evan.« Er blickte Odette wieder an und streichelte ihr zärtlich mit seinen Rauchfingern über dic Wange und den Hals hinab. »Wir beide können nur im Tod vereint sein. Ich baue uns eine Totenwelt, in der wir ewig leben werden – ohne Herzschlag und Zeit.«

Odette starrte Chronos regungslos an. Tränen liefen über ihre Wangen. »Ich folge dir in deine Totenwelt, wenn du Jade gehen lässt«, flüsterte sie.

»Niemals«, stieß Jade hervor. »Hörst du, Odette? Niemals.«

Chronos ließ von Odette ab und fuhr zu Jade herum. »Du bist genauso hochmütig, wie Evan es war. Der hielt sich auch immer für überlegen. Als er dann herausgefunden hatte, dass William Darwy sein leiblicher Vater war, ist ihm die ganze Sache zu Kopf gestiegen. Er wollte magischer Uhrmacher werden und irgendwann den Laden seines Vaters übernehmen.« Chronos lachte spöttisch. »Es war mir ein großes Vergnügen, diese Pläne zu durchkreuzen.«

Jade bebte vor Wut und Ekel. Ihre Hände, die das Dämonenschwert umklammerten, waren eiskalt. Sie hob das Schwert mit der hell leuchtenden Klinge an, um ihn zu vernichten. Doch gerade als sie das Schwert nach vorne fallen ließ, um es durch seinen schwarzen Rauch zu schlagen, schoss Chronos durch sie hindurch.

Das Letzte, was Jade spürte, war Eiseskälte – wie Frostfinger, die sich um ihr Herz schlangen. Sie hörte Odettes entsetzten Schrei, dann wurde alles schwarz um sie herum.

Als Jade die Augen wieder aufschlug, blickte sie auf Henrys leblosen Körper hoch oben zwischen den Lanzen der drei Galeonen. Sie lag auf dem harten Steinboden der Bibliothek neben dem Brunnen und versuchte, sich zu erinnern, was passiert war. *Odette!*, durchschoss es Jade. Sie versuchte, sich aufzusetzen. An ihrem Hinterkopf pochte es schmerzhaft, und ihr Körper war steif vor Kälte.

Suchend sah Jade sich in der Bibliothek um. Lady Sybille lag reglos auf dem Brunnenrand. Ihre Geisterhände hingen ins Brunnenwasser. *Er hat sie ermordet,* hämmerte es in Jades Kopf. Odette war nirgends zu sehen. Und doch: Von irgendwo hörte sie leises Stimmengemurmel.

Jade hievte sich hoch und sah zur gewölbten Hallendecke hinauf. Irgendwo dort oben war Chronos und flüsterte leise. Sie hörte seine hohle Stimme. Nur von wo? Doch Jade entdeckte nicht ihn, sondern Odette. Der Schreck ging ihr durch und durch, als sie sah, dass Odette hoch oben am obersten Balkon der Bibliothek außen ans Geländer gefesselt war – sechs oder sieben Meter über dem Boden. Chronos saß neben ihr auf dem Balkongeländer und strich ihr übers Gesicht. Odette drehte ihren Kopf weg.

»Odette!«, flüsterte Jade. Es war nicht mehr als ein leises Krächzen.

»Sieh an, deine Nichte ist aufgewacht«, sagte Chronos zu Odette. »Ein wirklich zähes Ding.«

»Jade, ich kann mich nicht verwandeln, nicht lösen. Flieh, hol schnell Hilfe!«, rief Odette.

Jade nickte mechanisch und suchte auf dem Boden nach ihrem Dämonenschwert.

»Gib dir keine Mühe, ich hab's versteckt.« Chronos ließ sich von der Balkonumrandung herabfallen und landete lautlos vor Jade. »Eine falsche Bewegung und deine Tante ist tot. Wir beide haben noch etwas zu erledigen, und ich möchte sichergehen, dass du keine Tricks versuchst. Ein Fingerschnipp von mir und ihre Fesseln lösen sich.«

Jadc schluckte und sah zu Odette hinauf. Odettes Fesseln zu lösen, würde ihren sicheren Tod bedeuten, denn einen Sturz aus so großer Höhe würde sie wohl kaum überleben.

»Sie stirbt so oder so, stimmt's?«

»Tun das nicht alle irgendwann?«, zischte Chronos. »Aber du entscheidest, *wie* deine Tante stirbt!«

»Was wollen Sie von mir?«, fragte Jade.

Chronos kam so nah, dass Jade in seine leeren Augenhöhlen sehen konnte. »Was fehlt mir denn noch?«, raunte er.

Jades fuhr sich mit der Zunge über die trockenen Lippen, dann krächzte sie heiser: »Der Sekundenuhrzeiger.«

»Wo ist er?« Chronos drehte sich um sich selbst. »Was hat dir die Prophezeiung verraten? Wer ist dieser Herr der Quelle?«

»Ich weiß es nicht.« Jade sah zum Brunnen. Sie stutzte. Täuschte sie sich, oder hatte Lady Sybille gerade kurz die Augen geöffnet? War sie vielleicht gar nicht tot?

Chronos schnippte mit den Fingern, und die beiden Fußfesseln, die Odette auf dem Balkonsims hielten, lösten sich. Sie verlor den Halt, schrie auf und stürzte vor, bis sie nur noch an den beiden Armfesseln an der Brüstung hing.

»Und jetzt die Wahrheit, sonst?« Er hob drohend seine Hand, als wolle er ein zweites Mal schnipsen.

Jade bebte vor Angst und Wut. »Ich sage die Wahrheit. Die dritte Prophezeiung besagte, dass der Hirschgeist mir ein Geheimnis verrät. Seine Botschaft war: Die Sekunde ist Herr der Quelle. Soweit ich weiß, gibt es nur diese eine Quelle.«

Jade trat an den Brunnenrand und sah hinein. Sie beugte sich über den Rand und starrte in das Wasser. Die Oberfläche war so glatt, dass sich Henrys Körper darin spiegelte.

»Die Quelle der Ewigen«, sagte Chronos spöttisch und setzte sich auf den Brunnenrand. »Es heißt, dass ein Bad in ihrem Wasser Unsterblichkeit bringt. Doch niemand, der dort baden ging, ist je wieder aufgetaucht. Und weißt du auch, warum? Weil diese Quelle geradewegs in die Unwelt führt und ihre spiegelnde Oberfläche von unten ein undurchlässiges Tor ist.« Chronos deutete hinauf zu Henrys Leiche. »Ich werde ihm die Unsterblichkeit in der Unwelt schenken. Das bin ich seinem Vater schuldig.«

Jades Herz klopfte schneller. So sehr krallte sie sich am Brunnenrand fest, dass ihre Knöchel weiß hervortraten.

Da wurde das Wasser trüb, Henrys Leiche im Spiegelbild verblasste, selbst ihre eigene Spiegelung verschwamm, und ein einziges Detail hob sich dort hellsilbern hervor. Mitten im schwarztrüben Wasser schimmerte plötzlich ihre Memento-Mori-Taschenuhr auf, die sie um den Hals trug und die sich nun im Brunnen zeigte. Nur die Uhr, sonst blieb das Wasser trüb. Das Silberlicht der Uhr auf der Wasseroberfläche erlosch, und das Bild wechselte erneut. Jade sah nun eine junge Frau und einen jungen Mann, die auf den Brunnenrand kletterten und sich an der Galeone links von ihr zu schaffen machten. Die Frau hatte deutliche Ähnlichkeit mit Odette, und auf einmal wusste Jade, wen sie dort sah: Es waren ihre Eltern. Aber was machten sie denn da mit der Galeone?

Jades Atem ging schneller, als sie beobachtete, wie ihre Eltern der Sekundengaleone die Lanze aus der Hand nahmen und diese durch etwas silbrig Glänzendes austauschten. Etwas, das der Lanze zum Verwechseln ähnlich sah. Als ihr dämmerte, um *was* es sich handelte, fuhr sie vom Brunnenrand zurück und schnappte nach Luft.

»Du hast etwas gesehen«, murmelte Chronos. Er fuhr hoch, schwang sich in die Luft und rief: »Du hast etwas gesehen!«

Jade dämmerte, dass Chronos im Spiegelbild des Brunnens nicht das gesehen hatte, was sich ihr offenbarte. Vermutlich war das Geheimnis so abgesichert gewesen, dass es sich nur der rechtmäßigen Uhrenbesitzerin zeigte.

»Sprich!«, schrie Chronos aus dem Gewölbe. »Oder willst du deine Tante jetzt sterben sehen?«

»Sag's ihm nicht!«, rief Odette augenblicklich hinterher.

»Es stimmt, ich habe etwas gesehen«, sagte Jade. Sie lief langsam um den Brunnen herum und blickte an den drei Galeonen empor zu Henry. Wenn sie der Sekundengaleone die Lanze entreißen würde, würde das Henrys Leiche auf ewig in der Unwelt versenken. Würde sie es aber nicht tun, bedeutete es Odettes sofortigen Tod. Und außerdem konnte sie den Uhrzeiger nicht hergeben, denn sie brauchte ihn, um Mat aus den Händen der Time Knights zu befreien.

Sie brauchte eine Lösung, wie sie alle drei retten konnte; auch wenn Henrys Rettung nur noch einen Schutz seines Geistes vor den Qualen der Unwelt bedeutete.

Chronos schwebte hinüber zu Odette. Da rutschte der Geist von Lady Sybille vom Brunnenrand direkt vor Jades Füße. Sie blinzelte und sah Jade erstaunt an. »Du lebst!«, flüsterte sie und richtete sich auf.

»Pst«, machte Jade, und Lady Sybille ließ sich hastig wieder zu Boden sinken.

»Wo ist der Uhrzeiger?«, rief Chronos. »Zeig ihn mir!«

»Ich flehe dich an, Jade! Tu's nicht!«, schrie Odette.

Da setzte Chronos sich neben sie auf den winzigen Balkonsims und lachte. »Aber sie muss es tun!«

Jade starrte auf Lady Sybille, die elendig am Boden kauerte und auf Henrys toten Körper hochblickte. Verdammt, sie musste Odette, Mat und Henrys Geist vor der Unwelt retten. Und vielleicht war die Geisterdame, die durch ihre Verliebtheit und Leichtsinnigkeit sie alle verraten hatte, jetzt der Schlüssel dazu.

Es war waghalsig. Es gab keine Garantie. Aber sie musste es versuchen. Jade nutzte den Moment, in dem Chronos auf die zappelnde Odette einsprach, und beugte sich tief über Lady Sybille: »Holen Sie Hilfe«, raunte Jade leise. »Odette muss gleich aufgefangen werden, Henry ebenso. Sagen Sie es allen. Den Wachen auf dem Clockmakers Market und den Mitgliedern der F.A.I.T.H. im Heulenden Hund. Und holen Sie Schutzgeister her. Sie sollen alle kommen. Schnell, beeilen Sie sich!«

Lady Sybille riss ihre Augen weit auf. Sie sah Jade erschrocken an, und erst als Jade »Vertrauen Sie mir, ich will Henry und Odette hier rausbringen« flüsterte, nickte die Geisterdame kaum merklich.

»Also schön, ich mach's!«, rief Jade nach oben in die Bibliothekshalle. Sie stellte sich neben die Galeone der Sekunde. Aus dem Augenwinkel beobachtete sie, wie Lady Sybille sich durch den Boden fallen ließ und verschwand. Dann betrachtete sie hoch oben die drei Lanzenspitzen über dem Brunnen, und doch konnte sie kaum ihren Blick von Henry abwenden. Er drehte sich langsam an dem Rauchfaden, und sein lebloses, leichenblasses Gesicht drehte sich dadurch langsam in ihre Richtung. Sie fing an zu zittern und musste sich am Brunnenrand abstützen. »Ich bring dich hier raus, Henry«, flüsterte sie mit erstickter Stimme.

»Sie macht's«, höhnte Chronos. Dann wandte er sich Odette zu und strich ihr mit seiner rauchigen Hand über die Wange. »Hast du gehört, Odette? Deine Nichte hat den dritten Uhrzeiger gefunden. Sie wirft ihn schon mal in die Unwelt, Liebste. Und die anderen beiden Uhrzeiger werden folgen, denn meine Time Knights warten nur auf das Kommando. Die Zeit ist mein. In dieser Nacht, in dieser Sonnenwendnacht, werden wir beide für immer in der Unwelt vereint.«

»Ich warne dich, Jade!«, schrie Odette wie von Sinnen. »Wir werden alle sterben. Alle. *Alle!*«

Chronos aber lachte nur laut und ließ sich zu Jade auf den Brunnenrand herabsinken. »Wo ist er?«, fragte er gierig.

»Es ist wahr, ich habe das Uhrzeigerversteck vorhin tatsächlich im Brunnen gesehen«, sagte Jade leise. Sie bemühte sich, ruhig zu bleiben, sich Zeit zu lassen, während Lady Sybille hoffentlich schon die ersten Geister und Zeiterben zusammentrommelte. »Niemals wäre ich darauf gekommen, dass der Uhrzeiger hier unten in der Bibliothekshalle versteckt ist. Ich meine, eben *nicht* versteckt.« Sie legte ihre rechte Hand an die Galeone der Sekunde.

»Was versuchst du da?« Chronos schnappte mit seiner Rauchhand nach Jades rechtem Arm. Dort, wo er sie berührte, schmerzte ihr Arm vor Kälte.

Jade riss sich los und rappelte sich wieder auf. Sie lauschte. Konnte es sein, dass sie von oben Stimmen und Schritte hörte?

Sie rieb sich ihren schmerzenden Arm. »Ich versuche zu sagen, dass der Uhrzeiger hier jahrelang offen, für alle sichtbar ausgestellt war – und keiner hat es gemerkt«, sagte Jade und deutete an der Galeone der Sekunde empor.

Chronos folgte ihrem Blick und jaulte auf. »Evan Copper, du alter Fuchs!«, schrie er. »Du warst schlau, oh ja, das warst du. Aber ich bin schlauer. Und mächtiger.« Er schoss hoch zur Decke, und sein Rauch verdichtete sich immer mehr, formte sich langsam zu einem Vogel mit übergroßen Schwingen.

Ein todbringender *Rauchvogel*, dachte Jade und sah sich nervös um. Wo blieb Lady Sybille? Hoffentlich hatte sie sich nicht in ihr getäuscht. Was, wenn Lady Sybille doch mit Chronos zusammengearbeitet hatte? Der modrige Gestank des Vogels verteilte sich in der ganzen Bibliothekshalle, während er rauschende Runden unter der Decke zog.

»Nimm den Uhrzeiger und wirf ihn in den Brunnen!«, rief Chronos, dessen Schwingen nun laut auf und zu schlugen.

Jade zitterte am ganzen Körper, als sie nah an die Sekundengaleone herantrat und mit eiskalten Fingern nach dem unteren Ende des Uhrzeigers tastete. Er war dünner und länger als die anderen beiden Uhrzeiger der Time-House-Uhr, und trotzdem war er schwer. Der Uhrzeiger war oben an die anderen beiden Lanzen gelehnt, und weiter unten war er in der Hand der Galeone befestigt. Als Jade ihn mit einem kräftigen Ruck aus der Hand der Galeone zog, fing Henrys Leiche gefährlich an zu schaukeln. Ganz behutsam zog sie die Lanzenattrappe aus dem Rauchknoten, an dem Henrys Körper hing. Es kostete sie alle Überwindung, auf den Knoten und nicht auf Henry zu sehen.

Als sie den Uhrzeiger aus dem Rauchknoten gezogen hatte, atmete sie erleichtert auf. Henrys Körper hing nun nur noch an den beiden anderen Lanzen und schaukelte bedrohlich. Sie ging mit dem Uhrzeiger ein paar Schritte um den Brunnen herum und sah sich nach Chronos um. »Hier ist der Uhrzeiger!«, rief sie und reckte den silbernen Sekundenzeiger hoch.

»Wirf ihn durch den Brunnen in die Unwelt.« Chronos' Stimme hallte ringsum von den felsigen Wänden wider. »Nun mach schon, oder willst du deine Tante jetzt schon sterben sehen?«

Odette schrie panisch auf, denn sie rutschte noch ein Stück tiefer.

»Nicht!«, rief Jade und stellte sich vor den Brunnen. Sie hob den Uhrzeiger darüber und senkte ihn langsam, ganz langsam, über das Brunnenwasser. Ihre Hände hielten den Uhrzeiger fest umklammert, während sie im Dämmerlicht nach Chronos suchte.

Doch es war nicht der Rauchvogel, den sie entdeckte. Aus der Wand, direkt neben Odette, streckte ein Schutzgeist seinen Kopf in den Saal hinein und sah sich neugierig um. Plötzlich schwebten von überallher silberhelle Geister durch die Wände in die Bibliothekshalle. Und mit jedem Atemzug wurden es mehr.

Jade erkannte die Schutzgeister des Clockmakers Market, allen voran die Grüne Hexe vom Witch Brew, die per Handzeichen die Geister in der Halle positionierte. Sogar der Marschall war gekommen und schoss direkt auf Jade zu. »Es kommen noch mehr, Lady Sybille hat einen allgemeinen Geisternotruf getätigt. Und oben auf dem Marktplatz kommen jede Menge Zeiterben aus den Zeitsprungkabinen geströmt.«

»Schicken Sie alle hierher!«, rief Jade dem Marschall zu.

Jade hörte Schritte auf der Treppe, sah aus dem Augenwinkel, wie jemand humpelnd und mit hell leuchtendem Dämonenschwert die Stufen herabstürmte. Sie hörte Schreie, Rufe, Kommandos.

»Hierher!«, rief Jade. »Wir müssen Henry und Odette auffangen.«

Sie sah, wie Personen auf den Brunnenrand stiegen, wie sie nach Henry griffen und wie hinten vor den Regalen das große Leitergestell geschoben wurde. Oben in der Bibliothekshalle war es inzwischen silberhell, so viele Schutzgeister füllten das Gewölbe.

»Du hast mich getäuscht!«, schrie der Rauchvogel und ließ seine Schwingen ein paarmal laut auf und zu schlagen. »Dafür wirst du sterben. Du und alle anderen. Aber du zuerst. Und dann werde ich dafür sorgen, dass du aus der Unwelt jeden einzelnen Tod deiner Lieben mit ansehen musst. Jeden.« Der Rauchvogel schleuderte ein paar Schutzgeister weg, die sich ihm mutig in den Weg stellten, dann legte er seine Flügel an und setzte zum Sturzflug auf Jade an.

»Zurück!«, schrie Jade. Sie hob den Uhrzeiger an und hielt ihn schützend vor sich, denn Chronos schoss geradewegs hinunter zum Brunnen. Er fuhr mitten durch Henrys Körper auf Jade zu. Mit aller Kraft krallte Jade sich am Uhrzeiger fest. Sie konnte dem Rauchvogel schon in die schwarzen Augenhöhlen sehen und machte sich auf ihr Ende gefasst. Da prallte Chronos gegen das silberne Metall des Uhrzeigers und fiel mit einem markerschütternden Schrei in den Brunnen.

So hart hatte der Aufprall Jade getroffen, dass ihr der Uhrzeiger aus den schmerzenden Händen rutschte. Er fiel auf den Brunnen und blieb wie ein silberner Steg über dem steinernen

Brunnenrand liegen. Das Brunnenwasser darunter war trüb und tiefschwarz geworden.

In nächsten Moment lösten sich die Rauchfesseln, an denen Odette und Henrys Körper gehangen hatten, und sie stürzten beide in die Tiefe.

Die Macht der Zeit

Eine Sekunde lang war nichts als Stille. Eine erschrockene Stille, wie nach einem Gewehrschuss. Dann schlug Henry dumpf vor Jade auf. Doch er versank nicht in der Quelle, denn sein Körper blieb über dem Sekundenuhrzeiger hängen. Jades Blick zuckte zu dem Balkon hinüber, an dem Odette gefesselt gewesen war. Darunter stand das fahrbare, hölzerne Leitergestell mit Podest, auf dem Mr Darwy immer die Rückgaben in die hohen Regale einsortierte. Vorhin hatte es noch vorne an der Tür zum Time-Book-Archiv gestanden. Jetzt aber standen Mr Dorchester und Mr Henders hoch oben auf dem Podest und hielten Odette in den Armen. Langsam ließen sie sie auf den Boden des Gestells herabsinken. Sie hatten es geschafft, rechtzeitig das Gestell unter Odette zu schieben, hochzuklettern und Odette aufzufangen. Geister schwebten um sie herum, als müssten sie Odette vor weiteren Angriffen schützen.

Erleichtert schloss Jade die Augen. Es war vorbei. Rings um sie herum richteten sich die Zeiterben nach und nach wieder auf und blickten sich verblüfft um.

Da bemerkte Jade eine Bewegung über dem Brunnenwasser. Henrys Beine ragten in das Quellwasser hinab, in das er langsam immer tiefer hineinrutschte. Sein Körper glitt vom Metall des

Uhrzeigers und versank Stück für Stück in der Quelle der Ewigen. Erschrocken ergriff Jade Henrys Hände, gerade rechtzeitig, bevor sein restlicher Körper vom Uhrzeiger rutschte und versank. Es war, als würde eine ungeheure Kraft an seinen Beinen ziehen. »Schnell, helft mir!«, rief Jade. Sie lehnte weit über dem Brunnenrand und hielt Henrys Hände umklammert.

»Henry, nicht!«, schrie sie, als ihr seine linke Hand entglitt. Mit beiden Händen umklammerte sie nun seine rechte Hand. Seine Finger ragten nur noch wenige Zentimeter aus dem Brunnenwasser, als jemand nach dem Handgelenk seiner rechten Hand schnappte und ihn langsam hochzog.

Archer Switch war herbeigeeilt und lehnte neben Jade über dem Brunnenrand. Sie zogen und zerrten nun zusammen an Henrys Körper. Jemand schob Jade zur Seite, Jade taumelte zurück. Sie sah, wie Peter Polkins Archer Switch half, Henry aus dem Wasser zu hieven. Sie wuchteten seinen leblosen Körper über den Brunnenrand und legten ihn auf den Steinboden.

»Henry«, flüsterte Jade und stürzte zu ihm. Wasser lief aus seiner Kleidung und rann über sein wächsernes Gesicht. Um ihn herum bildete sich eine Pfütze. Jade beugte sich tief über ihn und strich ihm die triefend nassen Haare aus dem Gesicht.

»Wir haben es geschafft, Jade«, flüsterte Lady Sybille und ließ ihren Kopf auf Henrys Brust sinken. »Du hast Henry vor der Unwelt gerettet«, flüsterte sie und sah Jade mit schimmernden Augen an. »Und das, obwohl ich dich und alle hier durch meine Dummheit an Chronos verraten habe.«

»Ich hab's für Henry getan«, sagte Jade und stand auf. Sie sah sich angespannt um. Konnte es wirklich sein, dass sie Chronos erledigt hatte? Sie meinte, das Rauschen des Rauchvogels noch im Gewölbe zu hören. Und was würde nun aus Mat? Was, wenn die Time Knights sich nun an ihm dafür rächten? Sie ging zum Brunnen, nahm den Sekundenuhrzeiger von der Umrandung und drückte ihn fest an sich.

Jade ließ ihren Blick durch die Bibliothek schweifen. Archer Switch lehnte schnaufend an einem der Tische, neben ihm stand Peter Polkins und starrte kopfschüttelnd auf Henrys Leiche. Sie waren umringt von den Wachen des Clockmakers Market, die als Erste die Bibliothek erreicht hatten. Odette stieg gerade die Stufen von dem antiken Leitergestell herab. Und hoch oben auf der Treppe erreichten immer mehr Zeiterben die Bibliothek. Bald drängten sich so viele in die Halle, dass es kaum noch ein Durchkommen gab.

»Lasst mich durch!«, rief da eine Frauenstimme. »Lasst sofort die Leiterin der Bibliothek durch.«

Sophera Fogg schob sich von oben durch die Menge und die Treppen herab. Ihr folgte Mr Darwy. »Da geht man ein Mal im Jahr aus, und in der Bibliothek herrscht Chaos.«

Jade umschlang den Uhrzeiger und sah sich um. Sie blickte in fragende und betroffene Gesichter.

»Natürlich, Jade Ryder! Wer sonst?«, rief Sophera Fogg und schob sich zu Jade durch. »Bist du etwa für diesen Aufruhr … ist das eine Leiche?« Sophera Fogg griff sich an den Hals, verdrehte die Augen und kippte wie in Zeitlupe nach hinten. Sie wurde von den hinter ihr stehenden Zeiterben aufgefangen und auf einen Stuhl gesetzt.

»Was ist denn nur geschehen, Jade?« Mr Darwy stützte sich auf seinen Stockschirm und betrachtete fassungslos Henrys leblosen Körper.

»Chronos war hier«, sagte Jade, und plötzlich wurde es totenstill in der Bibliothekshalle. »Er hatte monatelang Henrys Körper besetzt. Er ist zurück in der Unwelt, und ich denke, der Uhrzeiger hat ihn erledigt.«

»Jemand muss Mr Ballantyne holen«, sagte Odette, die furchtbar mitgenommen aussah.

»Der ist schon hier«, tönte da eine tiefe Stimme durch die Bibliothekshalle. Jemand schob sich durch die Menge und trat vor: Es war Mr Ballantyne, und er sah um Jahre gealtert aus. Als er Henry entdeckte, ließ er sich neben ihm auf die Knie fallen und legte seine Stirn auf Henrys Brust. Er zitterte so stark, dass es ihn schüttelte.

Jade schluckte. Sie mochte Mr Ballantyne nicht, aber sie teilte seinen Schmerz. Und so erging es offenbar vielen, den betroffenen Mienen der Zeiterben nach zu urteilen.

Immer heftiger bebte der Körper des alten Mannes, und dann fing er an, laut zu schluchzen.

Im nächsten Moment gefror Jade das Blut in den Adern. Es war kein Schluchzen. Der alte Ballantyne lachte. Sein Glucksen wurde immer lauter, und dann legte er den Kopf in den Nacken und rief: »Es ist geschafft, mein Junge!«

Jade blickte in entsetzte Gesichter, als der alte Ballantyne aufstand und langsam auf sie zukam. »Unser Plan ist aufgegangen«, sagte er und zog einen Schwertgriff aus seiner Anzugtasche.

Jade wollte ihr Schwert ziehen, doch sie griff ins Leere.

Sofort blitzten um Jade herum mehrere Dämonenschwerter auf und richteten sich auf Mr Ballantyne.

Doch der lachte nur und hielt seinen Schwertgriff hoch, als wäre er eine Trophäe.

Jade starrte auf das Hirschgeweih, das den Griff verzierte. »Das ist mein Schwert!«, rief sie und wollte danach schnappen.

Mr Ballantyne lachte nur darüber und ließ eine hell leuchtende Klinge aus Jades Schwertgriff hervorspringen.

Jade riss erstaunt die Augen auf. »Wie ist das möglich?«, flüsterte sie. Es war ausgeschlossen, dass jemand anderes eine Klinge daraus heraufbeschwören konnte. Das konnte nur derjenige, dem das Schwert gehörte.

Mr Ballantyne beugte sich vor und raunte: »Mr Mabou war so nett, mir einen Tarnsaft zu brauen. Das Schwert erkennt mich nicht und denkt, ich wäre du.«

»Alle Dämonenschwerter runter und zurücktreten!«, rief Mr Dorchester erschrocken. »Er hat Jades Schwert manipuliert. Und ihr wisst: Wer durch sein eigenes Schwert angegriffen wird …«

»Stirbt«, vervollständigte Odette und sah Jade aus weit aufgerissenen Augen an.

»Was wollen Sie von mir?«, schrie Jade und starrte verzweifelt auf ihr eigenes Schwert, das sie bedrohte. »Was wollen Sie denn noch?«

»Was ich will?«, fragte der alte Ballantyne mit hochgezogenen Augenbrauen. »Ich will Rache für meinen Sohn. Jeden deiner Schritte habe ich dafür verfolgt. Hätten deine Eltern damals nicht die Uhrzeiger versteckt, wäre das alles nicht geschehen. Mein Sohn hat an Chronos' Seite für die richtigen Werte gekämpft. Er hat sich gegen Drecksblüter wie dich aufgelehnt.«

»Dornfinger war ein Mörder!«, schrie Jade außer sich.

Mr Ballantyne ließ Jades Schwert herabsinken, sodass es nun mit der silberhellen Schwertklinge auf ihr Herz zeigte. »Und du hast dann auch noch meinen Enkel getötet.«

»Das war nicht Jade!«, rief da eine Stimme von oben, die Jade so vertraut geworden war. Lucy war gekommen und stand oben am Geländer. Langsam schob sie sich durch die Menge und stieg die Stufen herab. »Henry ist am Rauchfaden des Pförtners der Unwelt gestorben. Und dann hast du mit Chronos diesen Teufelspakt geschlossen, nicht wahr? Chronos durfte Henrys Körper besetzen und Jades Vertrauen in ihn ausnutzen. Ihr wolltet so den dritten Uhrzeiger vor ihr bergen. Ihr habt sie durch mich in die Falle im Lorn House geschickt.«

Jades Herz klopfte bis zum Hals. Sie überlegte fieberhaft, wie sie fliehen konnte. Doch Mr Ballantyne ließ sie nicht aus den Augen. Es kam Jade so vor, als wären ihm Lucys Worte egal. Er starrte Jade regungslos an, als Lucy sich neben sie stellte und sagte: »Ich habe viel zu lange gebraucht, um dich zu durchschauen. Du hast mich benutzt und belogen. Von wegen Heiltränke. Du hast Henry die Säfte von Mr Mabou verabreicht, damit wir alle nicht merken, dass er Chronos ist. Du bist ein Time Knight, Großvater, und du gehst über Leichen, um Chronos zu dienen. Du benutzt die Menschen, wie es dir gefällt.« Lucys Stimme zitterte plötzlich, und Jade wusste, dass sie nun Henry erblickt hatte.

»Und du bist genauso verweichlicht, wie deine Mutter es war«, höhnte Mr Ballantyne. »Meine Güte, die zartbesaitete Seele ist daran zerbrochen, dass ihr Mann ein Time Knight war und auf der Nessby saß.«

»Ich bin stolz darauf, so wie meine Mutter zu sein und nicht so wie du. Lass Jade in Ruhe, Großvater«, zischte Lucy. »Sie hat genauso wie ich alles im Leben verloren.«

Mr Ballantyne lachte zynisch. »Mir kommen die Tränen.« Er nickte Jade zu: »Gib mir den Uhrzeiger.«

»Niemals«, sagte Jade und machte einen Schritt zurück.

»Schluss jetzt, Ballantyne!«, donnerte Mr Dorchester. Er stürzte von hinten auf ihn zu und drückte ihm sein Dämonenschwert in den Rücken.

Doch Mr Ballantyne lachte nur. »Sollten Sie mir auch nur ein Haar krümmen und ich nicht bis Mitternacht im Time House sein, dann wird ein Novize sterben, nicht wahr, Miss Ryder? Los! Sagen Sie es ihnen.«

Jade zögerte, suchte den Blick von Odette, Mr Dorchester, von irgendwem. Dann krächzte sie: »Es stimmt. Die Time Knights warten auf den Uhrzeiger. Sie haben Mat in ihrer Gewalt, und ich habe nur bis Mitternacht Zeit, ihn auszulösen.«

»Da haben Sie es. Und jetzt nehmen Sie endlich Ihr verfluchtes Schwert aus meinem Rücken«, zischte der alte Ballantyne.

Mr Dorchester sah Jade lange an. Dann ließ er sein Schwert sinken. »Wir geben den Time Knights, was sie wollen. Jade, geh und bring ihnen den Sekundenuhrzeiger.«

»Du willst ihnen einfach so die Macht über die Zeit geben?«, rief ein Zeiterbe von oben.

»Bist du wahnsinnig, Dorchester?«, fragte einer der Wachen, der mitgeholfen hatte, Henry aus dem Brunnen zu ziehen.

»Ich halte das auch für keine gute Idee«, sagte Peter Polkins, und viele stimmten ihm laut murmelnd zu.

»Wir haben doch keine Wahl!«, rief Odette da zornig. »Sie haben Mat in ihrer Gewalt. Sind denn nicht schon genug gestorben?«

»Nach dir«, sagte Mr Ballantyne und deutete zur Treppe. »Keine Tricks, sonst ist der Novize das Abendessen für unsere Schattenhunde.«

Jade fühlte sich leer, zu keinem Gefühl fähig.

Sie trug den Uhrzeiger, den sie mit beiden Händen umklammerte, vor sich und ging zur Treppe, dicht hinter ihr lief Mr Ballantyne. Jade stieg nach oben, ihre Beine fühlten sich schwer wie Blei an, und sie hörte, wie Mr Dorchester die Menge um

Zurückhaltung bat. »Lasst sie gehen und hindert sie nicht daran. Es geht um Leben und Tod.«

Jade trat, von Mr Ballantyne gefolgt, durch die Bibliothekstür nach draußen, und eiskalte Winterluft schlug ihr entgegen. Es war wie ein Aufwachen, als würden sich all ihre Sinne auf einen Schlag schärfen.

»Was tragt ihr denn da aus der Bibliothek heraus?«, rief Gnottles ihnen nach, und sein Zetern hallte im Treppenabgang.

Jade sah sich nicht ein Mal zu Mr Ballantyne um und lief über den stillen Marktplatz zum Tor mit der großen 24-Stunden-Uhr. Sie trat aus dem Clockmakers Market hinaus auf Londons belebte Straßen. Sie sah aus dem Augenwinkel, dass Mr Ballantyne das Dämonenschwert erlöschen ließ. Vermutlich hatte er Angst, von den zeitgenlosen Menschen hier draußen beobachtet zu werden. Für einen kurzen Moment dachte sie darüber nach, Mr Ballantyne anzugreifen oder einfach davonzulaufen. Doch beide Gedanken verwarf sie schnell wieder, denn Mr Ballantyne hatte ja gesagt, dass Mat sterben würde, sollte er nicht bis Mitternacht im Time House ankommen.

Sie liefen durch die Londoner Straße zum Greenwich Park. Inzwischen hatten die meisten Shops geschlossen, und die vorhin noch so betriebsamen Menschen saßen nun in den Pubs und Restaurants. Ihr fröhliches Geplauder drang bis nach draußen. Niemand von ihnen ahnte, dass ihre Zeit gleich für immer abgelaufen war. Dass es wohl kein Morgen, kein Gleich mehr geben würde.

Jade ging durch das Tor in den Greenwich Park. Mr Ballantyne ließ Jades Schwert wieder aufflammen. Sie hielt kurz inne und lauschte in die Nacht. Wenn ihnen sonst noch jemand auf den Fersen war, dann verbarg er sich gut. Als sie auf dem Parkweg zum Flamsteed House abbogen, erfasste sie der frostige

Wind und in der Ferne hörte sie einen Uhu schreien. Jade überlegte, ob Ms Brice' Leiche wohl noch in der Wildnis lag. Mit jedem Schritt, den sie Richtung Time House lief, klopfte ihr Herz schneller. Was, wenn die Time Knights gar nicht vorhatten, Mat und sie laufen zu lassen? Was, wenn Mat schon längst tot war?

Als sie vor das Tor des Flamsteed Houses trat, war es zum ersten Mal verschlossen. »Ey!«, rief Mr Ballantyne hinter Jade und rappelte am Gitter der Tür. Im Innenhof standen Time Knights mit gezückten Dämonenschwertern und bewachten sämtliche Eingänge der Gebäude. Niemand würde an ihnen vorbei ins Time House kommen. Ein maskierter Time Knight kam zum Tor und leuchtete ihnen ins Gesicht. Dann nickte er Mr Ballantyne stumm zu, öffnete das Tor und ließ sie in den Hof eintreten. Nachdem er das Tor wieder verschlossen hatte, ging er voran durch den Nebeneingang ins Time House. Auf dem ganzen Weg am Empfang vorbei bis zu den unterirdischen Fluren und Treppengängen blieb er vor ihnen und leuchtete ihnen mit einer Fackel den Weg.

Jade wusste, wohin sie gingen. Ihre Füße trugen sie wie mechanisch hinter dem Time Knight her. Vor der schweren Flügeltür blieb er stehen und öffnete die Tür.

Jade trat ein, und ihre Augen mussten sich erst an das helle Licht im Gerichtssaal gewöhnen. Sie lief langsam, setzte einen Fuß vor den anderen immer an der Meridianlinie entlang, die hinten vor dem langen Richtertisch endete. Ihr Blick wanderte an der großen 24-Stunden-Uhr hinauf. Jade fiel sofort auf, dass die beiden Uhrzeiger fehlten.

Vor dem Tisch, an dem normalerweise der gewählte Time Court saß, standen vielleicht fünfzehn Time Knights mit Blick auf den Richtertisch. Die meisten von ihnen hatten ihre Maskierung abgelegt. Jade erkannte Lavena Parker, Madam Prouch war da, auch Mr Mabou und andere Zeiterben, die sie schon zuvor einmal bei Versammlungen oder im Clockmakers Market gesehen hatte.

Jade lief an den vielen Sitzreihen vorbei nach vorne. Als sie stehen blieb und ihre Schritte auf dem Steinboden verhallten, traten die Time Knights wie auf ein geheimes Kommando hin zur Seite. Sie gaben den Blick auf den Richtertisch frei, auf dem die beiden abmontierten Uhrzeiger der Time-House-Uhr lagen. Hinter dem Tisch standen hochlehnige, geschnitzte Stühle.

Jade fuhr zusammen, denn auf dem Platz des Vorsitzenden in der Mitte des Tisches saß jemand. Nicht irgendjemand. Es war ein Skelett aus schwarzem Rauch.

»Du erschrickst?«, höhnte Chronos. »Aber du hast nicht allen Ernstes gedacht, dass du mich so leicht besiegen kannst? Die Unwelt hat viele Ausgänge, und ja, ich gebe zu, der Uhrzeigeraufprall kam überraschend. Gut gemacht, Ballantyne, ich hoffe, der Junge ist in die Quelle der Ewigen gefallen.«

»Sie hat es verhindert«, zischte Mr Ballantyne hinter Jade. »Ich hoffe, dein Versprechen, meinen Enkel und meinen Sohn in der Totenwelt zu vereinen, gilt auch noch später.«

»Es war kein Versprechen an dich, sondern an Dornfinger, und nur deshalb werde ich es halten!«, rief Chronos mit schneidender Stimme.

Jade sah sich hektisch suchend um. »Wo ist Mat?«, rief sie.

»Ja, hol den Jungen«, sagte Chronos zu einem Time Knight und deutete zu der kleinen Tür neben der Time-House-Uhr.

»Leg den Uhrzeiger auf den Tisch«, befahl Chronos.

»Erst, wenn Sie Mat freigelassen haben!«, rief Jade und drückte den Uhrzeiger fester an sich.

Chronos lachte auf. Einige Time Knights stimmten in sein Lachen mit ein.

»Schweigt still!«, schrie Chronos und nickte Lavena zu. »Nimm ihr den Uhrzeiger ab.«

»Gerne«, sagte Lavena und trat lächelnd vor Jade. »Den Uhrzeiger, bitte!«

»Erst will ich Mat sehen«, raunte Jade.

Lavena zog die Augenbrauen hoch. »Ihr kommt hier sowieso nicht lebend raus, also gib mir den Uhrzeiger.«

»Bitte, Lavena«, flehte Jade. »Es ist noch nicht zu spät, dich für das Richtige zu entscheiden. Er hat Henry umgebracht, hat er dir das gesagt?«

Das Lächeln auf Lavenas Gesicht erstarb. Langsam drehte sie sich zu Chronos herum. »Wo ist Henry?«, flüsterte sie.

»Das musst du Jade Ryder fragen«, zischte Chronos. »Sie hat ihn umgebracht.«

»Das ist eine Lüge!«, schrie Jade. »*Er* hat Henry umgebracht. *Er* hat Henrys toten Körper besetzt, um sich mein Vertrauen zu erschleichen. Der Pförtner der Unwelt, sein eigener Dämon, hat Henry getötet, nicht ich.«

Es wurde so still im Time Court, dass Jade das Ticken ihrer Taschenuhr hören konnte.

Da wurde die Tür neben der Time-House-Uhr geöffnet, und der Time Knight kam mit Mat am Arm wieder zurück.

»Jade, du hast den Uhrzeiger gefunden!«, rief Mat.

»Ja, und der Uhrzeiger gehört mir«, sagte Chronos und erhob sich. Sein Rauch stieg langsam in den Saal hinauf. »Es ist so weit«, rief er, »die Zeit ist mein!« Seine hohle Stimme dröhnte von den Wänden wider, als wäre er überall gleichzeitig. Jade suchte seinen Schatten unter der Gewölbedecke und sah, wie Chronos geradewegs auf das Uhrwerk der Time-House-Uhr zuschoss. Als er das Herz der großen Uhr durchströmte, blieb die Zeit stehen und es wurde dunkel.

Jade machte geistesgegenwärtig einen Schritt zurück, denn unter ihren Füßen öffnete sich die goldene Meridianlinie und gab die felsigen Schluchten der Schattenkluft frei. Eisige, faulig stinkende Luft strömte von unten in den Gerichtssaal. Schutzgeister strömten hervor und huschten, erschrocken schreiend, wieder zurück in ihre hölzernen Galeonen, als Chronos' Rauch an ihnen vorbeizog.

»Das Ende der Zeit ist gekommen!«, rief Chronos. »Von nun an werden die Toten die Macht übernehmen, und die Schattenkluft wird sich nicht mehr schließen.«

Die Time Knights traten an die offene Schattenkluft und ließen ihre Dämonenschwerter aufblitzen. Jade sah in dem Silberlicht ihrer Schwerter, wie einige von ihnen sich zunickten. Was taten sie denn da? Waren die denn vollkommen irre? Wollten die wirklich ihr Leben für die Fantasien dieses Dämons hergeben?

Da schob sich etwas Großes aus der Unwelt hervor und tastete sich mit seinen behaarten Spinnenbeinen in den Gerichtssaal hinein. Der Pförtner der Unwelt, durchzuckte es Jade.

»Die Geschicke der Welt sind von nun an in den Händen der Unwelt. So bringt nun dem Pförtner der Unwelt die Uhrzeiger, auf dass er sie für immer mit der Unwelt verweben kann. Die Uhrzeiger – und die Memento-Mori-Taschenuhr. Denn sie ist das Zünglein an der Waage.«

Zwei Time Knights traten vor, steckten ihre Dämonenschwerter weg und gingen zum Richtertisch. Sie nahmen die beiden Uhrzeiger und legten sie vor dem riesigen Spinnentier mit dem eingefallenen Katzenschädel ab.

Mr Mabou drehte sich herum und kam auf Jade zu. Jade machte ein paar schnelle Schritte zurück.

»Nun gib mir den Zeiger und deine Taschenuhr«, sagte Mr Mabou sanftmütig. »Es ist ja aussichtslos, was du da versuchst.«

»Ich gebe ihn nicht her«, sagte Jade und ging immer weiter zurück, so lange, bis sie gegen einen der dicken Pfeiler stieß.

Mr Mabou lächelte und streckte seine Hände nach dem Sekundenuhrzeiger aus.

Jade sah, wie hinter ihm aus den tiefen Schluchten der Schattenkluft immer mehr Dämonen hervorstiegen. Grünlich schimmernde Pranken mit langen Krallen schoben sich aus den Tiefen nach oben, und Jade erkannte in den schaurigen Kreaturen gleich mehrere Imps, die, gefolgt von einem Rudel Schattenhunde, in den Gerichtssaal stiegen.

Da knallten beide Türen zum Time Court auf, und Zeiterben stürmten mit erhobenen Dämonenschwertern den Gerichtssaal. Mr Mabou fuhr herum und zog sein Dämonenschwert. Es waren so viele, dass sie bald schon in der Überzahl waren. Und es wurden immer mehr. Sogar Schutzgeister waren darunter, und mit einem Mal trauten sich auch die Time-Court-Schutzgeister wieder aus ihren Galeonen hervor. Der Gerichtssaal war durch das viele Silberlicht beinahe taghell erleuchtet.

»Jade, ich bin auch hier!«, rief Harper und kam auf sie zugeschwebt. »Alle sind wir hier. Oben auf dem Hof kämpfen auch noch welche. Das hättest du sehen müssen, wie Mr Switch mit seinem Auto durch das Tor geschossen ist und uns den Weg frei gemacht hat.«

Jade sah sich sprachlos um. Um sie herum kämpften Zeiterben mit erhobenen Dämonenschwertern gegen die Schattenhunde und Imps, andere duellierten sich mit Time Knights.

Mit klopfendem Herzen sah Jade, wie Odette Rücken an Rücken mit Mr Henders mehrere Schattenhunde an den Rand der Schattenkluft zurückzudrängen versuchte. Doch es kamen immer mehr Schattenhunde aus der offenen Kluft hervor, die sich mit weit aufgerissenem Maul auf sie stürzten.

Ms Henders wurde von einem Imp gepackt und in die Luft geschleudert. Sie flog mehrere Meter weit und schlug irgendwo hinter dem Richtertisch mit einem Schmerzensschrei auf.

Jade sah, wie Mr Parker seiner eigenen Tochter das Dämonenschwert an den Hals drückte.

»Und jetzt?«, fragte Lavena höhnisch. »Willst du deine eigene Tochter umbringen?«

»Ich empfehle dir, es nicht drauf ankommen zu lassen«, sagte Mr Parker. Er nahm Lavena in den Schwitzkasten und drückte ihr das hell glühende Schwert an die Kehle. »Du unterschätzt mich, wenn du glaubst, dass meine Liebe zu dir mich blind macht. Manchmal ist das, was man liebt, ein todbringendes Gift. Ja, ich würde dich auch töten. So, wie man ein faulendes Bein amputieren muss, damit der Rest des Körpers gesunden kann.«

Jade sah, wie Lavena vor Angst die Augen weit aufriss.

Da schob sich Ms Kingsley in ihren Blick. Sie duellierte sich gerade mit einem Time Knight und schrie: »Du hast mich entführt, und durch deinen Schlag auf meine Schulter habe ich wochenlang Schmerzen gehabt. Aber warte nur!« Sie zwang den Time Knight immer näher an eine Säule heran, bis er nicht mehr flüchten konnte. »Ich sehe deine Zukunft auf der Nessby schon lebhaft vor mir.«

»Pass auf, Jade«, hörte Jade Lucys Stimme neben sich. Jade fuhr herum und sah sich Mr Ballantyne gegenüber, der langsam mit Jades erhobenem Dämonenschwert auf sie zukam.

»Töte sie!«, kreischte der Rauchvogel unter der Gewölbedecke.

»Dann musst du zuerst mich töten!«, rief Lucy und stellte sich vor Jade. »Was zögerst du, Großvater? Töte mich. Du gehst doch über Leichen.«

»Geh mir aus dem Weg, Lucy«, zischte Mr Ballantyne und zuckte zurück. Einen kurzen Moment nur verharrte er, und das gab Dr. Smith die Gelegenheit, ihm das Schwert aus der Hand zu schlagen.

Jade hörte, wie der Schwertgriff zu Boden fiel und in dem Getümmel unterging.

»Nach Ihnen«, sagte Dr. Smith. Sie drückte Mr Ballantyne ihr Schwert in den Rücken und führte ihn ab.

Jade sah Lucy dankbar an, als ihr Blick zum Pförtner der Unwelt hinaufwanderte. Er rieb seine Vorderbeine aneinander, und ein schwarzer Rauchfaden bildete sich dazwischen.

»Gib den Uhrzeiger her!«, rief da jemand und kämpfte sich mit geübten Hieben seines Dämonenschwertes einen Weg durch die Menge. Mr Mabou kam auf Jade zu, schnappte nach dem Uhrzeiger und zog ihn mit Jade zum Pförtner der Unwelt.

»Helft mir!«, schrie Jade in den Tumult um sich herum.

Doch Mr Mabou hatte sie schon bis zu dem Spinnentier geschleift. »Lass den Uhrzeiger los!«, presste er angestrengt hervor. »Wir sind beinahe am Ziel, und nichts wird uns jetzt noch aufhalten. Auch du nicht.«

Jade spürte die Kraft, mit der Mr Mabou am Uhrzeiger zog, wie er ihr mit jedem Ruck mehr entglitt. Sie sah Harper, die von hinten an Mr Mabou zerrte. Über sich hörte sie das laute Rauschen der Flügel des Rauchvogels und Chronos' fieses Lachen unter dem Deckengewölbe. Dann schrie er: »Das Mädchen mit einspinnen. Sie trägt die Uhr, die das Uhrwerk erst komplett macht!«

Langsam senkte der Pförtner der Unwelt sich auf Jade herab.

Im letzten Moment ließ Jade den Sekundenuhrzeiger los und versuchte wegzurobben, doch der Pförtner der Unwelt hob sie mit seinem Spinnenbein hoch. Um sich herum hörte sie Kampfgeschrei und Metall klirren. Jade konzentrierte sich auf ihren Schutzgeist, doch er wollte einfach nicht ihren Händen entspringen. Da sah sie, wie Mr Mabou den Sekundenuhrzeiger an sich drückte und ihn zur Schattenkluft trug. »Passt auf!«, rief Jade.

»Na warte!«, schrie Harper und schoss auf Mr Mabou zu. Wie eine Gewehrkugel durchfuhr sie seinen Körper. Mr Mabou stieß einen markerschütternden Schrei aus, taumelte und fiel rückwärts in die Schattenkluft.

Für einen Atemzug lang waren alle wie gelähmt. Jade starrte auf den Sekundenuhrzeiger, der bei Harpers Angriff auf Mr Mabou zu Boden gefallen war und jetzt langsam über die Kante in die Schattenkluft rutschte.

Da hechtete Harper hinter dem Uhrzeiger her und tauchte in die Schattenkluft ab.

»*Nein, Harper,* NEIN*!*«, schrie Jade, und plötzlich brach sich eine ungeheure Wut in ihr Bahn. Sie hob beide Hände und beschwor ihren eigenen Schutzgeist hervor. Ihr Licht breitete sich wie eine Welle im Gerichtssaal aus.

Sie spürte, wie das Spinnentier den Griff um sie löste.

Jade fiel zu Boden und stand taumelnd wieder auf. Beide Hände richtete sie auf das Uhrwerk der Time-House-Uhr, und auf einmal fühlte sie, wie sie selbst Teil des Lichts war. Sie warf ihr Licht ins Uhrwerk, durchflutete es, und eine wohlige Wärme umhüllte sie.

Im gleichen Moment hörte sie gellende Schreie, das Jaulen von Schattenhunden und das ohrenbetäubende Kreischen der Imps. Da stürzte Chronos an ihr vorbei, und die Macht seines Luftstroms riss sie herum.

Jade sah in ihrem hellen Silberlicht, dass einige Time Knights wimmernd vor Schmerzen auf dem Boden lagen. Vermutlich bereitete ihnen das Silberlicht tatsächlich körperliche Schmerzen. Die Schattenhunde und Imps flüchteten vor dem Licht in die sich langsam schließende Schattenkluft. Sogar der Pförtner der Unwelt ließ sich zurück in die felsige Schlucht fallen. Einzig der todbringende Rauchvogel, der sich unter der Gewölbedecke neu sammelte, flüchtete nicht.

Jade wusste, es war jetzt ein Kampf zwischen Chronos und ihr, und einer von ihnen würde nun sterben.

»Gib auf, Jade Ryder!«, rief Chronos' Stimme von oben. »Die Zeit gehört mir!«

Jade atmete schwer. Neben ihr strömte faulige Luft aus der noch offenen Ritze der Schattenkluft. Davor lagen die zwei Uhrzeiger, und die Memento-Mori-Taschenuhr tickte an ihrer Brust. Einen Uhrzeiger hatte Chronos schon erobert und mit ihm Harper. Jade sah in abgekämpfte Zeiterben- und Schutzgeistergesichter. Viele hatten Verletzungen davongetragen. Und dann entdeckte sie Mat unter ihnen. Blut war aus einer Platzwunde an seiner Stirn über sein Gesicht gelaufen. Er schob sich an Mr Dorchester vorbei und stand ihr nun – in ihr eigenes, helles Licht getaucht – gegenüber und sah sie zustimmend an.

»Niemals!«, schrie Jade und erhob ihre Hände gegen Chronos. »Die Zeit gehört den Lebenden!«

Da ertönte ein ohrenbetäubendes Rauschen über ihnen, und

der Rauchvogel stürzte auf Jade herab. Sein dichter schwarzer Rauch prallte gegen Jades Schutzgeist. Chronos war stark, sie spürte, wie er ihr Licht zurückdrängte, wie er langsam ihren Körper durchfuhr. »Siehst du? Der Tod ist mächtiger. Er hat immer das letzte Wort«, hörte sie Chronos' Stimme in ihrem Kopf. »Der Tod bestimmt, wann die Zeit abgelaufen ist.«

Da wurde Jade plötzlich ganz ruhig und rief: »Aber das Leben bestimmt, wann eine neue Zeit beginnt! Das Leben kann sich erneuern.« Sie fühlte, wie ihr Licht mit jedem Wort den Rauch verdrängte. »Meine Eltern sind gestorben, aber ich lebe weiter, und deshalb können auch sie nie ganz tot sein.«

Chronos zuckte zurück. Es war nur ein kurzer Moment, ein Atemholen. Dann schoss er mit einem gräulichen Schrei auf Jades Schutzgeist zu. Sein Rauch zerbarst an dem Licht und verglühte in winzigen Partikeln, die in die Schattenkluft rieselten.

Als sein Schrei verhallt war, breitete sich beklommene Stille im Gerichtssaal aus.

Jade sackte zu Boden, und ihr Schutzgeist erlosch.

»Hat noch jemand das Bedürfnis, ihm zu folgen?«, rief Mr Dorchester drohend von irgendwo.

»Also ich kann euch sagen, dass es sich nicht lohnt«, sagte da ein kleiner, elfengleicher Schutzgeist, der langsam aus der felsigen Schattenkluft emporschwebte. Mit ihren Geisterhänden zog sie ächzend den Sekundenuhrzeiger aus der felsigen Schlucht unter dem Nullmeridian. »Allein der widerliche Gestank da unten. Ich brauche mindestens drei Räucherungen in Fichtennadelholz bei Ms Mallows, um den wieder loszuwerden.«

»Oh Gott, Harper«, stieß Jade hervor und eilte ihr zu Hilfe. Sie drückte ihre Geisterfreundin mit dem Uhrzeiger fest an sich. »Du lebst!«

»Ja, wenn auch stinkender als vorher«, flüsterte Harper. »Es ist vorbei, stimmt's?«

Jade nickte zaghaft und sah sich im Gerichtssaal um.

Als Erstes flammten die Kerzen und Feuer in den Schalen wieder auf. Dann verschloss sich die Schattenkluft, bis nichts außer der golden schimmernden Meridianlinie von ihr übrig blieb.

In der nächsten Sekunde brach Tumult los, von überallher strömten Schutzgeister in den Saal.

»Aber wo sind die Uhrzeiger?«, rief Bertha Kingsley, die vor dem Richtertisch stand und zur zeigerlosen Time-House-Uhr hochblickte.

»Hier!«, rief Orla da. Und als sie kurz den Stundenuhrzeiger hochhielt, fand Jade sie auch in der Menge. Sie stand neben Peter Polkins, der Lavena Parker mit seinem Dämonenschwert in Schach hielt. Orla und der Uhrzeiger wurden von mindestens zehn Zeiterben und ihren hell leuchtenden Dämonenschwertern geschützt, wodurch Orlas strahlendes Gesicht noch mehr funkelte.

Ein wenig weiter reckte Archer Switch den Minutenuhrzeiger hoch in die Luft. »Hier!«

Jade sah in verbitterte Gesichter von Time Knights, die von Zeiterben überwältigt worden waren. Sie beobachtete, wie Madam Prouch sich heimlich verdrücken wollte und kurz vor der großen Flügeltür von zwei Zeiterben aufgehalten wurde.

»Und hier!«, rief Harper und reckte mit Jade zusammen den Sekundenuhrzeiger hoch.

Der Freudentaumel, der dann ausbrach, kannte keine Grenzen. Zeiterben und Schutzgeister jubelten und riefen durcheinander. Die Uhrzeiger wurden hochgehoben, damit alle auch in den letzten Winkeln des Gerichtssaals sie sehen konnten. Jade wurde umarmt von Zeiterben, die sie kaum kannte. Und von Lucy, die ihr stumm zunickte. Und plötzlich war Mat bei ihr und zog sie an sich. »Du hast uns alle gerettet!«, rief er.

Da schob Jade ihn von sich und sah ihn kopfschüttelnd an. »Nein, Mat, nicht alle.« Und dann endlich kamen die Tränen. Sie vergrub ihr Gesicht an Mats Brust und weinte.

Irgendwann legte Mat seinen Finger unter ihr Kinn und sah sie prüfend an. »Du meinst Henry?«, flüsterte er atemlos.

Jade nickte schluchzend. So wie Mat sie ansah, würde er jetzt *Keine Tränen!* flüstern.

»Komm her«, sagte Mat und zog sie zurück in seine Arme. »Weine«, murmelte er, und das nahm Jade die letzte Fassung, die sie noch gehabt hatte. Sie weinte und weinte, während um sie herum die Zeiterben die Rückkehr der Uhrzeiger und den Sieg über Chronos feierten.

Mitten in das Freudengeschrei hinein klopfte Peter Polkins mit dem Richterhammer auf die Tischplatte. »Es tut mir leid, dass ich euch unterbrechen muss, aber wir müssen so schnell wie möglich die Uhrzeiger ins Uhrwerk der Time-House-Uhr einsetzen. Denn sonst lässt der nächste Zeitstillstand nicht lange auf sich warten. Und ich glaube, keiner von uns hat das Bedürfnis, heute Abend noch irgendeinem Unweltdämon zu begegnen. Also bitte, holt doch Mr Linnaker.«

»Mr Linnaker ist hier!«, rief da der Uhrmacher vom Clockmakers Market und trat zu Peter vor den Richtertisch. »Oder denkst du ernsthaft, dass es heute Abend irgendeinen Zeiterben zu Hause hält?«

Werkzeug und Leitern wurden herangeschafft, und einige Zeiterben hoben den ersten der Uhrzeiger an das Uhrwerk, wo Mr Linnaker mit dem Befestigen begann. Keinen zog es nach

Hause, alle blieben im Gerichtssaal und sahen Mr Linnaker bei der Arbeit zu. Sie warteten gespannt, um diesen einen Moment nicht zu verpassen. Der Moment, auf den sie seit mehr als fünfundzwanzig Jahren gewartet hatten.

Die verhafteten Time Knights wurden in der Zwischenzeit in Zellen gebracht, und ihnen würde laut Ms Griggs in Kürze der Prozess gemacht – sobald ein neuer Time Court gewählt worden war.

Dr. Smith behandelte die verletzten Zeiterben an Ort und Stelle. Andere wurden ins Krankenzimmer gebracht, weil sie genäht werden mussten. Ms Henders musste im Krankenzimmer bleiben, denn sie hatte sich beim Aufprall die Schulter ausgekugelt.

Irgendwann, nachdem Mats Wunde mit einem Imphaarfaden genäht worden war, tauchte Orla im Time-House-Flur auf und umarmte Jade und Mat fest. »Kommt, lasst uns zurück zum Gerichtssaal gehen«, sagte sie und zog Jade und Mat hinter sich her im Flur nach oben.

»Du zitterst ja, Jade. Sollen wir dich zurück zu Dr. Smith bringen?«, fragte Orla, als sie neben der großen Gerichtssaaltür angekommen waren.

Jade schüttelte heftig den Kopf. Sie lehnte sich an die Felswand und ließ sich auf den Boden rutschen.

»Es tut mir so leid, Jade«, sagte Orla und legte einen Arm um ihre Schultern. »Odette hat uns gerade erzählt, was mit Henry war.«

Jade schluckte. »Wisst ihr noch die Prophezeiungen? Die zweite besagte doch, dass es sieben Tode sein werden. *Sechs Tode sind sein. Der letzte Tod wird ihrer sein.*«

»Ja, genau«, sagte Mat und betastete seinen Kopfverband. »Aber es waren doch gar nicht sechs Tode, und der letzte Tod ist ja auch nicht eingetreten, oder?«

»Aber klar doch«, sagte Orla. »Überlegt doch mal. Chronos hat Henry nicht mitgezählt, weil er die Schuld an seinem Tod Jade in die Schuhe schob. Aber wir wissen ja, dass es sein eigener Dämon war, der Henry getötet hat. Also *muss* Henry mitgezählt werden, und es wäre klar gewesen, dass Odette nicht sterben wird.«

»Okay, das mag stimmen«, sagte Mat nachdenklich. »Aber was ist mit dem letzten Teil der Prophezeiung? Der letzte Tod sollte doch Jades sein, und sie ist nicht gestorben.«

»Ein Glück«, sagte Orla lächelnd und schüttelte dann aber heftig den Kopf. »Ihr müsst es anders betonen: Der letzte Tod wird *ihrer* sein. Das soll heißen: Sie wird auch jemanden töten.«

Jade horchte auf. »Chronos?«

»Genau«, sagte Orla. »Und das bedeutet, er ist nun wirklich und für immer ausgelöscht. Ms Kingsleys Prophezeiungen sind ja immer zutreffend.«

»Na ja«, flüsterte Mat. »Fast immer. Denn in der ersten Prophezeiung hieß es ja, dass Jade etwas in sich trägt, das die Unwelt nicht kennt und das sie siegen lässt über den Tod.«

Orla zog die Augenbrauen hoch. »Hast du Jade eigentlich zugehört, als sie Chronos vernichtet hat? Sie trägt Leben in sich. Das Leben hat über den Tod gesiegt. Ihre Eltern sind zwar tot, aber sie lebt weiter. Der Tod, den Chronos über ihre Eltern gebracht hat, ist nicht endgültig. Das Leben hat das letzte Wort, denn ein Stück ihrer Eltern lebt in Jade weiter.«

»Das ist unfassbar schlau kombiniert, Orla. Wirklich. So hatte ich das noch gar nicht verstanden«, sagte Mat. Dann sah er Jade forschend an. »Apropos Verwandte! Es wird behauptet, dass Chronos dein Onkel war …?«

»Bitte was?«, rief Orla erschrocken.

Jade nickte und schloss die Augen. »Es stimmt. Er war der ältere Bruder meines Vaters. Halbbruder. Ich erzähle es euch irgendwann …«

»Klar, das muss jetzt nicht sein«, sagte Mat schnell. »Es bedeutet aber wohl, dass Chronos deine Eltern nicht zufällig aussuchte.«

»Ja, das bedeutet es wohl«, flüsterte Jade. »Und ich glaube, dass ich es gut finde, es nun zu wissen. Es ist dadurch wohl unwahrscheinlich, dass sich so etwas noch einmal wiederholt.«

»Ich weiß, was du meinst«, sagte Orla. »So einen durchgeknallten Typen in der Familie hat man ja nun wirklich nicht immer.«

»Stimmt eigentlich das Gerücht, dass es Selda Brice erwischt hat?«, fragte Orla leise. Sie blickte sich vorsichtig um, als erwartete sie, dass Ms Brice jeden Augenblick um die Ecke kommen könnte.

»Das stimmt«, sagte Mat. »Ich hab's mit eigenen Augen gesehen. Und ganz ehrlich, Orla? Sie hat mir am Ende sogar ein bisschen leidgetan. Aber wirklich nur ein bisschen.«

»Wie das?«, rief Orla erschrocken und senkte gleich wieder ihre Stimme. »Wieso das denn?«

Jade sah Orla schulterzuckend an. »Mein Großvater William Darwy war früher mal Selda Brice' Verlobter. Aber er hat Schluss mit ihr gemacht, weil er sich in eine andere verliebt hat. Und diese neue Geliebte wurde schwanger von ihm, schwanger mit meinem Vater, Orla. Jedes Mal, wenn Selda Brice mich sah, wurde sie daran erinnert.«

»Du meine Güte!«, rief Orla und schlug sich erschrocken die Hand vor den Mund. »Wie schnell aus Liebe Hass werden kann.«

Ein lautes Hämmern im Gerichtssaal ließ sie aufhorchen. Jade wischte sich mit dem Handrücken über das tränennasse Gesicht und stand auf.

Sie gingen zurück in den Gerichtssaal, wo Mr Linnaker noch immer auf der Leiter vor der Time-House-Uhr stand. Es war kurz vor Mitternacht, als er verkündete: »Die Meridian Princess, der Meridian Prince und der Meridian Ghost sind eingebaut. Die Time-House-Uhr ist wieder vollständig und …« Er legte seinen Zeigefinger an die Lippen. »Seid nun bitte alle einmal still. Ich brauche absolute Ruhe.« Es dauerte einen Moment, bis auch das letzte Lachen, das letzte Flüstern verklungen war.

Jade hörte ihren eigenen Atem, fühlte das Schluchzen, das noch immer in ihrer Kehle saß und herauswollte, und sie hörte das vertraute Ticken ihrer Memento-Mori-Taschenuhr. Bildete sie es sich ein, oder war es lauter als je zuvor? Sie sah, wie alle um sie herum aufhorchten und andächtig lauschten. Es war nicht das Ticken ihrer kleinen Taschenuhr, das sie hörte. Es kam aus der Time-House-Uhr.

»Sie läuft!«, sagte Mr Linnaker in die Stille. »Das Herz der Zeit schlägt.«

»Die Zeit gehört wieder uns!«, rief Mr Dorchester, der links seine Frau und rechts Orla im Arm hielt.

Und dann kannten die Freude und Erleichterung keine Grenzen mehr. Sie lagen sich lachend, jubelnd und weinend in den Armen, egal, als was sie geboren waren: Princess, Prince oder Ghost. In dieser Stunde war nichts davon mehr wichtig, und Jade fühlte, es würde nie wieder wichtig sein.

DANACH
Fünfeinhalb Jahre später

Jade Ryder schloss die Ladentür von Darwy's Magical Watches ab, zog sich die Kapuze ihres Regenmantels über den Kopf und sah zum wolkenverhangenen Himmel hinauf. Den ganzen Tag hatte der Regen gegen die Schaufensterscheiben getrommelt. Es war der erste Regentag seit vielen Wochen, und mit ihm lag Veränderung in der Luft. Bald schon würde es Herbst werden, der lange, warme Sommer war endgültig vorüber.

»Pass gut aufs Haus auf, George, und bis bald!« Jade sah zu dem pausbäckigen Schutzgeist hinauf, der auf dem schaukelnden Schild über der Tür saß. Er winkte ihr zu und rief: »Ja, bis bald, und vergiss das Wiederkommen nicht!«

Jade lief lächelnd über den kleinen Hof zum Witch Brew hinüber. Schon von draußen hörte sie die Henders sprechen, die ihr in den vergangenen fünf Jahren zu so etwas wie einer Familie geworden waren. Sie öffnete die Ladentür und schob die Kapuze in den Nacken. Schnell schloss sie die Witch-Brew-Tür hinter sich und schlüpfte aus ihrem Regenmantel.

Ms Henders saß mit den Zwillingen an einem der Tische vor dem Fenster und ging mit ihnen eine Liste durch. »Da bist du ja, Jade!«, rief sie und sah kurz auf. »Das Taxi, das euch zum Zug bringt, kommt sicher bald.«

Jade hängte ihren Regenmantel an den Haken und stellte ihren alten Koffer mit der losen Schnalle neben das Gepäck der Zwillinge. »Hallo, ihr drei!«, sagte sie und setzte sich zu den Henders an den Tisch.

»Bleibt nur noch die Frage, ob eure Handys aufgeladen sind und ihr die Silentium-Warn-App aktiviert habt!« Ms Henders faltete die Liste zusammen.

»Ach nee«, stöhnte Mina. »Die Probezeiten für die Zeitstillstände stehen doch im Kalender, und ich dachte, die Schattenkluft ist sowieso vor Jahren geschlossen worden. Was soll also passieren? Diese blöde App verbraucht viel zu viel Batterieleistung.«

Jade lachte und fischte sich eine Erdnuss aus der Schale auf dem Tisch. Sie nahm Gesine unter ihrem Pullover hervor, setzte sie auf die Tischplatte und reichte ihr die Nuss. Auch jetzt, nach über fünf Jahren, musste sie bei dem Blick in Gesines schwarze Knopfaugen an Master Gridlock denken. »Ich wäre über solch eine Warn-App wirklich froh gewesen, damals, als die Zeit noch unkontrolliert stehen blieb und man immer und überall von einem Zeitstillstand überrascht werden konnte.«

»Echt jetzt?«, rief Maeven. »Dann ist es wahr, was Mum uns gestern Abend erzählt hat? Sie meinte nämlich, dass wir damals nur deshalb immer mit dem Timeless Sleeper gefahren sind, weil es für Zeiterben zu gefährlich war, mit dem Zug oder Auto zu fahren.«

»Am Ende war es sogar verboten«, sagte Jade und lachte über die erstaunten Gesichter der beiden Mädchen, die vor wenigen Wochen fünfzehn Jahre alt geworden waren. »Die App ist zu eurem Schutz, denn was einmal geschehen konnte, kann sich wiederholen. Unwahrscheinlich, aber möglich. Die App habt ihr übrigens Peter Polkins und Archer Switch zu verdanken. Sie sind eure Lehrer in Nautische Geräte und gehören auch zum Time Court.«

Schnelle Schritte auf dem Innenhof ließen sie alle aufhorchen.

»Das wird wohl der Taxifahrer sein«, sagte Ms Henders und sah auf die Uhr. »Er ist ein bisschen früh dran.«

Da flog die Witch-Brew-Tür auf, und jemand in einer dunklen Regenjacke trat ein. Er schob seine Kapuze nach hinten und sagte: »Das Taxi ist da!«

»*Mat!*«, riefen sie alle im Chor, und Ms Henders und die Zwillinge sprangen auf, um auf ihn zuzustürmen.

»Wie kommst du hierher?«, fragte Ms Henders und umarmte ihren Sohn, der sie um mehr als eine Kopflänge überragte. »Du hast mir doch erst gestern geschrieben, dass du aus Greenwich nicht wegkommst.«

»Die Dinge haben sich seitdem geändert.« Mat löste sich aus der Umarmung seiner Mutter und breitete seine Arme aus, um die Zwillinge links und rechts an sich zu drücken.

Jade schluckte. Sie hatte ihn seit Weihnachten nicht gesehen. Überhaupt hatte sie ihn in den vergangenen fünf Jahren kaum zu Gesicht bekommen, und wenn, dann nur an Feiertagen, an denen er von der Familie belagert wurde.

»Ich hoffe, ihr habt alles gepackt«, sagte Mat zu seinen Schwestern. »Beeilt euch, ja? Wir müssen gleich los.« Maeven und Mina stürmten daraufhin die Treppe hinauf.

Mat sah ihnen lächelnd hinterher und drehte sich dann zu Jade herum. Er war erwachsen geworden; seine Gesichtszüge waren ernster, der Blick, mit dem er sie nun betrachtete, schärfer. »Hallo, Jade!«

»Schön, dich zu sehen, Mat.« Jade wollte auf ihn zugehen und ihn umarmen, doch irgendetwas in seinem Blick hielt sie davon ab.

»Tut mir leid, Mum«, sagte Mat und nahm sich eine Handvoll Erdnüsse vom Tisch. »Aber wir müssen gleich aufbrechen. Archer Switch hat mir den Wagen nur bis morgen früh geliehen.«

»Soll das heißen, dass du –?« Ms Henders ließ sich auf den nächsten Stuhl fallen und sah Mat sprachlos an.

»Ich habe den Führerschein gemacht«, sagte Mat nickend und zuckte dann mit den Schultern. »Hab ich keinem erzählt, falls ich durchfalle. Und es hat Ewigkeiten gedauert, bis ich die Genehmigung vom Time Court bekommen habe.«

Jade lief zum Fenster und sah auf den Hof hinaus. Noch immer prasselte der Regen auf das Kopfsteinpflaster. »Du bist mit dem Bristol hier?«

»Ja, er steht vorne an der Straße«, sagte Mat und winkte mit dem Autoschlüssel. »Wie in den guten alten Zeiten.«

Sie waren etwa zwei Stunden auf der Autobahn gefahren, als Mina und Maeven immer stiller wurden und schließlich einschliefen.

»Ich liebe meine Schwestern wirklich sehr, aber sie können einen ganz schön in den Wahnsinn treiben mit ihrer pausenlosen Quatscherei«, sagte Mat lächelnd.

»Ich mag sie auch sehr«, sagte Jade leise. »Wie geht es euch allen in Greenwich?«

»Wen meinst du?«, fragte Mat. »Odette hast du ja regelmäßig gesehen. Wusstest du, dass sie mit Archer Switch ausgeht?«

Jade nickte lächelnd. »Ja, sie waren zu meiner Abschlussfeier gemeinsam in York.«

»Richtig«, sagte Mat ernst und starrte auf die Straße. »Du hast ja dein Journalismusstudium abgeschlossen. Mum hat's mir erzählt. Dann kannst du ja ab jetzt in Vollzeit für den *Daily Time Catcher* arbeiten und nicht nur Gastartikel schreiben. Die brauchen solche Leute wie dich. Ich habe übrigens jeden Artikel ausgeschnitten und aufgehoben, den du für den *Daily Time Catcher* geschrieben hast.«

»Hör mal, Mat –«

»Orla hat ihre Ausbildung bei Dr. Smith kürzlich bestanden. Sie wohnt mit ihren Eltern im Clockmakers Market. Du hast ja sicher gehört, dass ihr Vater in den Time Court gewählt wurde. Orla strahlt seitdem wie ein Glühwürmchen vor Glück. Ich schätze, dass Orla und Peter bald zusammenziehen werden. Und sonst?«

»Mat, Orla hat mich öfters besucht. Ich meinte eigentlich –«, setzte Jade an, doch Mat unterbrach sie erneut.

»Harper hast du ja im Hafen von Hull regelmäßig besucht. Sie ist schon Abteilungsleiterin auf dem Timeless Sleeper und Vorsteherin des Restaurants. Und dann ist noch der alte Ballantyne letztes Jahr auf der Nessby gestorben. Lucy war in Edinburgh. Sie hat dort in der Geisterstadt eine Ausbildung in Geistergeherei gemacht und wird ab dem neuen Schuljahr Ms Griggs' Hilfslehrerin. Mr Darwy und Sophera Fogg giften sich immer noch in der Bibliothek an. Aber es wird gemauschelt, dass die beiden nach Ladenschluss zusammen immer öfter ein Gläschen Snat trinken gehen. Lavena Parker ist ganz nett geworden.« Mat warf Jade grinsend einen Seitenblick zu. »Die Gefängniszeit auf der Nessby hat ihr anscheinend gutgetan. Sie ist nun Schmiedin für Dämonenschwerter und macht sich sogar richtig schmutzig dabei.«

Jade schmunzelte. Dann sah sie ihn fragend an. »Und wie ist es meinem alten Freund Mat Henders ergangen?«

Mat schwieg. Seine Hände umklammerten das große, lederne Lenkrad. Nach ein paar Minuten bog er auf einen Parkplatz ab und brachte den Wagen zum Stehen. Er stieg aus und lehnte sich an die Motorhaube, auf die noch immer der Regen prasselte.

Jade kurbelte ihr Fenster herunter. »Mat, komm zurück. Du wirst doch ganz nass!«, rief sie. Und weil er sich nicht rührte, sprang sie aus dem Wagen. Sie zog sich ihre Kapuze über die langen roten Locken und stellte sich neben ihn in den Regen.

»Dein alter Freund Mat hat mehr als fünf lange Jahre auf diesen Tag gewartet«, sagte er.

»Auf diesen Tag?«, fragte Jade überrascht. »Was ist so besonders an diesem Tag?«

»Du kehrst heim.« Mat versuchte ein Lächeln, aber es gelang ihm nicht richtig. »Und ich wollte derjenige sein, der dann an deiner Seite ist. Als Mum gestern sagte, dass du die Zwillinge begleitest, habe ich alles stehen und liegen lassen. Greenwich ist nicht Greenwich ohne dich.«

Jade schwieg. Fünf Jahre war es nun her, dass sie am Tag ihres Abschlusses an der Academy nicht zum Schulball, sondern zum Timeless Sleeper gegangen und nach York gefahren war. Damals hatte sie gedacht, dass sie nie wieder zurückkehren würde. Alles in Greenwich, jedes Ding und jeder Ort erinnerten sie an Henry und an die schrecklichen Geschehnisse dieser Winternacht damals. Sie wollte dorthin gehen, wo er nie gewesen war. Dorthin, wo es keine Schwere gab. Aber die Trauer und die Erinnerungen hatten sie auch in York gefunden, und das hatte sie hart getroffen, denn wie viel leichter wären die letzten Jahre wohl mit ein paar guten Freunden an der Seite gewesen?

»Wie lange hättest du auf diesen Tag gewartet?«, fragte Jade.

Mat stieß sich von der Motorhaube ab. Er drehte sich zu Jade herum und grinste sie an. »Erinnerst du dich noch an den Tag, an dem du auf St. Creakles ins Büro der Schulleiterin eingebrochen bist?«

»Klar!« Jade lachte und wischte sich mit dem Ärmel den Regen aus dem Gesicht.

Mat nickte. »Du hattest dir in den Kopf gesetzt, dass du unbedingt in deiner Schulakte nachsehen musst, ob es dort eine Info zu deinen Eltern gibt.«

Jade seufzte. »Und du warst nicht begeistert von meinem Plan.«

»Ich wusste, es war falsch. Was, wenn du etwas Furchtbares herausgefunden hättest?«, sagte Mat. »Trotzdem habe ich damals an der Bürotür Schmiere gestanden. Und was glaubst du, wie lange ich dort gewartet hätte?«, fragte Mat.

Jade sah ihn verständnislos an. »Bis ich zurückkomme.«

Da sprang Mat zurück ins Auto. Als Jade auch eingestiegen war, startete er den Motor und grinste sie an. »Eben!«

Jade lehnte sich lächelnd in ihrem Sitz zurück und tastete nach ihrer Memento-Mori-Taschenuhr. Dieser zweite Herzschlag an ihrer Brust, der in ihren einsamen Stunden so laut getickt hatte, war nun ganz leise. Sie sah aus dem Wagenfenster in die regnerische Nacht. Mat war bei ihr, und die Zeit hatte seit fünfeinhalb Jahren nicht mehr unkontrolliert still gestanden. Es war vorbei.

DIE ZEITERBEN

Träger der Zeitgene und Meister magischer Fertigkeiten

PRINCESS
(Erben der Stunde)
Gestaltwandler

PRINCE
(Erben der Minute)
Gaukler

GHOST
(Erben der Sekunde)
Geistergeher

GLOSSAR DER ZEITERBEN

Nicht vollständige Liste der Meridian-Begriffe, die teils wahr und teils erfunden sind.

ACHAT-WASSER

Das Achat-Wasser wird hergestellt, indem siedendes Wasser über einen blauen Achat-Stein gegossen und aufgefangen wird. Für die Versorgung eines Blauen Nebeldrachen wird dem Achat-Wasser noch eine Messerspitze pulverisiertes Achat hinzugefügt. Vor Gebrauch muss das Wasser gut geschüttelt werden, bis es eine gleichmäßige Blaufärbung aufweist.

ARKANA

Die »große Arkana« (großes Geheimnis) ist die Bezeichnung für die 22 Hauptkarten in einem Tarot-Deck. Diese Karten stehen, anders als die sogenannten Spielkarten, in ihrer Bedeutung für sich und werden oftmals auch als Seelenspiegel oder Bewusstseinsspiegel bezeichnet.

BLAUER NEBELDRACHE

Drachenartiges Prognosetier, das bei einem Zeitstillstand ringförmige Nebelwolken ausspuckt, die sich in Sekundenschnelle im ganzen Raum ausbreiten. Nebeldrachen müssen mit Achat-Wasser feucht gehalten und mit frischen Insekten gefüttert werden.

ENTSCHLEIERUNGSSAFT

Ein Hexentrank der verbotenen Liste, mit dem man laut Madam Prouch hinter den Vorhang seines Bewusstseins sehen kann. Man erfährt Dinge, die man selbst nicht erlebt hat, die aber mit der eigenen Person zu tun haben.

F. A. I. T. H.

Die Front zur Akzeptanz und Integration aller Zeiterben (**F**ront for **A**cceptance and **I**ntegration of all **T**ime **H**eirs) ist eine ursprünglich geheime Widerstandsbewegung, die kurz nach Gründung der Time Knights von mehreren Novizen der Clockmakers Academy gegründet wurde. Ihr Ziel war und ist die Verhinderung und Aufdeckung von Angriffen durch die rassistisch motivierten Time Knights.

GEHÖRNTER STINKMULL

Prognosetier, das einem Nacktmull ähnlich sieht und ein schwarzes Horn an der Stirn trägt. Durch dieses Horn sondert der Stinkmull kurz vor einem Zeitstillstand den Geruch ab, den man am meisten hasst. Dieser Gestank riecht für jede Person unterschiedlich.

HEXENBRETT

Auf einem Hexenbrett (Ouija) sind das Alphabet, Zahlen und Wörter (»ja«, »nein«, »danke«, »Ende«) abgebildet. Es gibt einen Zeiger, der die Zeichen markieren kann. Um eine Botschaft von Geistern zu empfangen, soll man seine Hände auf den Zeiger legen und sich auf seine Frage konzentrieren. Der Zeiger bewegt sich, und die markierten Zeichen ergeben dann die Botschaft.

LORN HOUSE

Das sogenannte Lorn House liegt mitten in Edinburghs Altstadt und ist ein schmales vierstöckiges Gebäude, durch dessen Fenster man auf die Gassen von Edinburgh / Schottland blicken kann.

MERIDIAN PROPHECY

Ein von Bertha Kingsley entwickeltes Tarot, das hauptsächlich aus den 22 Karten der großen Arkana (= Geheimnis) besteht. Jeder Schüler erhält im letzten Ausbildungsjahr im Kurs der Orientierung von Ms Kingsley ein Deck der verzauberten Prophezeiungskarten. Das Magische an den Karten ist ihre Unvollständigkeit. Die Karten sind bei Erhalt noch leer, die Abbildungen erscheinen erst nach und nach und sind laut Ms Kingsley ein Spiegel der Seele seines Besitzers. Es kommt vor, dass die Karten zu sprechen beginnen und dem Besitzer ihre Bedeutung zuflüstern.

PENTAGRAMM

Gezeichnet als fünfzackiger Stern, ist das Pentagramm oftmals ein Schutz- und Bannzeichen und symbolisiert den Menschen und die Elemente (Feuer, Erde, Wasser, Luft, Geist). Es dient zum Beispiel der Abwehr von Dämonen. Schwarzmagische Hexen aber nutzen das Pentagramm mit Hexenzeichen auch für Beschwörungen.

PYTHONOS

Schlangenkopfgaleone über dem Time-Book-Archiv in der Clockmakers Library.

QUENA AMPHISBAENA

Die zweiköpfige Schlange der Unwelt, die von Chronos geschaffen wurde. Der Mittelpunkt des Schlangenkörpers ist mit der Unwelt verwurzelt und kann diese nicht verlassen. An beiden Enden trägt die Schlange einen Kopf und gilt daher als unbesiegbar. Ihre beiden Köpfe können sich durch die Schattenkluft hochschlängeln. Chronos kann durch die Augen der Schlange sehen und ihr befehlen, jemanden gezielt zu töten. Die Quena Amphisbaena spuckt dazu Rauchvögel aus.

RAUCHVOGEL

Der Rauchvogel formt sich aus dem schwarzen Rauch, den die Quena Amphisbaena ausspuckt. Dabei wird das Ziel des Rauchvogels von

Chronos zuvor anvisiert, der durch die Augen der zweiköpfigen Schlange sehen kann. Die Berührung mit einem Rauchvogel führt zur Löschung der restlichen Lebenszeit des Opfers und damit zum sofortigen Tod. Ein Rauchvogel hinterlässt einen tiefen Spalt im Boden, wenn er dort unverrichteter Dinge einschlägt.

SCARY ALLEY

Die Scary Alley (Gruselgasse) ist eine der vier engen Seitenstraßen des Clockmakers Market, in der es Appartementwohnungen zu mieten gibt. Der Durchgang ist so schmal, dass man unten stehend das Gefühl hat, die heruntergekommenen, verrußten Häuser lehnen hoch oben aneinander. Die Appartements tragen allesamt gruselige Namen wie *The Skinned Snake* (die gehäutete Schlange), *The Headless Cat* (die kopflose Katze), *The Plucked Crow* (die gerupfte Krähe), *The Dehearted Fox* (der entherzte Fuchs), *The Hanged Wolf* (der gehängte Wolf), *The Bloody Bat* (die blutige Fledermaus).

TEUFELSSTICHE

Durch Teufelsnadeln verursachter Hautausschlag mit eitrigen Pusteln. Linderung verschafft der Titanwurz-Badeschaum.

THE DEAD END

Der Friedhof der Zeiterben, den man durch die gleichnamige Gasse zwischen dem Black Swan und Linnaker & Sons erreicht. Dead End steht im englischen Sprachgebrauch aber auch für die Bezeichnung einer Sackgasse, was die kurze Gasse zusätzlich ist. Unwissende werden also an dem Schild nichts Besonderes finden und denken, dass die verfallene Mauer am Ende der kurzen Straße das Ende der Sackgasse ist. Nur Zeiterben wissen, wie sie durch das Tor auf den kleinen, verborgenen Friedhof hinter der Mauer gelangen.

TITANWURZ-BADESCHAUM

Bei Teufelsstichen ein äußerst wirksamer Badeschaum aus Titanwurz (Geruchsnote: Aas), Rosenwaldmeister (Geruchsnote: nasser Fuchs),

Asant (auch Teufelsdreck genannt; Geruchsnote: Knoblauch), Muskateller-Salbei (Geruchsnote: Schweiß).

TOWER BRIDGE

Wie in *Meridian Princess* von Peter Polkins behauptet, waren die beiden oberen Fußgängerbrücken der Tower Bridge von 1910 bis 1982 gesperrt. Dort trieben sich zu viele Diebe und Ganoven herum.

VAULTS VON EDINBURGH

Die Vaults (Gewölbe) von Edinburgh sind unterirdische Kammern und Tunnel unter der Stadt von Edinburgh, deren unterirdische Anlage man auch als Geisterstadt bezeichnet. Einst als Armenunterkünfte entstanden, dienen sie heute hauptsächlich für Geistertouren.

DANKSAGUNG

»Wenn man sich etwas nicht vorstellen kann, dann sieht man es anscheinend auch nicht«, sagt Elliott Baker in Band 1 dieser Geschichte, und ich bin einigen Menschen sehr dankbar, dass sie mir geholfen haben, diese Meridianwelt zu finden.

Schon der Anfang war wie Zauberei, denn die Idee zur Trilogie kam durch meine kleine Tochter wie ein Blitz in mein Leben.

Ganz besonders danken möchte ich auch meiner Agentin Eva Semitzidou, die von *Meridian Princess* hörte und sofort Feuer und Flamme war.

Und ich danke dem Team vom Oetinger Verlag, ganz besonders meiner Lektorin Isabella Clausing, die mich mit ihren Anregungen und Fragen herausgefordert hat und mir half, diese Geschichte noch schöner und spannender zu machen; sie ließ mich Dinge in der Meridianwelt finden, die ich noch gar nicht kannte.

Zuletzt danke ich euch, liebe Leserinnen und Leser, dass ihr dieser Geschichte eure Zeit geschenkt habt. Erst durch euch wird eine Geschichte lebendig. Ich freue mich über Nachrichten von euch und besonders auch darüber, wenn ihr eure Meinung zu *Meridian Princess* in die Welt hinaustragt.

Möge die Zeit euch alle immer sanft auf ihrem Strom tragen.